KB249935

심연의 지도

관념적 리얼리즘과 심리적 리얼리즘을 위한 소론

심연의 지도

박 수 현 문 학 평 론 집

21세기북스

등단 이후 줄곧 소설에서 되도록 많은 의미를 읽어내려고 노력했다. 단순해 보이는 소설이 실은 다채로운 의미의 직조물임을 보이고 싶었다. 심연에 놓인 풍요로운 의미를 발견하여 그 지도를 섬세하게 그리기를 바랐다. 우비고뇌와 노심초사를 감내하며 노역했을 작가들의 내심에 보다 가까이 가고 싶었다. 그들의 작품이 단조로운 의미, 심지어 무의미로 규정되는 면면이 안타까웠다. 청춘의 십 년 간 소설을 쓰면서, 하려던 말을 사람들이 읽어주지 않을 때 더없이 쓸쓸했던 기억 때문에 그랬을 것이다. 작품의 가치를 재단하는 것이 아니라 의미를 풍성하게 읽어내는 것이 평론가의 업이라고, 평론은 현학적인 수다가 아니라 '네 마음 내가 안다'는 소박한 전언이라고 생각했다. 한동안 문단의 관심 바깥에 놓인 소설에서 묻혔던 의미를 발견하는 일에 몰두하며 희열을 느끼기도 했다.

지금 다시 보니 안다고 믿었던 '네 마음'은 내 상상의 산물이고, 읽었다고 믿었던 '의미'는 방만한 상념에 불과한 것 같다. 자괴에서 탈출하기 위해 이제 평론의 의미를 새롭게 규정해야겠다. 평론은 스토리텔링의 일종이다. 소설과 마찬가지로, 평론도 평론가의 상상 세계를 두서 있게 구조화한 글이다. 평론은 평론가 자신의 내러티브, 즉 그의 의식과 상념을 기반으로 축조한 창작물이다. 사려 깊은 분은 이 말이 더없이 쓸쓸한 농담임을 눈치 채실 것이다. 사실 이 농담은 과거의 우둔함에 대한 변명이자 꺾인 무릎을 다시 세우려는 고육지책이다. 시간은 가혹하다. 시간은 신념과 착각의 경계를 허물어 버린다. 그러나 시간은 또한 축복임을 믿는다. 시간은 어딘가 다른 곳으로 이끌 것이다.

인간의 마음과 삶의 실체는 괴물이다. 그것은 쉽사리 언어화되지 않고 심연에서 무정형으로 꿈틀거린다. 소설은 이 무정형의 덩어리, 즉 인간의 기묘한 심리와 삶의 오묘한 섭리에 로고스의 빛을 비추어, 심연의 진실을 발굴하고 구조화·언어화한다. 이런 면에서 소설은 심리와 섭리 그 무한한 심연에 대한 지도이다. 지도가 생생하고 상세할수록 빼어나듯이, 좋은 소설은 보다 깊은 자리에 놓인 그것을 발굴하며, 그것의 구체적인 세목들까지 잘 안다. 이를 심리적 리얼리즘과 관념적 리얼리즘이라는 범주로 정식화할 수 있다. 이는 이 책을 관통하는 지주이며, 소설의 본질뿐만 아니라 소설 창작과 교육의 방향을 묻는 고통스러운 자문(自問)에, 오랜 고민 끝에 제출하는 자답(自答)이다. 또한 이는 긴 세월 '사회적 현실 모사'를 리얼리즘의 본령으로 믿어 온 한국 소설에 대한 반성적 성찰의 귀결이기도 하다.

평론은 소설의 심연에 대한 지도이다. 평론의 지도 역시 상세하고 생생할수록 좋다. 관념적 리얼리즘과 심리적 리얼리즘은 또한 그 지도를 그리면서 사용한 무딘 붓이다. 나의 다른 책 『서가의 연인들』의 근본 토대도 동일하다. 심리적 리얼리즘에 대한 본격적인 생각은 『서가의 연인들』의 에필로그에, 관념적 리얼리즘에 대한 구체적인 생각은 이 책의 첫 글에 피력했으나, 생각의 편린은 두 책의 거의 모든 글에 흩어져 있다. 각 작가론과 작품론은 심리와 관념 두 경로로 작품을 읽은 사례들이다. 『서가의 연인들』이 이 책의 짝으로 읽힌다면 좋겠다.

책머리에 부끄러움을 피력한 선배들의 말이 괜한 겸사나 과장이 아님을 알겠다. 지금 내게 부끄러움은 가장 솔직한 심경이다. 문장은 요령부득이고, 사유는 조야하다. 부끄럽기 한이 없지만 출간은 더없이 감사한 일이다. 학부 시절 이남호 선생님의 수업 시간에 소설에서 다양하고 섬세한 의미를 발견하는 일의 경이로움을 배웠다. 내게 만일 문학관이라는 것이 있다면 그것은 애초에 선생님의 가르침으로부터 형성되었다. 업의 원천이신 선생님께 더없는 감사를 드린다. 든든한 지주이신 윤석달 선생님과 모교의 선생님들께, 그리고 막막한 길에서 손을 잡아주신 선배님들께 고개 숙여 감사드린다. 막막함을 더불어 견뎌 왔던 동학들에게는 애정을 전한다. 지금까지 업을 이어올 수 있었던 것은 어머니와 남편의 사랑과 희생 덕분이다. 아직도 철없이 사랑을 받기만 하는 자를 감내해 준 가족에게 뜨거운 마음을 건넨다. 미욱한 글이 세상에 나오도록 노역을 떠맡아주신 21세기북스 조동신 선생님의 후의에 각별한 감사를 드린다.

2013년 10월
박수현

1부

리얼리즘의
새로운 지평

리얼리즘 소설은
사회적 현실만을 모사하는가

'리얼리즘'과 '현실' 개념의 확장을 위하여

1. 간과된 강령, 인간 모사

좋은 소설은 인간을 모사한다. 좋은 작가는 인간에 관한 지식을 풍부하게 보유한다. 인간의 심리, 인생사의 섭리, 인간의 본질에 대한 넓고 깊은 발굴과 천착이 소설을 빛나게 할 것이다. 예컨대 사랑의 슬픔에 관한 소설이라면, 단지 슬픈 정서 상태만 기술해서는 곤란하다. 좋은 작가라면 사랑이 슬픈 수다한 이유와 사랑 감정이 거느리는 복잡다단한 결과 층위에 대한 구체적 지식을 해박하게 지닌다. 또한 좋은 작가라면 평생의 공부가 헛되기 이를 데 없으며, 지식 자체가 허망하기 짝이 없다는 학자의 한탄에 마주해서도, 새로운 예술이 가능한지 묻는 예술가의 고민 앞에서도 할 말을 갖추고 있어야 할 것이다. 이 시대의 독자가 굳이 대중서사의 즉물적 재미를 외면하고 소설을 읽는다면, 그것은 이러한 인간 본질에 관한 지식을 만나기 위해서가 아니겠는가.

어느 시대에나 감수성이 예민한 사람은 존재한다. 그들은 일상에서 말로 표현하기 어려운 복잡한 심경을 느끼거나 말로 표현하기 어려운 복잡한 상념에 빠진다. 아니면 때때로 생의 비밀과 연루된 난해한 질문과 조우한다. 이러한 정서와 상념 혹은 생의 비밀은 대개 어둡고 혼란스러운 감수성의 대륙에서 꿈틀거리는 무정형으로 존재한다. 이 무정형의 에너지를 강렬하게 감지하지만 그것을 언어화하기에 난관을 겪거나 그것을 소통하기에 곤란을 느끼는 사람들이 좋은 문학작품의 독자가 되지 않을까. 그들은 명료하지 않은 채 자신을 충격한 그 무정형의 에너지가 좋은 문학작품에서 언어화된 모습을 만나 기쁨을 느낀다. 그들의 복잡하게 얼크러진 심경은 훌륭한 소설에서 전경화된 인간 감수성에 대한 해박한 지식과 대면하여 소통하고 공감한다. 이때 소통과 공감은 그 자체로 위로와 치유의 기능을 수행한다. 또한 생의 비밀과 관련된 난해한 질문과 맞닥뜨린 독자라면, 인생의 섭리와 인간의 본질에 관한 사유를 담은 좋은 소설을 만나서 역시 소통과 공감의 위안을 받을 수 있을 것이다. 좋은 소설에 만만치 않은 심리학적 지식과 인문학적 사유가 녹아 있는 까닭이 이 때문이다. 작가의 사명은 이 무정형의 정서와 사유의 세목들에 로고스의 빛을 비추어 언어화하는 것이 아닐까? 그리하여 때로 작가는 예리한 심리학자가 되어야 하며 박식한 형이상학자가 되어야 한다. 문학은 인문학이며, 인문학은 두말할 나위 없이 인간의 비밀을 탐색하는 학문이다.

심층적인 인간 심리와 다양한 인문학적 사유는 우리나라 소설에서 비교적 드물게 구현된 자질들이다. 혹은 그것들을 구현하는 소설들이 존재해도 평단은 그 자질들에 그다지 주목하지 않는 것 같다. 이는 혹시 인간 모사라는 강령이 우리나라 문단에서 평가절하되어

왔기 때문이 아닐까? 혹시 리얼리즘 문학이 사회적 현실을 모사해야 한다는 자명한/해 보이는 전제가 인간 모사라는 문학의 중요한 기능을 간과하는 데 한몫하고 있지 않을까? 그렇다면 리얼리즘의 내포와 외연을 확장하려는 시도는 인간 자체에 대한 관심을 환기하는 데 기여할 수 있지 않을까? 이쯤에서 리얼리즘의 본령을 사회적 현실 모사가 아닌 인간 모사로 설정하는 사고의 전환을 이루어야 하지 않을까? 인간 모사가 중요한 강령으로 대두된다면 인간의 심리와 인문학적 사유도 당당한 리얼리즘 소설의 소재로 부각될 수 있지 않을까?

어쩌면 뜬구름 잡는 소리이거나 개인적 문학 취향의 서투른 고백으로 비칠 수도 있는 이야기로 허두를 뗀 이유가 있다. 근래 다양한 인문학적 관념을 소재 혹은 주제로 삼는 소설가들이 등장했다. 하지만 평단은 그들의 환상성과 탈현실성에만 주목한 나머지 그들의 관념적 주제들을 비교적 간과해왔다. 실상 이들은 근래 문단 논쟁의 초점이 된 작가들이기도 하다. 거칠게 말하면, 논쟁의 배후에는 리얼리즘 문학은 사회적 현실을 모사해야 한다는 전제가 놓여 있다. 이 전제는 이 나라 논단에서 너무나도 뿌리 깊은 것이라 자명해 보인다. 그런데 이 전제의 자명성을 의심할 수는 없을까? 리얼리즘의 본질은 사회적 현실 모사인가? 인간의 정념이나 사유는 모사의 대상이 되지 않는가? 리얼리즘의 본질은 '인간 모사'에 더 가깝지 않을까?

2. 문제는 환상성이 아니라 관념적 주제이며 이 땅의 리얼리즘 개념 은 자명하지 않다

— 최근 비평 담론에 관한 일고찰

고백하건대 서두의 상념은 최근 소설을 둘러싼 담론들을 살펴보면서 촉발되었다. 한동안 소설 분야의 담론의 장은 자못 뜨겁게 달아올랐다. "다시 논쟁의 시대가 되었다."[1]는 한 논자의 말이 과장되게 느껴지지 않을 정도로, 담론의 장은 다채롭고 풍성하다. 우선 이 담론들의 양상을 일별해보자.

담론의 한 장은 이렇게 요약된다. 요즘 소설이 현실에서 이탈한 무중력 공간에서 망상/상상의 법칙에 따라 직조되며, 때로 의미와 내면과 같은 전통적인 주제의식을 결여하고, 따라서 해석의 여지를 거절하며, 이에 요즘 소설에 대한 리얼리즘 독법은 무의미하다.[2] 이 담론이 논증하듯, 요즘 소설이 환상/상상적 요소를 현상적 자질로 두드러지게 내장하는 것은 사실이다. 그러나 이들 담론을 형성하는 논자들은 환상/상상적 요소를 2000년대 소설의 특질로 전경화하려는 의욕에 지나치게 경사된 나머지, 작품 해석을 상대적으로 경시한다. 비평의 기본 과제는 개별 작품의 풍요로운 의미 발굴, 다시 말해 치열한 해석이라고 생각한다. 필자는 요즈음 소설이 그 어느 때보다

---

1) 이광호, 「2000년대 문학 논쟁'을 넘어서」, 『문학과사회』, 2007년 봄호.

2) 이러한 논의를 펼치는 대표적인 글들은 다음과 같다. 박진, 「달아나는 텍스트들」, 『문예중앙』, 2005년 가을호. 김형중, 「민족문학의 결여, 리얼리즘의 결여」, 『창작과비평』, 2004년 겨울호. 김형중, 「소설의 제국주의, 혹은 '미친, 새로운 소설들에 대한 사례 보고」, 『문예중앙』, 2005년 봄호. 이광호, 「혼종적 글쓰기 혹은 무중력 공간의 탄생—2000년대 문학의 다른 이름」, 『문학과사회』, 2005년 여름. 김영찬, 「방법론적 상상제국의 아이들」, 『웹진문장』, 2006년 4월호.

풍요로운 의미를 내장하고 있다고 본다. 단 그 의미가 대개 형이상학적인 관념인 경우가 많다. 이에 요즘 소설에 관한 해석과 리얼리즘적 독법은 여전히 유효하다. 지금까지 평단은 이 소설들의 환상성과 상상력에 지나치게 주목한 나머지 그들의 관념적 주제들을 파악하기에 소홀해 왔다.

탈현실성과 무의미성은 동의어가 아니다. 오히려 환상적 문법을 차용한 소설들이 유의미한 발언을 하는 경우가 많고, 특히 그 의미가 형이상학적 관념인 경우 또한 많다. 예컨대 보르헤스와 마르케스의 소설은 분명히 현실 문법에서 이탈한 상상력으로 직조된, 환상성이 두드러진 작품들이지만, 얼마나 다층적인 의미들을 풍부하게 내장하고 있는가. 가령 그들이 제공하는 풍요로운 의미의 향유 가능성을 외면한 채 그들의 환상성과 탈현실성과 개연성의 결여에만 주목한다면, 독서 행위는 얼마나 빈곤해질 것인가. 요즘 소설을 과거와 차별 짓는 특질은 두드러진 환상성과 상상력보다도 그러한 형식에 내장된 도저한 관념적 주제들이라고 보인다. 이 글은 우선 최근 소설들에서 비교적 간과되어 왔던 의미와 주제에 주목한다.

한편 이 담론을 펼치는 논자들 가운데 김형중은 아이러니하게도 리얼리즘 독법에 대한 순정한 믿음을 고수하고 있어서 주목된다.[3] 그는 '리얼리즘 독법'을 서사성, 세계 반영성, 전통적 역사의식, 한국적 사회 현실 반영성을 읽는 행위로 전제한다. 이 전제는 문제적이다. 그가 망상/환상으로 특화된 요새 소설을 두고 결코 '리얼리즘이 아니다'라고 단언하는 것도 문제적이다. 다시 말해, 그는 환상성과 리얼리즘의 경계를 지나치게 뚜렷하게 설정하고 있다. 그는 리얼리즘의

3) 김형중, 「민족문학의 결여, 리얼리즘의 결여」, 『창작과비평』, 2004년 겨울호.

의미를 '사회적 현실 반영하기'로 협소하게 규정하고 있다. 바흐친은 일견 리얼리즘적 전통을 이탈해 보이는, 물질/육체적 원리와 웃음으로 특징 지워진 라블레의 카니발적 작품을 "그로테스크 리얼리즘"이라고 명명한 바 있다. 환상성을 두드러지게 구현하는 마르케스의 작품이 "마술적 리얼리즘"으로 범주화된 사실은 잘 알려진 바이다. 김형중이 전제하듯이, 환상성과 리얼리즘은 결코 양립 불가능한 자질들이 아니다. 그러나 리얼리즘 개념을 이토록 경직된 방식으로 운용하는 사고방식은 비단 김형중만의 문제가 아니다. 이 나라 평단의 오랜 관습이 그러하니까 말이다. 이 문제에 관한 구체적 논의에 들어가기에 앞서, 위에 언급한 소위 '환상'/'무중력' 담론을 비판하는 논의를 일별해보자.

담론의 또 다른 한 장은 요즘 소설의 현실 반영성에 주목한다.[4] 이 논의들의 주요 논점은 이렇게 요약된다. 요즘 소설이 환상/상상의 포즈를 취하고는 있지만 나름대로 현실을 반영한다. 그것은 환상 자체가 개인의 힘으로 변화시킬 수 없는 현실에 대한 부정적 인식을 내장하거나, 사회역사적 관찰을 담지하고 있기 때문이다. 여기에서 주목해야 할 것은, 이들 논의에서 부각되는 '현실'이 '사회·역사적 현실'이라는 협의로 쓰이고 있다는 사실이다. 다음과 같은 질문이 가능하다. '요즘 소설에서 현실 구출하기' 작업은 왜 사회적 현실과의 관련성 아래에서만 수행되는가? 과연 현실은 사회적인 것에 국한되는

---

4) 이러한 논의를 펼치는 대표적인 글들은 다음과 같다. 김영찬, 「2000년대, 한국문학을 위한 비판적 단상」, 『창작과비평』, 2005년 가을호. 김영찬, 「2000년대 문학, 한국 소설의 상상 지도」, 『문예중앙』, 2006년 봄호. 심진경, 「탈현실의 문법과 상상력에 관한 질문들」, 『문예중앙』, 2005년 가을호. 차미령, 「환상은 어떻게 현실을 넘어서는가」, 『창작과비평』, 2006년 여름호. 한기욱, 「한국문학의 새로운 현실 읽기」, 『창작과비평』, 2006년 여름호. 진정석, 「사회적 상상력과 상상력의 사회학」, 『창작과비평』, 2006년 겨울호.

가? 요즘 소설이 취하는 환상/상상의 포즈에도 불구하고 현실을 반영한다는 사실에 필자도 동의한다. 그러나 소설들에서 '사회·역사적 현실'의 반영성을 무리하게 찾으려하기 보다는 있는 그대로 작가들이 더욱 주목하는 '또 다른 현실'을 조명하는 편이 낫지 않을까. 앞서 말한 바 그들이 유난히 주목하는 형이상학적 사유는 현실이 아닌가? 거칠게 말한다면, 위의 두 담론 사이의 관건은 요즘 소설의 현실 반영 여부이다. 소설의 현실 반영 여부에 관한 논쟁은 정말 유구한 역사를 가진다. 아직도 이 문제가 이슈가 되는 현상에 대해 우리는 평단의 문제 틀의 협소함을 반성해야 하지 않을까.

이들이 주로 비판의 대상으로 삼은 김형중과 이광호는 최근에 재반론을 발표했다. 이광호는 자신의 논리가 기본적으로 "사회적인 맥락 위에서 구성된 것"[5]이라고, 김형중은 "무중력과 편집증, 탈내면화 — 이 기원에 정치·사회적 변화가 존재한다는 사실을 망각한 바 없다"[6]고 말한다. 이들이 재반론에서 요즘 소설의 사회적 현실과의 연관성을 간과하지 않았다고 주장하는 사실은 흥미롭다. 환상/무중력 담론에 관한 반론과 재반론이 요즘 소설의 사회적 현실과의 관련성 지적 여부에 따라 이루어졌다는 사실은, 소설의 사회적 현실 반영 여부에 관한 평단의 지대한 관심을 반영하며, 양 진영 모두 현실에 관한 동일한 고정관념에 사로잡혀 있다는 사실을 보여준다. 양 진영 논의의 전제는 공히 현실 개념을 사회적·정치적 현실에 국한하여 쓰는 관례이다. 필자는 이에 그 관례의 자명성을 의심한다. 다시 묻는다. 현실은 사회적 현실만을 의미하는가?

---

5) 이광호, 「2000년대 문학 논쟁'을 넘어서」, 『문학과사회』, 2007년 봄호.
6) 김형중, 「부재하는 원인, 갱신된 리얼리즘」, 『문학과사회』, 2007년 봄호.

현실이 문제될 때, 리얼리즘 논의는 필연적으로 뒤따른다. 재차 말하지만, 위에 언급한 양 진영의 입각점을 차별 짓는 사안은 요즘 소설의 현실 반영 여부이다. 확대해서 보면 문제는 이렇게 변주된다. 요즘 소설은 탈리얼리즘적인가, 아니면 여전히 리얼리즘적인가? 과연 다시 문제는 리얼리즘인가 보다. 필자는 요즘 소설들이 현실을 반영하되, 사회적 현실보다는 관념적 현실을 보다 더 많이 반영한다고 본다. 관념은 대개 인문학적 사유의 소산이다. 인문학이 인간 자체에 관한 관심에서 비롯된 학문이라는 점을 감안한다면, 요즘 소설은 사회적 현실보다는 인간적 현실을 더 적극적으로 모사한다고 볼 수 있겠다. 인간 모사 행위를 리얼리즘이라고 인정한다면, 그들은 리얼리즘은 리얼리즘이되, 관념적 리얼리즘을 구현한다고 보인다. 이는 환상성과 리얼리티를 결합하려는 고육지책으로 보일 수도 있다. 환상성과 리얼리티를 접목하려는 시도는 필자가 처음 꾀한 것이 아니다. 다음의 두 경우, 윤지관과 장성규의 경우가 주목된다.

윤지관[7]은 "환상이 리얼리즘에 적대적이지 않고 보충적이라는 전제 아래, 환상의 활용이 리얼리즘의 갱신에 기여할 가능성"을 언급하면서, "의미 있는 문학적 성취에서 나타난 환상의 요소는 현실의 현실 됨에 접근할 수 있는 유효한 방편이 되기도" 한다고 논한다. 그는 "근대에 대한 대응의 두 가지 형태로서 리얼리즘과 모더니즘이 뫼비우스적인 연결과 단절의 동시적 관계 속에 있"으며, "환상의 요소가 작품 속에 구현되는 다양한 방식은 두 항목을 애초부터 분리된 것으로 사고하는 관행의 위험성을 말해준다"고 지적하면서 환상을 차용한 리얼리즘 소설들을 분석한다. 환상과 리얼리즘이 적대적이

---

7) 윤지관, 「뫼비우스의 심층—환상과 리얼리즘」, 『창작과비평』, 2004년 봄호.

지 않다는 윤지관의 논지는 이 글의 입각점과 상통한다. 하지만 윤지관이 언급한 '리얼리즘'적 재현의 대상이 여전히 사회·역사적 현실에만 국한된 점에, 필자는 되풀이하여 의문을 제기한다. 그가 '리얼리즘'을 '사회·역사적 현실 재현'이라는 개념으로 의심 없이 사용하는 관례에 따르고 있기 때문에 허병식의 다음과 같은 비판이 가능했을 터이다. 허병식[8]은 특히 위의 윤지관의 글을 집중적으로 비판하면서, "리얼리즘 '진영'의 민족문학에 대한 어떤 강박관념"을 지적하고, 2000년대 작가들의 "작품들에서 환상적인 요소를 찾아서 그것을 의미 있는 현실 속으로 귀환시키려는 노력은 무의미"하다고 말하며, "지겹도록 반복되는 민족이나 현실의 수식을 벗어 버리"고 리얼리즘의 방법이 아닌 새로운 방법으로 당대 소설을 호명할 것을 당부한다. 윤지관의 글이 여전히 '사회·역사적 현실 재현'이라는 명제를 소설의 당위로 전제하는 양상을 보인다는 허병식의 비판은 수긍할 만하지만, 허병식이 사용한 '리얼리즘' 개념 역시 '사회·역사적 현실 재현'이라는 협의에 머물러 있는 점은 윤지관의 글과 다르지 않으며, 이에 이 글은 되풀이하여 의문을 표한다. 재차 말하지만, '리얼리즘'적 재현의 대상은 '사회·역사적 현실' 이상으로 확장되어야 한다.

요즘 소설에서 리얼리티를 구해내려는 노력은 심지어 신춘문예 등 단작에서도 보인다. 장성규[9]는 1980년대와 1990년대 전반기의 리얼리즘 문학이 "중층적으로 존재하는 복수(複數)의 리얼리티'들'을 하나의 단일한 리얼리티로 환원시"키는 오류를 범했다고 지적하고, 오늘날 소설이 "반영 또는 재현이 아니라 표상과 재구성의 차원에서"

---

8) 허병식, 「민족문학의 유령극장─리얼리즘과 환상의 귀환」, 『문학과경계』, 2006년 여름호.
9) 장성규, 「리얼리티를 탐색하는 세 가지 형식」, 『경향신문』 2007년 신춘문예 당선작.

"복수의 리얼리티"를 구현한다고 논한다. 그는 "소설에서 리얼리티의 문제는 여전히 핵심적이"며, "중층적으로 존재하는 현실을 다양한 방식으로 인식하고 형상화하는 것, 이를 통해 소설이 지니는 세계와의 대면이라는 성격을 다시 복원하는 것이 필요하다"고 논한다. 리얼리티의 개념을 확장하려는 장성규의 시도에 필자도 크게 공감하는 바이며, 이 글의 목적이 바로 그것이기도 하다. 하지만 장성규의 리얼리티 개념 역시 '사회·역사적 현실성'에 국한된 되풀이되는 현상에, 이 글은 되풀이하여 이의를 제기한다.

이상 살펴 본 모든 논의의 전제는 '자명한/자명해 보이는' 〈사회적 현실 재현=리얼리즘〉이라는 공식이다. 논자들은 "리얼리즘을 근원에서부터 재구성해야 할 필요성"[10]을 절감하고 공감한다고 말한다. 그러나 위 전제의 자명성을 적극적으로 반성하는 논의[11]는 아직 미흡하다. 이에 필자는 '리얼리즘'을 '사회·역사적 현실 재현'이라는 개념으로 협소하게 사용해 온, 심지어 '리얼리즘'과 '민족문학'을 동일시해 온, 이 나라 평단의 오래된 관습에 대해서 심각하게 의문을 제기한다. 앞질러 말하자면, 이러한 개념의 리얼리즘은 리얼리즘의 하위 카테고리일 뿐 리얼리즘의 성립 조건이 아니다. '현실(現實)'의 사전적 의미는 "현재 사실로서 있는 상태"이다. 사전적 정의에서 현실이 반드시 사회적·역사적 사실에만 연루된다는 규정은 찾을 수 없다. '현실'의 내포와 외연, 나아가 문학 용어로서 '리얼리즘'의 내포와 외연

---

10) 임규찬, 「리얼리즘과 모더니즘을 둘러싼 세 꼭지점」, 『창작과비평』, 2001년 겨울호.

11) 리얼리즘과 모더니즘에 관한 논쟁 차원에서 이 문제가 거론된 적은 있다. 그러나 어느 논자도 리얼리즘 개념을 다시 수립하는 데 구체적인 대안을 제시하지 못했다고 파악된다. 다음 논의들은 리얼리즘 개념의 자명성을 의심하는 이 글의 논지를 공유한다. 최원식, 「리얼리즘'과 '모더니즘'의 회통」, 『문학의 귀환』, 창작과비평사, 2001. 윤지관, 「놋쇠하늘에 맞서는 몇가지 방법」, 『창작과비평』, 2002년 봄호. 김명인, 「자명성의 감옥」, 『창작과비평』, 2002년 봄호.

은 확장될 필요가 있다. 미리 말하면, 리얼리즘 개념은 '사회 모사'가 아닌 '인간 모사'로 확장되어야 하며, 이것이 본디 리얼리즘의 본령에 더 가까울 수 있다. 다음에서 '리얼리티', '리얼리즘', '현실' 개념을 재고해보겠다.

3. '현실' 의미의 다양성, '리얼리즘' 개념의 확장 가능성
— 인간 모사로서의 리얼리즘

리얼리즘적 재현의 대상인 '현실'은 무엇을 지칭하는가? 질문을 보다 구체적으로 바꾸어 보자. 리얼리즘의 '현실'은 '사회·역사적 현실'에만 국한되는가? 혹은 리얼리즘 문학은 사회를 모사하는가, 인간을 모사하는가? 이 질문에 대답하기 위해 서구에서 사용되는 '리얼리즘'의 용례를 소략하게나마 살펴보자. 지금 여기에서 통용되는 리얼리즘 용법의 관행을 재고하는 자리에서 서구의 이론을 참조하는 것은 무척이나 자존심 상하는 일이다. 그러나 어쩔 수 없지 않은가. '리얼리즘' 개념이 원래 서구에서 수입된 것이니. 개념의 원산지인 서구에서 리얼리즘이라는 용어가 사용되어 온 역사를 살피는 작업은 우리의 관행을 반성하는 데 유의미한 시사점을 제공해 줄 수 있을 것이다.

리얼리즘 개념의 역사와 이론을 정리한 스테판 코올은 "현실 개념 자체가 역사적으로 변화했"고, "같은 시대에 속한 사람들도 결코 무엇이 현실이냐 하는 문제에 관해서 생각이 일치될 수 없다"[12]고 쓴다. 현실 개념이 상대적이고, 가변적이란 뜻일 터이다. 다시 코올은,

---

12) 스테판 코올, 『리얼리즘의 역사와 이론』, 여균동 편역, 한밭출판사, 1982, 189면.

"리얼리즘 문학은 〈정상적인 인간 의식에 나타나는 대로 현실의 인상을 충실하게〉 재현한다는 명제 이상으로 리얼리즘 연구가 엄밀하게 진행되기 어려운 것이"[13]라고 쓴다. 〈인간 의식에 나타나는 대로 현실의 인상을 충실하게 재현하는 것〉, 이것이 리얼리즘의 개념에 관해 비교적 이견 없이 합의된 규정이며, 어쩌면 그것에 대해 말할 수 있는 유일한 명제일 것이다. 여기에서 보듯, 리얼리즘적 재현의 대상을 사회·역사적 현실에만 국한하는 사유는 역사적인 것일 뿐 결코 자명한 것이 아니다.

한편 여기에서 〈인간 의식에 나타나는 대로〉라는 규정에 주목해 보자. 통념적인 리얼리즘의 강령대로 소설이 사회·역사적 현실을 재현한다고 해도, 그 작업은 우선 '인간의 의식'이라는 매개를 거쳐야 한다. 두말할 나위 없이 재현된 현실은 재현하는 자의 '의식'이라는 여과지를 거친 것이기 때문이다. 여기에서 현실보다 인간 의식의 우월성 혹은 선재성(先在性)을 읽는다면 과잉 해석이겠는가. 인간 의식이 선재한다면 단지 사회·역사적 현실만이 현실의 전부는 아닐 것이다. 인간의 의식 자체도 현실일 수 있지 않겠는가? 이런 사변적 논증이 설득력이 없다 치더라도, 현실 개념이 상대적·가변적이며 리얼리즘의 개념이 〈인간 의식에 나타나는 대로 현실의 인상을 충실하게 재현하는 것〉 이상으로 합의된 바가 없다는 코올의 지적은 귀담아 들을 만하다.

리얼리즘의 기본 전제가 모방론이라는 사실에는 비교적 이견이 없을 것이다. 그렇다면 여기에서 모방 이론의 창시자인 아리스토텔레스의 발언은 주목에 값한다.

---

13) 위의 책, 189~190면.

모방자는 행동하는 인간을 모방하는데, 행동하는 인간을 필연적으로
선인이거나 악인이다.[14]

　　비극은 행동의 모방이고, 행동은 행동자에 의하여 행하여지는 바, 행
동자는 필연적으로 성격과 사상에 있어 일정한 성질을 가지게 마련이다.
왜냐하면 이 양자에 의하여 우리는 그들의 행동을 일정한 성질의 것이라
고 말하기 때문이다. 따라서 그들의 행동의 원인은 자연 두 가지인데, 사
상과 성격이 그것이며, 그들의 생활에 있어서의 모든 성공과 실패도 이
두 가지 원인에 기인한다.[15]

　모방자는 행동하는 인간을 모방한다. 이 명제는 『시학』 2장의 첫머
리에 나온다. 한 마디로 이것은 아리스토텔레스의 모방 이론의 정수
인 것이다. 여기에서 아리스토텔레스가 사회나 정치, 더군다나 민족
적 현실을 모방한다고 말하지 않고 개별자인 '인간'을 모방한다고 말
한 사실을 유념할 필요가 있다. 즉 그는 모방의 대상을 '사회·역사적
현실'보다 '인간 자체'로 보았다. 특히 인간의 "사상과 성격"이 모방의
구체적인 대상이 된다. 여기에서 인간의 사상을 관념으로, 성격을 심
리로 해석해도 무방할 것이다. 그렇다면 인간의 심리나 관념 역시 모
방의 대상이 된다. 이 명제는 후세의 연구자들에게 다양한 해석의
여지를 남긴다. 이 글에 주목하는 해석자 중 하나는 이렇게 말한다.
"예술이 보여주는 행위란 〈외부로 지향하는 내적인 과정, 심리적 에
너지〉이다."[16] 인간의 행위의 상당 부분은 인간 내면의 심리적 에너지

14) 아리스토텔레스, 『시학』, 나종일·천병희 역, 삼성출판사, 1995, 332면.

15) 위의 책, 344면.

16) Butcher, *Theory*, p.123. 스테판 코올, 앞의 책, 38면에서 재인용.

에 기대고 있다. 이 연구자는 아리스토텔레스가 모방의 대상으로서 인간 외부의 현실보다 인간 내면의 에너지를 더 주목한다고 독해했으며, 이에 필자도 동의하는 바이다.

다음과 같은 잠정적 결론이 가능하다. 첫째, 리얼리즘의 본령은 인간을 모사하는 것이다. 관례대로 리얼리즘이 '사회·역사적 현실 모방'이라는 뜻으로 쓰일 때에도, 사회·역사적 현실이 인간에 관해 유의미한 발언을 하는 경우에만 가치가 있을 것이다. 둘째, 구체적인 모방의 대상으로서 사회적 현실보다는 인간의 사상과 성격이 더 중요하다. 이것이 모방 이론 창시자의 본뜻에 가깝다. 그러므로 인간의 관념이나 심리는 분명히 리얼리즘적 모방의 대상이 된다. 그렇다면 여기에서 인간의 관념을 모사하는 관념적 리얼리즘, 인간의 심리를 모사하는 심리적 리얼리즘이란 용어의 제안이 가능하다.

실존주의 철학자이자 소설가인 스페인의 석학 우나무노 역시 당대 통용되는 리얼리즘 관행에 의문을 제기했던 사람이다. 그는 무대 장식과 인물의 복식 등을 현실과 흡사하게 재현하는 데 주안점을 둔 당대 리얼리즘 관행을 비판하고, 진정한 리얼리티는 그러한 외부적 사실보다 인간 내면을 모사하는 가운데 구할 수 있다고 논했다. 그에 의하면 개인의 내면이 사회나 역사보다 더 역동적인 현실이다. 1916년에 집필된 『모범 소설』의 「서문」은 실상 우나무노의 소설론이다. 그 글에서 우나무노는 자신의 소설관 혹은 소설 작법을 다음과 같이 피력한다.

나는 이 소설에 모범, 말 그대로의 모범, 즉 삶과 현실의 모범을 투영하였으므로 모범 소설이라는 이름을 붙인다. **현실에 대한 모범! 물론 현실에 대한 모범이다!** 소설 속에서 고뇌하는 자들, 다시 말해 투쟁하는 자들(그들을 인물이라고 부르고 싶을지도 모르겠다)은 지극히 내면적인 사실성, 즉 독자가 인물에게 부여하는 것이 아니라 인물 자신이 스스로에게 부여하는 **내면적인 사실성으로 인해 사실적이며, 더할 나위 없이 사실적이다.** (중략) 문학예술에서 사실주의라고 하는 것만큼 모호한 개념도 없다. 과연 어떤 현실이 사실주의의 대상일까? (중략) **창작물에서 현실이란 창조적이고 의지적인 내면의 현실이다.**[17]

우나무노 역시 리얼리즘이 막연한 개념임에 동의한다. 그는 "과연 어떤 현실이 사실주의의 대상일까?"라고 질문하면서 현실 개념의 다양성과 상대성을 지적한다. 그러나 그는 자신만의 대답을 가지고 있다. 그에 따르면, '내면의 지극한 현실적인 재현'이 사실성을 획득하는 수단이고, 현실이란 "창조적이고 의지적인 내면의 현실"에 다름 아니다. 우나무노에게도 사회나 역사보다 개인의 내면적 현실이 리얼리즘적 재현의 소재가 된다. 여기에서 개인의 내면적 현실이란 심리나 정념일 수도 있겠지만, 인간의 의식이 조직해 낸 관념들도 함의할 것이다.

다시, 코올은 리얼리즘의 역사를 방대하게 기술한다. 그러는 동안 물론 리얼리즘이 '사회·역사적 현실'을 소재로 삼아야한다는 강령에 따라 적용되었던 역사적 사실도 놓치지 않는다. 하지만 이 글에서 주목하는 바, 보다 다양한 현실 즉 인간의 심정과 의식이 리얼리즘적 재현의 대상이 되었던 경우도 리얼리즘 역사의 한 장을 당당하게 차지한다. 리얼리즘적 재현의 대상을 '사회·역사적 현실'로 국한하는 사고방식은 결코 자명한 것이 아니라 특정 시기에 일부 논자들에 의해

---

17) 미겔 데 우나무노, 『모범 소설』, 박수현 역, 아르테, 2009, 9~10면. 강조는 필자.

서만 정당성을 입증 받은 역사적인 것이다.

　다음에서 코올은 18세기 독일의 리얼리즘 경향을 논한다. 특히 괴테의 경우가 주목된다.

　　〈자연의 모방〉이라는 개념의 내용은 18세기가 경과하는 가운데 다양하게 변화했다. 중요한 변화 경향들 가운데 하나는 **예술가의 정신도 또한 모방할 수 있는 자연의 부분**으로 보아야 한다는 데로 나아간다. 그럼으로써 작가의 개인적인 — 동시에 자연법칙에 일치하는 — 세계관은 예술작품 내에서 하나의 정당한 위치를 차지하게 된다. 관찰하는 정신과 관찰되는 자연 사이의 경계를 그런 식으로 제거하는 것은 괴테의 리얼리즘의 경우에서도 마찬가지다. 괴테는 〈자연의 단순한 모방〉, 곧 자연현상을 그저 관찰하고 묘사하는 것으로는 불충분하다고 하는 내용의 발언을 여러 번 했다. (중략) 〈현실적인 것의 진리를 가능하게 하는 환상〉은 마음대로 날아다니지는 않는다. 괴테에 따르면 **자연의 질서와 인간 정신을 주재하는 법칙과는 서로 일치**하기 때문이다. 그러므로 괴테는 한편으로는 〈자연 속에서 정신의 감각화〉를, 즉 **인간 정신과의 유사성을 기초로 하여 그 구조를 알아볼 수 있는 하나의 〈현실적인 정신의 실현〉**을 본다. (중략) 현실적인 것, 시간적인 것 속에서 예술가는 초시간적인 것, 〈**정신적으로 유기적인 것**〉을 본다. (중략) 괴테의 미학 내에서 리얼리즘을 논하는 것은 결국, 괴테가 예술을 이해하는 바로는 어떤 이념적인 것이 자연에 덧붙여지는 것이 아니라 〈의미있는 것, 특징적인 것〉이 사물의 질서로서 나타내어진다는 점에서, 정당한 것으로 여겨진다. (중략) **예술가의 〈마음〉이 현실(실재)의 이상적인, 초시간적인 면을 모방**할 수 있다는 것을 신뢰하는 데서 〈리얼리즘 예술작품의 형상화〉가 가능해진다. (중략) 〈시인

의 마음에서 우러나오는 이상적인 것〉이 예술작품을 구성한다.[18]

예술가의 정신도 모방 가능한 리얼리즘의 소재로 부상된다. 이는 자연 속에서 인간 정신 즉, 하나의 정신적인 실현태를 보는 사유와 예술가의 정신이 초시간적인 실재의 이데아를 모방할 수 있다는 사고에서 기인한다. 괴테의 리얼리즘에서 우리는 사회·역사적 현실 재현에 관한 강박관념을 찾을 수 없다. 오히려 그는 "시인의 마음에서 우러나오는 이상적인 것"이 리얼리즘의 정수라고 생각한다. 예술가의 마음에서 우러나오는 것이란 인간의 심리나 관념을 지칭할 것이다. 어쨌든 18세기의 독일에서, 특히 괴테의 사유에서, 인간의 정념과 의식은 리얼리즘적 예술의 당당한 소재가 된다.

한편 코올은 — 일관되게 합의된 리얼리즘 소설은 아니지만 — 로브그리예의 『질투』를 리얼리즘 소설로 파악하는 한 연구자의 의견을 소개한다. "이러한 리얼리즘의 특수성은 그것이 감각적으로 지각 가능한 것뿐만 아니라 정신적인 것도 포괄하고 있다는 데 있다. 이것은 우리가 우리 주변 세계에서 감각으로 파악할 수 있는 사실적인 것 외에도 생각된 것, 허구적인 것, 추측된 것, 회상된 것, 꿈꾸는 것, 상상의 것, 환상의 것 등등 모든 것을 포착하는 총체적 리얼리즘(Totalrealismus)이다.[19]" 이 연구자의 의견에 따르면, 감각적으로 지각 가능한 것뿐만 아니라 정신적인 것, 즉 생각된 것, 허구적인 것, 추측된 것, 회상된 것, 꿈꾸는 것, 상상의 것, 환상의 것 등 인간의 정신을 구성하는 모든 요소는 리얼리즘의 소재가 될 수 있다. 이 논

---

18) 코올, 앞의 책, 102~104면. 강조는 필자.

19) Wilhelm, *Roman*, 1962, p.20. 위의 책, 185면에서 재인용.

지에 따르면 인간의 의식을 구성하는 형이상학적 사유와 정념도 당연히 리얼리즘적 모사의 대상이 될 수 있을 터이다. 이는 이 글의 입각점과도 일맥상통한다.

우리나라 논자들 사이에서 리얼리즘이 '사회·역사적 현실 재현'과 거의 동의어로 쓰여 왔던 관행은 리얼리즘과 정치성과의 친연성에 대한 믿음을 함의한다. 리얼리즘과 정치성과의 관계에 대해, 코올은 "정치의 몽매와 허위에 대한 정치적 입장은 리얼리즘의 목표로부터 결과 될 수는 있을망정, 리얼리즘의 성립 조건은 결코 아닌 것이다"[20] 라고 쓰면서, 정치적 현실의 재현이 리얼리즘의 성립 조건이 될 수 없다고 언급한다. 헤겔은 역사적인 외적 사실보다 인간 내면이 예술적 재현 대상으로서 우위에 놓인다는 사실을 논함에 있어 보다 과격하다. 그에 의하면, "예술가는 인간의 내면 속에 있는 행동의 시원으로 관심을 돌리고, 그 안에 존재하는 보편적이고 본질적인 것을 개별화시켜 우리 눈앞에 펼쳐 보여야"[21] 하며 "역사적인 외적 사실들을 묘사하더라도 이를 마치 부수적인 것처럼 다룸으로써 그러한 소재들이 인간의 보편적인 관심사에 비해 그다지 중요하지 않은 것임을 드러내야 한다."[22] 한 마디로, "예술가는 외적인 것 자체를 목적으로 삼지 않는다. 다만 그의 심오한 내적인 심정이 대상을 포착할 뿐이다.[23]" 리얼리즘과 정치, 역사, 사회와의 관련성은 필연적이지 않다. 정치적, 역사적, 사회적 리얼리즘은 리얼리즘의 하위 카테고리일 뿐, 리얼리즘의 성립 조건은 아닌 것이다.

20) 위의 책, 202면.
21) 게오르크 빌헬름 프리드리히 헤겔, 『헤겔미학』, 두행숙 역, 나남출판, 1997, 324면.
22) 위의 책, 392면.
23) 위의 책, 411~412면.

이상 〈사회적 현실 재현=리얼리즘〉이라는 공식의 자명성에 의문을 제기하면서 리얼리즘의 본질에 관하여 이모저모 고찰해 보았다. 살펴 본 바에 의하면, 기본적으로 리얼리즘의 본질은 '사회·역사적 현실 모사'가 아닌 '인간의 모사'에 더 가깝다고 보인다. 인간의 의식을 구성하는 형이상학적 사유나 정념은 리얼리즘적 모사의 대상이 될 수 있으며, 이를 각각 '관념적 리얼리즘', '심리적 리얼리즘'으로 명명하고 범주화해도 무방할 것이다. 지면 관계상 '심리적 리얼리즘'에 관한 논의는 다음으로 미루고, 다음에서 이른바 '관념적 리얼리즘' 소설에 관해 보다 구체적으로 살펴보겠다.

4. 관념적 주제와 환상/상상력의 친연성

하늘 아래 새로운 것은 없다지만, 그래도 만일 근래 주목 받는 소설가들이 선배들과 차별된다면, 그 차별을 가능하게 하는 자질은 그들의 '풍부한 상상력'이 아니라 '빈번하게 출현하는 관념적 주제들'이라고 보인다. 많은 평자들에게 주목 받아온 그들의 '상상력'에 비해 '두드러진 관념적 주제'는 비교적 소홀히 다루어져 왔다. 관념적 주제를 다룬 소설들이 대개 그 환상성과 농담 같은 형식 때문에 해석되지 못하거나 해석되더라도 그 사유의 무게가 간과되는 현상이 재연되지 않으려면, 그들의 관념적 주제에 집중하는 독법은 평단의 치우침을 보완하는 방법이 될 것이다.

관념적 주제를 구사하는 작가들이 이들이 처음은 아니다. 김성한, 최인훈, 이승우, 최수철, 박성원 등 선배 작가들을 얼마든지 거론할 수 있다. 한마디로 요즘 작가들은 선배 없이 홀연히 돌출한 돌

연변이들은 아니라는 의미에서 과거와 연속선 위에 놓인다. 단 그들의 경향이 과거에 비해 보다 지배적인 것 같긴 하다. 이는 지금 삼십대 중반을 맞는 소설가의 주류가 사회 체험의 기회를 보다 적게 가진 채 책을 통해 세계를 이해하는 방식으로 습작기를 거쳐 온 경우가 많기 때문일 것이다. 그런데 여기에서 흥미로운 것은 언급한 김성한, 최인훈, 이승우의 관념적 소설들이 관념적 주제를 다룰 때 대개 환상성의 형식을 차용하거나, 아니면 적어도 두드러진 상상력을 발휘한다는 사실이다. 이는 물론 요즘 거론되는 소설에도 적용된다. 환상성/상상력과 관념적 주제와의 친연성은 사실 낮익다. 보르헤스와 마르케스와 카프카의 소설도 그러하다.

여기에서 관념적 주제와 환상적 형식 간의 두드러진 친연성에 특별한 주의를 기울여야 하겠다. 토도로프는 시와 픽션을 〈표상적 representatif〉인 여부에 따라 구분하면서, 시는 반드시 표상적일 필요는 없지만, 픽션은 반드시 구체적인 무언가를 표상해야 한다고 논한다. 여기에서 '표상'이라고 번역된 'represent'는 전통적으로 '재현'이라고 번역되어 왔다. 이렇게 볼 때 '표상'이란 구체적인 대상을 모사한다는 뜻으로 쓰이고 있다. 즉 토도로프의 관점에 의하면, 시는 무언가를 재현하지 않고 말 자체의 향유로서 존재 가능하지만, 픽션은 반드시 무언가를 모사·재현해야 한다는 뜻이다. 그는 환상이란 "표현된 세계에서 일어나고 있는 사건에 대해서 일정한 반응을 요구"한다는 점에서 "픽션 속에서만 존재"하며 "시는 환상적일 수 없다"고 말한다.[24] 다시 말해 환상이란 반드시 무언가를 표상해야, 즉

---

24) 이상 토도로프 관련 논의는 츠베탕 토도로프, 『덧없는 행복—루소론/환상문학서설』, 이기우 역, 한국문화사, 2005, 165~182면 참조. 이 책에 "허구"라고 번역된 용어를 이 글에서는 원문 그대로 "픽션"으로 바꾸어 썼다.

모사하고 재현해야 한다는 뜻이다.

　물론 토도로프의 환상 개념이 보편적이라고는 할 수 없으나, 그가 '환상'과 '재현성'의 밀접한 연관성을 상정하는 사실은 흥미롭다. 지금 여기의 논자들은 종종 환상적 소설이 재현성을 거부한다고 말하지만, 이는 결코 사실이 아니다. 오히려 '환상'은 반드시 무언가를 모사해야 한다. 이때 그 모사 대상이 관념적 현실인 경우가 많다는 것은 토도로프도 지적하는 바이다. 환상적 소설의 경우, 대부분 뚜렷한 주제의식을 가지고 있다. 보르헤스와 마르케스의 소설이 그렇고, 김성한·최인훈·이승우의 소설이 또한 그렇다. 단 그때의 재현 대상이 관념적 현실인 경우가 많을 뿐이다. 환상적 형식과 관념적 주제와의 친연성에 대한 논의는 이쯤에서 그쳐야겠지만, 환상적 형식과 재현성이 양립 가능하다는 사실만은 강조해 두어야겠다.

　이처럼 환상적 형식과 재현성은 양립 가능하며 관념적 현실도 리얼리즘적 재현의 대상이 될 수 있다. 그래도 명백히 환상적 형식을 차용한 소설을 리얼리즘 소설이라 명명하기에는 거부감이 따를 것이다. 여기에서 다시, 코올은 문학 내용과 현실적 사실과의 관계에 대해서 이렇게 쓴다. "리얼리즘이 문학 내용과 현실적 사실 간의 일치에 근거될 수도 없고", "리얼리즘은 객관성과 동일시될 수 없"으며 "〈삶에의 충실성truth to life〉보다 〈삶에 관한 진실truth about life〉이 더 중요하"[25]다. 현실을 사진처럼 재현하는 것보다 삶에 관한 유의미한 해석을 표출하는 것이 리얼리즘의 본령에 더 가깝다는 뜻일 터이다. 코올은 "대상적으로 사실적인 것, 구체화, 그리고 유사성 등은 사실주의적인 의도에 기여할 수도 있지만, 중세에서 초현실주의

_____

25) 코올, 앞의 책, 194면.

에 이르는 반사실적 예술작품 속에서도 발견될 수 있다"[26]고 쓰면서 외견상 반사실적 예술작품 역시 리얼리티를 구현할 수 있다고 피력하며, "리얼리즘은 경험적으로 파악될 수 있는 현실과 예술 속에 나타나는 현실이 서로 부합되는 것을 목적으로 하지 않고 대신에 표현된 내용이 일관됨을 목표로 삼는다"[27]고 쓰면서 경험적 현실과 예술 속 현실이 반드시 일치하지 않아도 된다고, 다시 말해 환상적 형식을 가진 리얼리즘 문학이 가능하다고 논한다.

이 시대에 두드러지게 관념적 현실을 모사하는 작가로 김중혁, 박형서, 이기호를 들 수 있다. 이 세 작가의 소설 모두 "무중력 공간"의 소설로 규정된 바 있으며, 정도의 차이는 있지만 환상성을 외연적 자질로 드러낸다. 환상성의 형식을 차용함에 있어 박형서는 가장 극단적이다. 김중혁과 이기호는 박형서에 비해서 이야기의 법칙에 충실한 듯하지만, 드물지 않게 환상성을 보이며 적어도 상상의 위력에 상당히 의존한다. 김중혁의 관념적 주제들은 비교적 조명을 받아 왔지만, 박형서의 경우 그 형식적 특성 때문에 소설에 내장된 사유가 거의 발굴된 바 없으며, 이기호 역시 형식의 그늘에 가려져 소설에 함의된 형이상학적 사유는 경시되어 왔다. 이제 이 환상성/상상력의 부조(浮彫) 아래 간과되어 왔던 이들의 관념적 주제들에 주목해 보자. 다음에서는 우선 시론 격으로 김중혁과 이기호의 소설을 살펴본다.[28]

---

26) 위의 책, 195면.

27) 위의 책, 195면.

28) 박형서 소설에 관한 논의는 따로 지면을 마련했다. 이 책 2부의 「황당무계한 상상력에 내장된 관념적 의미의 만화경― 박형서론」이 그것이다. 필자는 위의 「박형서론」을 이 글의 연장선상에서 기획했다. 즉 「박형서론」은 이 글의 각론 격이다.

5. 관념적 주제를 발굴하며 소설 읽기

— 김중혁과 이기호의 경우

진지한 예술론의 향연 : 김중혁

김중혁의 소설들은 진지한 예술론으로 읽힐 만하다.[29] 소설이 예술에 관해 진지하게 발언했다는 사실만으로도 관념적 현실을 모사한다고 할 수 있다. 그러나 그 발언 도중에 드러나는 세부 주제까지도 평범하지 않은 관념적 현실을 근거로 한다. 가령 현상학과 수용미학, 하이데거와 바디우의 존재론, 이데아적 예술관, 반이데아적 예술관 등이 김중혁 소설에 모사된 관념의 원본을 이룬다.

「발명가 이눅씨의 설계도」는 예술작품의 본질보다 더 중요한 수용 조건과 예술작품의 다의적 속성에 대한 성찰을 보여준다. 이눅씨의 지하 작업실에서 "나"는 비발디의 「사계」를 듣는데, 그때 "막막한 바다 한가운데 서서 사방에서 울려 퍼지는 파도 소리를 듣는 것"처럼 "격정적이고 음울한 바이올린의 떨림"을 "피부로 느"낄 수 있었다. 하지만 그가 집에서 인터넷으로 「사계」를 들었을 때에는, "음량을 아무리 키워도 작업실에서 들었던 것처럼 모든 소리들이 귀에 들어오지는 않았다." 이눅씨의 지하 작업실은 예술의 향수(享受)를 극대화하는 조건을 갖추고 있었던 것이다.

한편 "개념발명가"라고 불리는 이눅씨의 발명품은 "필요"이다. "필

---

29) 다음에서 다룰 김중혁의 소설은 『펭귄뉴스』(문학과지성사, 2006)에 수록된 「발명가 이눅씨의 설계도」, 「바나나 주식회사」 두 편과, 「자동피아노」(『문학과사회』, 2005년 겨울호), 「비닐광 시대」(『세계의문학』, 2005년 겨울호)이다. 필자는 예전에 김중혁에 관한 글을 발표한 적이 있다(「한 진지한 구도자의 예술론, 소설론, 존재론」, 『2007 '작가'가 선정한 오늘의 소설』, 작가, 2007). 다음에서 전개할 김중혁 관련 논의는 위 글과 어느 정도 중복된다.

요"는 종종 어떤 대상을 온전히 향유할 수 있는 조건이다. 시장이 반찬이라는 속담에 근거하지 않더라도, 우리는 지극히 외로워서 누군가를 "필요"로 할 때 연인에게 가장 감사하며, 정서적 동요를 심하게 겪어서 감정이입을 "필요"로 할 때 감상적인 유행가에 극도로 공감한다는 사실을 경험으로 안다. 종교적 진리 역시 그것이 "필요"해서 구하는 이에게 의미가 다채롭게 생동하는 금과옥조이겠지만, 그렇지 않은 이에게는 아무런 의미 없는 상투어일 뿐이다. "필요"란 대상의 향수를 극대화하는 동시에, 그것이 참으로 존재하는 순간으로 이끄는 불가결한 전제이다. "필요"의 발명은 수용자가 발명품의 존재를 최대한 상감할 수 있는 조건, 즉 발명품이 본래 가치를 지니며 존재할 수 있는 조건을 창출하는 작업이다. 이 사정은 일종의 예술론으로 번역된다. 예술에서도, 창작보다 감상자의 수용 조건 혹은 작품의 가치가 온전히 발현될 만한 조건이 더 중요할 수 있다. 이것이 중요한 까닭은 하나의 작품의 실상이 그 자체로 동일 불변한 것이 아니라 실연되는 조건에 따라 각기 다르게 현상하는 다의적 속성을 지니기 때문이다.

이러한 사유는 한국 소설의 주제로서 낯설지만, 형이상학적 사유로서는 낯익다. 현상학과 수용미학에서 우리는 이와 유사한 사유를 만날 수 있다. 현상학은 사물의 본질이 아니라 그것의 수용 혹은 지각 양상에 더욱 주목한다. 의식의 현상학에서 중요한 것은 사물이 진실로 무엇인가 하는 문제가 아니라, 사물에 관한 의식이 어떤 양상을 보이며 하나의 사물은 어떤 방식으로 묘사되고 인지될 수 있는가 하는 문제이다.[30] 수용미학은 하나의 예술작품의 다의성을 전제

---

30) 이상 현상학에 관한 해설은 페터 V. 지마, 『문예미학』, 허창운 역, 을유문화사, 1997, 283~284면 참조.

36

하고 작품의 단선적 해석보다 독자(수용자)에 의한 수용 양상에 더욱 주목하는 방법론이다. 야우스에 의하면 "가능한 해석의 복수성이 바로 텍스트의 미적 성격을 구성한다." 다의적인 텍스트가 다양한 수용 양상을 요구하고 일의성으로 환원될 수 없기 때문에 수용 분석은 의미 있고 흥미로운 작업이라는 것이다.[31] 예술작품의 본질보다 더 중요한 실연 조건에 대한 관심, 수용자 각각에게 다르게 현상하는 예술작품의 다의적 속성에 대한 통찰 등 김중혁의 주제는 현상학과 수용미학의 기본 논제와 상통하는 바가 있다.

김중혁의 소설들에서 반복적으로 발견되는 "순간"에 대한 집착적인 동경 역시 진지한 예술론과 존재론을 함의한다. 이 "순간"이란 예술이 극대치로 향유되는 순간일 뿐 아니라 존재론적으로는 참으로 존재하게 되는 순간, 철학자에게는 진정한 인식에 이르는 순간, 창작자에게는 영감을 만나는 순간, 구도자적 입장에서는 깨달음을 얻는 순간, 성적으로는 엑스터시의 순간으로 번역될 수 있다. 말할 나위 없이 이 "순간"은 기적적으로 도래했다가 곧 사라지기에 그 참 가치를 지닌다. 한 마디로 "순간"은 생성 즉시 소멸함으로써 그 가치의 진정함을 보장받는다. 김중혁은 이 "순간"에 끊임없는 관심을 보인다.

하나의 예술작품이 감상되는 "순간"은 수천 가지 경우의 수를 거느리며, 그중 '최고의 순간'에 대한 동경은 예술 창작자와 감상자에게 숙명적일 터이다. 이눅씨가 지하 작업실을 만들고 필요를 발명하는 사실은 이 '최고의 순간'을 조성하고 싶은, 안타까운 동경심의 발로로 보인다. 또한 이 소설에서 상당히 중요한 모티프인 "사진" 역시 "사람뿐 아니라 시간을 붙들기도 한다." 하지만 실제로 "사진"은 "시간을

---

31) 이상 수용미학에 관한 설명은 위의 책, 267~281면 참조.

붙들 수는 없"고 "시간을 붙들었다고 생각할 뿐"이며, "사진은 그렇게 시간과의 달리기에서 계속 뒤처지기 위해 존재하는 것은 아닐까" 하고 "나"는 생각한다. 사진에 관한 이런 상념 역시 "순간"을 붙들어 두고 싶은 동경심과 그 어려움에 관한 성찰을 담고 있다.

'참 순간'에 대한 애착은 "일회용"이 김중혁 소설에서 중요한 모티프가 되는 까닭이기도 하다. 「바나나 주식회사」의 "사장"은 "도구의 진보가 인간의 진화를 막"고 "모든 진보라는 건 과거를 베끼는 것에서 시작"하므로 "모든 걸 일회용으로 만"드는 사업에 착수한다. 과거를 베끼는 일을 차단함으로써 인간을 진화시킬 수 있다는 사장의 생각은 영감과 교감의 "순간"만을 중시하는 극단적인 예술관과 상통한다. 사장은 아들의 죽음으로 "정작 인간이 일회용이라는 사실"과 그것의 비극성을 깨달은 후, "자신의 논리에 딜레마가 생"겼다고 생각한 나머지 "미친 사람처럼" "체인점을 돌아다니며 자신의 얼음 호텔을 모두 녹여버"린다. 영감과 교감의 "순간"에만 집착하는 예술관은 결국 자신의 논리에 내장된 딜레마에 봉착하기 마련이다. 이는 기성품의 영향에서 완전히 자유로운 예술이 있을 수 없는 까닭이나 발화 당시 생기를 잃어버린 죽은 말인 글이 그래도 존재해야 하는 이유와도 상통한다.

"일회용"에 대한 경도와 좌절의 이야기인 「바나나 주식회사」의 흥망담은 영감의 순간과 그 복원을 꿈꾸는 예술가 혹은 참 존재의 순간을 구하는 구도자의 열망과 안타까움의 지극함을 표출하는 알레고리로 보인다. 이 소설들에서 드러난 "순간"에 관한 사유 역시 한국 소설의 주제로는 낯설지만, 형이상학적 관념으로서는 낯설지 않다. "사물 중의 하나가 사물로부터 해방되어 나와서 하나의 생명 있는 존재로 되어 나에게 가까이 와서 말을 거는 시간, 다시 말하면 '그것'

이 나에게 있어 완전한 '너'가 되는 시간처럼 짧은 것은 없다"[32]고 마르틴 부버는 말했거니와 사실 바디우나 불가에서도 이와 비슷한 사유를 만날 수 있다.

예술은 분명, 실연되는 조건에 따라 다르게 현상한다. 이 사실 때문에 「발명가 이눅씨의 설계도」의 "이눅씨"는 최고의 실연 조건을 조성하기 위해 "필요"를 발명하고 「바나나 주식회사」의 "사장"은 모든 것을 일회용으로 만들었다. 이런 사정으로 고뇌하는 예술가는 한편 실연 조건과 상관없는 순수한 예술의 원본 그 자체를 동경할 법도 하다. 「자동피아노」의 비토 제네베제는 훼손되지 않은 예술의 원본이 있다고 믿는다. 그는 "음악 대신 피아니스트의 기교와 표정"이 더 두드러지는 콘서트홀에 가지 않는다. "콘서트홀에서의 음악은 피아니스트의 동작, 손끝의 움직임, 발놀림, 표정, 관객들의 헛기침 소리, 박수 소리가 피아노 소리와 어우러지면서 생겨나는 것"이고, "비토씨는 음악에 다른 요소들이 끼어드는 게 못마땅했"기 때문이다. 그가 연주하는 "피아노의 한 음 한 음은 음악의 일부가 아니라 독립적인 개체로 자신을 드러내"는 것처럼 느껴진다. 그의 이상(理想)은 "투명"한 음악, "자신의 몸을 통째로 예술에게 빌려"주는 음악, 즉 "자동피아노" 같은 음악이다. 비토의 음악관은 예술의 원본 그 자체가 있다고 상정하고 그 원본이 다른 요소들로 훼손되는 것을 거부하는 이데아적 예술관이다.[33]

---

32) 마르틴 부버, 『나와 너』, 표재명 역, 문예출판사, 1998, 128~129면.

33) 이는 앞서 본 현상학적/수용미학적 예술관과 상반된다. 때로 김중혁 소설이 이항대립의 경계를 넘어서 상반되는 양항에 동일한 지향을 보인다는 사실은 평자들에게 지적되어 왔다. 필자가 보기에 이런 현상은 김중혁 개인의 취향이 분열된 채로 반영된 것이 아니라, 다양한 예술관을 형상화하여 묘파하기가 그의 주안점이기 때문인 듯하다. 그의 소설은 유난히 담백한 수채화를 연상시킨다. 이런 서술 방식과 존재하는 관념들을 담담하게 묘사하는 에토

한편 「비닐광 시대」의 "남자"는 "디제이들"을 몹시 증오한다. 그들은 "이 노래에서 조금 훔치고, 저 노래에서 조금 훔치고, 심심하면 스크래치 한번 해 주고, 뒤섞고 섞고, 베껴서, 자신의 이름으로 음반을" 내기 때문이다. 그는 「자동피아노」의 비토 제네베제처럼 예술 원본의 존재를 신뢰하고 그것의 훼손을 견디지 못한다. 하지만 「자동피아노」의 비토 제네베제가 긍정적으로 그려진 반면, 「비닐광 시대」의 "남자"는 부정적으로 형상화된다. 「비닐광 시대」의 "나"는 "남자"의 광기로 감금되었다가 풀려난 후, 디제이 일에 흥미를 잃는다. 하지만 결국 그는 디제이 일로 복귀하게 되는데, 그것은 "남자"의 예술관을 부정했기 때문에 가능했다. "내"가 "남자"를 부정하고 얻은 깨달음은 이렇다. "이건 정말 세상에서 하나뿐인 음악들일까. 이 사람들의 음악은 그저 하늘에서 뚝 떨어진 것일까. 나는 그렇게 생각하지 않는다. 새로운 것은 어디에도 없다. 누군가의 영향을 받은 누군가, 의 영향을 받은 또 누군가, 의 영향을 받은 누군가, 가 그 수많은 밑그림 위에다 자신의 그림을 그려나가는 것이다."

이 사유는 앞서 본 「바나나 주식회사」에서 "사장"의 일회용 사업이 실패한 이유와도 상통한다. 새롭고 독창적인 예술을 꿈꾸는 것은 예술가의 숙명이지만, 어느 누구도 과거 예술의 영향에서 자유로울 수 없다. 예술가의 새로움은 기존 예술을 새롭게 조합하는 방식에 다름 아닐지도 모른다. 데리다에 의하면, 문자는 목소리의 생기를 잃은 흔적일 뿐이고, 이 흔적들의 세계에는 중심도 기원도 없다. 그러나 죽은 말인 문자가 존재해야 인류의 문화가 보존되며, 그것을 기반으로 새로운 사유가 가능할 것이 아닌가. 발화 당시 생기를 누리기 위

스는 상통하는 바가 있다.

해 글을 폐기할 수는 없지 않은가. 이러한 사정과 디제이 예술 예찬은 상통한다.

농담 혹은 유희적 상상력에 내장된 인문학적 사유 : 이기호

이기호의 「옆에서 본 저 고백은」은 담론 형성 과정, 담론의 진정성, 담론 형성 주체의 본질에 관한 풍부한 사유를 내장한다.[34] 앵벌이 조직을 이끄는 시봉은 쌈마이 형님들이 차린 "신용정보회사"에 입사하기 위해 자기소개서를 작성한다. 그러나 워드프로세서 작업에 무지한 탓에 PC방 아르바이트생 "팔대이"에게 도움을 청한다. "팔대이"는 시봉에게 "솔직"하라며, "진짜 고백"을 하라고 요구한다. 그 와중에 "팔대이"는 자기 이야기를 조금씩 누설하면서 시봉의 고백을 유도한다. 그러는 과정에서 팔대이와 시봉의 권력관계는 점점 전도된다. 처음에 시봉은 어리숙해 보이고 말까지 더듬는 팔대이에게 쉽사리 윽박지르고 호치키스를 휘두른다. 그러나 고백이 진행됨에 따라 그 권력관계는 전도되어, 마침내 팔대이는 호치키스로 시봉의 머리를 사정없이 내려치기에 이른다. 이 이야기는 다양한 관념을 모사하고 있다.

우선 고백을 요구하는 자, 다시 말해 말하게 하는 자가 가진 권력에 대한 사유를 보자. 푸코[35]에 의하면 '고백'이란 서양의 성 담론을 생산해 온 모체이다. 문제는 고백이 명백한 권력관계를 산출한다는

34] 다음에서 다룰 이기호의 소설은 「옆에서 본 저 고백은」, 「햄릿 포에버」, 「발 밑으로 사라진 사람들」세 편이다. 모두 『최순덕 성령 충만기』(문학과지성사, 2004)에 수록되어 있다.

35] 이하 푸코의 "고백"에 대한 이론은 미셸 푸코, 『성의 역사1: 앎의 의지』, 이규현 역, 나남출판, 1996, 74~90면을 참조했다.

것이다. 말하라고 요구하는 자는 권력을 갖게 되고, 말하라는 요구를 받은 자는 권력관계에서 열세에 놓이게 된다. 고백은 "권력관계 안에서 전개되는 의식"이며, "지배의 작인은 말하는 자 쪽이 아니라 듣고 침묵하는 자 쪽에 있다." 시봉과 팔대이의 관계에서 팔대이가 시봉에게 고백을 요구하고 고백을 듣는 데 점점 성공해 감에 따라, 애초에 시봉이 누렸던 권력의 우위는 팔대이의 자리로 옮겨간다.

한편 이 소설은 담론의 진정성에 관해서도 사유할 거리를 제공한다. 바꾸어 말하면, 이 소설은 진실과 진부함 사이에 과연 경계가 있는지 질문한다. 앵벌이 아이들이 돌리는 전단지 속 문구는 비록 진부하지만, "아이들 인생하고 별다른 차이도 없"다. 그러나 그 문구는 "꾸며낸 흔적이 물씬물씬 풍겨나는 거"처럼 느껴진다. "이제 뻔한 불행은, 그게 아무리 사실이라 하더라도 더 이상 불행 취급을 받지 못하"기 때문이다. 진실이 상투적이라는 이유로 호소력을 상실한 전도된 상황이 발생한 것이다. 또한 호소력 혹은 진정성을 갖추기 위해 시봉을 구박해가며 팔대이가 작성한 자기소개서는 결국 앵벌이용 전단지로 쓰인다. 소위 진정한 고백이 결국 상업적 목적으로 이용되는 상황이 출현한 것이다. 이에 고백의 진정성은 심각하게 훼손된다.

이는 담론 형성 과정에 대한 알레고리로도 읽힌다. 한때의 진정성을 지녔던 담론은 언젠가는 진부해지고, 진부함을 극복하기 위해 다른 진정성을 요구한다. 그러나 진부한 담론을 극복하고자 만든 소위 진정한 담론도 결국 진부함에 빠지고 만다. 혹은 그렇게 진정성을 갖춘 담론조차 본래의 기능을 발휘하는 대신에 상업적 이윤 추구 따위의 부차적인 목표에 복무한다. 이 소설에서 시봉의 자기소개서의 작성자가 시봉인지 팔대이인지 불분명하다. 이는 담론 형성 주체의 불분명성을 보여준다. 유통되는 담론치고 과거와 동시대 논자들의 영향에서 완전히 자유로운 담론이 어디 있겠는가. 이 소설은 진실이 우스꽝스럽게 제작되며 결국 불온한 목적으로 이용된다는, 진실에 관한 비관을 담고 있다. 우리는 이러한 비관을 포스트모던 철학의 지류들에서 어렵지 않게 만나 왔다. 담론 형성 과정의 작위성, 진실을 요구하는 권력에 대한 외포, 담론 형성 주체의 불분명성 등 이 소설에 내장된 사유 역시 모모한 인문학 서적에서 익히 읽어 온 바이다.

이 소설은 또한 소설 쓰기 과정에 대한 알레고리로도 읽힌다. 진정성의 요구는 작가들에게 자주 부과되는 짐 중 하나이다. 때로 작가들은 그 요구가 두렵고, 그렇게 요구하는 주체의 권력에 외포와 저항을 동시에 느낄 수 있다. 그러나 작가의 내면을 진지하게 드러내는, 소위 진정성을 갖춘 소설이라 한들 과연 얼마나 진부하지 않겠는가. 게다가 그것은 종종 상업적 이윤 추구라는 불온한 목적에 이용되기도 한다.

「햄릿 포에버」는 예술가들의 화두인 영감(靈感)에 관한 진지한 사유를 담고 있다. 시봉은 본드를 흡입하면서 햄릿을 만난다. 햄릿은 대본 수정에서 연출의 세부 사항까지 일일이 시봉에게 알려준다. 환각 상태에서만 만날 수 있는 햄릿은 시봉에게 영감을 선사하는 뮤즈인 셈이다. 햄릿이 충고한 대로 대본을 수정하고 연출하자 연극은 대성공을 거둔다. 예술적 영감이 망아지경 혹은 황홀경에서 찾아든다는 사유, 혹은 예술가가 신적 영감을 대신 주재하는 영매라는 사유는 낯익은 낭만주의적 예술관이다. 시봉이 본드를 흡입하면서 환각 상태에서 천재적인 영감을 얻는다는 소설의 설정은 이러한 예술관의 반영이라고 보인다.

시봉이 마지막 조언을 구하러 햄릿을 찾기 위해 본드를 불자, 햄릿 대신에 오래 전 행방불명된 시봉의 아버지가 나타난다. 행방불명된

아버지는 시봉 개인의 트라우마이다. 개인적 트라우마가 사실 그의 천재적 영감의 기원이었던 것이다. 예술 창작에서 개인적 트라우마는 창작 의지의 원동력인 한편 각종 영감의 기원이기도 하다. 이 소설은 예술가의 화두인 영감을 소재로 그 기원에 대해 진지하게 사유한다. 영감은 본드 흡입과 같은 망아지경, 즉 현실 이탈적인 신비로운 공간에서 조우하는 것이고, 그 근원은 개인적 트라우마이다.

환각 상태에서 아버지를 만나고 충격에 빠져 깨어난 시봉에게 차서화는 "말해! 햄릿이 무슨 말을 했는지! 망령이 무슨 말을 해야 하는지, 말하라고!"라며 다그친다. 이에 화가 치민 시봉은 차서화를 바닥에 넘어뜨리고 몸 위에 올라타서 강제로 본드를 흡입하게 한다. 시봉의 분노는 영감을 얻는 과정의 비의성과 은밀성을 훼손하고 그것을 인위적으로 이용하려고 하는 작위적인 의도를 향한 것이었다. 이는 역설적으로 영감을 얻는 과정의 본래성과 비의성을 수호하려는 예술가의 순정한 의지로도 보인다. 이 의지는 한편 예술가의 생래적 동경, 즉 영감의 순간에 대한 지극한 동경을 드러낸다.

「발 밑으로 사라진 사람들」은 인위를 거부하는 자연적인 생의 태도가 얼마나 제도, 국가, 권력 등 인위적 고안물에 억압당하는지 보여준다. 순녀는 검은 소에게 겁탈당하여 아들 우석을 낳는다. 그들은 제도의 관리 범위에서 완전히 이탈해 있다. 순녀의 관심은 오직 감자밭을 일구는 데에만 쏠려 있다. 감자밭을 일구려는 순녀의 의지는 국가의 기획에 맞닥뜨리면서 좌절된다. 그녀가 자신의 감자밭이라고 상정한 곳이 군부대의 주둔지가 되어 버린 것이다. 군인과 순녀는 이렇게 실랑이를 벌인다. "도대체 국가가 누구냐, 국가는 제일 신성하고 높은 것이다. 그렇게 신성한 것이 어찌 그리 자주 피난을 가 버리느냐, 당신 지금 국가를 모독하는 거냐, 멧돼지도 피난 한 번 안

갔다." 순녀의 제도 이탈적, 자연 지향적 삶은 이렇게 국가가 제유하는 인위적 제도 앞에서 훼방 받는다.

우석은 검은 소의 아들인 만큼 문명의 대척점에 있는 소년으로 자란다. 순녀와 우석은 그들 나름대로 완벽한 이해와 사랑 안에서 살아간다. 그러나 충만하기 이를 데 없는 이들 모자의 삶은 제도 안 세인들의 시선을 통과하면서 왜곡된다. 감자밭을 일구기 위해서 모자가 협력하는 모습조차 세인에게는 "비정한 모정"으로 비칠 뿐이다. 자신들만의 가치관에 충실하여 자연스럽고 탈제도적으로 사는 모자는 제도 안의 인간들에게 비난의 대상이 될 뿐이다. 이 소설은 제도, 권력, 국가 등 근대적 이성의 고안물의 폭력성을 지적하는 한편, 본래적인 자연에 친화한 삶이 근대적 이성의 고안물 앞에서 얼마나 무력해지는지 보인다. 이런 사유 역시 낯설지 않다. 이 소설은 근대적 이성/제도/권력 비판 담론과 생태학 담론 등 친숙한 관념을 모사한다고 보인다.

6. 다시, 인간을 모사하는 소설을 위하여

지금까지 필자는 이 나라에서 리얼리즘, 현실, 리얼리티란 용어가 사용되어 온 관습의 자명성을 의심하고 그 개념들의 내포와 외연을 확장하기 위해 노력했다. 이제 리얼리즘 개념을 '사회 모사'에서 '인간 모사'로 변경하는 사고의 전환을 이루어야 하지 않을까 싶다. 인간의 심리 혹은 정념은 물론이며 인간 의식이 직조해낸 형이상학적 관념들도 리얼리즘적 재현의 대상으로 부각되어야 할 것이다. '심리적 리얼리즘' 혹은 '관념적 리얼리즘'이라는 새로운 명명 혹은 범주화도 가능해 보인다.

이 글은 지면 관계로 '심리적 리얼리즘'에 관한 논의는 뒤로 미룬 채 '관념적 리얼리즘'으로 명명 가능한 소설에만 주목했다. 이 작가들이 반영하는 인문학적 사유들은 인간 의식의 구성물이라는 점에서, 리얼리즘의 본령이 인간의 모사라는 전제가 맞다면, 리얼리즘적 모사의 대상이다. 리얼리즘 개념을 확장하고 '관념적 리얼리즘'이라는 범주를 제안하는 시도는 사실 요즘 젊은 작가들의 소설에 내장된 인문학적 사유에 대한 평단의 주목이 미비하다는 반성에서 비롯된 것이다. 자명한 것은 〈리얼리즘=사회적 현실 재현〉이라는 명제가 아니라, 인문학과 문학의 영원한 주제가 인간이라는 사실이다.

(2008년 봄)

시선(視線)의 만화경

소설에 구현된 돈의 현상학

1. 천변만화, 제 몸을 바꾸며 유영하는 돈

주요한 기능을 수행하건 그렇지 않건, 돈이 등장하지 않는 소설은 거의 없다. "그 어느 시절에도 돈에 무심하던 시절도, 소설도 없었"고, "어떤 의미에서 우리 소설은 돈에 얽매어 있었다"[1]는 평론가 김주연의 지적대로, 돈을 중심적 혹은 주변적 모티프로 차용한 소설은 흔하고 흔하다. 무엇의 편재(omnipresence)는 규정과 범주화의 시도를 난관에 빠트린다. 무규정 상태로 존재하는 일반성들을 특정한 것으로 규정하고 범주화하는 일이 학문의 소임 중 하나라면, 자명하고 흔하게 존재하는 것은 학(學)의 테두리로 온전히 포획되기 어려울 수도 있다.

그러나 "돈이야말로 현재 일어나고 있는 거의 모든 문제들을 일으

1] 김주연, 「돈의 이데올로기—한국소설 한 세기의 풍경」, 『현대문학』, 2006년 12월호.

키고 또 해명하는 심층구조의 중핵적인 상징이"[2]라는 우찬제의 지적대로, 과연 돈과 인간사는 뿌리 깊게 얽혀 있기에, 소설에 나타난 돈의 의미에 관한 논의가 면면히 수행되어 왔다. 문학의 사회적 현실 반영성을 강조하는 리얼리즘 강령에 오랫동안 묶여 왔던 우리나라 문단에서, 소설에 구현된 돈의 의미는 자본주의를 비판하고 소외된 노동 계층의 실상을 보고하는 자리에서 왕왕 논의되었다. 다시 말해 돈은 물질만능주의를 고발하고 가난과 노동 현실을 분석하는 매개가 된 것이다. 한편 돈은 작가의 현실 인식의 근거로서 논의되기도 한다. 가령 어떤 소설에 돈이 주요 모티프로 쓰이는 현상은 작가가 자의식의 틀을 폐기하고 사회 현실을 직시하기 시작했음을 알리는 표지가 되었던 것이다.

그러나 소설에 나타난 돈의 현상학은 자주 이러한 범주화의 그물망을 홀연히 빠져나간다. 정확하게 말하면 돈이 문제가 아니라 돈을 대하는 인물들의 태도가 문제이다. 돈을 바라보는 시선, 돈을 둘러싼 의식, 돈이 유발하는 감정은 몇몇 범주로 포착되지 않고 천태만상으로 구현된다. 인간사와 인간 내면에 밀접하게 연루된 돈은 고정적 의미화의 틀을 거부하고 소설 속을 유영한다. 서구의 고전적 정치경제학에서, 애초 돈은 상품들의 가치를 균일한 잣대로 추상화시킨 것, 개별 상품들의 질적·구체적·감각적 속성을 소거한 순수 추상품에 지나지 않았다. 그러나 돈은 이제 인간의 다종다양한 희로애락과 중층적인 욕망과 환멸 등 실존적 감정의 근원이며, 구도자적 깨달음의 원천이기도 하고, 각종 행동을 유발하는 추동력이자, 인물의 행불행을 관장하는 매개가 되기도 한다. 돈은 천변만화하게 제 몸을

---

2) 우찬제, 「80년대 소설에 나타난 "돈"」, 『월간중앙』, 1989년 11월호.

바꾸어가며 소설 속에 등장한다. 이 글은 최근 소설에서 다종다양하게 구현되는 돈의 의미를 되는 대로 한 자리에 모아 보려는 시도의 일환이다. 물론 이 글이 미처 포착하지 못한 돈의 현상 양태도 무수히 많을 것이다.

2. 원본 없는 이미지, 공허하게 자전(自轉)하는 돈

돈은 때때로 시뮬라크르로 기능한다. 인간은 종종 돈을 소유함으로써 자신이 꿈꾸는 다른 모든 가치를 소유할 수 있을 것이라고 상정한다. 돈은 자동적으로, 소유자의 존엄함, 우월감, 행복, 일상의 누추함에 대한 위로, 정상(正常)의 대열에서 이탈하지 않았다는 안도감 등 온갖 바람직한 감정들을 수반할 것이라고 생각되는 것이다. 꿈 혹은 욕망의 중핵과 돈은 등치된다. 사람들은 돈의 내용물이 아닌 것을 돈이 함유한다고, 다시 말해 돈이 자신들의 궁극적인 욕망의 재현물이라고 생각한다.

물론 이것은 패착이다. 돈을 욕망하는 사람들이 정말로 욕망하는 것은 성취감과 자유와 평온함 같은 어떤 실질적 가치일 터이지만, 그런 가치는 돈이 자동적으로 마련해 주는 것이 아니다. 이런 면에서 돈은 원본 없는 이미지, 실제로 존재하지 않지만 존재하는 것처럼 만들어진 인공물인 시뮬라크르라고 볼 수 있겠다. 보드리야르에 의하면, 기호와 실재의 등가원칙을 기반으로 하는 '재현'과는 정반대로, 시뮬라시옹은 기호의 가치를 부정한다. 시뮬라시옹의 대상은 원본도 사실성도 없는 실재이다.[3] 돈은 인간의 진짜 욕망을 재현하는 기호가 아니라 원본 없는 실재 주위를 공허하게 자전하는 시뮬라크르일 뿐이다.

정미경의 「호텔 유로, 1203」는 돈이 시뮬라크르로 구현된 사례이다. 주인공 "나"는 삼십대 중반의 이혼녀이다. 무명 시인이자 방송 작가이기도 한 그녀는 '명품'을 소유하고 싶은 욕망에 중독되어 있다. 명품과 그 모조품들을 구입하느라 과도한 카드빚을 지게 된 그녀는 결국 돈을 벌기 위해 매춘에 나선다. 명품을 소유하는 순간은 "일상의 남루함이 일순에 사라지는 마술의 순간, 다른 모든 것들이 헛되고 헛되이 여겨지는 지나친 눈부심"이라고 묘사된다. 이 소설은 명품에 집착하는 여자의 심리를 예리하게 묘파한다. 명품은 그녀에게, "그토록 경멸해 마지않던 엄마의 삶을 되풀이하게 될 것 같은 끔찍한 예감으로부터 벗어날 수 있"게 해주는 것, "뭇별 속에서 항성처럼 스스로의 존재를 증명할 수 있는 어떤 것", "세상의 중심에 서 있음을 느끼게 할 수 있는 그런 강인함을 획득하"는 수단이다. 즉 명품은 남루한 현실과 현실의 자질구레한 고뇌와 초라한 엄마의 삶을 답습할지도 모른다는 불안을 잊게 해주는 위안물이자, 현실이 제공하지 못하는 자존감을 부여해주는 존재 증명의 수단이요, '주변부의 초라한 현실의 자아' 대신 '세상의 중심에 서 있는 강력한 자아'라는 허구적 자의식을 선사하는 마법의 주문이다. 그녀 스스로 밝혔듯이, 이 모든 것은 한 마디로 "돈의 내공"이다. 명품에의 욕망은 돈에의 욕망에 다름 아니다.

이 소설에서 돈은 생존 수단의 차원을 넘어선 잉여적 가치를 가진

---

3) 장 보드리야르, 『시뮬라시옹』, 하태환 역, 민음사, 1997, 26~27면 참조.

다. 여기에서 돈—욕망의 실체는 불안과 자괴감에서 도피하고 허구적인 자존감과 존재감을 획득하려는 욕망이다. 실상 돈은 그녀의 진짜 욕망의 대상인 그런 가치들과 등치되지 않음에도, 그녀는 양자를 동일시하고 있다. 그녀는 돈에 허상을 덧붙이는 도착에 빠지며, 돈에 부착된 허상은 그녀를 지배한다. 돈은 "본래의 고유한 목적성을 상실하고 전혀 다른 것이 된"[4]다. 다시 말해 이 소설에 구현된 돈은 원본 없는 이미지, 실제로 존재하지 않지만 존재하는 것처럼 만들어진 인공물, 시뮬라크르이다. "특별함에 대한 집착과 사물에 대한 욕정"을 "인간에 대한 집착이나 욕정보다 더" 뜨겁게 느끼는 그녀는 원본과 허상이 도치된 욕망의 소유자인 것이다.

정이현의 「낭만적 사랑과 사회」의 "유리"는 자신을 부유하게 해 줄 남자와 결혼하기 위해서 지략가를 방불케 하는 무수한 전략을 구사한다. 돈 많은 남자를 만나 "진정으로 강한 여성이 되"기를 꿈꾸는 그녀는 "엄마처럼 사는 일은 절대로 없"어야 하고, "혼자 힘으로 이 척박한 세상과 맞서야" 한다는 당위에 의해 이른바 여우짓을 스스로 정당화한다. 이 소설에서도 "돈"은 미래의 행복과 소유자의 지고한 가치를 보장해주는 기호로 상정된다. 돈이 그러한 인생의 실질적 가치를 보장하는 필요충분조건이 되지 못한다는 사실을 그녀는 아직 모른다. 이 소설에 구현된 돈의 실상은 유리가 꿈꾸는 가치를 재현하는 기호가 아니라, 원본에서 이탈한 시뮬라크르이다.

성석제의 「인지상정」의 "최우식"은 일생을 돈의 허상을 쫓는 데 바친 인물이다. 아버지의 유산을 거의 받지 못한 그는 자신의 힘으로 막대한 재산을 일군다. 재산을 일구는 방식은 이런 식이다. 전쟁 중

---

4) 위의 책, 141면.

갑자기 징병된 사람들이 가족에게 쓴 편지를 전달해준다는 명목으로 돈을 받고 정작 편지는 전달하지 않으며, 매사에 뇌물 쓰기를 꺼리지 않는다. 막대한 부의 축적의 추동력이 만족을 모르고 악무한을 거듭한 욕망이었음은 두말할 나위 없겠다. 이 소설에서 돈은 그것을 추구하는 자에게 지속적으로 허기를 유발한다. 만일 돈이 애초 욕망을 재현하는 기호라면, 돈을 소유함과 동시에 허기는 충족되어야 할 것이다. 그러나 돈이 본래 욕망과 동치인 기호가 아니라 원본 없는 이미지일 뿐이기에 욕망은 충족됨 없이 악무한을 거듭한다.

3. 인간 조건을 구성하는 돈

'우물 안 개구리'라는 유명한 말의 출처는 『장자』이다. 출전을 뒤져보면 이런 설법을 만난다. "우물 속에 있는 개구리에게 바다에 대해 말해도 소용없는 것은 그 개구리가 살고 있는 좁은 곳에 사로잡혀 있기 때문이오. 여름 벌레에게 얼음에 대해 말해도 별 수 없는 것은 그 벌레가 살고 있는 철에 집착되어 있기 때문이오."[5] 또 다른 옛이야기, 플라톤의 동굴의 비유의 서두는 이렇다. 지하 동굴에 어릴 적부터 사지와 목을 결박당한 죄수들이 살고 있다. 이들은 이곳에 머물러 있으면서 앞만 보도록 되어 있고, 포박 때문에 머리를 돌릴 수도 없다.[6]

장자의 이야기에서 개구리의 우물과 여름 벌레가 사는 여름철은

---

5) 「추수(秋水)」, 『장자』, 안동림 역주, 현암사, 2000, 418면.
6) 플라톤, 『국가』, 박종현 역주, 서광사, 2006, 448~456면.

인간 조건의 탁월한 비유이다. 플라톤이 제시한 사지와 목을 결박당한 채 지하 동굴에 갇혀 있는 죄수들 역시 인간 조건에 구속당한 인간 실상을 환유한다. 인간은 살아 있는 한 벗어날 수 없는 몇몇 조건에 결박되어 있다. 식욕과 성욕도 그 조건 중 하나일 터이다. 적잖은 소설들에서 돈은 이러한 탈각 불가능한 인간 조건으로 그려진다. 돈에 관련된 천태만상도 이 지점에서 연출된다.

돈을 상실한 인물들은 파멸에 이르기도 하고, 때로 돈의 가치를 부정했던 인물들은 삶의 신고를 겪으면서 어쩔 수 없이 그것을 수락하기도 한다. 두 경우 모두 돈이 인간사를 작동시키는 무시무시한 근원력임을 보여준다. 돈은 때로 그 소유자와 박탈자 간 경계를 설정하고 그것을 공고화하는 지표로 기능하기도 한다. 그러나 돈이 이렇게 쓸쓸하게 작동하는 것만은 아니다. 때로 돈은 인간 간 애정과 신뢰를 표현하는 수단이거나 탈일상적인 꿈을 실현하기 위한 매개가 되는, 긍정적인 기능을 수행하기도 한다. 그러나 돈이 이렇게 행복하게 쓰이는 경우 역시 돈의 위력을 역설적으로 증언한다. 불행뿐 아니라 행복도 돈을 매개로 직조된다. 모든 인간사를 작동하는 추동력이자 다종다양한 인간의 의식과 감정의 근원인 돈은 이쯤 되면 벗어날 수 없는 인간 조건, 탄생과 동시에 인간을 수감하는 감옥이라 이를 만하겠다. 소설에 표출된 돈에 얽힌 의식과 감정의 천태만상을 관람하노라면, 돈이 공기와 물처럼 인간 존재의 기본 전제가 아닌가 싶기도 하다. 이세 그 천태만상 중 일부를 관람해 보자.

인간을 파멸시키는 원흉

　다음의 두 소설은 돈을 상실한 인간이 얼마나 피폐해지는지 보여
준다. 파멸은 이승우 소설에서 정신적 공황의 형태로, 성석제 소설에
서는 총체적 몰락의 형태로 이루어진다. 두 소설 모두 돈에서 소외된
인간의 몰락과 파멸을 그림으로써, 인간의 존재 조건이 된 돈의 위력
을 증언한다.

　이승우의 「나는 아주 오래 살 것이다」의 "나"는 사업에 실패한 오
십대 초반의 남자이다. 노조는 그를 악덕 기업주, 회사를 파산으로
몰고 간 무능한 경영자라고 지탄했다. "노조원들과 담판을 짓겠다고
들어간 농성장에서 그는 달걀 세례를 받았고 옷이 찢겼으며 무릎꿇
림을 당했다. 세상에 태어나서 처음 당하는 수치와 굴욕이었다. 수치
와 굴욕은 거기서 끝나지 않았다. 그날, 정부와 채권단은 그의 경영
권을 박탈하는 결정을 내렸다. 하루아침에 회사를 빼앗긴 그는 빈털
터리가 되었다." 자기의 인생이 끝났다고 생각하는 그는 "불쑥불쑥
치솟는 울화를 이기지 못하고 밤에 깨어 일어나 괴로워하며 벽을 치
고 술을 마시고 소리를 지르"며, 심각한 "불면증"에 시달린다. 이 세
상에서 마음 둘 곳을 발견하지 못한 그는 결국 자신이 만든 관 안에
서 기식하기에 이른다. 이 소설에서 돈은 인간 내면의 황폐화와 직결
된다. 그의 정신적 공황의 원인이 된, 아들 뻘 노조원들에게 무릎꿇
림을 당하는 수모와 회사의 도산은 모두 돈에 연루된 사건들이다.
그의 우울증은 박탈된 자존감으로 인한 분노와 허무함에서도 기인
했으나, 돈이 주인이 된 세상에 대한 환멸에도 만만치 않게 빚지고
있다. 돈은 이 소설에서 그것이 상실될 때 정신적인 기반마저 모조리
박탈하는 절대절명의 요건으로 그려진다.

인간을 파멸로 이끄는 돈의 위력은 성석제의 「저만치 떨어져 피어 있네」에서 보다 참혹하게 묘파된다. 주인공 "그"는 집주인에게 사기를 당해 전세금을 몽땅 날릴 위기에 처한다. 위기를 모면하기 위해 모색한 모든 방도는 다시 "돈"을 요구한다. 방도를 방도답게 만들 돈이 없기에 그는 점차 참혹한 영락의 길을 걷게 된다. 후배에게 수모를 당하고 아내에게 원치 않는 상처를 주는 일쯤이야 비교적 견딜 만하다. 최소한의 생계 방편마저 잃어버린 그는 도둑질도 일삼으며, 아내는 청력을 잃어가고, 아이는 집을 나간다. 결국 집에서 강제로 쫓겨나는 날, 아내는 베란다에서 투신한다. 이 소설에서 돈은 생존의 절대 조건이다. 그것을 상실한 자는 최소한의 생존 기반을 박탈당함은 물론, 타인에게 존엄성을 훼손당하고 스스로 인간의 도리를 지키지 못한다. 돈의 상실은 인간을 인간이게 하는 기본 요건마저 박탈하는 것이다. 그런데 인간으로서의 존엄성이나 도리를 운운하는 게 사치로 느껴질 만큼, 돈이 없는 현장은 절박하다. 돈 없음은 아내의 죽음으로까지 이어지며, 남편 역시 노숙자 이상의 삶을 기대할 수 없기 때문이다. 마치 1920년대의 카프계 소설에서처럼, 돈은 이 소설에서 인간을 파멸시키는 원흉으로 지목된다.

얽히고설킨 양가감정'들'의 대상

김인숙 소설에서 돈을 바라보는 인물의 시선은 복잡다단하다. 인물들은 한때 무시했던 돈의 가치를 어쩔 수 없이 수락했다가, 수락한 자신을 한없이 자조하며, 원하든 원하지 않든 돈의 그물에서 자유로울 수 없는 자신들을 쓰라리게 연민하는 한편, 돈의 논리에 포획된 세상을 미미하게나마 다시 환멸하기도 한다. 돈은 애증 혹은 환멸과 투항의 양가감정의 대상이다. 그러나 이 양가감정마저 단일하지 않은, 중층적인 양태로 구현된다.

「그 여자의 자서전」은 돈을 두고 느끼는 인물의 중층적인 감정을 핍진하게 묘파한다. 주인공 "나"는 "팔리는 소설 따위에는 관심이 없었"던 작가이다. 그녀는 "자서전 대필" 일거리를 소개받고 "날 어떻게 보고 이러나 불쾌한 기분"을 느끼면서, "쓰고 싶은 것을 쓰기 위한 매문"을 한다는 "모멸감에도 불구하고" 그 일에 착수한다. 자서전 대필로 받게 될 목돈이 "지난 십 년 동안 내가 벌어들인 어떤 돈보다도 크다는 사실을 무시할 방법이 없었"기 때문이다.

그녀는 어린 시절 책을 읽어야 위인이 된다는 아버지의 설교를 들으면서, 작가의 꿈을 키워왔다. 한동안 반자본주의적 투쟁에 참여해 온 이력도 암시된다. 그러던 그녀의 현실은 어떠한가. 그녀는 텔레비전의 홈쇼핑 광고를 틀어놓은 채 글을 쓰며 충동적으로 물품을 구입하는 버릇을 가지고 있다. 홈쇼핑 중독은 돈의 가치를 부정하고 돈보다 더 소중한 무엇을 꿈꿔왔던 과거의 그녀 모습과는 상반된다. 충동적으로 물품을 구매하고도 그것을 내팽개쳐 버리는 행동은 돈의 가치에 투항하면서도 다시 환멸하는 양가감정에서 비롯된다.

부정해 왔던 돈의 가치를 수긍하기까지 그녀가 겪어낸 현실은 엄혹하다. "늘 정해진 대로만 살았고, 그의 삶은 늘 가난한 정답으로 가득" 찬 오빠는 생계의 어려움으로, 가난한 동생에게조차 물질적 도움을 기대한다. 반지하 방에 살면서 사귀었던 남자는 그녀를 떠나고, 그녀는 홀로 "거의 다섯 달 가까이나 머물고 있던 아이를 없애" 버린다. 수술 받은 날 홀로 설렁탕을 사먹는 그녀에겐 "살아야지, 악착같이 꼬리곰탕 그릇의 밑바닥을 긁는 것처럼"이라는 생각밖에 떠오르지 않는다. 그러나 돈의 가치를 부정했던 한 사람이 돈을 벌어야겠다고 작정하도록 몰아대는 세상사가 어디 이뿐이겠는가. 그런 일은 도처에 널렸으리라.

그녀는 애초의 꿈의 기원이었던, 아버지의 책 예찬에 대해서도 다르게 생각하게 된다. 이제 그녀는, "책 속의 길을 설파하던 아버지"에게 중요한 것은 "위인들의 삶이 아니라 그들이 마침내 거머쥔 명예와 출세와 돈"이었을 것이며, "그가 진심으로 꿈꾸고 있었던 것은, 어느 날 아침에 일어나 봤더니 깔고 앉은 알량한 몇 십 평짜리 낡은 구옥의 집값이 갑자기 천정부지로 뛰어올라 있다든가, 그가 깨알 같은 글씨와 숫자들로 가득 채워놓은 노트 속의 사업계획서가 현실화되어 돈이 무더기로 쏟아져 들어온다든가 하는 따위의 일들이었"을 것이라고 짐작한다. 그녀의 생각에 따르면, 자신은 꿈의 기원을 오해하고 있었다. 즉 자신에게 꿈을 심어준 아버지의 설교의 기저는 자본주의적 욕망이었던 것이다.

돈이 인간사를 작동시키는 불변의 중핵이라는 사실을 수락한 그녀의 심경은 몹시 복잡해 보인다. 그녀는 "돈 몇 푼에 그런 인간의 전기를 쓰겠다고 나서다니, 부끄럽지도 않아?"라는 비난을 감수한 채, 이호갑이 "천하의 사기꾼이든 살인마든, 그런 건 내가 알 바 아니"며, "돈을 챙기기 위해서라면 나는 그를 하나님으로라도 만들어 줄수"도 있다고 생각하면서 자서전을 쓴다. 그녀는 일견 양심보다도 더 중요한 돈의 가치에 투항한 듯하지만, 그러한 자신을 한껏 모멸하기도 한다. 그녀는 그렇게 하도록 몰아대는 세상의 질서를 환멸하면서 동시에 수락한다.

「바다와 나비」역시 자본의 위력에 굴복한 세계의 정경을 쓸쓸하게 그린다. "나"와 "남편"은 대학시절, "암호를 대고서야 들어갈 수 있는 밀실에서 중국 혁명사를 공부했다." 그때 그들에게 "중국이란 나라는 금단의 나라였으나, 또한 금지된 이상(理想)이기도 했다." 그러나 현재의 중국은 어떠한가. 조선족 여인은 스물다섯 살의 딸을 사십을 넘긴 노총각에게 시집 보내서라도 한국으로 오게 한다. "한국에 가려고 하는 사람들이 믿는 건, 돈뿐"이며 "중국도 결국," "돈밖에는 믿을 게 없게" 되었기 때문이다. "나"는 중국의 거리에서 "빠른 것, 간단한 것, 포장된 환상, 결국 자본주의적인 것, 맥도날드"가 당당하게 존재하는 모습 역시 목도한다. 자본주의 전복이라는 꿈의 온상이었던 중국의 현재는 자본주의에 빈틈없이 침윤된 모습을 보여준다. 「그 여자의 자서전」의 "나"처럼, 「바다와 나비」의 "나" 역시 돈의 위력에 쓸쓸히 투항한다. 그러나 그녀의 투항은 중국의 현실을 인지한 소치만이 아니다. 중년이 되도록 살아 온 세월이 자연스럽게 돈의 위력을 수긍할 수밖에 없도록 만든 것이다. 이 사정은 긴 설명이 없더라도, "이 지랄 같은 나라에서 밥 벌어먹고 산다는 건" "정말 지랄 같은 일"이라는 인물의 대사를 빌지 않더라도, 누구나 짐작 가능할 것이다.

그러나 돈의 위력에 투항한 정경을 목도한 "나"의 심경은 간단하게 설명되지 않는다. 돈을 벌기 위해 고군분투한 나머지 "다른 사람의 넋으로 보"이는 남편에게 "남은 것이 아무것도 없"다는 사실을 그녀는 잘 알고 있다. 돈의 위력에 굴복하지만 실상 공허하기 이를 데 없다는 점에서 남편은 그녀와 등치되는 인물이다. 그녀의 중국행은 돈의 위력에 굴복한 자신과 남편에 대한 거부감의 발현으로 보인다. 그러나 한편 그녀는 남편을 솔직하게 연민하는 편지를 쓰기도 한다. 하지만 다시 그 편지를 찢어버리는 행위는 감상에 빠지지 않으려는 안간힘으로 보인다. 「그 여자의 자서전」의 "나"의 경우와 마찬가지로, 이 소설의 "나"의 감정은 복잡다단하다. 그녀는 어찌할 수 없는 돈의 위력에 굴복하면서도, 그런 삶의 피로를 절실하게 연민하고, 연민에 빠지는 자신의 나약함을 경계하면서도, 역설적으로 그렇게 짜여진 세계의 질서에 환멸하기도 한다. 한마디로 이 소설들에서 돈은 얽히고설킨 '양가감정'들의 대상이다.

계층 간 부동(不動)의 경계선을 설정하는 지표

정미경의 「내 아들의 연인」은 돈에 의해 구분된 계층 간의 경계가 얼마나 공고한지 보여준다. 상류층 여성인 "나"는 아들의 연인인 "도란"에게 양가감정을 느낀다. 도란은 컨테이너에 사는 극빈층이자, 아르바이트로 학비와 가족의 생활비를 충당하는 명문대 대학원생이며, 부유한 연인에게 신세지기를 거부하고 부를 동경하지도 않는 속 깊은 아가씨이다. 그녀는 도란을, "깨끗하고 반듯한 아이"로 보고, "내 딸 성격이 이러면 참 예쁠 것 같다"라고 느끼면서도, "어쩐지 눈에 안기는 구석이 없는 아이"라고도 생각한다. 아들 역시 도란을 몹시 사랑하지만 결국 결별하는데, 결별의 사유를 일기에서 이렇게 밝힌다. "그녀의 전부를 감싸 안으려는 내 태도와 그녀의 자존심은 늘 충돌한다. 그 아이의 가난이 문제가 아니라, 모였을 때 너무 초라하게 입고 있는 것, 먹을 때 사소한 거 가지고 따지고 그러면 처음엔 화나고, 돌아서면 안쓰럽고, 그런 게 불씨가 된 것 같아. 가난이 D의 일부가 아니라, 공기처럼 그녀의 삶 전부를 지배하는 걸 보면 화가 나." 아들의 일기를 훔쳐 본 엄마, "나"는 "넌 걔의 가난이 싫은 거야. 간단한 얘기 복잡하게 하지 마라"면서 속말을 중얼거린다.

그녀는 빈부 격차를 극복하지 못하고 연인을 버린 아들을 조소하지만, 조소의 대상에는 그녀 자신도 포함된다. 그녀는 도란이에게 무척 호감을 느꼈으면서도 일부러 거리를 두어왔음을, 친해지지 않으려고 애를 쓴 이유가 아들의 심정과 다르지 않았음을 깨달은 것이다. 그녀 역시 도란이의 가난에 이질감을 느꼈고, 그것을 불편함과 불안함의 징후로 받아들였던 것이다. 이 소설에서 돈은 그것의 소유자와 박탈자 간에 부동(不動)의 경계선을 설정한다. 돈을 소유한 모자(母子)는 돈이 없는 도란을 좋아하거나 사랑한다. 그러나 그들에게 호감을 준 도란의 미덕은 도란의 가난 앞에서 무력할 따름이다. 모자는 결국 도란의 가난을 수용하기에 실패한다. 이 소설은 한국에서 빈부를 가르는 선이 점점 확고부동해진다는 세간의 우려를 상기시킨다.

한편 이 소설은 돈을 소유한 계층의 폐쇄성과 배타성을 보여주기도 한다. 아들의 폐쇄성을 조소하던 엄마인 "나"는 억울한 처지에 놓인 경비원을 도와줄 수 있음에도 불구하고 도와주지 않는다. 그 무관심은 귀찮은 일에 말려들기를 거부하는 마음, 다시 말해 가진 것을 손해 볼 가능성이 있는 일은 어떤 일이라도 피하고 싶은 마음에서 비롯되었음은 두말할 나위가 없다. 돈을 소유한 이들의 폐쇄성과 배타성은 정이현의 「소녀 시대」에서도 극명하게 확인된다. 압구정동의 로데오 거리를 산책하는 도중 부유한 소녀 "나"는 이렇게 생각한다. "이 거리를 왔다 갔다 하는 수많은 애들 중에서 누가 딴 동네 사람인지 우린 그냥 한번 쓱 보면 골라낼 수 있다. 촌빨 날리는 딴 동네 애들과 눈이 마주치면 차갑게 쌩까준다. 두 번 다시 안 쳐다보는 것만큼 화끈한 복수는 없을 테니까. 무슨 복수냐고? 음, 똥개도 자기 구역이 있다질 않는가. 찌질하게 입고 남의 동네 넘어와 물 흐리는 것만큼 괘씸한 일이 또 있을까?" 이 소설에서 돈은 가진 자들만의 특권의식을 부추기는 표지, 타인의 침입을 차단하는 공간의 수문장으로 기능한다.

온정과 꿈을 실어나르는 돈

　이제 비교적 긍정적인 돈의 기능으로 눈을 돌려보자. 때로 돈은 소설에서 신뢰와 애정의 표현 수단이거나 탈일상적인 꿈을 실현하기 위한 매개로 기능한다. 그러나 이러한 삶의 따뜻한 정경조차 돈을 매개로 연출된다는 사실은 역설적으로 인간이 얼마나 돈에 결박된 존재인지 보여준다.

　박완서의 「그리움을 위하여」에서 돈은 애정 표현의 수단이자 신뢰의 근거로 기능한다. 동생의 재혼에 줄곧 부정적이었던 "나"는 동생과 대화를 나누면서 "영감님"의 진심을 알아차리고 재혼을 축복하기에 이른다. "나"의 심경 변화에 "집문서 옮겨주고도 천만 원짜리 통장도 내 이름으로 해줬어. 그밖에 적금도 하나 들어줬구"라는 동생의 전언이 중요한 몫을 담당한 것으로 보인다. 이 소설에서 집문서, 통장, 적금 등은 영감님이 동생에게 품는 애정의 신실성을 드러내는 지표로 기능한다. 돈이 애정 표현의 수단으로 쓰인 것이다. 동생이 영감님에게 받은 "돈"을 계기로, "내"가 영감님을 대하는 마음은 불신에서 신뢰로 바뀐다. 돈이 신뢰의 근거로 작용한 것이다.

　김훈의 「언니의 폐경」에서도 역시 돈은 애정 표현의 수단으로 기능한다. "언니"는 불의의 비행기사고로 남편을 잃는다. 사고 후 배상금, 퇴직금, 순직보상금, 생명보험금, 부의금은 "모두 이십억이 넘었다." 언니는 그 돈의 대부분을 결혼한 두 아들과 시댁 남자들에게 내주었다. "그렇게 다 뜯기고 나서 겨우 챙긴 얼마 중의 일부"인 "오천만 원"을 언니는 선뜻 동생에게 준다. 이혼을 전제로 별거를 시작한 동생은 십삼 평형 아파트를 얻고자 하는데 돈이 부족했기 때문이다. 뿐만 아니라 "소형 냉장고와 에어컨, 식탁과 장롱을 들이는 데" 필요한

"육백만 원" 역시 언니가 감당해 주었다. 이 소설에서 돈은 불행을 맞은 혈육에 대한 연민과 애정을 표현하는 도구로 쓰이며 온정적인 의미를 구현한다.

서하진의 「요트」에 드러난 돈의 의미는 이색적이다. 주인공 "나"는 사십대의 주부로서, 살던 집의 재개발을 눈앞에 두고 있다. 그녀의 가족은 "한눈에 들어오는 좁은 거실, 두 개의 작은 방"을 가진 아파트를 떠나 "오십구 평의 새 아파트"로 입주할 수 있다. 그러나 남편은 재개발로 가격이 오른 집을 팔고 강북으로 이사한 후 그 차액으로 요트를 구입할 것을 주장한다. 요트는 남편에게 "미지의 세계, 꿈의 공간"을 의미한다. "나"는 당연히 남편의 꿈에 회의적이다. 그녀는 꿈의 본질이 얼마나 허망한지 알기 때문이다. 그러던 그녀는 아들의 가출을 계기로 마음을 바꾼다. 모범생이었던 고3 아들은 별다른 이유 없이 집을 나간다. 어렵게 아들을 찾은 그녀는 아이에게 요트를 타고 대서양을 한 바퀴 돌자고 제안하고, 아들은 기뻐하며 마음을 열고 부모와 대화를 시도한다. 아마도 그는 수험 생활을 겪으며 일상의 무의미함을 뼈저리게 느꼈을 것이라고 짐작된다. 그렇기에 그에게 요트를 타고 대서양을 일주하자는 제안은 마음의 빗장을 풀어 버리는 계기가 될 수 있었을 것이다.

여기에서 요트를 구입하는 데 들 돈 "6만 달러"는 일상의 무의미성과 차폐성에 대한 대안으로, 꿈을 상징한다. 이들이 지불해야 하는 6만 달러는 일상의 안락함과 여유, 즉 실제적인 부(富)를 적잖이 포기할 것을 전제하기 때문에, 희생적 의미가 없다고 할 수 없다. 일반적인 경우 돈은 의식주의 여유로 대변되는 일상의 풍요와 등치된다. 하지만 이 소설에서 돈은 일상을 풍요롭게 만들 수단이 아니라 일상의 풍요를 희생해서라도 누리고 싶은 자유와 꿈을 의미한다.

4. 탈각된 돈

　지금까지 살펴 본 소설에서 돈은 잉여적 욕망의 대상이거나 탈피 불가능한 인간 조건을 구성하는 요인이었다. 그런데 과연 인간은 잉여적 욕망에서 자유로울 수 없으며 인간 조건에서 해방 불가능한가? 물론 그렇지 않다. 이제 돈에 부착된 잉여 욕망을 탈각시킨 사례들을 주목해 보자. 이 경우 인물들은 돈에 부착된 잉여 욕망이 "실재계 속의 구멍"[7]임을 잘 알고 있다. 욕망은 무한 증식되지만, 그것의 궁극은 텅 빈 부재일 뿐이다. 욕망의 기만적 속성을 소거한 돈은 이제, 생존의 기본 수단으로서의 소박한 가치에 안주하게 된다. 돈은 그러나 여전히 인간 조건인 듯하다. 그래도 긍정적이건 부정적이건 돈에 결박당한 앞 소설의 인물들과 달리 다른 가치를 보존하기 위해 돈을 외면하는 인물이 출현한다.

시뮬라시옹을 그친 돈

　박완서의 「대범한 밥상」의 주인공 "나"는 살 날을 석 달 남겨 놓고 유산 분배 문제로 골머리를 앓다가 여고 동창생 "경실"을 찾아간다. 경실은 무남독녀 외딸과 사위를 비행기사고로 잃고 두 손자를 사돈 영감과 함께 키워왔다. 그녀가 거액의 보상금을 노렸기 때문에 손자들을 키웠다고 사람들은 수군거려 왔다. 하지만 "나"는 경실과 대화하면서 이것이 그야말로 억측이었음을 알게 된다.

　무엇보다 "나"를 감화시킨 것은 "돈"을 대하는 경실의 "대범한" 태

---

7) 자크 라캉, 『욕망 이론』, 민승기 외 역, 문예출판사, 1998, 167면.

도이다. 경실은 세간의 억측과 다르게, 거액의 보상금을 한 푼도 축내지 않고 장성한 손자들에게 돌려주었다. 그것이 가능했던 이유는 경실이 서울에서 받는 월세와 영감님의 월급을 "아껴 쓰지도 헤프게 쓰지도 않으니까 저절로 수입과 지출이 맞아 떨어"졌기 때문이다. 이는 너무나 당연해 보이지만, 결코 당연하지 않다. 거액의 보상금을 수중에 쥐고 있는 사람이라면 더 큰 재물에의 욕망 때문에 소위 재테크를 시도하는 것이 일반적인 행동 방식일 테니까 말이다. 경실은 살고 있는 시골집의 소유권을 설정하거나 세금을 적게 무는 방도를 고안하는 일에 관심이 없다. "재산은 더군다나 이 세상에서 얻은 거고 죽어서 가져갈 수 없는 거니까 결국은 이 세상에 속하는 건데 죽으면서까지 뭣 하러 참견을 해. 이 세상의 법이 어련히 처리를 잘 해줄까봐. 손자들 말고 그거 가로챌 사람 아무도 없어. 손자들이 너무 잘나거나 너무 못나서 제 몫을 못 챙겨도 그게 이 세상에 있지 어디로 가겠냐?" 이것이 유산 정리를 거부하는 경실의 변이다. 또한 경실은 세금을 피할 방도를 궁구하라는 "나"의 제안을, "법이 정한 대로 뜯겨야지 어쩌겠어"라며 일축한다. 법의 혜택을 누려왔으니 돈을 세상에 돌려주는 것이 당연하다는 생각이다.

고향산천의 모습을 찍은 사진을 손자들에게 보내는 일조차 과욕이 아닌가 스스로 의심하는 경실은 그대로 자연에 따르는 순일한 정신을 구현한다. 이는 달리 표현하면 돈이 거느리는 시뮬라크르들을 거부한 경지이기도 하다. 그녀는 돈을 일상을 영위하고 손자들을 키우기 위한 최소한의 수단으로만 여기고, 결코 그 이상 돈의 허상에 속지도 않고, 돈의 허상을 추구하는 잉여적 욕망에 휘둘리지도 않는다. 이 태도는 모든 행동의 원인을 물욕으로 해석하고, 죽는 날까지 돈 걱정을 하는 세간의 양태와 선명하게 대비된다. 경실에게 구현된 돈은 생존하고 인간의 도리를 지키기 위한 최소한의 수단, 즉 허상을 걷어낸 실재로만 존재한다.

앞서 언급한 성석제의 「인지상정」의 결말은 평생을 돈에 집착해 온 인물이 죽음을 앞두고 돈의 허무함을 깨닫는 모습을 보여준다. 최우식이 죽음을 앞두자, 그의 세 아들은 각각 유산을 조금이라도 더 차지하려고 혈안이 된다. 아들들의 속셈을 눈치챈 우식은 "너희 삼형제가 각자 마대에 돈을 담을 수 있는 만큼 담아서 내일 오전 열 시까지 이리로 가지고 오너라"라는 명을 내린다. "아버지가 그들이 가지고 온 돈을 기준으로 능력을 평가하고 그에 비례하여 재산을 나눠 주리라"고 짐작한 아들들은 각자 최대한 돈을 모아 담은 자루를 짊어지고 아버지의 병상을 찾는다. 세 아들의 돈은 병상에 올려진다.

그런데 이제, 아버지의 행동은 어떠한가. 그는 돈을 공중에 흩뿌린다. 수표와 채권, 등기권리증, 부도어음마저 공중에 흩뿌리는 "그의 깡마른 얼굴에 웃음기가 감돈다." "그는 웃는다. 웃으며 돈을 흩뿌린다." 소설 전반에 걸쳐 그려진 돈을 모으기 위한 최우식의 쟁투와 세 아들의 사투를 염두에 둔다면 일견 어이없는 결말이다. 하지만 가장 그럴 법한 결말이기도 하다. 평생 자신을 옭아매었던 돈이 기실 텅 빈 구멍에 불과하다는 깨달음은 비단 현자들만의 전유물은 아니다. 최우식은 돈의 잉여적 가치와 시뮬라크르적 이미지에 누구보다도 더 많이 매료된 인물이었다. 그러나 그는 죽음을 앞두고 돈의 허구성을 깨달은 듯하다. 이때 돈에 덧칠되었던 원본을 상실한 허상은 지워진다.

다른 가치를 보존하기 위해 외면되는 돈

정미경의 「나의 피투성이 연인」은 과부가 된 서른한 살의 여자 유선의 이야기이다. 죽은 남편은 꽤 이름이 알려진 작가였다. 출판업자는 남편의 일기나 편지 등 내밀한 기록을 모아 출판하자는 제의를 하며 계약금 오백만 원을 건넨다. 그날 저녁 그녀는 우연히 남편이 죽기 전 불륜에 빠져 있었다는 사실을 알게 된다. 이때부터 유선의 고뇌는 시작된다. 남편의 불륜은 그의 죽음이 자살일지도 모른다는 추측을 부추긴다. 이러한 센세이셔널한 정황이 세간에 알려진다면 유선은 경제적으로 유복해질 수 있다. "그의 모든 걸 까발리고 조롱거리가 되게 하고 스캔들의 가운데 놓이게 하고 싶"다는 복수심과 더불어 어려워져 가는 경제적 형편과 딸을 번듯하게 키우고 싶다는 소망은 남편의 일기를 출판해버리자는 마음에 추를 얹는다. 하지만 그녀는 결국 출판업자에게 개인적 파일이 모두 삭제되었다고 거짓말하며 출판을 포기한다. 그녀는 "피의 냄새와 잔혹함, 배신과 후회"도 사랑의 정수로 인정하며, 남편을 항상 "피투성이 연인"으로 기억하길 바라기 때문이다.

남편의 배신조차 사랑의 일부로 포용하며 그 기억을 훼손하고 싶어 하지 않는, 일견 납득하기 어려운 그녀의 심경은 소설에 묘파된 두 사람 간 지극했던 사랑의 장면들로 개연성을 획득한다. 그녀는 남편의 스캔들을 세간에 알리며 일기를 출판하고자 하는 욕망에서 완전히 자유로울 수는 없었다. 그 욕망의 추동력은 복수심이기도 하지만, 그보다는 경제적 필요라고 보는 편이 타당할 것이다. 실지로 그녀는 고뇌하는 동안 점점 경제적 궁지로 내몰리고 있었다. 하지만 마지막 순간 그녀가 추종한 것은 돈의 논리가 아닌, 다른 논리였다. 그

다른 논리를 기억과 환상과 사랑의 논리라고 부를 수 있을지. 아무튼 이 소설에서 돈은 더 큰 가치를 보존하기 위해서 외면해도 좋을 대상으로 부각된다.

5. 시선의 만화경, 가치의 만화경

소설에 구현된 돈은 다양한 양태로 현상한다. 가령, 돈은 물신주의에 포획된 인간상을 비판하는 매개라는 식으로 단일하게 환원되지 않는다. 돈에 관련된 인간의 의식과 감정이 천태만상으로 전개되는 정황은 돈의 탄생 배경과도 관련될 것이다. 돈은 원래 다양한 가치를 획일적으로 추상화하기 위해 고안되었다. 여기에서 '획일적인 추상화'보다 '돈이 대변하는 다양한 가치'에 주목해 보자. 인간이 수락하거나 거부하는 가치의 수는 무한하다. 따라서 가치를 대변하는 돈을 바라보는 시선(視線) 역시 천변만화할 터이다. 단적으로 돈은 무수한 가치관이 각축하는 장이다. 자본주의의 바깥은 없다는 풍문이 팽배한 지금 여기에서 우리는 섣불리 돈이 소거된 정경을 꿈꿀 수는 없다. 그러나 돈을 바라보는 시선만은 개인의 의지대로 선택 가능한 문제임에 분명할 것이다.

(2007년 여름)

2부

심연에 드리운
언어의 그물

황당무계한 상상력에 내장된
관념적 의미의 만화경

박형서론

1. 의미의 구출과 해석의 귀환

　2000년대 발표된 소설들의 특성을 밝히고 그것을 당대에 특유한 것으로 규정하여 과거와 변별적으로 호명하려는 담론이 한동안 범람했다. 그중 최근 소설에 두드러진 상상/환상적 특성을 부각한 담론이 주요한 장을 형성했다. 이 담론은 최근 소설이 현실을 모사하기 보다는 상상과 망상의 세계 혹은 무중력 공간으로 이탈하고, 해석의 가능성을 거절하며, 의미 혹은 전통적 주제의식을 결여한다고 논한다.

　박형서는 이러한 담론을 펼치는 논자들이 즐겨 근거로 제시하는 작가이다. 가령, 그의 소설은 핍진성과 개연성을 포기한 "망상의 메커니즘"에 따라 조직되며, "편집증 환자의 내면세계를 언어로 옮겨놓은 것과 유사"하다고 논의[1]된다. 이 논의는 박형서 소설이 현상하는

---

1) 김형중, 「소설의 제국주의 혹은 '미친, 새로운' 소설들에 대한 사례 보고」, 『문예중앙』,

외적 특성을 타당하게 파악하고 있다. 하지만 박형서 소설의 현상적 자질을 세대론적으로 특화하려는 의욕에 경사한 나머지, 작품의 내적 의미를 소거하고 해석 행위의 가치마저 폄훼할 때, 이런 논점은 위험한 수위에 육박하는 듯하다. 다시 김형중이 박형서 소설의 주제를 지적하는 일이 "마치 기역 자를 두고 기역 자라고 하는 것과 같다"며, 그의 소설을 "현실 적부심에 부치려는 자가 있다면 바로 그야말로 강박증 환자"라고 단언[2]할 때, 이와 같은 우려는 증폭된다.

박형서 소설에 두드러진 탈현실성과 상상/망상/환상적 요소에 주목하는 담론은 충분히 작품이 현상하는 외재적 특성을 파악하고 있지만, 이 논리는 의미 파악의 즐거움을 간과한, 현상 파악 위주의 단선적 독법만을 부각하는 위험을 내포한다. 예컨대 보르헤스와 마르케스의 소설은 분명히 현실의 인과율을 배반한 환상의 문법을 따르고 있다. 하지만 그들의 소설을 손쉽게 환상소설로만 규정한 나머지 그들이 산출해 내는 풍성한 의미(주제의식)를 간과하거나 해석 시도를 강박증적인 것으로 치부한다면, 그들의 문학적 보고(寶庫)의 상당 부분을 매장해 버리는 일이나 다름없을 것이다.

이쯤에서 작품의 해석보다 담론의 산출에 주력하는, 다층적인 작품의 의미보다 작품이 현상하는 특성에 더 주목하는 작금 평단의 에토스에 대해 한 번 의문을 제기해봄 직하다. 물론 예의 담론들의 논지는 타당하고, 특정 시기의 문학작품들이 공유하는 세대적인 특질을 일반화하여 문학사적으로 특화해야 한다는 강박 아래 놓인 비평의 숙명을 감안한다면, 그 존재 이유 또한 필연적이다. 하지만 담

2005년 봄호.

2) 김형중, 「소설 이전, 혹은 이후의 소설」, 『자정의 픽션』 해설, 문학과지성사, 2006.

론 산출 작업의 그늘 아래 지워질 수도 있는, 작품이 생성해내는 의미를 음미하는 고전적인 비평 작업의 중요성 또한 결코 간과되어서는 안 된다. 당연한 말이지만, 담론의 산출 작업과 작품의 해석 작업은 상호보완적이어야 하겠다.

그런데 위험은, 이후 제출된 박형서 관련 평문에 이 논리가 거의 복제된 채로 계승된 사실에서 심각하게 감지된다. 가령, 그의 소설이 "의미 있는 메시지와 주제를 논할" 필요가 없는, "상징은커녕 어떤 비유나 알레고리도 허하지 않는, 그저 우리를 중독시킬 뿐인 이야기"라는 논의[3], 독자는 "어떤 일관된 의미를 유추하려고 조바심" 내지 말고 "사고의 비약 자체를 재미로 여기"며 "그냥, 즐기면 그만"이라는 논의[4]가 그 사례이다. 이들이 강조하는 황당무계한 상상력이 과연 새로운 것으로 주목받을 만한 자질인지(옛적 신화와 전설, 고담 등에서부터 탈현실적 상상력은 우리에게 매우 친숙했다) 여부에 관한 질문은 차치하고라도, 의미를 소거한 채 상상력의 향연을 즐기면 그만이라고 단언하는 논의가 거의 박형서 소설에 관한 정론을 형성한 듯한 이 지점에서, 그의 소설에 대한 진지한 해석 작업은 평단의 치우침을 보완하는 한 방편이 될 것이다.

해석 작업이 미비했던 까닭에 그의 소설이 "통상적인 삶의 감각에서 벗어나 삶에 대한 새로운 통찰에 이르게 하거나 정서적 여운을 안겨주는 전통적인 단편소설의 기능"[5]을 결여한다는 비판이 가능했을 것이다. 이 논의 역시 박형서 소설에서 의미를 소거하는 독법을

---

3) 김미정, 「유령이 깨어나는 시간, 새로운 익살의 시간」, 『2007 '작가'가 선정한 오늘의 소설』, 작가, 2007.

4) 정주아, 「변신 혹은 변심에 대하여」, 『문학동네』, 2007년 봄호.

5) 심진경, 「뒤로 가는 소설들」, 『창작과비평』, 2007년 봄호.

공유한다. 이제 우리는 황당무계한 상상력이라는 표지 아래 간과되어 버린 풍요로운 의미 생산성에 더욱 주목해야 할 터이다. 이 작업은 자연스럽게, 박형서 소설이 통찰과 사유가 결여된 "흥미로운 패설 혹은 가벼운 읽을거리"[6]라는 앞의 비판에 대한 한 반론이 될 터이다. 그러나 이는 비평의 기본적 윤리인 해석의 당위를 따르자는 소박한 제안이기도 하다.

2. 주제로 내장된 탈근대 담론

2000년대 문학작품의 특성을 규명하는 담론들의 논리적 근거는 많은 경우, 탈근대 담론이다. 논자들은 주로 최근 문학작품이 중심적인 주제의식을 결여하는 이유와 그러한 현상이 돌출될 수밖에 없는 시대적 정당성을 거론할 때 종종 탈근대 담론에 기댄다. 박형서 소설 역시 탈근대 담론과 친연관계를 맺고 있다. 하지만 이 글은 박형서 소설과 탈근대 담론과의 연루 방식을 여타 비평 담론들과 다른 차원에서 파악한다. 즉 그의 소설에서 탈근대 담론은 탈주체적, 탈주제적, 탈중심적 글쓰기 '형식을 정당화하는 기제'가 아니라, 그 자체로 '주제'가 된다.

탈근대 담론은 그의 소설에서 미메시스의 대상이다. 가령 그는 이성의 권능을 불신하기에 주제와 내면이 결여된 글을 쓰는 것이 아니고, '이성의 권능에 대한 불신'이라는 중심적인 주제를 소설적으로 형상화한다. 이렇게 뚜렷한 주제와 의미를 내장한 소설이 탈주체적, 탈

---

6) 위의 글.

주제적, 탈중심적 소설일 수는 없을 것이다. 박형서 소설에서 탈근대 담론적 주제를 읽어내려는 이 글의 독법이 아이러니하게도 매우 근대적임을 인정한다. 하지만 평단의 치우침을 보완하기 위해서라도 또 하나의 극단적인 독법은 필요하다고 보인다.

이 나라의 독서계를 풍미해 왔던 탈근대 담론은 다양한 세목을 거느리지만, 거칠게 보아 다음 논지를 공유한다. 이성의 권능 불신, 진실의 상대성과 불가지성에 대한 인식, 상징계를 능가하는 상상계의 위력에 주목, 세계를 작동하는 원리로서 인과율과 필연성 부정 등. 이상은 박형서 소설에서 반복적으로 변주되는 주제들이기도 하다.

등단작 「토끼를 기르기 전에 알아두어야 할 것들」(이하 「토끼」)은 이후 박형서가 되풀이 주제로 차용하는 탈근대 담론의 세목을 모두 내장하기에 주목을 요한다. 아내는 토끼 부부가 죽은 원인을 알아내고자 토끼를 흉내 내며 살다가 토끼를 닮은 모습으로 죽어버린다. 타자와 지나치게 깊게 연루하고 죽음에 이르기까지 동일시하는 아내의 방식은 그 위험에 무지하다는 점에서 비합리적이다. 이에 반해 남편은 "말을 하든지 아니면 글로 써야 비로소 두 지적 생명체 간에 의사소통이 가능해진다고 믿고 있"다. 말과 글이 이성의 제유라면, 남편은 합리적인 인물이다. 그는 아내의 변신과 죽음의 원인을 파악하기 위해 네 가지 가설을 세운다. 이렇게 당혹스러운 사건의 본질을 밝히기 위해 지적인 방법으로 접근하는 태도도 그의 이성주의자로서의 면모를 드러낸다.

남편은 아내의 죽음의 원인에 관한 네 가지 가설 중 셋을 곧이어 부정한다. 세 가지 가설과 그에 대한 비판은 이렇게 요약된다.

1. 아내는 토끼가 죽은 정확한 원인을 알아내고 싶어 했다. 그것이 자

신의 실수 때문이었는지, 토끼의 부주의 때문이었는지를 알고 싶었던 것이다. / 하지만 이렇게 결론 내어 버리기에는 아내가 토끼 부부를 대한 순수함의 농도가 짙다.

2. 아내는 토끼 부부에게 지나치게 자신을 동일화한 나머지, 스스로를 토끼로 만들어버렸다. / 그러나 이렇게 생각한다면 아내를 너무 바보 취급하는 것 같다.

3. 모든 것은 고대 중국에서부터 전해 내려오는 회생진법에 의한 것이었다. / 아내는 그 정도의 초월적인 감각을 가지고 있지는 않았다.(『토끼』[7], 19~23면 요약)

첫째 가설은 아내의 행동을 토끼의 죽음에 대한 정확한 원인을 파악하려는 욕구, 혹은 사건을 과학적으로 사유하려는 태도의 발현으로 상정하는 점에서 희랍철학에서 비롯된 합리적 이성의 사유 전통과 관계된다. 둘째 가설은 사랑과 동일화의 기제에 주목하는 점에서 기독교식 사유 전통으로, 세 번째 가설은 동양적 사유 전통으로 해석된다. 이 세 가지 사유방식은 인류의 지성이 수천 년 간 수행해 온 작업을 압축하고 있다. 각 가설에 안티테제를 덧붙이는 남편의 사고과정은 지성의 대표적 양태인 변증법을 연상시킨다. 그런데 아내의 죽음은 지성사와 변증법에 의해 포섭되지 않는 자리에 놓여 있다. 이에 아내의 죽음의 비밀에 이성과 지성이라는 해법으로 다가가는 남편의 시도는 우스꽝스럽게 되어 버리고 만다.

남편은 결국 "모든 결론을 관통하고 초월하는 하나의 관념"을 "다만 느낄 수 있었는데", 그 느낌에 의해, "아마도 '외로움'이라는 단어

---

[7] 이 글의 텍스트는 『토끼를 기르기 전에 알아두어야 할 것들』(문학과지성사, 2003)과 『자정의 픽션』(문학과지성사, 2006)이다. 이하 각각 『토끼』와 『픽션』으로 줄여 쓴다.

가 그 비밀을 표상하는 가장 근사치의 기호일 것이"라는 깨달음에
도달한다. 아내의 죽음이라는 삶의 실존적인 난제(難題)를 푸는 해
법은 전통적 지성사에 의지한 합리적 사유를 통해서가 아니라, '느낌'
이라는 비이성적 경로로 전달된다. 이성의 전능함에 기반한 합리적
사유와 그것이 기대는 지성사 따위는 인생의 비밀을 푸는 해법으로
서 무력함만을 노출할 뿐이다. '외로움'으로 표상되는 실존적 고통이
야말로 인간의 본질적 비밀에 가까운 것이다.

작가는 남편의 성격과 행태를 통해 합리적 이성을 조롱하고, 위의
세 가지 추론을 희화하면서 지성 일반의 가치에 의문을 제기하며,
아내의 죽음의 원인을 '외로움'으로 제시함으로써 이성과 지성에 선
행하는 인간의 실존적 고통에 주목한다. 등단작에서 보이는 이 주제
들은 일련의 소설들에서 반복적으로 출현한다. 이런 면에서, 「토끼」
는 박형서 소설의 미래 형질을 고스란히 내장한 DNA와도 같다. 이
제 이 주제들이 구현되는 양상을 세목별로 살펴보자.

마법, 신화, 상상력, 농담, 신명, 열정, 감성, 아무튼 탈이성적 인 어떤 것

호르크하이머와 아도르노는 이렇게 쓴다. "완전히 계몽된 지구에
는 재앙만이 승리를 구가하고 있다. 계몽의 프로그램은 세계의 「탈
마법화」였다. 계몽은 「신화」를 해체하고 「지식」에 의해 상상력을 붕괴
시키려 한다."[8] 이들의 계몽적 이성에 대한 반감과 마법, 신화, 상상
력 예찬은 박형서 소설에서도 자주 발견된다.

---

8) 막스 호르크하이머·테오도르 아도르노, 「계몽의 변증법」, 김유동 외 역, 문예출판사, 1996,
23면.

「작별」은 춤 이야기이다. 전반에서 모호한 '춤'의 의미는 말미에 이르러 분명해진다. 무궁화호 열차의 납치와 살해라는 황당한 죄목으로 처형당한 범인의 시체의 춤을 목도한 화자는 이렇게 쓴다.

> 나는 그러한 종류의 춤은 이것이 마지막임을 깨달았다. 그리하여 다가올 세계에서 춤의 빈자리는, 분명한 목적지를 향한 총총걸음과 같은, 보다 덜 유치하지만 삭막한 겨울의 냉기로 채워지리라는 사실을 인정해야 했다. (중략) 나 역시 이 합리적인 도시의 시민이며, 죄를 지은 자는 매우 패거나 목을 잘라야 맘이 편해진다. 다만 위대한 장대가 하나씩 세워질 때마다 농담의 거리는 좀 더 경직된 몸짓으로 메워졌고, 그것이 내게는 참담하게 느껴졌을 뿐이다.(『토끼』, 92~93면)

춤의 빈자리는 분명한 목적지를 향한 총총걸음과 삭막한 겨울의 냉기로 채워진, 농담이 사라진 경직된 곳이다. 한마디로 그것은 '합리적'인 세계이다. 춤의 빈자리에 대한 묘사는 춤의 의미를 역설적으로 드러낸다. 춤은 합리적 이성에 대척하는 어떤 것을 의미한다. 그것은 상상력, 농담, 신명, 열정, 감성 등으로 구체화될 수 있다. 흥미로운 것은, 이 소설이 탈이성적인 그것의 존재를 부각하는 데 머무르지 않고, 그 속성을 성찰한다는 점이다.

춤은 "독자적이고 변별력 있는 이름"이나 "명확히 밝혀진 의도"를 갖고 있지 않다. 탈이성적인 그것은 명명되기를 거부하고 목적을 위한 수단으로 존재하지 않는다. 명명됨으로써 한계 지워지고 목적을 위해 도구적으로 사용되는 것은 잘 알려진, 합리적 이성의 부정적 측면이다. 대통령의 춤에서, 춤은 합리적 이유 없이 사람들을 신명나게 하는 것, 뚜렷한 목적도 없이 '경지'에 이르고픈 소망을 환기하는 것이다. 외계인의 춤은 춤의 비현실적 속성을, 지옥에서 도망쳐 나온 남자의 춤은 춤의 극한의 신고(辛苦)와의 친연성을 부각한다. 때로 춤은 마늘버터를 바른 식빵의 경우처럼 경쾌한 욕망 추구와, 혹은 어머니의 경우처럼 처절한 욕망 추구와 관련되며, 또한 부부생활과 같은 일상적 희로애락의 자연스러운 부산물이기도 하다.

한편 "왜 춤추는 존재들은 언제나 떠나는 것일까. 어째서 마지막은 항상 작별인 것일까. 조금씩 주위를 채워가는 밤의 조짐에게 묻고 물었다. 하지만 변함없는 침묵"이라는 화자의 독백에서 보듯, 춤은 사라짐을 그 본질로 하며 사라지는 이유에 대해 우주는 침묵한다. 신명이나 열정, 혹은 상상력은 찰나적으로 존재하기에 그 가치를 견지한다. 작별(소멸)을 전제하지 않는 무엇은 필연적으로 부패를 수반한다. 합리적 이성의 경직성에 대한 반대항으로 제시된 자질들은 생성 즉시 소멸함으로써 역설적으로 그 신선한 생명력을 유지한다. 그리고 합리적 이성으로 해명되지 않는 신명, 열정, 상상력의 본질에 대해 우주는 침묵할 뿐이다. 밝혀질 수 있는 비밀은 더 이상 근원성·절대성의 아우라를 거느리지 못한다.

폭력의 구성물로서의 진실과 지성계

푸코에 의하면, 지식이란 한낱 담론에 불과하며 담론은 그 시대에 특유한 지식-권력의 산물에 지나지 않는다. 진실의 허구성과 지식-권력 기제의 부조리를 일관되게 조롱하는 박형서는 푸코의 이 유명한 명제에 동의하는 듯하다. 그러나 푸코가 특정 시대에 지식을 생산하는 감추어진 질서인 에피스테메(episteme)의 역할에 주목하면서, 그것을 "한 주어진 시대에 있어서, 과학들 사이에서, 그들을 언설적 형성의 수준에서 분석할 때 발견할 수 있는 관계들의 집합"[9]이라고 다소 온건하게 규정한 반면, 박형서는 지식을 산출하는 에피스테메를 '폭력'으로 파악하는 점에서 보다 과격하다.

「진실의 방으로」(이하 「진실」)에서 '진실'은 고문을 통해서 만들어진다. 진실의 창출자인 고문 담당 경감이 제시한 진실의 심장은 "복잡한 전선으로 연결된 네모난 기계, 부드러운 천에 싸인 야구방망이, 외과용 카테터와 긴 고무 튜브" 등 고문 도구들이었다. 이 소설에서 진실은 권력의 우위를 점한 자들의 발언이며, 폭력적인 권력 투쟁의 산물일 뿐이다. 한편 고문 받는 사내, 즉 폭력의 희생자이자 권력 상실자인 사내가 제시한 진실의 심장은 "시계들의 거대한 무덤"이다. 이는 진실의 역사성을 환기한다. 즉 소위 진실이란 특정 시기에만 통용되고, 시간이 흐름에 따라 그 진리성이 변모하며, 시간에 의해 창조되거나 소멸된다는 점에서 역사성을 띤다. 한편 진실을 창출하는 권력 보유자의 편에서 폭력을 행사하던 O는 소설의 말미에서 권력을 박탈당한 자, 폭력의 희생자가 된다. 권력 보유자와 권력 박탈자의 위치가 쉽사리 교환 가능한 사정은 지성계에서의 지식-권력의 가변성을 드러낸다. 지식-권력이 가변적이기에, 지식의 진실성 역시 가변적일 수밖에 없다.

'지식의 허구성'이라는 주제는 등단작 「토끼」에서부터 출현했다. 독특한 주제 구현 방식에도 불구하고 주제 자체는 진부하달 수도 있었다. 이 주제가 진부하지 않으려면 지식이 허구적인 이유와 양상에 관한 구체적인 성찰을 수반해야 할 것이다. 이후 소설에서 박형서는 '지식의 허구성'이라는 중심 주제에 나름대로 다양한 세목을 추가한다.

---

9) 미셸 푸코, 『지식의 고고학』, 이정우 역, 민음사, 1998, 267면.

가령 「진실」의 주제, 지식과 폭력의 친연성, 지식의 역사성, 지식-권력의 가변성 등도 그 세목들이다. 「논쟁의 기술」은 진리성이 아닌 "기술"에 의해 산출되는 지식의 허구성, 호승심·적의 등 폭력성과 지식과의 친연성 등의 세목을 보다 극명하게 보여준다. 또한 "유리한 주제의 선정", "은근히 겁주기", "얄밉게 웃기" 등 "기술"들의 목록 자체도 흥미로운 세목으로 읽힌다. 주제의 구체적 세목화는 앞의 「작별」에서도 확인한 바 있다.

「『사랑 손님과 어머니』의 음란성 연구」(이하 「사랑 손님」)은 지성의 허약함을 방증하는 구체적 세목들의 전시장이다. 지면 관계로 한 사례만 들어보자.

> 1965년에 발표된 「본질과 진실」이라는 논문을 통해 저자는 "'에구 좋아'했으면 그야말로 기분이 좋은 것이다"라고 당당하게 선포했다. (중략) 박선영의 저 놀라운 화두는 역사주의적인 과잉 해석을 경계하며 어린아이의 여리고 순수한 눈으로 텍스트를 접할 것을 요구하고 있다. 더불어 "그럼 작은 외삼촌은 어데루 가나?"라는 텍스트 내의 문장을 염두에 둔 듯 "누군가가 '어데루'라고 했으면 그건 '어디로'가 아니라 있는 그대로, 즉 '어데루'일 뿐"이라고 주장하였다. 필자는 전적으로 동조하는데, 저자의 고견대로 '어데루'는 '어데루'지 '으데루'나 '으데로' '워데로' '워데루'가 아니며 '어디로'는 더더욱 아니기 때문이다.(『픽션』, 139~140면)

인용 대목의 필자는 그야말로 동어반복일 뿐인 박선영의 논지에 전적으로 동의하며 "놀라운 화두"라는 찬사를 아끼지 않는다. 지식이 결국 토톨로지(tautology), 즉 동어반복일 뿐이라는 논지는 형이상학계의 유명한 딜레마이다. 필자나 박선영을 모두 희화함으로써 박형서는 학문의 동어반복적 속성을 조롱하며, 이런 식으로 '지식의 허구성'이라는 반복되는 주제에 구체적 세목 하나를 추가한다.

존재의 비밀을 내장한 코라의 공간

박형서는 로고스에 의해 억압당하고 질서 잡히고 구획지어지기 전 인간 본래의 감정적 에너지가 들끓고 있는 공간에 주목한다. 이를 크리스테바[10]의 세미오틱(sémiotique)과 코라(chora) 개념에 빗대어 설명할 수 있겠다. 세미오틱은 언어가 되기 전에 뭉클거리는 발화 욕망으로 존재하는 것, 이성으로 포획되기 전의 무정형의 감정적 에너지이다. 세미오틱의 거주지인 코라는 "아직 하나의 정돈된 '우주'로 통일되지 않은, 양분을 공급하는 모성적인 그 무엇"[11]이며, 그 속의 언어 기호는 규정·분절되지 않은 상태로 존재한다.

가령 삶의 간난신고에서 비롯한 극심한 고통 혹은 트라우마에서 기인한 복수심과 적의 등 폭발적인 감정이 있다고 치자. 이들은 합리적 이성으로 해명될 수도 언어적 질서로 환원될 수도 없지만, 삶의 본질적인 계기를 이루는 혼란스러운 에너지의 집적이라는 점에서, 세미오틱의 거주지인 코라와 연관된다. 이러한 주제를 구현하는 두 소설, 「사막에서」와 「하나, 둘, 셋」의 형식은 다른 소설들에 비해 유난히 해체적이고 혼란스럽다. 이 소설들의 형식 자체가 쌩볼릭(symbolique)으로 정형화되기를 거부한 세미오틱의 나열태로 보인다.

---

10) 이 단락에서 크리스테바의 이론은 줄리아 크리스테바, 『시적 언어의 혁명』, 김인환 역, 동문선, 2000, 25~33면을 참조하여 소개했다.

11) 위의 책, 27면.

「사막에서」에서 작가는 "존재하는 것은 존재하는 이유를 위하여 평생 노고를 다하고, 그것은 일면 물고 물리는 톱니바퀴와 같은 것이"라고 쓰면서 존재하는 일 자체의 숙명적 고통을 언급한다. 아버지와 먼 친척 여인은 젊은 날 사랑을 나누었는데, 여인은 미쳐 버리고, 여인을 문병 갔다 오는 길에 아버지는 갑작스럽게 죽는다. 화자는 스물한 살부터 6년간 피가 썩는 병을 앓으며, 그동안 가족은 가난해지고, 실명한 동생은 서투르게 은행 강도 노릇을 하다가 잡혀간다. 이 소설에서 존재의 고통은 상처로 점철된 삶의 간난신고와 상실과 망각의 괴로움 등으로 구체화된다. "내 앎과, 내 느낌과, 빼앗기기가 죽기보다 싫었던 모든 것들, 그들은 사막에 갇혀 소리 죽여 울었고, 때가 되자 하나씩 소멸해갔다. 절대 벗어날 수 없는 것들에서 벗어나기 위해 필요한 것은 사막을 닮은 망각뿐이었다"라고 진술하면서 작가는 상실과 망각의 고통에 대해 탄식한다.

무엇보다 존재의 고통은 이유도 목적도 모르는 채 존재해야만 하는 숙명에 기인한다. 다음에서, 걷는 일의 본질도 그 자리에 있는 이유도, 자신들의 정체도 모르고 사막을 걷는 사람들은 존재의 이유와 목적에 무지한 무명(無明)의 상태 — 또 다른 코라라고 할 수 있을 — 에서 존재를 이어가야만 하는 우리 자신들에 대한 섬뜩한 은유이다.

> 이봐, 어떻게 된 거지? 한 사내가 드디어 입을 열어 말하자, 모두들 그의 용기를 칭찬했다. 실은 아무도 모르지, 하고 제법 앞장서서 씩씩하게 걷던 사내가 말했다. 이 보랏빛 사막에서 우리는 대체 무엇을 하고 있는지, 왜 여기 있는지, 아니 우리가 누구인지조차 모르고 있단 말이야. (중략) 나는 여기 남겠어. 아무 이유 없이 걸어가는 것과 아무 이유 없이 여

기 남는 것의 사이에 조금도 차이가 없잖아.(『토끼』, 38면)

「하나, 둘, 셋」에서 아버지는 어린 화자를 툇마루 아래로 밀어뜨려 불구의 몸으로 만든다. 이 트라우마는 화자의 증오와 적의, 자학의 근원이 된다. 결국 화자는 꿈속 고향의 아름다움에 감동한 후 그동안 복수심과 분노로 자신의 존재를 구성해 왔던 일을 회한하며, "이 모두가 전부 집착이었"음을 깨닫지만, 그땐 이미 죽고 난 다음이다. 상처, 증오, 적의, 원망, 자학, 복수심 등으로 구성된 존재의 고통은 죽어서야 끝난다. 그렇다면 살아있는 한, 그러한 존재의 고통에서 벗어날 길은 요원한 것이다. 다소 섬뜩한 이 전언은 삶이 무질서하고 불가해한 감정적 에너지에 얼마나 기대고 있는지 증언하는 듯하다.

인과율을 이탈한 우연의 세계

「이쪽과 저쪽」의 양씨는 늘 '이쪽'으로 다니다 별 뜻 없이 '저쪽'으로 길을 잡은 날, 곽가 부자를 실수로 죽이게 된다. 재판부는 그날만 '저쪽'으로 길을 잡았다는 이유로 양씨의 살인이 고의적이라고 주장한다. 양씨는 저쪽을 택한 이유가 고의가 아닌 우연이라고 강변하지만, 통하지 않는다. 양씨의 변호인의 다음 진술은 우연을 대하는 세상의 태도를 드러낸다.

제가 이해한 바로는, 선생님은 그날 우연히 저쪽을 선택하신 겁니다. 그리고 그 우연한 선택의 끝에서 사고가 일어난 겁니다. 저는 선생님을 믿습니다. 하지만 저처럼 우연을 믿는 사람은 많지 않습니다. 대부분의 사람들은 세상만사에 있어서 납득할 만한 이유를 원합니다. 납득할 만한 이유가 없다면, 이런저런 정황을 참고해 그럴싸한 이유라도 하나 만들어내고 싶어 합니다. 이 사건에서 가장 골치 아픈 문제는 원인과 결과의 상관성, 대다수가 신봉하고 있는 그 엄격한 인과율을 벗어났다는 겁니다.(『토끼』, 164면)

작가는 양씨의 우연적 선택을 고의라고 주장하는 세계의 부조리를 보이면서, 역설적으로 우연으로 조직된 세계의 속성을 강변한다. 분명 세계가 "원인과 결과의 상관성, 대다수가 신봉하고 있는 그 엄격한 인과율"에 의해 구성되었다는 믿음은 양씨의 억울한 죽음이라는 부조리로 귀결된다. 박형서의 시각에 의하면, 세계를 구성하는 힘은 엄격한 인과율보다 우연의 위력이다. 양씨의 변호인은 "나비 효과, 카오스 이론, 불확실성의 원리"를 참조해 가며, 세계는 뉴턴 역학 혹은 엄격한 인과율 대신 확률과 우연에 의해 지배된다고 주장하지만 역부족이다.

'우연의 위력'에 관한 모티프는 박형서 소설에서 심심치 않게 발견된다. 「물 한 모금」의 양파는 고구마와 똑같은 시기에 영감 받고 발명했지만, 물 한 모금 마시는 짧은 시간의 차이 때문에 모조 발명가로 전락해 버린다. 양파와 고구마의 운명은 '우연'에 의해 결정된 것이다. 「사막에서」에서도 작가는 "모든 것은 한순간이고, 삶이란 그런 우연한 순간들의 연속이므로, 그리고 죽음이란 그 마지막 우연에 불과하므로"라고 직설적으로 진술한다.

3. 새로운 관념 소설의 가능성

기발한 상상력과 무한 증식하는 이야기의 미덕이 비단 박형서만의 자질이 아닌 것처럼, 탈근대 담론의 주제적 형상화 역시 오직 박형서만이 수행한 작업은 아니다. 지금까지 그의 주제들이 탈근대 담론으로 범주화된 것은 필자의 정리 작업상 편의를 위함이지, 그가 의도한 바의 전부는 아닐 것이다. 그의 소설은 사실 탈근대 담론만으로 온전히 포획되기 어려운 다양한 해석 가능성을 지닌다. 의미의 중층성으로, 그의 소설은 여타 탈근대 담론을 주제화한 소설들과 변별된다. 가령 「토끼」는 인간관계를 맺는 두 가지 대표적 방식을, 「물 한 모금」은 패자가 현상하는 보편적인 양태를, 「불 끄는 자들의 도시」는 돈 대신 인육으로 매개된 등가 교환 법칙의 섬뜩함을 드러내는 소설로 각각 해석 가능하다. 지면이 허락된다면 많은 소설의 다양한 의미를 발굴해 내겠지만, 일단 다음 한 편의 소설을 예시적으로 살펴보자.

「물속의 아이」는 애욕(愛慾)에 대한 흥미로운 성찰을 담고 있다. 아이는 우연히 2층에서 굴러 떨어졌을 때, 어머니가 자신을 안고 비탄에 잠긴 모습에 무한한 행복을 느낀다. 동생이 태어나자, 어머니의 애정을 분할해야 하는 상황을 견디지 못한 아이는 거짓으로 졸도하는 연기를 습관적으로 자행한다. 아이의 심리를 규정하는 것은, 어머니의 애정을 독점하고픈 욕망이다. 아이는 꿈에서 어머니의 얼굴을 보는데, 곧 어머니의 얼굴은 "수면에 반사된 자기 얼굴"로 대체된다. 이 꿈은 애욕의 나르시시즘적인 본질에 대한 성찰을 담고 있다. 크리스테바가 "사랑의 대상은 주체의 은유"[12]라고 쓰면서, 애욕의 근본 동력이 나르시시즘이라고 밝힌 바 있듯이, 아이의 끈질긴 집착의 대상은 실상 어머니가 아니라, 어머니에게 사랑 받는 자기 자신이다.

아이의 고의적 발작으로 동생은 죽고, 아버지는 집을 떠나며, 어

---

12) 줄리아 크리스테바, 『사랑의 역사』, 김영 역, 민음사, 1995, 53면.

머니는 약물에 의존해야 할 정도로 피폐해진다. 아이의 애욕으로 인해 주변 사람들이 파괴되어 버린 것이다. 이러한 정황은 애욕의 파괴적 속성을 환기한다. 지나친 애욕은 주변을 황폐하게 만든다. 이때 황폐화의 가장 큰 희생제물은 종종 바로 애욕의 대상이다. 경쟁 상대를 모두 물리친 후, 아이는 어머니의 애정이 미약해짐을 느낀다. 굳이 지라르를 언급하지 않더라도 경쟁 혹은 투쟁 상태가 애욕을 살찌우는 가장 기름진 자양분이라는 사실을 우리는 경험으로 알고 있다. 이렇게 애욕의 독점 지향성, 나르시시즘적 본질, 파괴적 성향, 경쟁 상태 선호성 등의 의미를 독자는 이 소설에서 추출할 수 있다.

이상 거론한 주제들이나 앞장에서 밝힌 탈근대 담론적 주제들은 모두 인문학적 관념들이다. 박형서의 활달한 상상력을 부각한 논의가 주류를 이루었던 까닭에 이 글은 그의 관념적 주제 구현 능력에 보다 더 주목했다. 이에 주목하면, 그의 소설은 일종의 관념 소설로 보인다. 그런데 여타의 관념 소설과 달리, 그의 관념적 주제는 유희적 외연에 적절하게 용해되어 있다. 그의 소설은, (논자들이 수차례 지적한) 웃기고 황당한 상상력과 다양한 인문학적 관념이 중층적으로 포개어진 소설이다. 지금까지 논자들의 시선을 교란한 정도로 보아 박형서의 딴청 부리기 능력은 탁월하다. 이 딴청 부리기 능력 혹은 포개기 능력이 또한 그의 소설을 여타의 관념 소설과 차별 짓는다. 한편 주제에 관한 피상적 성찰에 머무르고 마는 대다수 관념 소설의 한계에 맞서, 박형서의 몇몇 소설은 주제의 구체적 세부까지 성찰한 흔적을 보여준다. 이는 새로운 관념 소설의 탄생을 예고한다. 활달한 상상력을 특화하라는 주문은 지금까지 흔했으니, 이 글은 관념적 주제를 좀 더 깊고 넓게 확장하라는 제안서를 제출하겠다. 의미의 중층성과 다양한 해석 가능성은 박형서 소설의 개성이기도 하지만, 그렇기에 더욱 보강되어야 할 자질이기도 하다.

박형서의 개성을, 탈근대적 외연과 근대적인 묵직한 주제의식이 공존하는 아이러니라고 바꾸어 말할 수 있을까. 아이러니는 또 있다. 그의 인문학적 관념은 살과 피를 가진 인간들의 활극을 주의 깊게 관찰하여 도출한 것이라기보다 인문학 교실에서 학습한 결과라는 혐의를 지울 수 없다. 그가 즐겨 구사하는 알레고리와 상징 기법은 주제 형상화 방식으로서 다분히 아카데믹하다. 지성을 조롱해왔던 그의 에토스를 고려한다면, 이는 아이러니이다. 또한 인간의 실존적 고통을 부각한 박형서는 아이러니하게도 실존적 고통의 세부에 둔감해 보인다. 가령 그는 고독과 상실감을 이야기하되, 그 감정의 섬세한 결까지 세세히 보여주지는 않는다. 그는 논리학자가 아니므로, 아이러니는 비판의 근거가 되지 못할 것이다. 아이러니는 작가가 양항 모두를 구현할 수 있는 자질을 지닌다는 점을 방증하기 때문에 힘일 수도 있다.

어차피 사회적 현실을 모사하라는 주문은 그에게 생뚱맞아 보인다. 그러나 인간사를 작동하는 비의(秘意) — 바로 인문학적 관념이라 할 수 있을 — 를 누설하는 인간적 정황과 심리적 현실에 관한 체험적이고 심층적인 관찰이 수반된다면 그의 '포개기' 능력은 더욱 빛을 발할 것이다. 이런 식으로 소설 영토의 진정한 제국주의적 확장[13]을 이루길 기원한다.

(2007년 겨울)

---

13) "소설의 제국주의", "소설의 대대적인 영역 확장"이라는 문구가 김형중, 「소설의 제국주의 혹은 '미친, 새로운' 소설들에 대한 사례 보고」에서 쓰인 바 있다.

삼계화택(三界火宅)에서 해탈에 이르기 위한 구도(求道)

박민규론

1. 지배 욕망과 프로의 세계, 三界火宅

불타고 있는 집, 화택(火宅)은 법화경에 쓰인 유명한 비유이다. 늙은 부자가 수백 명의 식솔이 살고 있는 넓고 호화로운 집을 가지고 있었다. 그 집의 하나뿐인 문은 좁고 작았다. 어느 날 부자가 밖에 나와 보니, 자신의 집이 불에 타고 있었다. 그런데 수십 명에 달하는 부자의 아들들은 집 안에서 노는 데 정신이 팔려 불타고 있는 집에서 나올 생각을 하지 않았다. 부자가 아무리 나오라고 외쳐도 아들들은 듣지도 않았고, 집이 불타고 있다는 사실을 깨닫지 못했다. 잘 알려져 있다시피, 이 이야기에서 화택은 생로병사(生老病死)와 우비고뇌(憂悲苦惱)로 점철된 이 세상을 뜻한다. 이 세상, 즉 삼계(三界)를 태우는 또 하나의 중요한 불길은 지배욕이나 소유욕과 같은 '욕망' 혹은 '집착'이다. 대개의 인간은 그 대상이 재물이 되었건 권력이 되었건, 소유를 향한 정열에 자신을 투기한다. 그런데 그러한 정열은 본래진면목(本來眞面目)과 무관한 가상(假相)을 향해 투사되는 경우가 대부분이다. 이렇게 자신의 정열의 허구성을 모르는 인간들이 구성하는 세계란 불타고 있는 집에 다름 아니며, 자신의 정열이 자신을 파멸시키리라는 지엄한 사실을 깨닫지 못하는 인간이란 자신을 삼켜버릴 불이 시시각각 다가옴을 모르는 채 놀이에 몰두하는 아이들과 같다.

박민규가 바라보는 세계는 '화택'에 다름 아니다. 박민규는 그의 소설들에서 이 세계를 구성하고 있는 정열 혹은 욕망의 허구성을 간파하고, 그 세계에서 참담게 살아가는 지혜에 대해 능청스럽게 이야기한다. 박민규는 정열-욕망의 정체, 즉 진여(眞如)가 아닌 가상(假相)인 그것의 본질에 대한 통찰에 이르기에 앞서, 우선 세계의 지형을 탐사하고 있다. 박민규의 관찰에 의하면 세계는 지배 욕망으로 점철되어 있고, 인간을 소유 욕망의 총화인 거대한 "프로"의 세계로 몰아넣으며, 이런 강요에 머뭇거리는 인간들을 고단하고 처량한 삶을 영위케 함으로써 단죄하는 곳이다.

박민규의 등단작 『지구영웅전설』은 자주, 미국산(産) 만화 캐릭터들을 서사의 전면에 부각시킴으로써 미국의 세계 지배 전략을 파헤치는 소설이라고 논의된다(이러한 논의의 대표적 사례로 도정일, 이인성, 남진우의 '문학동네신인작가상' 심사평과 김영찬, 황호덕의 평론을 들 수 있다). 하지만 하성란과의 인터뷰에서 작가 스스로 "지배하는 놈들에 대한 반감"(「그는 중심을 파고드는 인파이터다」)에서 이 작품을 집필했다고 밝히고 있듯이, 이 소설은 '미국'이라는 국지적 현실보다는 인간의 보편적 속성이라 할 수 있는 '지배 욕망'에 대한 탐사의 기록이다. 『지구영웅전설』에서 인간의 지배욕은 '마운틴'이라는 행위로 표상된다. "마운틴"은 "원래는 침팬지들의 무리에서 우두머리가 자신의 지위를 과시하기 위해 취하는 행동을 일컫는 말"인데, "수컷 암컷을 가리지 않고 엉덩이를 내밀게 한 다음 뒤에서 섹스의 동작을 취하는" 방식으로 행해진다. 로빈의 시각에 의하면, "'마운틴'은 일종의 통치행위"이다. 로빈이 바나나맨에게 들려준 이야기에 따르면, 현실에서 대단한 재력을 가지고 있는 배트맨은 슈퍼맨이 무력으로 정복한 세계에 "한 무더기의 돈을 들고" 나서서 돈으로 그 세계의 주민들을 굴복시킨다. 배트맨의 목표는 "'마운틴'의 관계를 확립하는 것"이고 "그 가장 좋은 방법이 돈을 이용하는 것"이기 때문이다. 슈퍼맨, 배트맨, 원더우먼, 아쿠아맨으로 구성된 "수퍼특공대"의 리더가 배트맨인 이유 또한 의미심장하다. "돈이 힘인 세상"이므로 이 세계의 돈의 대부분을 가진 놈이야말로 "최고의 영웅"인 것이다.

배트맨의 지상 목표는 세계를 "마운틴"하는 것, 즉 세계에 자신을 최고의 지배자로 등극시키는 것이다. "돈"은 그 목표에 이르기 위한 가장 유용한 수단이다. 여기에서 독자는 '물질 소유 욕망'보다도 강력한 '지배 욕망'의 위력을 보게 된다. 흥미로운 것은, 이 '지배 욕망'이 악당으로 묘사된 배트맨의 전유물이 아니라는 사실이다. 배트맨의 본색을 폭로하며 '정의의 사도' 다운 포즈를 취하던 로빈은 울분에 젖는데, 그 울분의 이유는 "예전엔 모든 게 내 것이었단 말이야!"라는 그의 진술에서 명백하게 밝혀진다. 로빈의 울분은 '헤게모니를 상실한 지배자'로서의 원한에 다름 아니었고, 이러한 로빈의 원한이 그 역시 '지배 욕망'의 소유자임을 입증하는 것이다. 참으로 '지배 욕망'이란 그것에 이르는 힘을 소유한 자나 박탈당한 자 모두에게 공유되는 인간의 보편적 속성이라 할 만하다.

단편 「헤드락」은 인간의 '지배 욕망'의 구체적 자질들에 대한 다각도의 통찰을 내포한다. 주인공은 미국 유학 시절 2미터 11센티의 거한(巨漢)에게 헤드락을 당한 이후, "미친 사람처럼 바벨을 들어올렸고, 프레스를 하고, 푸시업을 했다." 소망하던 '건장한 체격'이 완성되자, 그는 "이 세계가 어느 정도 헤드락을 묵인하거나 권장한다는 묘한 암시"를 받으며 "253차례의 습격"을 감행한다. '헤드락' 역시 '마운틴'과 마찬가지로 인간의 '지배 욕망'을 현현하는 행위이다. 거한에게 헤드락을 당함으로써 타인의 지배 욕망의 먹이가 되었던 주인공의 내부에 곧바로 그 자신의 지배 욕망이 발아한다. 주인공의 지배 욕망은 또 다른 타인들에게 헤드락을 가하는 행위로 표출된다. 이렇듯 인간은 타인의 지배 욕망의 희생양이 되자마자 자신의 지배 욕망을 계발한다. 즉 피해자는 가해자의 지배 욕망을 모방·학습하면서 또 다른 가해자로 둔갑하게 되는 것이다. 이런 식으로 지배 욕망은 끊임없이 악순환되며, 세계는 곧 지배 욕망의 교사(敎師)에 다름 아니다.

한편 귀국한 주인공은 안정된 생활을 영위하게 되자 헤드락을 잊는다. 하지만 인도네시아로 출장을 가게 된 그는 순전히 쾌락을 목적으로 원주민들에게 헤드락을 감행하게 된다. 미국에서 행해진 헤드락은 어느 정도 트라우마의 치유 방식 혹은 생존 차원에서의 요구로 볼 여지가 있지만, 인도네시아에서의 헤드락은 순전히 "습격의 쾌감"만을 위한 것이었다. 이렇듯 지배 욕망이란 한 번 그것을 소유한 자에게 잊을 수 없는 쾌락으로 기억되며, 그것의 생존 차원에서의 필요가 사라진 후에도 저항 불가능한 노스탤지어의 대상이 되는 것이다. 미국에서의 헤드락은 '열패감 극복'이라는 기의와 '타인 지배'라는 기표를 두루 갖춘 것이었다면, 안정된 생활을 누림으로써 '열패감 극복'이라는 기의를 추구할 필요가 없어진 주인공의 인도네시아에서의 헤드락은 오직 그 기표의 매혹에 굴복한 결과였다. 이렇듯 지배 욕망은 애초에 기의와 기표의 맞물림에서 발아하지만, 그것은 생장(生長)하면서 기의를 망실한 기표에의 무한 추구로 변질된다. 지배 욕망의 이러한 속성은 성(性)이 애초에 자손 번식이라는 필요-기의의 산물이었지만, 나중에 그 기의가 망실된 기표-쾌락만이 동경과 추구의 대상이 된 사실과 같은 맥락이다.

그렇다면 이러한 지배 욕망이라는 보편적 속성을 보유한 인간들이 구성하는 세계의 양태는 어떠한가. 단적으로 그것은 "프로"라는 어사로 규정된다. 박민규의 출세작 『삼미 슈퍼스타즈의 마지막 팬클럽』은 소위 "프로의 세계"에 대한 다각도의 탐사를 수행하고 있다. 프로의 세계에서 인간은 "평범한 삶을 살아도 눈에 흙을 뿌려야 할 만큼 치욕을 당"하게 된다. 프로의 세계에서 인간은 "소속"과 "계급"으로 규정되기 때문에, 자신의 진실한 욕망의 요구에 의해서가 아니라 세계에서 구획 짓는 "위치"들 중 더 우월한 자리를 점유하기 위해서 필요 이상의 정열을 바쳐야만 한다. "사람들이 모두 돼지 발정제를 마신 것"처럼 보일 정도로 프로 세계의 정열은 종종 수위를 넘는다. "프로" 대열의 후미에 놓인 사람들의 삶은 "고시를 패스하는 것보다 힘"들고(「갑을고시원 체류기」), "열렬히 키스와 애무를 하면서도, 퐁당퐁당 퐁당 발로는 페달을 짓"(「아, 하세요 펠리컨」)는 행위로 표상되는 "저렴한 인생"(「아, 하세요 펠리컨」)이며, "수학" 정도도 필요없이 "노예들의 산수"(「그렇습니까? 기린입니다」)에서 끝장인 삶이다. 생활고로 푸시맨 아르바이트를 하는 소년은 출근 시간 지하철에서 "아버지의 흉곽에서 어떤 미약한 소리 같은 것이 새어나오는 듯"(「그렇습니까? 기린입니다」) 느끼면서도 아버지를 "아주 거칠게" 밀어 넣어야 한다.

이렇듯 통제가 어려운 지배 욕망으로 구성된 세계는 개인에게 필요 이상의 정열을 요구한다. 그 요구에 성공적으로 응답한 편이나 발 빠르지 못하여 뒤쳐진 편 모두 견딜 수 없는 삶을 영위해야 하는 사정은 마찬가지이다. 그러한 삶의 틀에서 해방되지 못할 때, 인간은 자신의 몸을 태워버릴 불길이 시시각각 다가오는 줄도 모르고 놀이에 열중하는 아이들과 다를 바가 없다. 그런데 이런 화택인 삶의 틀로부터 해방이 가능하기는 한가? 가능하다면, 어떠한 전략으로 해방에 이를 수 있는가? 박민규는 해방의 구체적 가능성과 그 전략을 모두 제시하고 있다.

2. 세계 바깥에서 교체된 시각과 무한자유, 天上天下 唯我獨尊

박민규가 제시한 '화택 탈출 전략'의 제일 단계는 '바깥에 서기'이다. 박민규 소설에서 자주 만나게 되는 '지구 탈출'과 '다른 존재 되기' 모티프는 세계의 '바깥'에 서려는 전략의 일환이다. 세계의 '바깥'으로 이동하게 되면, '눈과 마음의 자유'가 가능해진다. 즉 '바깥'에 서 있는 인간은 세계가 요구하는 제반 덕목들을 풍문에 의해서가 아니라, 자기 자신의 고유한 시각으로 바라보고 그 가치를 재단하게 된다. 자유로운 눈과 마음의 주인만이 "세계는 구성되어 있는 것이 아니라, 자신이 구성해 나가는 것"(『삼미 슈퍼스타즈의 마지막 팬클럽』)이라는 지엄한 사실을 깨닫게 되는 것이다. '나'는 이 세계의 제반 사항을 검토하고 그 가치를 판단하는 유일한 준거가 되어야 하며, 이 지점에서 '이 세상에 오직 나만이 존엄하다'(天上天下 唯我獨尊)라는 유명한 경구는 존재론적 성찰이 아니라 윤리적 제안으로 다시 해석된다.

「몰라 몰라, 개복치라니」는 아예 '지구 탈출' 모티프가 서사의 주된 축이다. 이 소설에서 통념과 달리 유일하게 지구를 보았다고 인정되는 "버즈"는 "자신의 우주는 자신이 확인해야 한다고 강조"하는데, 그에 의하면 엠파이어스테이트 빌딩조차도 "우주에서 보면" "빨판이 달린 한 마리의 기생충"일 뿐이다. "그레이하운드"를 타고 지구밖으로 떠나는 사람들이 명심해야 할 사항은 "지구에서의 방향 감각은 무의미하다는 사실"이다. 그리고 지구 밖에서 사람들이 본 것은바로, 알려진 바대로의 구형(球形)이 아니라 "생소하고 난감한 자신의 평면"을 보여주는 "한 마리의 거대한 개복치"일 뿐인 지구이다. 이소설에서 보듯이, '지구 안'에서 진리로 믿어지는 것들은 '지구 밖'에서 더 이상 그 진리성을 주장할 수 없다. '지구 밖'은 '지구 안'의 제반가치와 윤리를 전복하는 공간이며, 이러한 전복은 시각의 교체에 의해 가능해진다. 여기에서 '지구 밖'으로의 여행이 절실한 이유는 "자신의 우주는 자신이 확인해야" 하기 때문이다. 다시 말해서, 자신만의 고유한 윤리를 가지기 위해서 '세계 밖에 서기'라는 전략이 요구되는 것이다. 이 밖에도 「그렇습니까? 기린입니다」에서 자주 만나게 되는 "화성인들은 좋겠다", "금성인들은 좋겠다"는 주인공의 독백 역시지구 밖으로 탈출하고 싶은 소망의 발현인데, 이 소망 역시 지구 밖에서는 교체된 시각으로 삶의 신산(辛酸)을 초월하기가 가능하다는어림을 전제하고 있다.

자유로운 인식과 판단의 조건이 되는 '시각의 교체'는 '다른 존재되기' 전략을 통해서 이루어지기도 한다. 「그렇습니까? 기린입니다」에서 궁핍한 생활에 시달리던 아버지는 어느 날 갑자기 실종되는데,이듬해 봄에 주인공은 지하철역에서 기린으로 변한 아버지를 만나게 된다. 그런데 기린-아버지는 "전체적으로 다소곳하고 무신경한느낌이었"고 옆에 앉은 주인공을 "쳐다보지도 않"았다. 기린-아버지는 "무관심"한 눈동자로 물끄러미 주인공을 바라보다가, 아버지임을 확인하고 싶어 하는 주인공에게 "그렇습니까? 기린입니다"라고 말하면서 끝내 아버지임을 부정한다. 여기에서 아버지가 "기린"이 된 이유는 신산스러운 현실의 족쇄에서 탈피하기 위해서이다. 기린-아버지의 "무신경"과 "무관심"은 현실의 굴레를 벗어버린 자만이 가질 수 있는 미덕이다. 여기에서 작가는 '인간이 아닌 다른 존재 되기'가 인간의 우비고뇌(憂悲苦惱)에서 해방되기 위한 한 전략임을 보이고 있다. 즉 인간의 만난(萬難)과 신고(辛苦)는 인간이라는 범주 안에서만 존재하는 것이기 때문에, '인간적 범주 내던지기'는 해방의 전략이 될 수 있는 것이다.

단편 「카스테라」에 등장하는 "냉장고"의 의미는 매우 흥미롭다. 주인공은 "특출"한 "소음"을 내는 "냉장고"를 구입하게 된다. 그 소음을 줄이기 위해 백방으로 노력했지만 성공하지 못한 주인공은 "소중하거나, 세상의 해악인 것"을 냉장고에 집어넣기로 결심한다. 그리하여 그는 세상의 거의 모든 것들 — 학교, 동사무소, 벤처기업, 미국, 중국, 아버지, 어머니 등등 — 을 냉장고에 넣어 버린다. "평소보다 큰 소리로 냉장고가 울어대던 세기의 마지막 밤"이 지나고 다음날 아침, 주인공은 냉장고 안에서 "반듯하고 보드라운" "한 조각의 카스테라"만을 발견한다. 소중하거나 해악인 모든 것들은 다 사라져버린 것이다. 앞서 언급했듯, 인간은 세계에서 강요하는 바대로가 아니라, '탈(脫)—세계'로 갖게 되는 자신만의 자유로운 눈과 마음으로 세상을 바라보고 인식하고 판단해야 한다. 이런 맥락에서 天上天下 唯我獨尊이라는 경구의 의미가 새로워진다. 「카스테라」에서 "냉장고"는 '자유로워진 눈과 마음' 혹은 '세상에서 유일하게 존엄한 나만의 인식 체계'를 의미한다. "소중하거나, 세상의 해악인 것"은 개인이 살아가면서 관심을 가지게 되는 거의 모든 것이라고 할 수 있다. 소중하지도 않고 증오하지도 않는 대상이 개인의 인식 체계에 들어올 까닭은 없으니까 말이다. 어쨌든 개인이 살아가면서 관심을 가지게 되는 모든 것은 "냉장고", 다시 말해서 '개인의 자유로운 인식 체계'에 들어오면 더 이상 그 외피(外皮)를 유지하지 못한다. 진실로 자유로운 눈과 마음을 가진 개인이라면 그것을 자신만의 잣대로 변형시키게 마련인 것이다. 이 소설에서 "냉장고"는 만물(萬物)을 "카스테라"로 변형시켰다. 이는 소중하거나 증오스럽거나, 인식 체계에 들어온 모든 것을 "따뜻하고 부드"럽게 감싸 안겠다는 태도를 반영한다.

이 소설은 "나는 눈물을 흘렸다"라는 문장으로 끝난다. 주인공이 "카스테라를 씹으면서" "눈물을 흘"리는 이유는, 만물을 따뜻한 시각에서 바라보겠다는 태도가 쉽게 얻어지지 않았고, 만난과 신고를 겪은 후에야 습득되었기 때문일 것이다. 가령 하이틴 로맨스에서 자주 볼 수 있는 긍정적인 인식 태도는 치열한 고난과 부정의 과정을 거치지 않고 현현된 것이기에 설득력이 없다. 하지만 만난신고라는 대가를 지불하고 얻어진 '자유로운 시각'의 성격이 '따뜻함'이라는 사실은 충분히 "눈물"에 값한다. 한편 "냉장의 역사는 부패와의 투쟁"임을 알게 된 주인공은 "냉장의 세계에서 본다면 이 세계는 얼마나 부패한 것인가"라고 뇌인다. '개인의 자유로운 인식 체계'를 뜻하였던 "냉장고"는 여기에서 그 의미가 새로워진다. "냉장고"를 거치지 않은 세계는 "부패한 것"이다. 즉 소중하거나 증오스러운 만물을 '개인의 자유로운 인식 체계'라는 매개 없이 세상에서 부여한 외피 그대로 바라본다면, 그것은 세계를 '부패하도록 방기'하는 것에 다름 아닐 것이다. 그래서 "냉장고"를 통해서 보면 "세상의 풍경은 완전히 달라"지며, "이 세상은 각자가 〈냉장고〉를 어떻게 사용하느냐에 달려 있는" 것이다. 즉 탈(脫)-세계의 자유로운 시각에서 본다면 만물은 그 외피를 벗고 각 개인이 해석하는 바대로의 진면목을 현현하며, 그 개인의 자유로운 시각의 양태에 따라 각기 다른 진면목을 노출할 수 있는 것이다. 중요한 것은 "세상"이 아니라 "냉장고 사용법"이다. 달리 말해 '화택'에서 빠져 나오려면 '유아독존'해야 한다.

3. 허물어지는 경계, 色卽是空 空卽是色

인구에 회자되는 '色卽是空 空卽是色'은 반야심경에 나오는 경구이다. 이 경구에 대한 탈자본주의적·포스트모더니즘적 해석이 가능하다. 우리의 애착과 집착의 대상은 자주 그만큼의 값에 미치지 못한다. 우리는 대부분 자본주의적 세계관에 함몰된 채로 살아가기 때문에, 우리의 집착도 대개 자본주의적 가치에 부착되게 마련이다. 흔하고 오랜 인류의 꿈인 부귀영화(富貴榮華), 입신양명(立身揚名) 따위가 자본주의적 가치를 반영한다는 사실은 두말 할 나위가 없을 것이다. 하지만 탈(脫)-세계의 자유로운 시각에서 본다면 인류의 오랜 그 꿈은 무가치해진다. 이것이 '色卽是空'이라는 경구의 탈자본주의적 해석이다. 자본주의적 가치가 탈색된다면, 무엇이 가치 있는가? 우리가 평소에 '쓰잘 데 없다'고 여겼던 것이 실상 행복의 원천 혹은 참존재의 순간을 제공하는 경우가 많다. 이들의 예로 어린아이의 미소, 나뭇잎들을 애무하는 바람 소리, 우연히 들려온 모차르트 아리아의 한 소절 등등 여러 가지를 거론할 수 있거니와, 박민규의 소설에서 중요하게 다루어지는 '낙천(樂天)'과 '즐거움의 원칙'도 그중 하나일 것이다. 이런 것들은 평소에 '주변적인 것'으로 치부되나, 축복 받은 한 순간 그것은 존재의 행복을 무한하게 고양시킨다. 이 순간의 진실을 '空卽是色'이라는 경구로 표현한다고 해도 크게 틀리지 않을 것이다. 이렇게 본다면 통상적으로 '중심/주변'의 구분으로 만사를 규정지으려 하는 태도는 무의미해진다. 이 지점에서 '色卽是空 空卽是色'이라는 경구는 '경계 없음'을 주장하는 포스트모더니즘 철학의 한 지류와 조우하게 되는 것이다.

「몰라 몰라, 개복치라니」의 주인공은 고무동력기의 소음을 듣고 정신을 잃는다. 이틀이 지난 후 깨어난 주인공은 자신의 병명이 "잠수병"이었음을 알게 된다. 주인공은 "손에 물 한 번 적시지 않았"기 때문에 "잠수병"에 걸렸다는 사실을 납득하지 못한다. 더 놀라운 사실은 그의 "폐와 위에선 실제로 다량의 바닷물이 검출"되었다는 것이다. 이에 아담 앨드린은 주인공이 "코스모를 잘 느끼는 체질"이라고 논평한다. 한편 주인공은 열일곱 살 때 처음으로 섹스를 했는데, 상대 여자가 "어때 코스모가 느껴져?"라고 물어봤던 일을 인상 깊게 기억하고 있다. 이 소설에서 "코스모"의 의미는 흥미롭다. 주지하다시피 "코스모(cosmo)"는 '우주, 조화'를 뜻하는 영어 전치사이다. 이 단어에서 '경계가 허물어진 세계'라는 의미를 읽어내는 것이 이상하지 않을 것이다. 주인공이 손에 물 한 번 적시지 않았지만 폐와 위에 바닷물을 가득 담은 채 잠수병에 걸린 사실은, 육지와 바다의 경계를 허물어 버린 상태를 의미한다. 일반적으로, 섹스 역시 타인들 사이의 경계를 허무는 행위로 간주된다. 앞에서 언급했듯이 '지구 밖'에서 지구가 "개복치"에 불과하다는 사실을 알게 될 주인공, 즉 자유로운 시각으로 "지구적" 가치들을 전복할 주인공은 만물의 경계가 무의미할 것임을 예감하고 있다. 경계란 어쩌면 무지(無知)의 산물인지도 모른다.

이 소설에 '경계 흐려짐'의 표지는 도처에 산재한다. 주인공은 수족관 주인에게 "죽은 거북의 이름은 〈궁〉"이라고 이야기하지만, 얼마

후 독자에게 "사실 죽은 거북의 이름은 〈우〉"라고 말한다. 독자는 실제로 죽은 거북의 이름이 무엇인지 판단하기 어렵다. 이렇게 주인공이 사물의 진위(眞僞)에 집착하지 않는 이유는 "이미 세계는 — 어떤 거짓말을 해도 그렇고 그렇게 들릴 만큼, 그렇고 그런 곳이 되었다"고 생각하기 때문이다. "코스모를 잘 느끼는 체질"이라는 진단을 받은 주인공은 진위의 경계가 무의미하다는 사실을 어림하고 있는 것이다. 또한 이 소설의 서술 방식은 '중요함'과 '중요하지 않음'의 경계가 무의미하다는 작가의식을 내포하고 있다. 예를 들어, 작가는 듀란을 이야기하다가, 삼위일체—〉버뮤다 삼각지대—〉나오미 캠벨 순서로 그 서술 대상 사이를 마구 건너뛴다. 그 각 대상 사이의 연결고리는 매우 약하며 각 대상에 대한 지나치게 긴 설명은 납득이 되지 않을 정도로 불필요해 보인다. 여기에서 서사의 초점을 스스로 흐려버리는 이러한 서술 방식 자체가 탈중심화 전략이며, '중심'과 '주변'의 경계를 불신하는 작가의식의 소산이다.

거칠게 말하면, 『삼미 슈퍼스타즈의 마지막 팬클럽』은 色에 함몰되어 있던 인간이 色이 空임을 깨닫고 이윽고 空으로 보았던 사소함을 곧 色으로 인지해 가는 과정을 그리고 있다. 주인공은 일류대 출신으로 외환위기 직후인 1998년 회사에서 퇴출당한다. 회사에 다니던 시절 그는 세계에서 주입하는 자본주의적 사고방식을 "냉장고"(「카스테라」)의 여과 없이 외피 그대로 수용하고 그것에 순응하고 있었다고할 수 있다. 자본주의 혹은 "프로" 세계의 요구에 의심 없이 휘둘리던 그는 회사에서 밀려나자 자연스럽게 절망을 느낀다. 하지만 그는 자신만의 시각으로 세계를 다시 보려 하는데, 그렇게 "재구성된 지구"는 "그 전체가 완벽한 '나'로 이루어진 보기 드문 세계"였다. 獨尊한 唯我가 된 그의 깨달음 중 하나는 다음과 같다. "회사를 그만두면 죽을 줄 알았던 그 시절도, 실은 국수의 가락처럼 끊기 쉬운 것이었다. 빙하기가 왔다는 그 말도 실은 모두가 거짓이었다. 실은 아무도 죽지 않았다. 죽은 것은 회사를 그만 두면 죽을 줄 알았던 과거의 나뿐이다." 자본주의 사회의 지고한 가치를 대변하는 "회사"의 실제 가치는 일시적이고 가변적인 것이었다. "빙하기가 왔다는 그 말"은 프로의 질서에 더욱 순응하라고 재촉하는 자본주의의 프로파간다이다. 주인공은 그 프로파간다의 거짓됨도 깨닫는다. 이 깨달음의 순간이 色으로 알려진 것들이 空으로 전환되는 순간이다. 이제 주인공은 "개구리밥", "야쿠르트 아줌마", "무성한 나뭇잎", "하늘", "두 개의 글러브" 등 이전에 가치 없다고 치부하였던 것들의 무한한 가치를 발견하는데, 이때를 空이 色임을 깨닫는 순간이라 할 수 있을 것이다.

　주인공은 "필요 이상으로 바쁘고, 필요 이상으로 일하고, 필요 이상으로 크고, 필요 이상으로 빠르고, 필요 이상으로 모으고, 필요 이상으로 몰려 있는 이 세계에 인생은 존재하지 않는다. 진짜 인생은 삼천포에 있다"고 설파한다. 잘 알려진 바대로 자본주의적 사고방식의 해악 중 하나는 그것이 수반하는 '잉여 가치의 폐해'이다. 지배 욕망이 발전하면서 그 기의를 망실한 기표만 무한 증식시키듯이(「헤드락」), 욕망이란 여과─반성 과정을 거치지 않으면 "필요 이상" 즉, 잉여적으로 증대한다. 이러한 잉여적 욕망으로 구성된 세계는 언뜻 매혹적으로 보이지만, 주인공의 전언대로 그러한 세계에 "인생은 존재하지 않는다." 이 지점에서도 色卽是空이라는 진실을 확인할 수 있다. 자본주의 법칙에서 소외된 장소인 "삼천포"를 주인공이 "진짜 인생"이 존재하는 곳이라고 호명한 사실은 다시 空卽是色에 대한 자각의 발현이다. "삼천포"는 또한 "인간의 여러 가지 기준을 한순간 달라지게 만드는 힘"을 가졌다고 언급되는데, 여기에서 우리는 '세계의 바깥에서 자신만의 고유하고 자유로운 시각으로 세계의 기준을 다르게 보기'의 중요성을 다시 한 번 절감하게 된다. 한편 「갑을고시원 체류기」의 주인공이 곤고한 생활 속에서도 끝내 지키려고 애써왔던 〈386 DX—Ⅱ〉 컴퓨터는 시간이 지나면서 "저절로 버려졌다." 그가 빠져나올 수 없는 굴레로 생각했던 "빚" 역시 시간이 지나면서 "저절로 사라졌다." 애착하거나 옭아매는 것들은 언젠가 '저절로 사라진다.' 여기에서도 우리는 色卽是空이라는 경구를 떠올리게 된다.

4. 樂天, 해탈(解脫)의 한 방법(道)

마르틴 부버에 의하면 "사물 중의 하나가 사물로부터 해방되어 나와서 하나의 생명 있는 존재로 되어 나에게 가까이 와서 말을 거는 시간, 다시 말하면 '그것'이 나에게 있어 완전한 '너'가 되는 시간처럼 짧은 것은 없다."(마르틴 부버, 『나와 너』) '내'가 '그것'을 '너'로 자각하는 순간이 진정한 충일의 순간이라고 부버는 말한다. 이 진술은 다양한 해석의 가능성을 낳지만, 여기에서 이 말을 '인식'의 경우에만 적용시켜보자. 예를 들어 인구에 회자되는 경구를 수만 번 듣는다 해도, 그것을 '그것'으로 받아들이는 주체에게 경구는 의미 없는 상투어일 뿐이다. 하지만 어떤 깨달음의 순간 주체에게 그 경구는 '너'로 변신한다. 그 순간은 부버의 말처럼 매우 짧아서, 불가(佛家)에서는 이를 찰나(刹那)라고 일컬을 것이다. 경구가 주체에게 풍문으로서의 의미가 아닌 뼈저린 깨달음을 개시(開示)할 때, 그때 현현된 의미를 '육체적인 의미'라고 부를 수 있을까.

박민규는 나름대로 해탈의 방법을 제시한다. 사실 天上天下 唯

我獨尊이나 色卽是空 空卽是色이라는 유명한 경구의 육체적인 의미를 깨닫는 순간, 해탈의 가능성은 이미 존재한다. 이밖에도 그의 소설에서 해탈에 이르는 여러 갈래의 길이 발견되지만, 그 여러 길 중 '낙천(樂天)' 혹은 '즐거움의 원칙'이 특히 주목된다. 『삼미 슈퍼스타즈의 마지막 팬클럽』의 주인공은 치유의 시간 동안 "하늘을 즐겨 가면서" "점점 낙천적인 인간으로 변해" 간다. 空卽是色을 깨달은 주인공은 새로이 발견한 가치, 즉 空으로 보였으나 色으로 다시 인지하게 된 그것을 "즐거움"이라고 명명한다. 이제 주인공은 "언제나 새 치약의 퉁퉁한 몸통을 힘주어 누르는 기분으로" "시간을 향유"한다. '樂', '즐거움', '향유'는 이제 그에게 가장 소중한 가치가 된다. 「고마워, 과연 너구리야」에서 "너구리"는 "즐거움 그 자체"이며, "신이 인간을 위해 내려준 것은 결국 너구리뿐"이다. 한편 "너구리"는 프로의 법칙에 순응하기 위해 남색가인 부장에게 엉덩이를 내어주고 슬픔에 빠진 주인공의 등을 밀어준다. 너구리–즐거움은 치유와 위로의 담당자, 따뜻함의 전령인 것이다. 이처럼 "즐거움" 혹은 "즐기기"란 화택인 세계에서 해탈을 가능하게 하는 한 가지 전략이 된다.

박민규가 인지하는 세계는 화택에 다름 아니다. 세계 밖으로의 탈출, 시각의 교체, '나'로 지구를 재구성하기, 낙천 등은 화택에서 빠져나오는 방법론이자 전략이다. 이러한 방법론 혹은 전략을 해탈에 이르는 도(道)라고 불러도 좋다면, 박민규는 화택인 세계에서 해탈에 이르는 길(道)을 구(求)하는 구도자인가? 그가 발견한 도의 심오함이나 진정성에 대한 판단은 아직 유보적이지만, 그의 세계 인식과 창작 태도가 가볍기만 하다는 일부의 지적은 이제 재고(再考)를 요한다.

(2006년 1월)

103

찢어진 심장의 붉은 탄식,
정염에 대하여

권현숙,『인간은 죽기 위해 도시로 온다』

1. 정염(情炎), 이브의 천형

오래 전에 시인 김남조는 이렇게 썼다.

> 〈그 포옹은 예배이며 범죄였다.〉 이 한마디 말엔 사람의 통곡이 들어
> 있다. 연착(戀着)과 참회와 욕망의 음성이 가락도 애잔하게 풀려 나온다.
> (중략) 구약성서의 원죄의 그 여자. 금지된 선악과를 따먹은 이브에게 신
> 은 제일로 아파할 천형을 내리셨다. 〈죽도록, 또 죽은 다음에도 못내 사
> 나이를 그리워하도록.〉 신의 분노가 이 벌과를 작정한 후 얼마큼이나 자
> 위를 받았는진 사람이 모른다. 여자는 사나이에게, 살과 마음을 다 준
> 다. 죽어지는 한에도 오직 그러고만 싶어서 그렇게 한다.[1]

---

1) 김남조,「이브의 천형」, 범우사, 1978, 21면.

죽도록 사나이를 그리워하는 마음이 이브의 천형이란다. 그럴 법하다. 이성을 그리워하는 마음이 어디 축복이기만 한가. 그것은 뼈를 깎는 번뇌를 수반하지만 목숨이 붙어 있는 한 버려지지 않는 미혹이다. 이브는 고통에 질려 정염의 사슬을 끊고 싶어도 언제나 다시 그것에 나포된다. 애욕과 번뇌, 환상과 환멸의 악무한은 과연 이브의 천형이요, 인간의 굴레라 이를 만하다. 한편 통곡을 내장하고 있는 한 번의 포옹이라니. 그도 그럴 법하다. 남녀상열지사라면, 일회성이건 평생 동안 유지되는 것이건, 헤아릴 수 없는 우여곡절과 감정의 격랑을 수반한다. 인간의 감정 중 가장 복잡다단한 결과 무늬를 거느리는 것이 아마도 연애감정일 터이며, 인간의 욕망 중 가장 모순적이고 불가해한 것 역시 애욕일 것이다. 모든 정염은 한 편의 대하드라마이다. 정염에 포획된 인간의 감수성은 폭발한다. 연애감정이 신경증의 총화인 이유, 정신분석학이 성욕 연구에서 출발한 이유, 그토록 많은 예술과 문학의 주제가 남녀상열지사인 이유도 이와 무관하지 않을 것이다.

권현숙의 소설 『인간은 죽기 위해 도시로 온다』[2]의 인물들 역시 죽도록 이성을 그리워하며, 한 번의 포옹이 통곡인 이유를 알고 있다. 그들은 외로움에 떨며 사랑을 갈구하다가 사랑의 치명적인 독성과 조우한다. 혹은 사랑의 치명적인 독성을 알기에 유혹을 필사적으로 거부하면서도 결국 속절없이 정염에 포획된다. 아니면 죽음을 앞두고도 불가능한 정염을 꿈꾸거나, 정염의 한복판에 놓였다는 죄로 죽음을 맞기도 한다. 권현숙은 마치 무당처럼 이들의 탄식을 받아 내린다. 이런 면에서 그를 정염의 작가라 이를 만하다. "정염(情炎)"의

---

[2] 텍스트는 권현숙, 『인간은 죽기 위해 도시로 온다』(세계사, 2007)이다. 앞으로 이 책에서 인용 시 인용문 말미 괄호 안에 작품명과 면수만을 표기한다.

사전적 의미는 "불같이 타오르는 욕정"이다. 정염이 주조를 이루고 있어서인지 그의 소설은 몹시 에로틱하다. 관능과 야성의 이미지가 그의 작품을 강렬하게 채색한다. 가령, 다음을 보자.

> 벌려 앉은 양 다리 사이에서 붉은 천둥이 떨고 있다. 불덩이 같은 너의 육체가 떨고 있다. 취하게 만드는 뜨겁고도 거친 애무. 숨이 막히고 정신이 혼미하여 나무둥치 같은 너의 허리를, 세차게, 끌어안는다. 사랑해— 사랑해— 사랑해— 사랑해— (「사랑을 그치고 삶이 있게 하라」, 이하 「사랑」, 210면)

사랑에 빠진 남자와 여자가 바이크를 타고 질주하고 있다. 인용한 대목은 그때 여자가 느끼는 심적 정황을 묘사하고 있다. 작가는 떨고 있는 "붉은 천둥", "불덩이 같은 너의 육체", "뜨겁고도 거친 애무" 등 에로틱한 표현을 서슴지 않는다. 비단 위 소설뿐만 아니라 작품집 어느 페이지를 펼쳐도 독자는 관능적인 장면을 어렵지 않게 만날 수 있다.

그의 소설에서 보이는 정염은 그러나 아득하고 아찔한 황홀경만 거느리는 것은 아니다. 정염은 종종 위협적이고 음험한 파괴욕 혹은 광포한 죽음 욕망과 병치된다. 붉고 뜨거운 정염의 혓바닥은 모든 것을 게걸스럽게 삼켜 소멸시키는 무덤으로 향한 입구이기도 하다. 극단의 에로스와 타나토스는 상통한다. 권현숙은 에로스의 극단, 따라서 타나토스의 극단이라고도 할 수 있는 그 지점을 즐겨 주목한다. 정염을 표상하기 위해 차용한 "천지에 진동하는 사과꽃 향기"(「사랑」)와 같은 강렬하게 아름다운 이미지는 "하얀 묘비"와 "제사용 향냄새"(「인간은 죽기 위해 도시로 온다」, 이하 「인간」), "순장인골"

(「순장」), "매독"과 "무덤"(「마지막 수업」)등 "죽음"의 이미지 옆에 나란히 놓인다. 또한 정염 그 자체가 "기괴하고 추악한 얼굴"(「열린 문」)로 형상화되기도 한다. 사실 이 소설집에서 가장 흥미로운 점은 이렇게 에로스와 타나토스가 병치되며 빚어내는 효과 및 그 의미이다. 그러나 정염의 야누스적 속성과 조우하기 전에, 인물들은 우선 외롭다.

2. 정염의 다른 얼굴, 외로움
— 영혼의 황야에 홀로 거주하는 남자의 방, 여자의 방, 방들(「삼중주」)

존재의 고독이란 동서고금의 소설들에서 너덜너덜해질 정도로 다루어진 주제이지만, 이 소설집에서만큼 그것이 핍진하고 절실하게 묘파된 경우도 드문 것 같다. 「삼중주」의 아랫집 "남자"는 아내가 죽은 후 시계에 집착한다. 시계는 "사라지지 않는 거, 멈추지 않는 거, 죽지 않는 거, 무엇보다도 생사를 내가 주관할 수 있는 것"이기 때문이다. 생사를 자신의 마음대로 주관할 수 있다는 이유로 시계에 집착하는 심리는 자신의 의지와 무관하게 수행되는 죽고 사는 일의 섭리에 대한 당혹감을 내포한다. 다시 말해 남자는 아내의 죽음으로 인한 상실감을 아직 극복하지 못하고 있는 것이다. 한편 "변변한 연애의 경험조차 없"는 윗집 "여자"는 "밤새워 전화하고, 한 남자의 가슴 떨리는 여인이 되고, 때로는 브로큰 하트도 돼 보"는 "그런 경험"을 동경하지만, 실상 "한 옴큼의 기쁨도, 손톱만큼의 상처도 없이" "자신의 삶이 헛되이 흘러가는 것만 같"이 느끼며, "왜 이렇게 외로운가"라고 탄식할 뿐이다.

「순장」의 주인공 "나"는 "온 몸의 뼈대가 억세고 물색없이 키만 큰"

데다 "떡대"라는 별명을 가진 추녀이다. 그녀는 외모 때문에 참외 몇 개 깨트린 사고를 내고도 징역 3개월을 선고받는다. 출소한 후 집에 오니 반겨주는 사람 하나 없고 "벽시계가 섰고 텔레비전도 먹통이고 선인장까지 고사해버렸다." 전기도 수도도 가스도 모두 끊겼기 때문에 생라면을 부숴먹을 결심을 하며, 그녀는 친지들에게 전화를 해볼까 하다가 그만두고 다음처럼 혼잣말을 지껄인다. 혼잣말 지껄이기는 그녀가 외로움을 견디는 유일한 방도이다.

"차라리 잘됐어."

나는 큰 소리로 말했다. 전화도 먹통이었다. 정말 잘됐어. 무슨 말을 한단 말인가.

실장님, 저 나왔어요. 그 다음엔?

동생들아, 언니 나왔다. 나왔으니 어쩌라구?

"장한 일 하고 나왔으니 두부라도 사갖고 오라구?"

"두부는 무슨……."

"다들 두부 먹잖아."

"됐거든."

"혼자 말하고 혼자 화내고, 영락없는 미친 여자야. 남이 보면 정말 미친 줄 알겠어."(『순장』, 284면)

그녀는 동생들을 거두느라 결혼 시기도 놓쳤다. 아름답지 못한 외모 때문에 입사시험이나 미팅에서도 번번이 상처받아 왔으며, 연애 한 번 못 해보고 "서른도 막장"에 이르렀다. 그녀는 "닫힌 버티칼 안에서" "무인도에서의 생활과 다를 것이 없"는 삶을 영위한다. "밤이고 낮이고 잠옷 바람으로 지"내며, "다 늘어난 구멍 난 셔츠도 신경

쓰"지 않고, "아침이면 일어나고, 잠옷을 벗고, 이 닦고 세수하고, 식탁에 앉아서 제대로 밥 차려 먹는 정상적인 생활습관들"을 완전히 잊어버린다.

이들의 외로움은 대개 이성에의 그리움의 다른 표현이다. 「삼중주」의 "남자"와 「마지막 수업」의 "황"은 연인의 죽음으로 외로워하며, 「순장」의 추녀인 "나"와 「열린 문」의 죽음을 앞둔 "노인"은 이성을 매혹할 자질을 결여하여 외로워한다. 두 경우 모두 이성과 관계 맺고자 하는 갈망이 좌절됨으로써 비롯된 외로움이라 볼 수 있겠다. 다시 말해, 그들의 외로움의 전제도 정염이고 귀결도 정염이다. 그들은 정염을 보유하나 충족할 수 없기에 외롭고, 외롭기 때문에 정염에 이끌리게 된다. 인간의 외로움을 섬세한 촉수로 포착하여 묘파한 권현숙의 관심이 따라서, 인간의 정염으로 확산되는 모습은 자연스럽다. 그러나 서두에서 말했듯, 그의 소설에서 정염이 묘파되는 방식이나 그 의미는 간단하지 않다.

3. 에로스와 타나토스의 대위법
— 죽음에 이르도록 깊숙이 상처 내는 아름답고도 매혹적인 독(「열린 문」)

권현숙 소설의 인물들은 종종 전시(나 다름없는 상황)에서 사랑을 나눈다. 이전 작품에서부터 그랬다. 『인샬라』의 이향과 한승엽은 내전 중의 알제리에서 만나, 사하라 사막 한복판에서 죽음의 위협과 싸우며 사랑한다. 『루마니아의 연인』의 마리아와 준은 루마니아에서 사랑을 꽃피우지만, 그들은 한국전쟁으로 인해 만났고, 동서냉전 상황 때문에 이별한다. 「낯선 시간, 낯선 장소」의 남녀는 광주항쟁 당시 목숨이 위태로운 가운데 사랑을 나눈다. 이번 소설집의 「인간」의 남녀 역시 내전 중인 이국에서 죽음의 위협을 옆에 두고 사랑에 빠진다. 이렇게 전시 중의 사랑을 작가가 즐겨 그리는 이유, 다시 말해 죽음과 사랑을 습관적으로 병치하는 이유는 무엇일까? 흔한 말로 사랑은 곧 전쟁이기 때문에? 전시가 사랑의 절박함을 돋을새김하기 때문에? 질문에 답하기 전에 비슷한 맥락에 놓인 작가의 습관을 한 번 더 훔쳐보자.

제사용 향냄새가 떠돈다. 이 도시에서도 죽은 자를 위하여 향을 올리는가. 달빛과 함께 밀려들어온 꽃향기였다. 거리마다 골목마다 지천으로 흐드러진 꽃나무들의 체취, 이 도시의 냄새. (「인간」, 118면)

처음 만난 것이나 진배없는 남녀가 설렘과 경계심을, 유혹과 거부감을 동시에 느끼는 가운데 함께 시간을 보내고 있다. 그때 여자는 죽은 자를 위한 향냄새를 맡는데, 기실 그것은 꽃나무들의 향내였다. 꽃향기로 상징되는 사랑은 향냄새로 상징되는 죽음과 등치된다. 같은 소설에서 "무심한 발굽에 짓밟혀 도로를 붉게 물들인" "꽃들의 주검"의 이미지 역시 사랑과 죽음의 친연성을 환기한다.

청바지 엉덩이들이 탱탱하다. 자동차들이 짧게 경적을 울리고 지나간다. 젊은 남자들이 차창 밖으로 고개를 내밀고 휘파람을 날린다. 청바지들은 퍼부어지는 찬사에 깔깔거리며 교태스런 몸짓으로 반응한다. 엄청난 태양의 열기 속에서 젊은 남녀들의 육감적인 몸짓이 턱턱 숨을 막았다.(「인간」, 128~129면)

그녀가 뛰어내리듯이 차도로 들어섰다. 자동차가 신발을 스칠 듯이 달려갔다. "빵—" 까만 자동차가 짧게 경적을 울리고 달아났다. 놀란 여자가 우뚝 섰다. 남자가 그녀의 팔꿈치를 잡았다. (중략) 도로 한가운데 갇혔다. 그의 손이 팔뚝을 미끄러져 내려와 그녀의 손을 잡았다. 손끼리 마주 잡았다. 뜨거운 손이었다. 그가 팔꿈치를 들어 그녀의 팔을 자기 품안에 가두었다. 그녀는 깊은 안도를 느꼈다. 자동차들이 스치듯이 달려갔다. 조금도 무섭지 않았다. 머리 위에 가벼운 입맞춤을 느꼈다. 입맞춤이라고 깨달았을 때, 그때는 차도를 다 건넌 뒤였다. (「인간」, 129~130면)

남자와 여자는 내전중인 도시의 거리를 걷고 있다. 위의 인용문에서 보듯, "어디에나 죽음이 지뢰처럼 묻혀 있"는 "테러의 거리"에서 그들은 관능적인 여대생들을 목격한다. 탱탱한 엉덩이, 교태스럽고 육감적인 몸짓이 노출하는 에로스는 "죽음의 요소들을 고루 갖"춘 도시에서 꿈틀거리고 있다. 아래의 인용문에서 남녀는 차도를 건너고 있다. 횡단보도도 신호등도 육교도 지하도도 아무것도 없다. 사람들은 "자동차들이 미친 듯이 달리고 있"는 차도를 "그냥" 건너야만 한다. "곡예를 하"듯 차도를 건너면서 그들은 입맞춤을 나눈다. 생명을 위협받는 상황에서 에로스를 교환한 셈이다. 역시 죽음과 정염, 타나토스와 에로스를 병치하는 작가의 습관이 엿보인다.

왜 권현숙 소설에서 정염과 죽음의 모티프가 자주 병치되는가? 다시 말해, 에로스는 왜 늘 타나토스를 짝으로 거느리고 나타나는가? 답은 소설 속에 있다. 이 소설집에서 에로스와 타나토스는 세 층위에서 연관된다. 첫째, 정염 그 자체에 내장된 폭력성과 파괴성이 에로스와 타나토스의 친연성을 누설한다. 이를 아는 인물들은 광포한 정염을 피하려고 하지만, 결국 그것에 포획된다. 둘째, 충족된 정염의 절정은 죽음의 정황과 상통한다는 점에서 에로스는 타나토스와 융합된다. 이때 인물들은 절정의 순간을 보존하기 위해서 죽음을 선택하기도 한다. 셋째, 에로스의 자장에서 소외된 인물에게 정염은 때로 죽음으로 이끄는 폭력이 된다. 혹은 생명이 있는 한 벗어버릴 수 없는 에로스의 굴레가 죽음처럼 처참한 인간 조건을 구성한다. 이제 에로스와 타나토스가 연관되는 세 층위 각각에 눈을 돌릴 때이다.

1) 태워버리고 소멸하는 정염의 운명

프로이트는 말한다. "사랑이 예기치 않게 정규적으로 증오(양가감정)을 수반하고, 인간관계에서 증오는 사랑의 전신일 때가 비일비재할 뿐만 아니라, 많은 경우 증오는 사랑으로, 사랑은 증오로 바뀐다는 사실을 이제 우리는 임상 경험을 통해 알게 되었다."[3] 굳이 프로이트를 참조하지 않더라도 지극한 사랑과 증오는 교환 가능하다는 사실을 우리는 경험으로 알고 있다. 흔한 말로, 미워하면 닮는다.

또한 우리는 알고 있다. 누군가를 지독하게 사랑할 때, 수다한 기대들을 충족시켜주지 않는, 하염없이 불안하게 하고 고통스럽게 하는, 충일감보다는 결핍감과 외로움만을 안겨주는 상대를 기실 얼마나 증오하는지. 그래서 정염은 종종 폭력과 파괴욕 혹은 죽음 충동과 결부된다. 너무나 사랑해서 상대를 죽였다거나 거꾸로 가학 행위를 통해 사랑을 표현하는 이야기는 낯익은 풍문에 속한다. 그래서 작가가 "동물은 생존을 위해 죽이고 인간은 쾌락을 위해 죽인다. 다시 말하면, 인간은 즐거움 때문에 살인하는 유일한 동물이다"(「열린

---

3) 지그문트 프로이트, 『정신분석학의 근본 개념』, 윤희기·박찬부 역, 열린책들, 2005, 385면.

112

문』)라고 썼을 때, 독자는 수긍하지 않을 도리가 없다.

정염이 광포한 폭력과 결부되는 이유는 또한 정염 그 자체의 속성 때문이다. 정염은 불꽃. 불은 대상을 태워 없애고 자기 자신도 소멸하는 것을 그 본질로 한다. 정염은 집착을 낳고, 집착은 상대를 질식시킨다. 지나친 정염은 상대를 파괴하는 동시에 그 주체도 황폐하게 만든다. 거듭되는 정염과 파괴욕의 변증법적 악무한이 극단적인 살의로 귀결되는 경우도 드물지 않다. 이 지점에서 에로스와 타나토스의 친연성이 확인된다. 앞서 말했듯, 이 사정은 권현숙 소설에서 정염과 죽음의 모티프가 자주 병치되는 이유 중 하나이다.

다음은 지나친 정염의 폭력적, 파괴적 면모를 그린 대목이다.

떠나는 남자는 하나같이 판에 박힌 대사만을 읊조리는 법이니까. 사랑해. 하지만 지쳤어. 네 사랑이 날 질식시켜. 네가 조금만 덜 사랑하면 좋을 텐데. 널 잊지 못할 거야.

그래, 그럴지도 몰라. 그럴 거야, 틀림없이. 사랑에 빠지면 나는, 너만 생각하고, 너의 전화만을 기다리고, 너를 기다리는 일 외엔 하루 종일 아무 일도 못하고, 네가 올까봐 가게에도 못 가고, 한밤중 벨소리에도 깨어 있는 체 맑은 목소리를 지어내느라 깊은 잠도 못자고, 끊임없이 다이어트를 하고, 값비싼 야릇한 속옷을 사들이고, 네 취향의 그러나 내 맘에는 안 드는 머리 모양으로 바꾸고……. 미처 다 기억하지 못하는 미친 짓들을 저지른다.

나의 격렬한 감정은 너의 튼튼치 못한 신경을 지치게 한다. 너는 미친 듯이 달리던 속도를 멈추고 스스로 돌아볼 시간을 갖는다. 자신을 완전히 내던지지 못하는 너는 그제야 겁을 내고 우리 관계를 점검하고 찬물로 세수를 하듯 정신 차리고 온갖 핑계를 끌어대기 시작한다. 우리의 전쟁이 시작되는 시점에 이른 것이다. (중략) 그 미친 듯한 사랑의 속도를 나 자신도 어쩌지 못한다. 그것은 손댈 수 없이 퍼져나가는 악성종양과도 같이 사랑하는 두 사람을 소모시킨다. 나의 불행은, 지치는 쪽은 항상 〈너〉라는 데에 있다.(「사랑」, 217~218면)

그러므로 "악성종양"과 같은 정염에 포획되지 않기 위해, 사람들은 안간힘을 다한다. 유혹을 받는 당신, 솔직히 기쁜가? 기쁘기보다는 그것에서 도망가고 싶을 것이다. 이를 쾌락을 추구하는 성 본능과 자신이 파괴될 것을 염려하여 머뭇거리는 자아 본능 사이의 갈등이라고, 프로이트 식으로 말할 수도 있겠다. 정염이란 단지 평화롭고 행복한 천국으로 이끄는 매혹적인 손짓일 뿐만 아니라, 유황불 이글거리는 지옥에서 발송한 음험하고 위태로운 초대장이기도 한 것이다.

「인간」은 사랑을 시작하기 직전 남녀가 정염과 자기보존 욕구 사이에서 끊임없이 진자운동하는 양상을 흥미롭게 묘파한다. 내란 중의 이국에서 만난 남녀는 서로에게 끌린다. 그러나 여자는 남자가 친절함과 냉정함을 번갈아 보이는 모습에 혼란스러워한다. 전화를 대신 받아주고 신문을 번역하며 읽어주던 친절한 남자는 와인을 마신 후 여자를 차갑게 보내며, 다음 날 리셉션에 나타나지 않는다. 그는 여행사까지 동행하며 친절한 배려를 아끼지 않다가도 잔돈을 빌려달라는 여자의 요구를 냉정하게 거절한다. 그러면서도 위험한 거리에서 손을 꽉 잡아주거나 여자의 젖은 운동화를 드라이어로 말려준다. "더없이 다정하다가도 갑자기 등 떠밀리는 악몽"이라고 언급된, 이러한 남자의 행동거지 하나하나에 여자는 민감하게 반응하면서, 매혹과 경계심 사이를 오락가락한다. 그녀는 남자를 "지난밤과 아침 동안에 겪었던 감정의 폭풍에 대하여 낱낱이 말해도 좋을 만큼 가깝게 느"끼기도 하지만, 곧이어 "체면을 차려야 할 만큼 멀게 느"끼기도 한다. "저 시선은, 여자는 생각한다. 한없이 끌어당기고 갑자기 놓아 버린다. 뜨겁게 달구고 갑자기 얼어 붙인다. 그 여자는 매혹과 거부를 양성처럼 지닌 남자와 가까이 있다는 사실이 감미롭기도 하고 두렵기도 하였다." 남자만 매혹과 거부의 양가감정을 드러내는 상황이 아니다. 여자 역시 마찬가지이다. 그녀는 남자 앞에서의 행동이 호감의 표현으로 비칠까 염려하는가 하면 곧이어 무례의 표현으로 보일까봐 전전긍긍한다(사실 그녀의 신경과민 목록은 꽤 길다). 방 앞에 서 있는 남자를 보았을 때 여자는 "머리가 시키는 대로라면 초만 받아들고 방문을 닫아야 할 것"이라고 생각하면서도 "가슴이 원하는 대로" 그를 방으로 이끈다.

두말할 나위 없이 이들의 신경과민은 정염에 포획 당하지 않으려는 의지에서 비롯된다. "결사적으로 달아났으니까요. 도마뱀처럼 꼬리를 자르고 말입니다. 방심하는 사이 기습을 당한 거죠"라는 남자의 고백에서도 이는 확인된다. 정염이 매혹과 거부감으로 분열되는 이유는 전술했듯, 정염의 파괴성에 대한 두려움 때문이다. 남자와 여자는 각기 두려워할 만한 이유를 가지고 있다. 남자의 두려움은 그가 앓고 있는 "세미노마"라는 "성기에 생기는 암"으로 설명된다. 한편 여자는 자신이 "인생이고 연애고 너무 진지한 데 문제가 있"고 "기대하기 때문에 상처받는" 성향의 소유자라는 사실을 알고 있으며, "사랑받지 못하는 삶, 실패만을 거듭하는 삶, 그럼에도 끝없이 갈구하는 삶의 오욕스러움을 이해"하고 있다. 여기에서 지나친 진지함과 기대, 상처와 실패, 그럼에도 갈구하는 오욕스러움 등의 표지는 여자가 정염의 파괴성을 경험한 바 있음을 암시하며, 따라서 그녀의 두려움의 원인을 설명해준다. 그러나 결국 그들은 성합에 이른다.

2) 충족된 정염의 순간성과 그 극단에 도사린 죽음

사실 권현숙 소설의 인물들은 정염의 불길을 피하려고 안간힘을 쓰지만 결국 그것에 포획된다. 앞서 보았듯, 「사랑」의 여자 주인공은 정염의 파괴적 속성을 잘 알기에 연인과 결혼하고 싶어하지 않는다. 남자는 지나친 정염이 불러올 파국을 두려워하는 여자를 안심시킨다. 이에 여자는 결국 마음 놓고 사랑해도 좋다는 확신을 얻는다. 믿음의 교환은 정염을 절정의 순간으로 이끈다. 이 순간에 대한 묘사가 이 소설의 주조를 이룬다. 이 소설의 대부분의 페이지는 남녀가 함께 "붉은 천둥"이라 명명된 바이크를 타고 질주하는 장면의 묘사로 채워진다. 그때 그들이 느끼는 감정이 곧 정염의 절정에서 체험하는 감정에 다름 아니다.

> 우리는 붉은 화염, 가없는 대기 속을 날아간다. 우리는 붉은 화살, 시간의 켜 속을 날아간다. 눈 감고, 모든 감각을 닫고, 사랑하는 육체만을 느낀다, 달리고 있는 차체만을 느낀다. 아무 생각도 하지 않는 나, 이 순간 백치 같다, 백치처럼 순수하다. 나는 안다. 널 사랑한다는 건 네 육체를 사랑한다는 거, 네 육체를 사랑한다는 건 달리면서 교미하는 미친 동물이 된다는 거.(「사랑」, 210면)

> 난 지금 너의 등을 안고 사과꽃을 보고 있는 거야.
> 나는 눈을 크게 열고 응시한다. 지나가는 순간을 놓치지 않으려고, 보고 있는 순간을 절실히 느끼려고, 지금 이 순간을 몸속 어딘가에 깊이 새겨 넣으려고.
> 난 지금 너와 체온을 나누며 노을을 보고 있는 거야.

나는 길게 손을 뻗는다. 무지개처럼 스러지는 저 노을을 만져보려고,(「사랑」, 208면)

아래의 인용문은 절정의 순간을 보존하고 싶은 갈망의 간절함을 드러낸다. 이 간절한 갈망은 "행복한 시간"은 "좋은 커피를 마시는 동안처럼, 여보세요— 대뜸 네 목소리를 알아듣는 순간처럼, 너를 만나는 시간처럼, 실수인 듯 머리를 스쳐가는 입맞춤처럼, 입술에 와 닿는 불타는 너의 입술처럼, 절정의 영원한 한 순간처럼" "너무 빨리 지나"간다는 사정에서 비롯된다. 실제로 그들이 도달한 정염의 절정은 오직 짧은 순간 동안만 지속된다. 그들은 고작 삼십이 분의 질주 끝에 사고를 당한다. 여자는 자신이 운전하는 남자의 팔을 쳐서 핸들을 엉뚱한 방향으로 틀게 한 것이라고 생각한다. 죽음을 자초한 여자의 행동은 두말할 나위 없이 절정의 순간을 보존하고 싶은 갈망에서 비롯된다.

정염이 절정에 도달한 순간은 단지 찰나에 불과하다. 절정의 순간은 생성 즉시 소멸하기 때문에 역설적으로 영원한 가치를 보장받는다. 여기에서 에로스와 타나토스의 동질성이 확인된다. 우선 정염의 극단에서 조우하는 것은 정염 그 자체의 소멸, 즉 죽음이다. 또한 그 순간을 영원히 누릴 수 있는 길은 시간을 정지시키는 방법, 역시 죽음밖에 없다. 다시 말해 "시간의 세계로부터 꿈의 세계로" 궤도 이탈하는 것이다. 한편 이들의 죽음은 절정에 이른 정염의 일부일 수 있다. 정염의 절정과 죽음의 순간은 상통하기 때문이다. 오르가즘의 극한에서 죽음을 체험한다던가, 목을 매어 죽는 순간 오르가즘을 느낀다는 이야기는 낯익은 풍문이다. 앞서 이 소설집에서 에로스와 타나토스가 병치되는 두 번째 이유에 대해, 에로스의 극한은 타나토스의 순간과 상통한다는 점에서 서로 융합된다고 밝힌 바 있다. 「사랑」에서 여자는 정염이 절정에 이른 순간을 보존하기 위해서 스스로 죽음을 부른다. 그 배경에는 정염은 그 극치에서 바로 소멸할 운명이며 극단적으로 불타오른 정염 자체가 죽음의 정황과 다를 바가 없다는 사정이 존재한다.

3) 정염의 감옥에서 종신형을 사는 죄수

이쯤 되면 정염에서 자유로운 영혼을 꿈꿀 법도 하다. 「열린 문」은 정염이 소거된 인물과 정염을 상기하는 정황을 병치했다는 점에서 앞의 소설들과 동궤에 놓인다. 그러나 앞의 소설들이 에로스 자체에 내장된 타나토스를 그렸다면 이 소설은 에로스 바깥의 타나토스에 주목한다는 점에서 다르다. 작가는 에로스의 자장에서 소외된 인물을 제시하되, 그러나 그 역시 가망 없는 에로스에 포획되어 있음을 보임으로써 에로스의 폭력적 면모를 역설적으로 증언한다.

「열린 문」의 "나"는 우연히 "무기물의 표정"을 가진 "노인"을 만난다. 그는 왕년에 "술에 잡히고, 여자에 빠"진 삶을 살아왔으나 현재 "성적인 요소가 제거되고 난 다음에 깃들이는 사람의 얼굴"을 가지고 있다. 이런 노인의 모습 옆에 나란히, 개가 발정하는 장면과 노인이 개를 애무하는 장면 등 에로스적 정황이 놓인다. 에로스에서 해방된 듯 보였던 노인은, 그러나 소설의 말미에서 다음과 같이 진상을 고백한다.

노인이 눈물 젖은 얼굴로 나를 올려다본다. 눈물을 철철 흘리면서, 부끄러움도 모르고, 체면도 없이, 간혹 울음의 여운인 듯 어깨로 흐느끼면서, 바르르 떨면서, 허공인 듯 나를 응시한다. 나는 노인을, 노인은 나를, 쳐다본다. 뭐라고 말하려는 입놀림이어서 나는 고개를 숙이고 귀 기울인다. 한숨인 듯 꿈결인 듯 떨리는 목소리가 중얼거린다.

너무나 외로웠어요, 외로워서 외로워서 숨이 턱턱 막혔어. 숨 쉬기도 힘이 들었어……. 여자가 그리웠어……. 향수 냄새, 비누 냄새를 맡은 지가 언제인지……. 당신 냄새를 맡게 해줘요. 당신 머리카락 냄새를 맡게 해줘요.

마치 최면에라도 걸린 듯 나는 노인의 말에 복종했다. 부엌 바닥에 무릎을 꿇었다. 바로 눈앞에 헐렁한 육신이, 떨고 있는 무릎이 있었다. 나는 고개를 숙이고 순종하는 양처럼 머리를 디밀었다.(「열린 문」, 90면)

죽음을 목전에 둔 처지에서도 여자가 그립다는 노인의 고백에 "나"는 냄새를 맡게 해 준다. 성욕의 굴레를 벗어버린 듯 보였던 노인의 모습은 허상에 불과했던 것이다. "나"는 그러나 곧 "기괴하고 추악한 얼굴", "시커먼 입 속", "악취 풍기는 썩은 이빨들" 등으로 형상화된 노인의 모습에 충격을 받고, 그를 밀어뜨리고 도망간다. 그 후 이 사건과 연관된다고 예측되는 노인의 죽음이 암시된다.

"성욕의 쇠사슬에서 풀려나자 곧이어 생명의 사슬에서, 죽음의 사슬에서, 줄줄이 해방된 영혼의 얼굴"의 실상은 "무덤 구덩이", "축 늘어진" "죽은 성기", "곰팡이 포자"처럼 퍼지는 "송장 냄새"로 형상화된다. 에로스가 소거된 인물의 실상이다. 폭력성을 내장하면서 죽음과 친연관계에 있기에 위태롭고 음험한 에로스이지만, 그것이 소거된 정경은 기괴하고 추악하다. 과연, "생명이란 그런 거요. 숫컷으로 암컷으로 사는 거, 하고 싶어 환장하는 거, 더 이상 숫컷도 암컷도 아닐 때, 그땐, 끝장난 거지"라는 노인의 말대로, 에로스는 생명을 가진 존재의 숙명적 조건이다. 이를 생명력 예찬으로 해석할 여지도 있지만, 이 소설에서 그것은 보다 비극적인 지평 위에 놓여 있다. 에로스가 생명줄을 붙들고 있는 한 벗어버릴 수 없는 굴레라면, 때로 그것은 가혹한 인간 조건이 될 수 있지 않겠는가.

이 소설에서 노인에게 "나"의 매력은 폭력으로 작용한다. 그는 "내"가 환기하고 좌절시킨 가망 없는 에로스 때문에 죽는다. 같은 소설의 다리 잘린 청년 역시 "나"의 매력 때문에 죽는 것으로 설정되어 있다. 권현숙은 종종 에로스를 충족할 조건을 결여한 인물들의 에로스를 부각한다. 「순장」에서 추녀이기 때문에 외로움에 시달리던 "나"는 아름다워지고자 하는 소망에 성형수술을 받다가 죽는다. 이들의 죽음은 에로스적 자장에서 소외된 인물에게 에로스가 행사하는 폭력을 환기한다. 그것을 꿈꿀 수 없는 처지에서도 꿈꿀 수밖에 없게 추동하는 에로스의 끈질김. 꿈에서 소외된 자가 꾸는 꿈의 애처로움. "독버섯은 아름다울수록 독성이 강하다. 독약은 매혹적일수록 치명적이다"라는 잠언에서 에로스의 꿈은 독버섯과 독약으로 제유된다. 이쯤 되면 꿈이란 거의 저주에 가깝다.

그러나 에로스가 어디 그 충족 조건을 결여한 이들에게만 폭력적인가. 에로스의 그물망에 구속되어 자유로울 수 없는 비극적인 정황은 인간 조건 일반으로 확대 해석될 수 있다. 「순장」의 "벽화"는 유난한 아름다움 때문에 늙은 왕의 정염의 대상이 되었다는 이유로 죽음을 맞는다. 벽화의 죽음은 인간 일반에게 행사되는 에로스의 폭력성을 함축하는 모티프로 보인다. 인간이 평생 에로스의 감옥에서 종신형을 살고 있는 죄수에 불과하다는 사실은 그 자체로 폭력적이다. 그것 때문에 자신이 파괴될 것을 짐작하면서도, 운이 좋은 경우라도 그 절정에서 오직 죽음만을 조우한다는 사실을 알면서도, 혹은 죽

음을 눈앞에 두고도, 꿈꿀 수밖에 없는 에로스의 결박이란 처참한
인간 조건이다. 이 때문에 벌어지는 숱한 시정의 비극들과 켜켜이 누
적되어 온 한숨과 눈물을 상기해보면, 생명이 있어 참혹하다는 한탄
이 절로 나온다. 그리하여 정염으로 찢어진 심장은, 붉게 탄식한다.

4. 인간의 영혼, 그 어두운 미지의 대륙에 빛을 비추는 탐험가

고전의 가치에 이의를 제기하는 사람은 아마 없을 것이다. 고전의
매혹은 무엇에 기인하는가? 고전은 인간 영혼에 대한 심오하고 구체
적인 탐사를 수행한다. 인간의 심리와 정서에 관한 해박한 지식이 고
전의 힘이다. 예컨대 좋은 작가라면 '사랑하면 슬프다'라는 정도의 지
식에 머물러서는 곤란하다. 사랑이 슬픈 수다한 이유와 사랑 감정이
거느리는 복잡다단한 결과 층위, 그 구체적 세목에 관한 지식을 풍
부하게 보유하고 그것을 언어화할 수 있어야 한다. 소설을 찾는 이는
대개 감수성이 예민하여 종종 일상에서 소통 경로의 결핍을 느낀다.
그들의 복잡하게 얼크러진 심경은 훌륭한 소설에서 전경화된 인간
감수성에 대한 해박한 지식과 대면하여 소통하고 공감한다. 이때 소
통과 공감은 그 자체로 위로와 치유의 기능을 수행한다. 이 지점에
서 소설은 경박한 대중문화와 차별될 수 있을 것이다.

어둡고 혼란스러운 감수성의 대륙을 보다 깊고 넓게 개척하여, 그
곳에서 꿈틀거리는 무정형의 정서들의 세목들에 로고스의 빛을 비
추어 언어화하는 것이 작가의 사명이 아닐까? 요사이 상상력의 극
단을 실험하거나 인문학적 관념을 모사하는 젊은 작가들이 "새롭다"
는 찬사를 거느리지만, "새로움"이란 그보다 작가가 발굴해 낸 인간

영혼의 세목의 다양성과 깊이의 극단에 바쳐야 하는 헌사인지도 모른다.

이런 점에서 "정염"이라는 인간 정서에 관한 해박한 지식을 보유하고 언어화하는 권현숙이 한국 문단에서 귀한 존재라는 판단은 그리 성급하지만은 않을 것이다. 그는 문학의 기본 사명에 충실하여 인간 영혼, 그 미지의 대륙에 예민한 촉수를 드리우고 있다. 어찌나 예민한지 때로 그 과로하는 신경줄의 안위가 걱정스러울 정도이다. 작가의 신경줄이 혹사당하는 정도에 비례하여 독자의 즐거움이 증폭된다는 잔인한 진실의 비호 아래, 그의 예민한 촉수로 정염이 아닌 다른 정서들에 대해서도 그 세목까지 낱낱이 밝은 빛 아래 꺼내 보여주길 바란다면 무례한 요청이겠는가.[4]

(2007년 4월)

---

[4] 이 글의 제목 중 "찢어진 심장의 붉은 탄식"은 이 책에 실린 소설 「삼중주」 속의 한 문구임을 밝힌다.

왜 사느냐 묻지 말고
어쨌든 살아 보라

구경미론

1. 진흙탕에서 피어나는 연꽃

불교에서 성문승(聲門乘), 독각승(獨覺乘), 보살승(菩薩乘)을 삼승(三乘)이라고 한다. 승(乘)은 수레, 즉 부처님의 가르침으로 중생을 실어 피안에 이르게 하는 수레를 뜻한다. 성문승이란 부처님의 직접적인 설법을 듣고 해탈하는 무리요, 독각승이란 스승 없이 깨달음을 얻는 무리요, 보살승은 자기뿐 아니라 타인도 해탈로 인도하는 수행을 하는 무리를 뜻한다. 대승불교에서 중요하게 여기는 것은 물론 보살승이다. 대승 보살의 실천도를 중시하는 『유마경』은 번뇌가 곧 깨달음이요, 깊은 산속에서 홀로 수행하는 것보다 일상에서 깨달음을 실천하는 것이 곧 불도라는 가르침으로 가득 차 있다. 다음은 『유마경』의 한 구절이다. 문수사리가 유마힐에게 말한다.

이처럼 성문이나 독각의 종성처럼 이미 무위를 보아서 바른 성품에 들어가 생을 벗어난 자는 끝내 일체지심(一切智心)을 일으킬 수 없습니다. 오직 온갖 번뇌가 작용하는 낮고 습한 진흙 속에서라야 비로소 일체지심을 일으킬 수 있습니다. 바로 그런 곳에서 불법이 생장하기 때문입니다. 또 선남자여, 비유하자면 씨앗을 공중에다 심으면 결국 생장하지 못하고, 낮고 습한 거름을 준 땅에 심어야 비로소 생장할 수 있는 것과 같습니다. (중략) 또 선남자여, 비유하자면 사람이 큰 바다에 들어가지 않으면 결코 진주 같은, 값을 따질 수 없는 보배를 얻지 못하는 것과 같습니다. 마찬가지로 생사와 번뇌의 큰 바다로 들어가지 않으면 값을 따질 수 없는 보배인 일체지심(一切智心)을 결코 일으킬 수 없습니다. 그러므로 생사윤회를 일으키는 온갖 번뇌의 종성이 바로 여래의 종성임을 반드시 알아야 합니다.[1]

성문은 본래 부처님의 가르침을 듣는 사람을 뜻했으나 후대에 대승불교의 등장과 더불어 자신의 깨달음만을 추구하는 소승불교의 수행자를 의미하게 된다. 위의 문수사리의 설법처럼, 홀로 깨달아 해탈한 자보다 온갖 번뇌 속에서 헤메는 자, 생사와 번뇌에 구속된 일상생활 속에서 뒹구는 자만이 모든 것을 아는 마음인 일체지심을 일으킬 수 있다.[2] 고고한 공중이 아니라 낮고 습한 땅, 생사와 번뇌로 점철된 큰 바다와 같은 치열한 삶의 현장이 수행의 터전이 되는 것이다. 흔한 말로 연꽃은 진흙탕 속에서 핀다지 않은가.

구경미의 소설[3]을 이야기하는 자리에서 왜 대승불교를 운운하는

1) 『유마경』, 장순용 역, 시공사, 1997, 164~165면.

2) 첫 단락에서부터 이 문장까지 서술은 위의 책, 11~163면 참조.

3) 필자가 확인한 구경미의 소설은 다음과 같다. 소설집 『노는 인간』(열림원, 2005), 장편소설 『미안해, 벤자민』(문학동네, 2008), 「문희」(『현대문학』, 1999년 4월호), 「채널7: 권태로운 척」(『현대문학』, 2001년 12월호), 「새로운 삶」(『현대문학』, 2005년 8월호), 「중독자들」(『문학사상』, 2006년 5월호), 「2005년 6월, 귀덕과 애월 사이」(『문학동네』, 2006년 여름호), 「일주일」

가. 1999년 등단 이래 창작 경력 만 십 년을 넘긴 그녀의 소설이 걸어온 길은 대승불교의 보살승의 궤적과 어딘가 닮아 있다. 공중에서 노닐다가 낮고 습한 진흙탕으로 하강한. 그리하여 생사와 번뇌의 큰 바다에서 유영하는. 애초에 삶의 의미를 추상적으로 논하던 구경미는 이제 삶의 구체를 조목조목 탐사한다. 왜 사느냐는 막막한 질문은 일단 살아 보라는 당위로 대체된다. 삶의 바깥에서 삶을 관조하고 회의하던 구경미 소설의 인물들은 이제 누구보다도 열정적으로 살면서 격렬한 감정을 느낀다. 지금 구경미의 시선은 그렇게 진흙탕 속에서 부대끼는, 번뇌의 바다에서 표류하는 인간의 생생한 육체와 심정을 향해 있다.

2. '왜 사는가'라는 막막한 질문, 격정과 열정을 소거한 노는 인간의 세계

우리는 기억한다. 우리가 애착했던 모든 것이 그 빛을 잃고 재로 화해 버렸던 젊은 날의 한때 혹은 긴 시절을. 사랑도 꿈도 욕망도 열정도 그 아우라를 상실하고, 우리는 하고 싶은 것 혹은 해야 할 것을 알지 못하여 결국 아무것도 하지 않거나 못했다. 풍문으로만 의미를

(『웹진문장』, 2006년 8월호), 「거짓말」(『현대문학』, 2006년 9월호), 「나 보기가 역겨워」(『문예중앙』, 2006년 가을호), 「잠자는 고양이」(『한국문학』, 2007년 가을호), 「독평사」(『현대문학』, 2007년 12월호), 「뮤즈와 무지 사이」(『내일을여는작가』, 2007년 겨울호), 「공공의 적―게으름을 죽여라」(『웹진문장』, 2008년 5월호), 「이별 여행」(『문예중앙』, 2008년 여름호), 「별 오는 날」(『실천문학』, 2008년 가을호), 「금일 휴업」(『현대문학』, 2008년 11월호). 앞으로 이 소설들을 인용 시 인용문 말미의 괄호 안에 인용 면수만을 표기하도록 한다. 단 혼동의 우려가 있을 경우에만 소설의 제목도 함께 명기한다. 상기한 단편소설 이외의 단편소설의 출처는 모두 소설집 『노는 인간』이다.

둘러쓴 가치들에서 의미가 남루한 정체를 고백하고 달아났을 때 남겨진 형해의 앙상함. 삶의 공허한 실체를 직면한 우리는 집요하게 뇌이곤 했다. 왜 사는가. 그리고 우리는 보았다. 삶의 저 깊은 곳에서 입을 벌린 시커먼 우물을. 카뮈의 말을 빌린다. "부당한 이유로서라도 설명할 수 있는 세계는 친밀한 세계이다. 그러나 이와 반대로 갑자기 환상과 빛을 박탈당한 우주 안에서 인간은 한 사람의 이방인임을 느끼는 것이다. 그가 잃어버린 조국에 대한 추억이나 약속된 땅에의 희망을 포기한 이상, 이 유배(流配)에는 구원이 없다. 인간과 그의 인생, 배우와 그의 무대 사이의 절연(絕緣), 이것이 바로 부조리의 감정인 것이다. 자기 자신의 자살을 생각해 본 적이 있는 모든 건전한 사람들은, 이 감정과 허무에의 갈망 사이에는 직접적인 관계가 있다는 것을 더 이상의 설명 없이도 인정할 수 있을 것이다."[4] 구경미의 첫 번째 소설집 『노는 인간』은 자신의 삶에서 절연 당한 인간, 무대에서 추방된 배우들로 넘쳐난다. 그리하여 "왜 살고 있는가"(「초지일관 그녀는」, 44면)라는 질문은 인물들의 뇌리를 '초지일관' 관통하는 화두이다. 다음은 전반기 구경미 소설에서 가장 흔하게 목격할 수 있는 인물들의 내면을 대변한다.

그녀는, 나는 도대체 왜 살고 있는 걸까, 라고 마흔세 번쯤 생각했다. 아무리 생각해도 살아야 할 이유가 없었다. 그렇다고 살지 않아야 할 이유도 없었다. 어느 날 문득, 딱히 살아야 할 이유가 없는데도 살아가는 자신을 발견했고, 그러고 나자 사는 목적, 의미, 가치, 기타 등등 삶에 있어 꼭 필요할 성싶은 아무런 명분도 없다는 것을 덩달아 깨달아버렸다.

---

4) 알베르 카뮈, 『시지프의 신화』, 이정림 역, 범우사, 1997, 26면.

그 증거로 그녀는 최근 몇 년 동안 삶의 명분이 되어줄 만큼 기쁨도 슬픔도 분노도 느끼지 못했다는 것을 역시 동시다발적으로 깨달았다. 깨달음은 한순간, 그리고 한꺼번에 오는 것이다. 가끔 우울하다는 생각을 했다. 더 가끔 무엇에 대한 투덜거림인지도 모르면서 참 시시하다는 생각은 했다. 그러나 그뿐이었다. 우울하다는 생각은 기표화되지 않았다. 시시함 역시 삶에의 천착으로 나아가는 능동적 혹은 파괴적 힘으로 발전하지 않았다.(「초지일관 그녀는」, 35면)

사는 이유와 의미를 발견하지 못한 인물들은 두 가지 자질을 결여한다. 격정과 열정이 그것이다. 삶의 의미를 알지 못하는 인물들은 기쁨이나 슬픔이나 분노나 질투나 증오 등 삶의 추동력이 되어 줄 격렬한 감정을 느끼지 못한다. 삶의 무의미를 체감하는 감각과 아무런 격정을 느끼지 못하는 불감(不感)의 감각 중 무엇이 먼저이고 무엇이 나중인지는 따지기 어렵지만, 두 감각이 나란히 발생하는 사정은 쉽사리 이해 가능하다. 또한 이러한 인간은 자연스럽게, 어떤 일에도 열정을 느끼지 못하는 무위(無爲)의 인간, 곧 '노는 인간'이 된다. 감정이 지워지면 의욕도 따라서 소거된다.

격렬한 감정을 못 느끼거나 부정하는 불감, 무감(無感)의 정서는 등단작인 「동백여관에 들다」에 도드라지게 나타난다. 이 소설에 등장하는 오래 사귄 남녀는 "우린 서로 소유하지 않는다"(108면)는 모토 아래 사랑 없는 섹스에 탐닉한다. "소중하게 지키고 싶은 것이 없"(116면)다는 도도한 허무감이 불모의 섹스 이면에 잠복하고 있다. 그러나 섹스만을 추구하는 그들이 야심적으로 수행한 도봉산에서의 자정의 섹스에서조차 "나"는 절정도 일치감도 느끼지 못한다. 공허하고 무감한 삶의 심연에서 가까스로 잡은 지푸라기인 섹스조차 그들에게 어떠한 절실한 감정을 불러일으키지 못하는 것이다. 불감의 정서를 체현한 듯 사지가 마비된 채 누워 있는 "나"는 "나"를 다른 여자 "은희"로 착각한 여관 주인에게 일방적으로 섹스를 당한다. 서로 다른 이성을 그리면서 나누는 이 섹스는 너나 할 것 없이 만연한 불감의 정서를 극단적으로 드러낸다. 그들은 간절한 그리움, 그리워하는 사람을 만나는 환희 등 생의 고갱이를 체험하고 싶어 하나 끝내 생의 바깥에서 공전할 뿐이다. 처방을 알지 못하는 그들의 몸부림은 환부를 덧나게 할 뿐이다. 어긋난 처방은 환부의 참상을 더욱 도드라지게 한다.

삶을 추동할 치열한 감정이 결여된 그들에게 의욕과 열정이 소진되는 것은 당연한 귀결이다. 그래서 전반기 구경미 소설의 인물들은 자주 매사에 의욕을 느끼지 못하고 삶에 어떠한 열정도 발휘하지 않는다. 「노는 인간」의 "나"는 접하거나 상상하는 모든 일에서 "지독한 상투성"(16면)만을 발견하고 오직 논다. 자신이 쓰고 있는 소설의 주인공이 뒤바뀌어야 할 필연적인 이유도, 뒤바뀌지 말아야 할 필연적인 이유도 없다는 결말 부분의 독백은 삶을 대하는 "나"의 태도를 반영한다. 옳다고 믿는 무엇도, 관철해야 할 무엇도, 절실히 바라는 무엇도 아무것도 없다. 따라서 심각한 고뇌도 처절한 절망도 없다. 단지 "햇빛이 없다는 것이 조금 아쉬"(32면)울 뿐이다. "늘 내가 왜 살아야 하나, 묻는 듯한" "허망한 얼굴"(20면)의 양지슈퍼 남자는 "나"의 심리적 대변인이기도 하다. 한편 「봉덕동 블루스」의 동거녀는 무기력하고 게으르게 산다는 이유로 "그"에게 이별을 통고받는다. 「코탱의 골목」의 "나"는 고작 "내 인생의 목표가 뭔지 나는 왜 모를까 생각"(218면)하면서 "도무지, 도대체 의욕이라곤 없어. 말도 그래. 그러니 말 시키지 마"(233면)라고 외칠 뿐이다. 「그리고 싱가포르」의 "나"

역시 대학 졸업 후 내내 걷고 자는 일로만 소일하면서 집에서 논다. "내가 뭘 하고 싶어 하는지, 뭘 잘하는지 도통 알지 못했"(177면)기 때문이다.

삶의 의미를 알지 못해서 무감하고 의욕이 없기에 무기력하게 '노는 인간'은 그러나 더 잘 보는 인간이기도 하다. '노는 인간'은 의욕과 열정의 세계를 바깥에서 바라본다. 그러다 보니 그는 일상의 허구성과 나아가 자본주의의 허구성을 보게 된다. 「봉덕동 블루스」의 "그"는 햇볕이 잘 드는 산뜻한 이층집과 아름답고 우아하고 생기 넘치는 아내와 가족이 함께 취미를 공유하는 생활을 꿈꾸면서 무기력하고 게으른 동거녀를 버린다. 그의 꿈은 다분히 자본주의의 세례를 받은 소시민적 판타지이다. 또한 그것은 '노는 인간'의 반대편의 세계, 즉 의욕과 열정의 세계를 향한 동경의 산물이다. 이 소설은 이 판타지가 허상에 불과함을 드러낸다. "그"는 동거녀를 버렸으되 끝내 그 꿈을 실현하지 못한다. 그 꿈에 가까이라도 가기 위해 유일하게 선택할 수 있는 방법은 "맞춤형 주부"를 구매하는 길밖에 없다. 꿈의 불가능성은 곧 꿈의 허구성을 의미한다. 「코탱의 골목」에서 "나"와 Y는 여러모로 대조적이다. "나"는 말하기도 귀찮아서 거의 말을 하지 않는 반면, Y는 같은 말을 여러 번 반복한다. 의욕을 상실한 나와는 반대로 Y는 지나친 의욕을 가졌다. 하지만 Y는 갖가지 악행을 저지른다. 이 소설에서 지나친 의욕과 폭력성은 동궤에 놓인다. 의욕과 열정이란 자본주의 강령에 순응하는 일상이 요구하는 바람직한 자질이다. 이러한 의욕과 열정이 폭력성과 등치된 사실은 자본주의적 일상의 폭력성을 누설한다. 이렇게 보면 구경미 소설의 '노는 인간'은 부조리한 삶의 심연을 목격한 인간, 일상의 허위를 깨달은 인간, 자본주의의 폭력성을 경계하고자 자발적으로 무위의 세계에 머무는 인간으로 보이기도 한다. 마치 현자나 지사처럼. 그러나 그것만은 아니다.

'노는 인간'에겐 결핍이 있다. 이 결핍은 '노는 인간'을 일상의 인간들과 구분 짓고 심지어 그들로부터 소외시킨다. '노는 인간'에 관한 이러한 색다른 관점은 「그리고 싱가포르」에 우회적으로 드러난다. 일견 유쾌하게 읽히는 이 소설은 이면에 '노는 인간'의 비애를 웅숭깊게 함축한다. 일상의 공간인 한국에서 자신의 취향과 적성과 몰두할 대상을 찾지 못해서 무기력하게 살던 "나"는 결혼 후 대만, 태국 등 외국에서 자신의 진가를 발견한다. 시댁 식구들의 관광 안내원 노릇을 하면서 "나는 비로소 내가 세상을 살아가는 의미와 나의 가치를 발견하게 되었다. 더불어 내가 하고 싶어 하는 것과 내가 잘할 수 있는 것도 알게 되었다."(181면) 놀다 간 시댁 식구들이 "나"에게 관심과 감사를 표할 때 "나"는 "내 인생의 절정기"(185면)를 산다고 느낀다. "나"는 더 이상 잠만 자는 무기력한 인간이 아니다. "잠의 공백을 메우고 잠의 자리를 대신 차지한 관심이란 녀석"(185면) 때문에. 그러나 서울로 돌아온 "나"는 매사에 어리숙하기에 이런저런 실수를 저질러서 시댁 식구들에게 배척 받는다. 관심을 받고 싶어 하는 "나"에게 그것은 형벌로 다가온다. 그리하여 "나"는 남편을 졸라서 다시 싱가포르로 가고, 시댁 식구들은 다시 예전처럼 "나"에게 관심을 보여준다. "나"는 '노는 인간'의 계보에 속하는 인물이다. "내"가 일상의 공간인 서울에서는 소외당하고 태국, 대만, 싱가포르 등 관광지에서만 환대받는다는 사실은 주목을 요한다. '노는 인간'도 일상에 속하고 싶은 욕망, 타인의 관심을 받고 싶은 욕망, 타인과 어우러져 화목하게 살고 싶은 욕망을 가진다. 그런데 "나"의 어이없는 어리숙함은 "나"를 일상인과 구분 짓는 결핍의 일종으로 보인다. 이 결핍 때문에 "나"는 일상에서 배척 받는다. "나"는 탈일상적인 공간, 곧 '노는 곳'에서만 그 가치를 인정받는다. 이 지점에서 '노는 인간'의 '놂'은 자발적 선택의 결과가 아니라 선천적 결핍으로 인한 천형으로 여겨지기도 한다. 여기에서 '노는 인간'은 물론, 소설가나 예술가로 확대 해석될 수 있다.

첫 번째 소설집의 소설들이 모두 '노는 인간'들의 세계에만 머물러 있는 것은 아니다. 구경미 소설의 향후 행방을 예고하는 이정표와 같은 소설이 있다. 비교적 초기에 발표된 「Sweet Town」이 그것이다. 꿈과 열정, 그에 대한 환멸과 회의, 환멸과 회의로 떠난 길('노는 세계')의 허구성, 그리고 모든 것이 증발한 후에 앙금처럼 남는 가치 등 길고 긴 이야기가 이 한 편의 소설에 다 담겨 있다. 지선은 "인간 중심 도시 건설의 꿈"(279면)을 품고 미국으로 유학 왔는데 어느 날 사라져버렸다. "새로운 도시를 건설하겠다는 꿈"(282면)을 가진 주디는 사라지기 전의 지선과 동궤에 놓인 인물이다. 꿈과 열정을 가진 과거의 지선과 주디는 '노는 인간'의 반대편 자리에 서 있다. 주디는 자신의 성냥개비 도시가 쉽게 무너져서, 즉 허술해서 다행이라고 말한다. "그래야 완성을 미룰 수 있"(282면)기 때문이다. 이 발언은 꿈과 열정을 지닌 인간의 특성을 보여준다. 무수한 좌절에도 불구하고 부단하게 노력을 거듭하는 것이 꿈과 열정을 지닌 인간의 숙명이자 능력이다. 시지프스는 열정적인 인간이었다. 이렇게 주디는 지속적으로 열정을 가진 자의 편에 서 있지만, 지선은 도중에 그 열정을 포기한다. 아마도 지선은 구경미 소설의 다른 인물들이 보았던 삶의 심연, 무의미하고 공허한 그곳을 목격했을 것이다. 그리하여 그녀가 열정을 포기하고 찾아간 곳 "익스트란"은 곧 '노는 인간'의 세계이다. 그러나 지선의 출분의 원인을 제공했을 돈 제나로는 "익스트란은 어디 딴 곳에 있는 게 아냐. 마음에 달린 문제지. 그러니까 어리석다잖나 말야"

(297면)라면서 익스트란의 허구성을 지적한다. 그는 익스트란을 찾는 인간들을 헛된 망상에 빠져 있는 자기중심적인 인간으로 매도한다. 이는 꿈과 열정을 가진 일상의 인간이 무의미하고 공허한 삶의 심연을 마주한 이후 떠나는 곳이 궁극은 허구라는 점을 시사한다. 익스트란은 어디에도 존재하지 않는다. 여기에서 구경미는 이미 탈일상적인 '노는 세계'의 허위를 감지하고 있었는지도 모른다. 한편 지선을 찾아 헤매는 "나"의 "내 인생 같은 건 처음부터 관심도 없었어. 내겐 오로지 그녀의 행방만이 중요할 뿐이야"(296면) 혹은 "그녀가 없는 내 삶은 존재하지 않아요"(297면) 등의 독백은 주목을 요한다. 왜 사는가. 열정이 가치가 있는가. 열정을 소거한 세계는 가치가 있는가. 이 모든 난해한 질문이 증발한 자리에 앙금처럼 남는 것은 '타인'의 문제, 혹은 '관계'의 문제이다. 타인은 내게 무엇인가. 나와 타인은 어떻게 만날 수 있는가. 이 소설에서 제기된 이런 화두들, 삶과 열정의 의미를 회의하는 정신 자체의 허구성과 '타인' 혹은 '관계'의 의미는 이후 소설들에서 지속적으로 탐구된다.

3. '왜 사는가'라는 질문의 허위와 일상의 재발견

'왜 사는가'라는 질문은 무격정, 무열정의 삶의 태도를 옹호했다. 삶의 무의미와 일상의 허위를 발견하는 의식은 삶의 바깥에서 삶을 관조한다는 점에서 산 속에 틀어박혀 도를 구하는 수도자의 그것과 어느 정도 닮아 있다. 그러나 구경미는 어느 날 하산을 결심한 듯하다. 결과부좌를 틀고 앉아 있던 공중에서 진흙탕으로 하강하겠다는 '결단' 이전에 먼저 공중에서 천착했던 화두의 허구성을 발견하는 '사건'이 존재한다. 아마도 두 번째 소설집에 실릴 일련의 소설들에서 구경미는 '왜 사는가'라는 질문의 허구성을 조소한다. 뿐만 아니라 삐딱하게 바라보았던 일상의 세계를 긍정하는 모습을 보인다. 일상이란 삶의 희로애락과 인간의 오욕칠정이 버무려진 진흙탕과도 같은 공간이다. 그녀는 생사에 구속되고 번뇌로 점철된 망망대해, 일상에서 유영할 채비를 갖춘다.

「새로운 삶」의 "그"는 죽음의 문턱까지 갔다 온 체험 이후 "삶이 내게 말을 걸고 있다는 생각"(113면)을 한다. 그는 한 달 동안 "삶이 내게 하고 있는 말을 알아내"(114면)려고 집요하게 천착한다. 이전 소설에서 흔하게 목격되었던 '삶의 의미를 묻는 인간'의 계열에 속하는 "그"는 그러나 결국 고작 여자 하나를 두고 "사내"와 다투는 신세로 귀결된다. 맘에 드는 여자의 관심을 받고 싶고, 그 여자를 다른 남자에게 빼앗기기 싫은 원색적인 욕망과 질투와 호승심(好勝心)은 이 순간 삶의 의미를 묻는 질문을 무색하게 한다. "사내"와 유치하게 겨루는 "그"의 우스꽝스러운 모습에서 '삶이 내게 건네는 말이 무엇인가'라는 거창한 질문은 간단하게 희화된다. 그는 삶이 건네는 말을 끝내 듣지 못하고, 고작 다투던 사내와 어깨동무를 하고 함께 귀가하는 현실만을 체험할 뿐이다. 이 소설은 향후 작가의 시선이 삶의 의미에 관한 질문보다 욕망, 질투, 호승심과 같은 원색적인 감정 그리고 타인과의 연대라는 화두로 이동하리라는 사실을 예고한다. 「잠자는 고양이」에서 하고 싶은 일도 없어서 하루 종일 잠만 자는 "그"는 '노는 인간'의 계보에 속하는 인물이다. 그런데 이전에 긍정적 아우라가 없지 않았던 '노는 인간'은 이 소설에서 얄밉게 형상화되고 결국 어이없게 희화된다. "산다는 게 무슨 의미가 있는지 모르겠다고 고민"(49면)하면서 빈번하게 자살을 기도하는 그는 실상 자살 기도 직후(혹은 자살 기도를 빌미로) 취직, 승진, 여자친구와의 재회 등 원하는 것을 얻는다. 원하는 것을 얻은 그가 당분간 자살을 꿈꾸지 않았음은 물론이다. "그는 늘 뭔가 바라는 게 있을 때 자살을 결심했다"(63면)는 "나"의 진단대로, 삶이 무의미하다는 푸념은 잘 살지 못한다는 비관의 다른 표현, 다시 말해서 잘 살고 싶은 욕망을 은닉한 진술이라는 사실이 드러난다. 여기에서 '왜 사는가'라는 질문은 삶의 본질적 의미를 천착하는 형이상학적 아우라를 상실하고 속물적 욕망의 왜곡된 표현으로 격하된다. 삶의 의미를 묻는 "그"('노는 인간')의 질문은 심지어 타인에게 피해를 주기까지 한다. 자살 광기에 휩싸인 "그" 옆에서 조마조마했던 "나"는 그 때문에 여자친구를 잃는다. 이 지점에서 전반기 구경미 소설을 관통했던 '삶의 무의미'라는 화두는 간단하게 조소된다.

'노는 세계'의 반대편에는 '일상의 세계'가 있다. 근작에서 구경미는 삶의 의미를 묻는 질문을 조소하는 한편 일상의 세계를 어느 정도 긍정한다. 「2005년 6월, 귀덕과 애월 사이」에서 일상의 구속을 탈피하여 즐거워하는 선우, 경란, 소진이 극단적으로 도피를 감행하여 도달한 곳은 목숨을 위협받는 무인도이다. 탈일상('노는 곳')의 극단에서 조우하는 것은 자유와 행복이 아니라, 죽음과도 같은 고립이다. 「Sweet Town」에서 일상을 버리고 떠난 이들이 찾는 익스트란이 어디에도 존재하는 않는 것처럼, 일상의 바깥은 없다. 「일주일」에서 작가는 우리를 구속하는 일상의 규율을 일면 긍정한다. 팬시제품 업체의 영업사원인 "나"는 감시와 구속에서 자유로워지고자 사장에게 테러를 감행한다. 그러나 사장이 회사에 나오지 못하는 일주일 동안 감시와 구속이 사라지자 "이상한 일이지만 흥이 나지 않는다." "어제 보았던, 나로 하여금 질투를 불러일으키고 내 기분을 비참하게 만들었던 그 기발한 제품을 다시 보아도 아무런 감각이 없다. 질투도 일지 않고 연구 열의도 생기지 않는다." 그의 열정과 열정의 추동력이 되었던 "질투"와 "흥"은 사장의 구속과 감시 아래에서 더 가열차게 발생했던 것이다. 여기에서 구속과 감시 나아가 규율은 삶의 열정과 격정을 유발하는 조건으로 재조명된다. 일상을 구성하는 불편한 인자인 규율까지도 어느 정도 긍정하는 이러한 시선은 자본주의로도 향한다. 장편소설 『미안해, 벤자민』에서 무턱대고 자본주의를 경멸하는 의식은 한 번 더 경멸된다. 사채업자 김길준의 동생 김세준은 돈과 돈을 버는 행위와 돈에 집착하는 형을 모두 경멸하지만 형의 물질에 기대어 산다. 여동생 희준은 가족들을 부양하는 길준을 불쌍히 여기지만 자신 역시 전공을 바꿔가며 대학원을 전전할 뿐 경제적으로 독립하기 위해 어떠한 노력도 하지 않는다. 물론 이 소설은 자본주의의 참상에 더 많이 주목한다. 그러니까 최소한의 자본주의를 인정하는 정신은 일상을 긍정하는 차원에서 전개된다고 말할 수 있겠다. 돈을 소거하고 일상을 이야기할 수는 없기에.

4. '왜 사는가' 묻지 않고 '어쨌든 사는' 인간, 격정과 열정의 만화경을 보다

공중에서 천착했던 질문의 허구성을 인지한 구경미는 이제 진흙탕과 바다로 하강하여 그 전모를 세밀하게 탐사한다. '왜 사는가' 묻지 않고 '어쨌든 사는' 사람들이 이제 구경미 소설에 빈번하게 등장한다. 지금 구경미는 '어쨌든 사는' 삶의 고갱이들에 주목한다. 생사와 번뇌에 구속된 진흙탕과 바다는 어떤 모습인가. 그것을 구성하는 인자는 무엇인가. 추방되었던 무대 위로 다시 올라온 배우에게, 절연했던 삶 안으로 다시 들어온 이에게, 삶은 격정과 열정의 만화경을 상연해 보여준다. '노는 인간'의 본질이 무격정, 무열정임을 상기해 보면 이는 경천동지할 만한 변화이다. 말할 나위 없이 격정은 물론 열정도 다양한 면모를 지닌다. 그 면모가 다양하기에 우리의 삶이 흥미진진한 것이고, 소설이란 어쩌면 다양한 격정과 열정의 기록에 다름 아닌지도 모른다. 그리하여 격정와 열정은 실로 바쁘게 몸을 놀리면서 변화무쌍한 일면들을 때에 따라 각각 다르게 보여준다. 만화경이 따로 없다. 구경미의 시선은 이제 이 변화무쌍한 격정과 열정의 몸놀림을 쫓는다. 그는 다채롭게 상연되는 격정과 열정의 세목을 기록한다.

무엇에도 절실한 감정을 느끼지 못하는 인물을 즐겨 그렸던 구경미는 근작에서 인간의 격정에 주목한다. "삶의 명분이 되어줄 만큼 기쁨도 슬픔도 분노도 느끼지 못"(「초지일관 그녀는」, 35면)하는 정서와 견주어보면 변화는 명백하다. 「독평사」의 "나"는 전문가 혹은 아마추어가 쓴 글을 읽고 논평하는 일을 하는 독평사이다. "나"는 한 의뢰인에게 자신도 모르게 상처를 주게 되고, 그 의뢰인은 자살을 기도하며, 이에 복수심을 품은 의뢰인의 친구는 "나"에게 팔다리가 부러지는 중상을 입힌다. 외로웠던 의뢰인은 단지 누군가가 자신의 말을 들어주기를 기대했을 뿐인데 "나"는 일반적인 글쓰기의 원칙에 입각하여 혹평했던 것이다. 이에 의뢰인은 세상으로부터 거부당한 느낌을 받고 자살을 기도한다. 이러한 의뢰인의 절실한 심정은 이제 "나"의 것이 되었다. "나"는 팔다리가 부러지기 직전 느낀 추락에의 공포와 자신이 당한 일의 억울함을 호소하고 싶어 독평사들을 찾지만, 그들은 예전의 "나"처럼 글 속의 진정과 고통을 읽어내지 못하고 형식상의 결점만을 지적한다. 여기에서 의뢰인의 '고독'과 '소통 욕구와 '세상으로부터 거부당한 느낌' 그리고 "내"가 느낀 '추락에의 공포'와 '억울한 심정'은 인물 개개인의 절실한 심정, 곧 격정이다.

이제 구경미 소설에서 이러한 인간 내면의 격렬한 감정은 무대의 전면에 등장하기 시작한다. "껍데기만 보지 말고 내 고통을 보"(76면)라는 "나"의 절규에서 "껍데기"는 우선 글의 형식을 뜻하지만, 확장하자면 구경미가 이전에 천착했던 추상적인 질문들을 의미한다. 그러므로 껍데기보다 고통을 보라는 전언은 삶의 의미를 회의하는 추상적 질문보다 삶을 실제로 구성하는 고통 혹은 격정에 주목하라는 전언과 동궤에 놓인다. 대한민국에서 글은 "작가라는 타이틀이 붙은 사람들만 쓰는 게 아니"라 "너도 쓰고 나도 쓰고 개도 쓰고 소도"(58면) 쓰는 이유, 글이 "더 이상 글이 아니라 쓰는 이들의 눈물이었고 고백이었고 울분"(59면)인 이유는 인간들이 내면에 격렬하게 느껴서 소통하고 싶어 하는 격정의 고갱이를 지니고 있기 때문이다. 이제 구경미가 주목하는 것은 바로 그 고갱이이다. 한편 장편소설 『미안해, 벤자민』에서도 서사를 추동하는 것은 인간의 격정이다. 죽은 유광호 선배에 대한 원망과 죄책감은 현재 이연주의 삶을 지배한다. 또한 그녀는 미행을 지나치게 공포스러워 했기에 사채업자 김길준을 매장시켰으며, 스스로 저지른 이 일을 두려워 한 결과 길준의 동생 세준과 결혼하려고 한다. 공포와 두려움이 이연주의 행동의 추동력이 되는 것이다. 안수철이 감금한 사람들의 사정도 다르지 않다. "돈에 의한 것보다, 사랑 또는 인간적인 것에 의한 상처가 더 크다는 것이고, 역시 인간들은 돈보다는 인간적인 것을 우위에 두고 있다"(117면)는 안수철의 해석대로 사랑 또는 인간적인 것에 의해 상처를 받은 사람들이 상처를 준 사람들을 감금시킨다. 돌고 도는 격정의 고리를 따라 사건이 연쇄된다. 격정은 매사건의 인과관계를 구성하는

핵이다. 이렇게 보면 『미안해, 벤자민』은 생생한 격정이 만사의 근원이 되는 현장을 탐사한 보고서로 읽힌다.

격정뿐만 아니라 열정에 대해서도 다양한 탐색이 이루어진다. "도무지, 도대체 의욕이라곤 없어. 말도 그래. 그러니 말 시키지 마"(「코뗑의 골목」, 233면)라고 외치면서 무위의 세계에 눌러 앉았던 무수한 인물들을 상기할 때, 근작에서 형형색색으로 다채롭게 그려지는 열정의 파노라마는 괄목할 만하다. 「뮤즈와 무지 사이」는 쓸쓸하고도 애잔한 열정의 현현태(顯現態)를 보여준다. "나"는 록밴드의 보컬을 꿈꾸었으나 이제는 학원가를 전전하는 뮤지션이다. 오디션에서 고배를 마신 적도 여러 번이다. 마지막이라고 생각하고 한 달 동안 죽도록 연습해서 유명한 록밴드들을 찾아가지만 결국 거절당한다. "나는 아무것도 판단할 수 없다. 나는 아무것도 생각할 수 없다. 아는 거라고는 현재 내게 남은 건 아무것도 없다는 것뿐이다. 그런데 어쩌다 내 인생이 이 모양 이 꼴이 된 거지?"(148면)라고 푸념을 일삼는 "나"에게도 행복한 한때가 있었다. 펜타포트 록 페스티벌에서 열정을 불태웠던 한때. "나"는 대단한 능력과 비범한 열정을 지녔으나 숭고한 윤리관 때문에 세상에 배반당하는 비극적인 인물은 아니다. "나"는 때때로 게으름도 피우고 세상과 편리하게 타협하기도 한다. 그가 성공하지 못한 이유는 세상의 배반 때문이 아니라 미진한 능력 때문이다. 비장하지는 않지만 시시해서 친숙한 인물인 그는 그러나 열정의 한때의 아름다운 기억을 가지고 있다. 이 소설에서 열정은 그 쓸쓸한 귀결로 인해 애잔하기도 하지만, 그 쓸쓸함에 아름다운 한 줄기 빛을 드리우기도 한다. 정점까지 타오르지 못했거나 방향을 잃고 타오르다가 한때의 아름다운 추억만을 남기고 지쳐버린 열정. 이런 모습의 열정은 실상 우리의 삶 도처에 산재한다. 이런 식으로 구경미는 이전 소설에서 무열정의 인간을 그린 것과는 대조적으로 열정이 현현하는 구체적인 양태를 탐색한다.

구체적인 현현태가 탐색되므로, 그려지는 열정의 모습은 다채롭다. 우리는 욕심으로 화한 열정의 부정적인 면모를 목격할 수도 있다. 가령 「이별 여행」의 동호는 독한 소설을 쓰겠다는 소망 아래 독한 체험을 자청한다. 그는 새벽 시장에서 배추를 나르다가 앓아눕고, 나이트클럽에 웨이터로 위장 취업했다가 옆구리에 칼을 맞고, 급기야 매우 서투르게 대형 마트에서 강도 노릇을 하다가 교도소에 수감되어, 결국 비명에 횡사한다. 동호의 열정에 대한 "나"의 진단은 이렇다. "나는 동호의 눈에서 증오와 열등감과 초조와 절망, 채워지지 않는 욕망에 대한 갈구를 보았다."(149면) "내가 정말 하고 싶은 말은 욕심을 버리라는 것이었다. 마음속에 욕심이 가득한데 글이 나오겠냐, 는 것이었다."(157면) 이 소설에서 열정은 쉽사리 증오와 열등감과 초조와 절망으로 변할 수 있는 '욕심', 오히려 하고자 하는 일을 못하도록 훼방 놓는 '욕심'으로 현현한다. 이 소설에서 열정은 그 다채로운 면모 중 한 어두운 측면을 보여준다. 가없는 욕심으로 변질되었을 때 열정은 흉하게 일그러진다. 반면에 「별 오는 날」은 건강하고 발랄한 열정을 형상화한다. 자전거 타기와 발명하기가 취미인 "나"는 완벽한 몸을 만들어서 세계여행을 떠나려는 꿈을 가지고 있다. "여행자금을 마련하기 위해 대학 졸업 후부터 지금까지 뼈 빠지게 일했"(122면)으며, 스물두 살 적 73킬로그램이었던 몸무게를 열정적인 운동을 통해서 44킬로그램까지 줄였다. 구경미는 이 소설에서 썩 발랄하고 건강한 열정의 긍정태를 그리는 듯하다. 그러나 이 열정은 결국 더 큰 가치를 위해 포기되어도 좋을 것으로 그려진다. 이제 그 더 큰 가치를 이야기할 때이다.

5. '왜 사는가'에서 '너와 더불어 어떻게 살아야 하는가'로 교체된 질문

보살승은 일상의 진흙탕에서 뒹굴 뿐만 아니라 대중의 해탈을 추구한다. 그는 자기뿐 아니라 타인도 해탈로 인도하는 존재이다. 사십 일 간 광야에서 홀로 헤매었던 예수가 간 곳은 타인의 무리 속이었다. 뿐만 아니라 타자를 이야기하는 철학계 현자들의 무수한 말씀들을 상기해 보아도, '타인'의 문제는 우리가 피해갈 수 없는 화두임을 인정하지 않을 수 없다. 애초부터 구경미 소설의 많은 인물들은 관심을 갈구했다. 「그리고 싱가포르」의 "나"는 "관심 받고 싶었"(185면)다고, 「새로운 삶」의 "사내"는 "나한테 관심을 가져줘요. 아무도 나한테 관심이 없어"(124~125면)라고 직설적으로 토로한다. 「거짓말」의 "지희"는 타인의 관심을 받고 싶어서 끊임없이 거짓말을 지어낸다. 관심 받고 싶어 하는 욕망은 타인의 존재를 의식하고 인정하는 정신을 전제한다. 관심 받고 싶어 하는 인간은 자신이 홀로가 아니라 타인과 더불어 살고 있다는 사실을 누구보다도 더 승인한 셈이다. 유아독존의 인간이 관심을 받고 싶어 할 리 없다. 한편 "그녀가 없는 내 삶은 존재하지 않아요"(297면)라고 뇌이는 「Sweet Town」의 "나"와 자신의 이야기를 들어줄 사람을 꿈꾸며 독평사를 찾는 「독평사」의 무수한 의뢰인들은 우리가 얼마나 타인과의 연대를 소망하는지 보여준다. 우리는 어느 정도 타인에 의해 규정되므로, 타인은 우리의 영원한 화두일 수밖에 없다. 구경미의 이전 소설에서 싹을 보인 '타인'이라는 화두는 최근작에서 본격적으로 탐색된다. 관심 받고 싶은 욕망과 타인과 연대하고자 하는 소망은 실현될 수 있는가. 어떻게 가능한가. 타인은 나에게 무엇인가. 나는 타인과 어떻게 관계할 수 있는가.

마르틴 부버의 말을 살짝 빌리자. 타인은 두 가지 방식으로 존재한다. '그' 혹은 '너'. '내'가 타인을 '나'의 '너'로서 마주 대할 때 타인은 '그'라는 사물성을 잃고 하나의 생명 있는 존재가 된다. 참된 현재는 만남과 관계가 존재하는 한에서만 존재한다. 즉 '너'의 현전이 현재를 생성한다. 타인이 '그'의 세계에서 빠져나와 '너'가 되는 순간은 존재를 충만하게 한다. 자기의 존재를 기울여 거듭난 관계가 주는 힘으로 '너'의 세계로 나아가는 사람은 자유를 깨닫게 된다. 상호관계는 은총이다.[5] 「별 오는 날」은 타인이 '너'가 되는 과정을 생생하게 보여준다. 발랄한 열정의 소지자인 "나"는 꿈을 이루지 못한다. 아버지와 동생이 사는 시골집이 도둑을 맞았기 때문이다. 결국 고민 끝에 "나"는 세계여행을 떠나기 위해 마련해 둔 통장을 내놓는다. 구경미가 즐겨 주목했던 열정은 여기에서 타인과의 연대를 위해 포기해도 좋을 것이 된다. 이 소설은 아무리 치열한 열정이라도 타인을 배려하지 않았을 때 이기심에 불과할 수 있음을 보인다. 그런데 "내"가 동생을 위해 꿈을 포기한 것은 현자의 가르침을 추상적으로 수용한 결과가 아니다. "나"는 동생이 없는 시골집에서 하루를 보내면서 동생의 고독을 공감하고 이해하며 '그가 너로 변하는 순간'을 체험한다. 또한 젊은이의 귀농을 반기는 마을 어른들조차 동생에 대해서 "무슨 대단한 농장을 하는 것도 아니고 고작 소돼지 몇 마리 키우려고 들어 왔냐"(131면)며 딱하게 여기는 현실을 직시한 "나"는 동생이 아버지-시골을 선택한 것이 어머니-서울에서의 삶을 자신에게 양보한 결과가 아닌지 묻게 된다. 이렇게 '너'의 자리에 서 보는 순간 역시 '네가 현전하는 순간'이랄 수 있겠다. 이처럼 "나"의 이타심은 간단하지 않

5) 이상의 서술은 마르틴 부버, 『나와 너』, 표재명 역, 문예출판사, 1998, 15~165면 참조.

은 공감과 이해의 과정, '너'의 자리에 서 보는 과정에서 비롯된다. 즉 '그'가 '너'로 전화하는 순간, '네'가 현전하는 순간의 체험이 '나'의 포기를 추동하는 것이다.

공감과 이해뿐만 아니라 '타인'이 '너'가 되기 위한 또 하나의 중요한 조건이 있다. '나'와 '너'의 결핍이 그것이다. 「그리고 싱가포르」에서 결핍은 다소 쓸쓸하게 현현한다. 그러나 결핍은 최근 소설 「금일휴업」에 이르러 타인을 '너'로 대면하기 위한 전제조건으로 격상된다. 열이레의 고민 끝에 "그녀"는 버려진 아이를 키우겠다고 결심한다. 그녀의 남편은 자신을 자동차라고 여기는 병증을 가지고 있었는데, 아이와 함께 살면서부터 그 병증이 사라졌다. 남편은 아이를 업음으로써 정신병의 흔적을 새긴 목덜미를 가릴 수 있었다. 이 장면은 물론 결핍된 두 인간이 서로를 수용함으로써 결핍을 채울 수 있다는 뜻을 내포한다. 그런데 의미는 한 걸음 더 나아간다. 남편의 정신이 온전했더라면 그녀는 아이를 수용하기 어려웠을 것이다. 남편의 정신병이라는 결핍, 정신병을 앓는 남편을 가진 그녀의 결핍은 아이를 수용하기 위한 절대적 조건을 구성한다. 타인을 '너'로 수용하기 위해서 '나'의 결핍이라는 조건이 반드시 필요했던 것이다. 한편 한 여고생은 빨간 양념을 가슴에 묻혀 조랑말자리 모양의 얼룩을 남긴다. 그 이후 그 여고생과 친구들은 가슴에 노란 해바라기 하나씩을 붙이고 해바라기파를 결성한다. 함께 함으로써 얼룩은 장식이 된다. 결핍이 훈장이 되는 마술이 가능해진다. 이러한 연대의 마술 역시 애초에 결핍이 존재했기에 가능한 것이다. 이 지점에서 결핍은 더 이상 애처롭지 않다. 타인을 '너'로 만나는 은총의 순간을 예비하는 조건이므로.

환상, 무중력, 비인간, 자폐, 무의미, 탈현실, 키덜트, 유희적 상상력, 만화적 상상력. 2000년대 젊은 소설들을 규정하는 어휘들이다. 그러나 삶의 고갱이를 구체적으로 얼마나 잘 보고 있는가. 천층만층 구만층 인간의 고뇌 그리고 심연에 맞닿은 인생의 섭리를 얼마나 알고 있는가. 이 질문에 자신 있게 대답할 수 있는 젊은 소설들은 그리 많지 않을 것이다. 삶의 의미를 진지하게 회의하던 구경미는 이제 천변만화하는 인간의 격정과 열정의 각 면을 구체적으로 탐사하며, 근래에는 '타인'이라는 간단치 않은 문제에 몰두하고 있다. 여기 아닌 다른 곳을 상상하는 대신 그는 생생한 격정과 열정이 난무하는 생활 현장에 주목한다. 수천 년 간 누적된 이야기의 무수함에도 불구하고, 생활 현장에서 만나는 다채로운 삶의 형국들은 여전히 흥미롭고, 여전히 인간의 본질을 둘러싼 비밀을 켜켜이 내장하고 있기 때문일 것이다. 아직 우리의 생활 현장은 다 발굴되지 않았다. 지금 현재 다채로운 삶의 형국은 다 상연되지 않았고, 인간의 본질에 관한 비밀은 다 누설되지 않았다. 채굴할 거리가 더 이상 없는 폐광이 아니란 말이다. 아직도 할 말은 많다. 아직 모든 소설이 다 우주로, 인간의 바깥으로 날아갈 때는 아니다. 물론 어느 시대에나 정통과 실험은 공존해 왔으며, 제각기 나름대로의 방식으로 문학사를 빛나게 했다. 구경미 소설도 인과관계를 배반하는 듯한 만화적 상상력을 선보이기도 하고, 때때로 농담과 유희로 가볍게 도약/초월하기도 하는 점에서 2000년대적인 면모가 없지 않다. 그럼에도 그의 주제의식은 진지하며, 생활 현장 도처에서 이야깃거리를 발견하는 촉수는 섬세하다. 삶의 현장이 웅얼거리는, 아직 못 다한 이야기를 그의 입을 통해 계속 들을 수 있기를 기대한다.

(2009년 여름)

고행, 무간지옥에 떨어진 영혼이 구원을 모색하는 방식들

양순석, 『푸른 진주』

1. 마음을 앓던 소녀들의 행방, 이중의 환멸로 다시 앓는 그녀들

    양순석 소설에서 집은 소우주이다. 집은 인물들의 트라우마의 발원지이자 환상과 환멸의 악무한이 펼쳐지는 무대이다. 양순석은 등단작 「오위류」에서 가족에게 상처받은 소녀를 인상 깊게 묘파했다. 매력적인 주인공 "오위류"는 부모의 과오로 훼손된 가정에서 결핍을 느끼며 성장한다. 이전 작품집 『지워지지 않을 그 연둣빛』과 장편소설 『나무가 아름다워지는 시간』에서도 독자는 가족을 증오하고 결핍된 애정 때문에 고통 받는 젊은 여성들을 어렵지 않게 만날 수 있다. 소녀는 온전한 애정을 베풀어주지 못하는 부모에게 상처를 받거나 지나치게 간섭하는 부모에게 구속을 받는다. 그래서 소녀는 부모를 원망하거나, 온건한 경우에라도 부모로부터 벗어나고 싶어한다. 소녀는 훼손된 가정의 트라우마를 지니고 있기에, 자신이 일구어갈 아름다운 가정을 꿈꾼다. 이렇게 아름다운 집을 꿈꾸었던 소녀들이 성

144

장한 후일담이 『푸른 진주』[1]의 주류를 이룬다. 그러나 꿈을 실현하기 위해 선택한 결혼은 이제 여인이 된 소녀를 배반한다. 배반은 다양한 경로로 이루어진다. 배반은 남편의 외도와 폭력, 차갑고 낯설어진 자식 등 외부로부터 비롯되기도 하지만, 자유를 상실하고 살았다는 자의식처럼 내부에서 기인하기도 한다. 어쨌든 소녀의 꿈은 결혼 전과 후에 이중으로 배반당하는 셈이다.

「집을 찾아가는 길」(이하 「집」)의 "그녀"는 시시때때로 "걷잡을 수 없는 우울"에 빠져든다. 그녀가 우울의 늪에 빠지는 원인은 집을 두고 꾸어온 꿈이 좌절되었기 때문이다. 어렸을 적 어머니는 집을 떠나고, 아버지가 홀로 그녀를 키워왔다. 집다운 집이 아닌 관사에서만 아버지와 단둘이 살아온 그녀는 "늘 춥고 어두운" 집을 몹시 혐오했다. 그녀는 남들보다 결핍된 삶을 산다고 여겼기에 "남들과 같은 삶"을 꿈꾸었고, 가족의 애정으로 충만한 온기(溫氣)에서 소외되었다고 느꼈기에 "빛과 볕을, 그 속의 집을, 집 속의 삶을 그녀 자신도 모르는 채 무섭도록 갈망"했다. 아버지의 집에서 꿈을 이루지 못한 그녀는 갈망을 충족시켜 줄 듯한 남자를 만나서 결혼하지만, 세월이 흐르자 그 남자와 만들어 낸 집 역시 결핍되고 음습한 공간일 뿐이다. 사랑으로 충만한 행복한 가족을 꿈꾸는 마음은 그녀의 "처연한 갈망"이다. 성장과정에서 느꼈던 결핍이 결혼생활에서조차 충족되지 않았을 때 그녀가 맞닥뜨렸을 절망의 깊이는 가늠하기 어렵다.

「무시무종」의 어머니 역시 어린 "그녀"를 떠났다. "어머니는 항상 부재했고", "어둡고 텅 빈 상실감 속에 내던져진 아이의 불안과 두려움"만이 "오래고 오랜 습관"처럼 그녀에게 각인되어 있다. 이런 어머

---

[1] 텍스트는 양순석, 『푸른 진주』(문이당, 2007)이다. 앞으로 이 책에서 인용 시 인용문 말미 괄호 안에 작품명과 면수만을 기입한다.

니를 그녀가 원망하는 모습은 자연스러워 보인다. "해체된 가족의 흔적을 지우지 못"하던 그녀는 남편을 만나 "가족에의 꿈"을 품지만, 그 "꿈"은 "끝내 완성되지 못한"다. 결국 그녀는 폭력을 일삼던 남편과 헤어지고, "남편을 견디는 힘"이 되어 주었던 "아이는 그녀의 손길을 뿌리친다". 소설 전반에 걸쳐서 딸아이가 그녀를 외롭게 하는 섬세한 정황들이 처연하게 묘파된다.

이중 가장 인상적인 장면은 딸아이의 초경 앞에서 연출된다. 그녀가 첫 생리를 시작했을 때 어머니는 곁에 없었다. 생리의 의미를 가르쳐 준 이가 없었기에, 그녀는 첫 생리혈을 "어떤 힘이 내린 저주의 징표"라고 여기며 두려움에 떨었고, 밤마다 광목 생리대를 홀로 빠는 고역을 치르면서 어머니의 부재를 원망했다. 따라서 딸아이의 초경을 맞이한 그녀가 자신이 누리지 못했던 어머니로서의 애정을 한껏 베풀려는 심정이었을 것임이 짐작 가능하다. 그러나 초경을 맞이한 딸아이는 그녀의 도움을 거부하고 "저 혼자 혈흔 한 점 남기지 않고 나갔다." 그녀는 차갑고 낯설어진 딸아이에게 외로움을 느낀다.

이 소설의 그녀는 이중의 절망을 겪는다. 처음 어머니로 인해 훼손된 꿈은 남편과 자식의 타자성 앞에서 다시 한 번 좌절된다. 그런데 여기에서 자식에게 받는 아픔의 결은 단순하지 않다. 그녀는 딸아이의 차가움에 가려진, 두려움에 떨고 있을 속마음을 짐작하기에 서운해도 서운하다고 말할 수도 없다. 소설 말미에 그녀는 "통곡"한다. 통곡하는 그녀의 심경을 어찌 필설로 다 하겠는가만, 아마도 이런 상념들이 스쳤으리라. 가족이란 숙명적으로 상처를 주고받을 수밖에 없는 연(緣)인가. 아무리 애써도 상처는 대물림되는가. 가족을 둘러싼 꿈은 끝내 실현 불가능한가.

「거울 속의 거울」(이하 「거울」)의 "정인" 역시 자신을 구박하는 어머니에게서 벗어나고 싶어서 결혼하지만, 그 결혼은 실패로 끝난다. 정인 또한 다른 소설들의 인물들처럼 "미처 꿈꾸지 못한 집"에 대한 동경을 간직하고 있다. 남편과 자식이 상처를 입히지 않는 경우에도, 여인은 결혼생활에서 행복하지 못하다. 감수성 예민한 여인이 스스로 느끼는 고통 때문이다. 「서른일곱, 옥잠화」(이하 「옥잠화」)의 "나"는 "아버지의 길에서 벗어나기" 위해 선택한 결혼 역시 "덫"에 불과했음을 깨닫는다. 「푸른 진주」(이하 「진주」)의 "엄마"는 아프기 전에 "불만으로 가득 차 있었"으며 "끊임없이 아버지 아닌 다른 누군가와의 삶을 놓쳐버린 불행에 시달리며 살고 있었다." 「저녁 한때」(이하 「저녁」)의 "순복"은 "남편이 자유로운 삶을 영위하는 동안 그녀 스스로는 자유롭지 못한 생을 살았다는 인식" 때문에 때때로 치미는 울화를 참을 수 없다. 울화증의 이유는 "그녀 삶의 중심에 그녀가 없"었기 때문이다. 결혼과 동시에 삶의 중심이 자신에게서 남편에게로 이동했음을 그녀는 깨닫는다. 그리하여 순복은 "정리되지 않은 불편과 불만과 불안의 감정들"로 괴로워하다가 "남편의 알머리에 미움의 집중포화를 퍼붓"는다.

이런 식으로, 집과 가족에 대한 환상과 환멸은 양순석 소설에서 자주 볼 수 있는 모티프이다. 그러나 어디 환상과 환멸이 집과 가족에 연관된 꿈에만 해당되던가. 따뜻한 집과 애정으로 충만한 가족을 향한 꿈과 그 좌절은 인간의 보편적인 환상과 환멸의 제유로 읽힐 수 있다. 꿈의 실재는 부재한다. 양순석의 인물들은 이제 꿈의 실재는 텅 빈 공허일 뿐이라는 존재론적 성찰에 이른다.

2. 텅 빈 구멍, 부재하는 꿈의 실재

라캉의 유명한 명제에 의하면 "욕망의 구조상 인간의 욕망의 대상에는 항상 불가능성이 내포되어 있다."[2] 인간이 욕망하는 대상 (a)는 존재하지 않는 텅 빈 기표일 뿐이다. 여기에서 욕망이라는 단어를 꿈으로 대체해 보자. 인간은 꿈을 꾸고 때로 꿈을 이룬다. 그러나 이루어진 꿈 앞에서 인간이 대면하는 것은 새로운 결핍이다. 그리하여 인간은 새로운 꿈을 꾸지만 다시 또 다른 결핍과 대면한다. 꿈과 결핍의, 환상과 환멸의 악무한을 체험한 인간은 자신이 애초에 꾸었던 꿈은 부재하는 것을 향해 있다는 인식에 도달하게 된다. 꿈의 실재는 텅 빈 구멍일 뿐이다. 이를 라캉은 "실재계 속의 구멍"[3]이라고 표현한 바 있다. 이러한 정황은 "모든 법의 성품은 다 허망하게 보이는 것이 꿈과 같고 불꽃과 같고 건달바성(建闥婆城) 같"[4]다는 유마힐의 설법과도 연관된다. 건달바성이란 신기루처럼, 실체 없이 허망한 환영을 의미한다. 인간이 꿈꾸는 것은 결국 도달할 수 없는 신기루에 불과할 뿐이다.

「뉴저지의 새」(이하 「새」)의 "나"는 사십을 앞둔 가을, "빗에 묻어나기 시작한 생경한 흰 머리칼과 함께 찾아온 참으로 낯선 감정"을 느끼는데, "그것의 정체는 슬픔을 동반한 노여움이었다." 그녀는 동생의 초대를 계속 무시하다가, "옥수"를 봤다는 동생의 말을 듣고 나서 비로소 뉴저지로 떠난다. 그녀는 뉴저지 행의 이유가 "어쩌면 내가 누려보지 못한 옥수의 자유, 그것에의 갈망"임을 알고 있다. 그녀가

---

2) 자크 라캉, 『욕망 이론』, 민승기 외 역, 문예출판사, 1998, 166면.

3) 위의 책, 167면.

4) 『유마경』, 장순용 역, 시공사, 1997, 71면.

시시때때로 느끼는 "슬픔을 동반한 노여움"은 아마도 자유를 박탈당한 일상에 대한 자각에서 비롯되었으리라고 짐작된다.

그러나 그녀는 옥수를 끝내 찾지 못하고 돌아오는 길에 "정녕 집을 떠나 내가 그토록 보고 싶어 했던 얼굴은 옥수의 얼굴이 아닌 바로 거울 속의 지금 이 얼굴이었다는" 사실을 깨닫는다. 꿈꾸던 자유는 발견되지 않고, 발견한 것이라곤 "마흔을 갓 넘어선 낯선 여자의 흔하디흔한 얼굴" 즉 남루한 현실뿐이다. 옥수는 없다. 따라서 옥수가 구현하는 탈일상적인 자유도 존재하지 않는다. 이 소설에서 '자유'는 그녀의 꿈의 중핵이지만, 결국 그것은 부재한다. 다시 말해 그녀의 꿈의 실재는 공허한 구멍일 뿐이다.

「진주」에서 "얼"의 가족은 "제이"에게 행복한 가족의 표상으로 보인다. "환한 웃음을 짓는" 어머니가 얼의 가족을 표상하는 이미지이다. 그러나 실상 얼의 가족은 부도를 내고 도피하는 중이다. 얼에게도 제이의 집인 파라다이스 펜션은 부러움의 대상이다. "우리도 이런 데서 집 짓고 살았으면 좋겠다"는 얼의 어머니의 동경과 상반되게, 제이네 가족도 경제적 어려움과 어머니의 병 수발로 결코 행복하지만은 않은 상황이다. 얼과 제이가 서로 상대방의 가족에게 품는 부러움과 동경심은 각각 그 실상에 배치된다. 인터넷 쇼핑몰에 진열된 상품들처럼, 행복해 보이는 가족의 이미지는 허망한 꿈이거나 신기루일 뿐이다.

"언 땅을 밟고 한 발 한 발 걸어가면 점점 가까워질 테지만 끝내 딛고 설 수는 없는" 그래서 "너르고 너른 저 너머의 세상일 뿐"인 "바다"는 이 소설에서 "꿈"을 의미한다. 바다는 방안에서 아름답게 보이기 때문에 그 실체에 도달하고픈 꿈을 환기한다. 그러나 바다를 향해 걷는 사람은 점점 더 뒤로 물러나는 바다만을 발견한 채 죽고 말 것이다. 이처럼 꿈의 실체에는 결코 도달할 수 없다. 한편, 다음을 보자.

> 숲을 빠져나온 제이는 빈 들판을 걸어 나가다 소스라치듯 멈춰 선다.
> 벼랑이다.
> 돌출된 벼랑 끝에 선 제이를 향해 잿빛 바다가 일어설 듯 다가든다. 매
> 일 집을 나와 숲을 지나고 들판을 걷다 뒷걸음질쳐 멈춰 서기까지 눈 감
> 고도 걸을 수 있는 산책길이지만 제이는 늘 처음처럼 벼랑 앞에 서면 흠
> 칫 숨이 멎곤 한다. 바다와 하늘로 이루어진 단순하고도 거대한 풍경이
> 내려다보이는 벼랑 끝은 제이에게 더는 나아갈 수 없는 세상의 끝이다.
> 세상의 끝으로 나앉은 집 파라다이스, 그리고 거기서 멀지 않은 벼랑 끝
> 에 제이는 서 있다.
> 처음 파라다이스에 와서 이 벼랑 끝에 섰을 때 제이는 비로소 엄마의
> 마음을 알 것 같았다. 한 발짝도 더는 나아갈 수 없는 세상의 끝이 거기
> 있었다.(「진주」, 170면)

바다를 향해 걷다가 제이가 만난 것은 벼랑이다. 꿈을 향해 걷는
사람은 꿈의 실체와 조우하는 것이 아니라, 꿈의 불가능성만을 조우
한다. 꿈이었던 바다의 실체에 다가가고 싶은 사람은 벼랑에서 몸을
던져야 한다. 꿈은, 그것을 향해 다가갈수록 점점 멀어지며, 끝까지
가 볼수록 실체에 도달 불가능함만을 알려준다. 끝까지 가기도 어렵
겠지만, 끝에서 꿈꾸는 자가 맞닥뜨리는 것은 생사를 건 도박을 하
라는 위협적인 요구일 뿐이다. 사막에서 신기루를 만지려고 끝없이
걷는 자가 조우하는 것이 신기루의 실체이겠는가, 죽음이겠는가.

한편 제이는 중독적으로 인터넷 쇼핑에 몰두한다. 그녀는 그러나
주문한 물건을 받자마자 반품하는 습관 역시 가지고 있다. "배달된

옷의 색깔은 번번이 모니터로 보던 것과는 느낌이 달랐고 섬유의 질감도 기대했던 것에 비해 조악하기 일쑤였"기 때문이다. 인터넷 쇼핑몰의 상품들 역시 환상과 환멸의 메커니즘을 제유하는 상관물이다. 그 실체를 대면할 때 남루하고 실망스럽지 않은 꿈이 도대체 존재하겠는가. 이제 양순석의 인물들은 환상을 품었던 대상의 실재가 애초 환상에 결코 부합하지 못하는 결핍된 존재라는 사실을, 애초의 꿈 자체가 불가능을 향했다는 사실을, 그리하여 꿈의 실재는 공허한 구멍이라는 사실을 잘 알고 있다.

3. 살가야견(薩迦耶見), 마음의 감옥

앞서 보았듯, 양순석 소설의 인물들은 "정리되지 않은 불편과 불만과 불안의 감정들"(「저녁」)로 괴로워하거나, "걷잡을 수 없는 우울의 늪"(「집」)으로 빠져들거나, 시시때때로 "슬픔을 동반한 노여움"(「새」)을 느끼며, 때로는 아예 "통곡"(「무시무종」)한다. 마음의 무간지옥에서 헤매던 인물들은 이제 다양한 방식으로 구원을 모색한다. 우선 그들은 원초적 결핍의 기원이었던 부모를 용서하거나, 고통에 민감했던 '자아'라는 틀을 벗어버리려고 한다.

인물들은 일단 상처의 기원이었던 부모를 용서하고 수용한다. 「집」의 "그녀"는 "그토록 갈망하였던 빛과 볕이 드는 집"이 곧 "언제든 찾아가 목 놓아 울 수 있는" 아버지의 무덤, 즉 "아버지가 빗장을 걸어 잠근 아버지 내부의 실제 이미지"임을 깨닫는다. 「무시무종」의 "그녀"는 "마흔일곱에 이르도록 틀어막았던 기억의 봉인"을 뜯고 어머니를 대면하러 떠난다. 이때 어머니는 "그녀의 눈물을 닦아줄 한 사람"으로 상정되고 있다. 이들의 부모 수용은 그들이 주체가 되어 꾸민 가정의, 환상과 판이한 남루한 실재를 정직하게 대면한 체험과 연관된다. 이 체험은 고통의 연원이 부모의 과오보다는, 결핍을 느끼고 분노해 온 자기 자신에게 있다는 성찰을 수반하기 때문이다.

때로 이러한 자기반성은 구원의 한 방도가 되기도 한다. 꿈꾸었다 좌절하기를 반복하는 고통은 불가(佛家)식으로 말한다면, 탐내고 성내는 마음과 연관된다. 꿈꿈은 탐함으로 바꾸어 말할 수 있고, 꿈이 좌절될 때 느끼는 감정이 성냄이기 때문이다. 불가의 가르침에 따르면, 탐냄과 성냄과 어리석음은 삼독(三毒)이라 하여 중생이 마음의 괴로움을 겪고 열반에 이르지 못하는 이유이다. 이렇게 볼 때 괴로움의 원인이 자기 자신에게 있다는 인물들의 반성은 타당해 보이며, 이들의 자기반성이 자아 탈피의 소망으로 이어지는 모습은 현명해 보인다.

「집」의 "그녀"는 "그녀의 몸에 덧씌워진 너무 작은 집, 그녀의 갑옷"을 인식하며, "그녀가 그토록 갈망하였던 집도 이 작은 집에 갇혀 있는 동안은 끝내 허상에 지나지 않았을 뿐이며 먼저 그녀를 가둔 너무 작은 집부터 부수지 않는다면 그 어떤 집도 들어가 살 수 없는 꿈에 불과"함을 깨닫는다. 그리하여 그녀는 "오랜 시간 갇혀 있던 아주 작은 집을 부수기 위한 의식"을 치르고 "마침내 껍질을 벗어버린"다. 그녀는 자아라는 감옥을 격파함으로써 고통에서 벗어나려고 했던 것이다.

이는 물론 훌륭한 구원의 방식이 된다. 마음의 지옥도(地獄圖)를 그리는 화가가 사라진다면 지옥도 역시 소멸할 것이다. 불가에서도 이르지 않았던가. 살가야견(薩迦耶見)이란 '내'가 우연으로 조합된 허상임을 모르고 진짜 '내'가 있다고 생각하여 '나와 '내 것'에 집착하는 마음이다. 하여 유마힐은 문수사리에게 말한다. "'나'는 이 법상이 그대로 뒤바뀐 것이며, 이 뒤바뀜이 그대로 큰 병이니", "'나'와 '내 것'이라는 집착을 없애야 합니다."[5] 다시 유마힐은 우바리에게, "만약 자아를 취함이 있다면 번뇌에 물듦이 있는 것이요, 자아를 취함이 없다면 마음의 본성이 청정한 것입니다"[6]라고 말하면서 자아에 대한 집착을 끊는 것이 마음의 자유를 얻는 방편임을 설파한다. 이런 맥락에서 고통을 소거하기 위해 '자아'라는 "작은 집"에서 빠져 나오려는 인물의 시도는 지혜로워 보인다.

「실연」은 "자기만의 작은 집"에서 빠져 나온 여인의 행방을 그린 소설이다. 이 소설은 마흔을 넘긴 여인과 스물일곱 살 여자의 이야기이다. 중년 여인은 "작지만 특별한 내면을 가진" 방에 젊은 여자를 세입자로 들인다. 중년 여인은 자신이 오랫동안 기다려온 사람이 바로 그 젊은 여자라는 확신에 차 있다. 젊은 여자는 연인과 헤어진 채 임신 중이다. 젊은 여자는 중년 여인과 이야기하면서 자신의 상처를 치유한다. 젊은 여자는 "어찌해 볼 수 없는 본질에 대한 두려움"을 지녔으며, "어둠"과 "그늘"은 그녀의 표지였다. 중년 여인과 대화를 나누면서 젊은 여자는 자신의 어둠과 그늘의 기원을 직시하게 되고, 울며 떼쓰는 가운데 상처를 치유한다.

그러나 이 소설에서 주목되는 인물은 젊은 여자라기보다 중년 여인인 듯하다. 그녀는 고통 받는 타인의 이야기를 주의깊게 듣고, 그에게 유형무형의 배려를 베풀며, 궁극적으로 그의 상처를 치유하도록 보조한다. 이는 「집」의 "그녀"가 자아의 감옥에서 탈출하여 타인

5) 위의 책, 111면.
6) 위의 책, 71면.

의 상처를 보듬을 수 있을 정도로 성숙한 모습이라고 보인다.

6월이었다. 내 집 뜰에 핏빛의 칸나가 피어나던 때였다. 다른 집에 앞서 내 집에서도 딱 한 송이만 먼저 피어났는데 그 빛깔이 바라보는 사람의 눈을 빨아들일 듯 신비로웠다.

땅속에 묻혀 추위와 어둠을 견디다 한순간 밖으로 터져 나온 그 순결한 빛에 생의 남루마저 씻기는 듯했다. 그 생명력의 파장이 언제인지도 모르게 내 스스로 질러 버린 빗장 앞에 와서 멈췄고, 단단히 잠긴 채로 이제는 벽이 되어 버린 그것을 두드려 대기 시작했다. 그러자 믿을 수 없게도 그토록 견고하던 것이 스르르 빗장을 풀었다. 살 것 같았다.

기억을 봉합하듯 꽁꽁 묶어서 쌓아 두었던 케케묵은 짐들을 치우고 나니 그것들이 유령처럼 들어앉아 있던 자리에 방이 하나 생겨났다. 비워진 그 작은 방에 누군가를 받아들이기로 마음을 정한 순간 이미 그 누군가를 향한 운명적인 기다림이 꿈틀거렸다.(「실연」, 37면)

인용한 대목은 중년 여인이 작은 방에 누군가를 받아들이기로 결심한 순간을 묘사한다. "단단히 잠긴 채로 이제는 벽이 되어 버린" "빗장"이 스르르 풀려나는 순간, 그녀는 "살 것 같았다." 빗장이란 자기만의 방문에 질러놓은 것일 테다. 빗장이 풀림은 자아의 틀에서 벗어남을 의미하며, 그것은 드디어 "살 것 같"은 무한한 자유로 귀결된다. 또한 "케케묵은 짐들"을 치운 자리에 방이 하나 생겼고, 그녀는 그 작은 방에 누군가를 들이기로 마음을 정한다. 여기에서 방과 짐은 모두 마음을 비유한다. 짐은 자신만의 고통과 번뇌를, 새로 얻은 방은 타인의 고통을 수용할 수 있는 마음의 여유를 의미한다. 살가야견에서 벗어난 인물은 이제 타인의 고통을 포용하고 위로할 수 있게 된다. 위 대목에서 보듯, 빗장이 풀리는 순간은 칸나가 피어나는 순간, 즉 신비로운 생명력으로 충만한 순간과 상통한다. 자아의 감옥에서 벗어난 자유는 이토록 본래적인 생명력에 순응하는 것으로, 아름답기 그지없다.

4. 고통의 수락과 구원으로서의 자기 연민

그러나 자아의 감옥에서 벗어나는 것보다 좀 더 근원적인 구원의 방식이 있다. 그것은 자기를 있는 그대로 용납하는 방식이다. 양순석 소설의 인물들에게 이 방식은 긴요하게 요구된다. 그들은 자기반성에 지나치게 몰두한 나머지 자기 학대에까지 이르기 때문이다. 가족에 대한 환상과 환멸의 악무한을 체험한 인물들은 쉽사리 고통을 느끼는 자기 자신에 대한 반성에 빠져든다. 전술한 바, 불만을 느끼고 분노하기 쉬운 자질은 탐진치 삼독이자 마음의 지옥으로 이끈 주범일 수 있기 때문이다.

「집」의 "그녀"는 "나의 문제는 어디에서 비롯되었을까. 지금 나는 왜 이러는 걸까"라는 화두를 지니고 산다. 그녀는 또한 "당신한테 문제가 있다는 거 알아?"라는 남편의 다그침에 항상 직면해 있다. 외도라는 명백한 남편의 잘못 앞에서도 그녀는 "남편을 거짓에 빠져들게 한 그녀의 잘못은 무엇이었던가 스스로 묻고 괴로워해야 했다." 「저녁」의 "순복"은 자신의 분노가 "그토록 오래 함께 해 온 남편이 아닌 자기 자신에게로 되돌아" 옴을 느끼면서, "모든 걸 자기 탓으로 돌리고 괴로워하길 반복하는 편집증적인 나날"을 보내기도 한다. 「실연」의 젊은 여인은 "어찌해 볼 수 없는 본질에 대한 두려움"을 지니고 살아 왔다. 이들은 모두 마음의 지옥을 구성하는 원인을 자기 탓으로 돌리면서 이중으로 괴로워하는 인물들이다.

다시 불가의 가르침을 참조해 보면, 유마힐은 수보리에게 이렇게 말한다. "탐냄, 성냄, 어리석음을 끊지 않으면서도 그런 것들과 함께 하지 않을 수 있다면, 살가야견(薩迦耶見)을 무너뜨리지 않고서도 단 하나의 평등한 길에 들어갈 수 있다면, 무명(無明)을 극복하거나 삶에 대한 갈망을 멸하지 않고서도 지혜의 빛을 일으켜 해탈을 이룰 수 있다면"[7], 그것이 진정한 법이라고 한다. 삼독(三毒)과 살가야견을 벗어버리는 것도 해탈이지만, 그보다 더 진정한 해탈은 그것에 휘둘리지 않으면서도 그것을 있는 그대로 수용하는 것이다. 그래서 유마힐은 문수사리에게, "몸의 덧없음은 보여주어도 몸을 싫어하라고 권하지는 말 것이며, 몸이 고통이라는 것은 보여주어도 열반 속에서 즐기라고 권하지는 말 것이며, 몸이 무아(無我)라는 것은 보여주어도 중생을 성숙시키라고 권하지는 말 것이며, 몸이 고요히 비어 있음(空寂)은 보여주어도 궁극적으로 적멸(寂滅)만을 닦으라고 권하지는 말"[8]이라고 설파한다.

적멸은 모든 번뇌가 소멸하여 안락한 상태를 뜻한다. 그러나 이는 중생에게 권장되는 지상(至上)의 법이 아니다. 병을 없애기보다 병과 함께 고요히 즐기는 길이 더 높은 차원의 법이다. 비교적 최근에 발표한 소설들에서 양순석은 번뇌와 자기 자신을 모두 수락하는 성숙한 경지를 그린다. 인물들은 환상과 환멸의 악무한을 겪으며 받은 고통을 긍정적으로 수용하고, 번뇌할 수밖에 없었던 섬세한 자의식

---

7) 위의 책, 63면.

8) 위의 책, 109면.

을 용납하며, 결과적으로 자기 자신과 화해한다.

「진주」에서 제이의 "엄마"는 아프기 전에 "불만으로 가득 차 있었"으며 "끊임없이 아버지 아닌 다른 누군가와의 삶을 놓쳐버린 불행에 시달리며 살고 있었다." 엄마는 이전 소설들에서 보인 '화내고 우울해하고 아파하는 인물들'의 계보를 잇는다. 제이는 "엄마가 꿈꾸는 다른 누군가"가 어쩌면 "엄마 생애에는 실재하지 않는 존재일 것만 같"다고 생각한다. 여기에서 꿈의 실재가 실상 공허하기 이를 데 없다는 작가의 인식을 다시 한 번 확인할 수 있다.

그런데 이 소설에서 흥미로운 점은, 그러한 분노와 결핍감과 그 연원인 꿈 모두를 긍정적으로 수락하는 작가의 시선이다. 예전에 "분노로 일그러져 있을지라도 엄마의 얼굴은 살아 있는 자의 표정을 담고 있었다." 그것은 "엄마의 꿈"이 "뼈와 뼈 사이에 봉긋하게 채워"져 있었기 때문이었다. 꿈 없는 자가 분노하겠는가. 분노는 꿈꾸는 자의 전유물이다. 꿈이 있어 기대하는 자만이 훼손된 꿈에 좌절하여 분노할 수 있기 때문이다. 여기에서 작가는 꿈과 그 파생물인 분노를 생의 긍정적 에너지로 수긍하는 듯하다. 탐내고 성내는 마음은 어리석음일 수도 있으나, 궁극적으로 삶의 추동력이 아니겠는가.

　　하지만 다시 만난 엄마에게서 제이는 엄마를 가득 채우고 있던, 엄마를 엄마이게 했던 것의 소멸을 보았고, 역설적으로 사라진 것을 통해 비로소 엄마의 본질을 받아들일 수 있었다. 겨울나무처럼 바싹 메마른 엄마는 이제 더 이상 아무것도 요구하지 않고 고요했으나 평화로워 보이지는 않았다. 공허해 보였을 뿐이다.(「진주」, 175면)

뇌종양에 걸려 죽음을 앞둔 엄마는 위에서 보듯 아무것도 요구하지 않고 분노하지도 않는다. 그러나 그녀는 공허해 보일 뿐이다. 엄마의 분노와 불만은 꿈에서 비롯된 것이었다. 분노와 불만의 소거는 따라서 꿈의 소멸을 의미하며, 꿈이 소멸된 정경은 공허하다. 여기에서 분노와 불만은 삶을 삶답게 하는 삶의 필수불가결한 요인으로 격상된다.

이 지점에서 다시 바다 이야기로 돌아가 보자. 바다의 실체와 조우하기를 기원하며 바다를 향해 걸어가는 이는 벼랑만을 만날 뿐이지만, 그 벼랑에서 바라보는 바다는 놀랍도록 아름답다. "소리와 냄새와 멈추지 않는 역동의 실물이 벼랑 끝 발 아래에 섬뜩하게 살아 있"는 "살아 숨 쉬는 광경"을 연출하기 때문이다. 앞서 말했듯 바다는 꿈을 의미한다. 꿈의 실재에 다가가려는 노고의 극한은 꿈의 불가능성만을 조우하지만, 그래도 그 꿈은 아름답기 그지없다. 꿈은 분노와 불만의 기원이지만, 그래도 생을 꿈틀거리게 하는 본질적 요인이 아닌가. 불가 용어로, 탐냄은 성냄과 어리석음의 연원이기도 하지만, 탐냄 없는 생명이 어찌 생명이랄 수 있겠는가.

분노와 불만은 "기다림"의 좌절에서 비롯되었고, 다시 "기다림"으로 귀결된다. 양순석 소설에서 "기다림"은 주요한 모티프이다. 작가는 "기다림"에 관한 긍정을 자주 내비치는데, 이는 분노와 불만의 수락과 꿈의 수락을 모두 내포한다. 「진주」의 제이는 환상이 실망으로 귀결되는 체험이 반복됨에도 불구하고 인터넷 쇼핑 습관을 버리지 못한다. "물건을 돌려보내기 무섭게 다시 인터넷 주문을 하고 나면 제이의 기다림은 처음처럼 설렘으로 시작되"고, "기다림"은 "제이가 누릴 수 있는 유일한 꿈의 시간이"며, 그래서 그녀는 "저도 모르게 기다림에 중독되어 갔"기 때문이다. 「실연」의 젊은 여자도 "그런데 이제와 생각해 보니 우리가 서로를 기다리며 앉아 있곤 하던 짧은 시간의 그 장소에는 어쩌면 우리의 모든 것이 응축되어 있지 않았을까 싶네요. 서로를 향해 온몸의 세포를 활짝 열어놓고 기다리던 그 간절했던 시간들 말이에요"라고 말하면서, "기다림"이야말로 지나간 연애의 본질이었다고 추억한다.

「실연」은 한편 양순석의 소설적 자아가 스스로를 치유하는 과정의 알레고리로도 보인다. 젊은 여자는 양순석 인물들에게 반복적으로 나타나는 트라우마를 공유한다. 어렸을 적 부모님이 가위를 들고 싸우는 장면, 부모님의 사랑을 받지 못하고 자라온 성장과정, 자신의 본질이 남과 다르게 어둡다는 자의식 등이 이 소설과 다른 소설들에서 반복되는 모티프이다. 이전 소설들이 이들을 제시하는 데 그쳤다면, 이 소설의 인물은 그것을 적극적으로 말하고 분석하며 무엇보다 타인이 공감하여 흘리는 눈물과 대면한다.

하지만 그들은 아무도 내게 사랑을 주지 않았어요. 아니, 정확히 말하자면 내가 그들을 거부한 건지도 모르겠어요. 그들은 이런 날 측은해 하기도 했지만 그보다는 방치해 두는 편이었어요. 내가 자초한 거예요. 왜냐구요? 왜 사랑을 거부했냐구요? 그들이 내게 베푸는 것들 가운데 무엇이 과연 진짜인지 혼란스러웠거든요. 아무도 말해주지 않았고 나 혼자 받아들이고 나 혼자 판단해야 하는 그런 세계에 내던져진 채였으니까요.

무슨 말인지 알아듣기 쉽게 말해 보라구요? 아, 나도 어떻게 말해야 할지 정말 모르겠어요. 무서워요. 이런 얘기는 영원히 하고 싶지 않았거든요. 그냥 쉽게 편안하게 말해 보라구요? 나도 그럴 수만 있다면 얼마나 좋을까요.

....

외삼촌이 여럿이었다고 말씀드렸던가요? 네, 내게 특별히 친절한 삼촌이 있었어요. 노래도 가르쳐주고 데리고 다니며 영화 구경도 시켜주던 참 좋은 삼촌이었죠. 내 공부도 봐주는 유일한 삼촌이었어요.

어느 날 숙제로 내준 문제를 많이 틀렸다며 벌을 준다고 삼촌 방에서 나가지 못하게 했어요. 어렸어요. 중학교에 들어가기 훨씬 전이었으니까요. 삼촌이 갑자기 낯설고 끔찍했지만 저항하기엔 너무 무서웠어요.

이상하죠, 그 기억은 시간이 갈수록 점점 몸집이 불어나는 괴물처럼 나를 꼼짝 못하게 덮쳐 왔어요. 기억의 시간으로부터 멀어질수록 기억은 더욱 더 또렷해져 갔어요. 한 여자로 온전히 살아갈 수 없으리라는 예감이 내 뒷덜미에 달라붙어 나를 옥죄기 시작했어요.

왜 그러세요? 우시는 거예요? 아……. 괜한 이야길 했나 봐요. 괴롭혀 드리고 싶진 않았는데. 제발 그만 우세요. 이런 이야기까지 하게 될 줄은 정말 몰랐어요.

계속할까요?

그 사람과 나 사이에 위기가 닥쳤을 때 잊은 줄 알았던 그 일이 다시 날 괴롭히기 시작하는 거예요. 정말 두려웠어요. 어찌해 볼 수 없는 본질에 대한 두려움 말이에요.(「실연」, 33~34면)

인용한 대목은 젊은 여자가 중년 여인에게 자신의 상처의 기원을 이야기하는 장면이다. 여기에서 중년 여자와 젊은 여자를 각각 한 인물 속의 초자아와 자아라고 가정해 보자. 중요한 것은 초자아가 자아를 비난하지 않고, 자기의 상처의 기원을 스스로 분석하도록 유도하며, 눈물을 흘릴 정도로 그것에 연민하고 있다는 점이다. 초자아는 자아가 씻김굿을 치르도록 멍석을 깔아주는 셈이다. 양순석 소설에서 대개 초자아는 자아를 비난해 왔다. 그러나 이 소설에서 초자아는 자아를 수락하며, 상처의 분석과 포용을 통해 상처를 적극적으로 치유할 자세를 취한다.

젊은 여자는 믿었던 외삼촌에게 아마도 성적 학대를 당한 듯하다. 그녀는 사랑받지 못해 불행하다고 느끼는데, 이것은 실상 그녀가 사랑을 거부했기 때문이다. 이는 사랑을 믿을 수 없는 마음에서 비롯되며, 다시 그 연원은 믿었던 사람에게 당한 의외의 폭력이다. 이는 상처의 기원에 대한 정치한 분석이다. 알려진 바대로, 정신분석 치료의 요건은 상처의 기원과의 정직한 대면이다. 여기에서 "이런 얘기는 영원히 하고 싶지 않았거든요"라는 젊은 여자의 고백은 상처의 기원을 직면하기 두려워하는 마음, 즉 정신분석 치료 시 돌출하는 저항이라고 보인다. 저항은 상처의 본질과 조우하기 직전 단계로, 그것만 극복한다면 치료는 급진전한다. 이 저항은 중년 여인의 포용력 앞에서, 다시 말해 자아를 수용할 자세를 갖춘 초자아 앞에서 무너진다.

중년 여인이 젊은 여자의 상처에 깊이 공감하여 눈물을 흘리는 장면은 주목을 요한다. 이는 자아를 정직하게 대면한 초자아가 자기를 수긍하고 용서하는 장면으로 보인다. 때로 자기 연민은 구원이 된다. 어떤 면에서 자기를 사랑하는 자, 그가 바로 구원받은 자이다. 이 소설에 이르러 양순석의 소설적 초자아는 처벌하는 아버지 대신 포용하는 어머니로 변신한다. 자아를 용납하지 못하여 괴로워하는 이들에게, 아픔의 연원 앞에서 우는 자아와 함께 울며 위로하는 너그럽고 다정한 어머니 같은 초자아는 분명 진일보한 구원의 방편이다.

마음은 꿈꾸고 분노하고 자기를 반성하고 다시 분노하는 조화를 거듭한다. 그런데 「거울」의 작가는 이 마음의 조화 자체를 관조하며 포용한다. 이 소설에서 염색은 사람의 마음을 의미한다. "얼핏 갈색으로 우러난 물 속에" 실상은 "무지개 빛의 휘황한 색들이" 도사리고 있다. "매염제 성분에 따라 하나의 염재에서 전혀 다른 색깔이 뽑혀

져 나오"기도 한다. 여기에서 "색"은 인간의 희로애락과 오욕칠정 등 중층적인 마음의 조화를 의미한다고 보인다. 중요한 것은 "똑같은 염재에서도 매염제에 따라, 아니면 들이는 시간이나 손길에 따라 다 다른 색이 나"온다는 사실이다.

일체유심조(一切唯心造), 모든 것은 마음먹기에 달렸다고 했던 가. 이제 작가는 마음의 현상학을 담담하게 관조한다. 관조는 대상과 거리를 취할 때에만 가능한 심적 양태이며, 따라서 그것에의 얽매임을 벗어난 양태이다. 관조가 가능해졌다는 사실은 바로 마음의 요지경으로부터의 자유를 반영한다. 이때 마음의 현상학을 관조하며 정인이 본 것은 무엇일까? "모든 법의 성품은 다 분별심이니, 분별심이 일으킨 영상은 마치 물 속에 달이 비친 것 같고 거울 속의 영상 같습니다. 이처럼 일체 만법은 마음이 건립한 것입니다"[9]라는 유마힐의 설법 중, "물 속의 달" 혹은 "거울 속의 영상"이 바로 정인이 본 것이 아니었을까? 이것은 이 소설의 제목 "거울 속의 거울"이 의미하는 바와도 상통할 것이다.

한편 이 소설에서 작가는 지금까지 앓아 왔던 마음을 다시 긍정한다. 이 긍정은 몹시 적극적이어서 환대로까지 해석된다. 주인공 "정인"은 명주를 가장 좋아한다. 명주는 "까다로운 섬유"이고, "성질이 예민한 명주는 재단한 대로 가만히 있어주지를 않아 끊임없이 달래가며 바느질을 해야 하고 특히 물과는 상극이라 한 방울만 튀어도 견디지 못하고 바로 얼룩을 만들어 시위를 하는 것이 꼭 신경증을 앓는 여자 같"기 때문이다. "그러나 정인은 이런 명주로 작업하기를 고집해오고 있었다. 바느질을 하는 내내 살아 있는 것을 만지는 듯

---

9) 위의 책, 71면.

한, 이야기를 나누는 듯한 느낌은 명주가 정인에게 주는 은밀한 기쁨이었다."

양순석 소설에서 '자기에게 문제가 있다는 생각' 즉 '자기반성'은 중요한 모티프였다. 이는 인물들이 불행한 탓을 외부의 악이 아니라, 쉽사리 상처받는 자신의 예민한 심성으로 돌렸기 때문이었다. 이 생각은 지나치면 자학이 된다. 그러나 이 소설에 이르러 작가는 예민하고 까다로워서 상처받기 쉬운 심성을 긍정하는 한편 마음이 상처받는 순간을 향유하고 있다고까지 보인다. 앞서 「진주」에서 보았듯, 상처받는 마음은 살아 있다는 증거에 다름 아니기 때문이다. 정인은 명주를 좋아하는 이유 중 하나로 "명주로 바느질할 때 바늘에 잘 찔"린다는 사실을 든다. 다음은 바늘에 찔리는 순간의 묘사이다.

미세하고 가녀린 바늘 끝은 어떤 섬유조직이라도 뚫을 수 있을 만큼 벼리어 있었지만 명주를 만나면 곧잘 퉁겨 나오곤 했다.

손가락 마디 하나 길이의 짧은 바늘로 수십 장의 색색 명주 조각을 이어 붙이는 아득한 적요의 순간, 명주가 퉁겨낸 바늘은 정인의 손끝을 파고든다. 바늘이 살갗을 찌르는 아찔한 통증의 순간, 어두운 침묵의 터널 속으로 눈부신 빛이 쏟아져 들어오고 정인의 몸은 그 빛을 타고 치솟아 오른다. ― 아득한 한 순간.(「거울」, 147면)

바늘에 찔리는 순간에 정인은 눈부신 빛을 보며, 정인의 몸은 그 빛을 타고 치솟아 오른다. "아득한 한 순간"이라고 표현된 이 순간은, 정인이 생생하고 황홀하게 살아 있는 순간으로 해석 가능하다. 까다로운 마음은 피 흘리듯 상처받는다. 그러나 그런 상처와 아픔은 바로 생명력의 증거가 아닌가. 상처는 기대의 좌절에서 비롯된 것이니, 상처 없는 마음은 기대 없는 마음이요, 기대 없는 마음은 그러나 생명력을 상실한 마음이니 말이다. 정인은 마치 낮은 목소리로 이렇게 뇌까리는 듯하다. 나는 상처받는다, 고로 존재한다.

5. 다시, 앓던 여인들의 행방

양순석 소설에서 집은 애증의 대하드라마가 펼쳐지는 장소이자 영혼의 추락과 구원이 전개되는 공간이다. 또한 집은 무간지옥인 동시에 해탈의 성소(聖所)이다. 인물들은 가족에게 절망하여 다른 가족을 꿈꾸다가 다시 절망한다. 그들은 치열하게 앓는 와중에 상처받기 쉬운 자기 자신의 본질에 고통의 탓을 돌리며, 자기반성의 탈을 둘러쓴 자기 학대에 시달리기도 한다. 환상과 환멸의 악무한 끝에 인물들은 꿈의 실재는 텅 빈 구멍일 뿐이라는 존재론적 깨달음을 얻기도 하고, 애초 상처의 근원이었던 부모를 포용하거나, 자아의 감옥에서 빠져나오기를 소망한다. 한편 그들은 고통의 또 다른 기원이었던 자학에서 벗어나 자기 자신을 수락하고, 마음이 그려내는 무늬들을 조용히 관조하며, 고통을 생의 에너지로서 환대한다.

이 다층적인 구원의 방식들은, 그 연원이 타인에게 있건 자기에게 있건, 상처의 기원을 긍정적으로 수용한다는 점에서 일맥상통하는지도 모른다. 이렇게 인물들이 마음의 무간지옥을 벗어나는 과정이 독자들에게 가장 웅숭깊은 감동을 제공한다. 양순석의 인물들이 그리는 마음의 지옥도는 지금 여기의 우리들이 보편적으로 겪는 고통에 매우 밀접하게 맞닿아 있기 때문이다. 마음의 선혈을 뚝뚝 흩뿌리던 소녀가 환상과 환멸의 악무한을 체험하는 여인으로 성장하여,

다시 무간나락에서의 번뇌에 시달리다가, 마침내 자아의 감옥을 깨부수거나 고통 자체를 생명의 본질로 수락하기까지 그 지난한 여정은, 한 수도자의 눈물겨운 고행이나 다름없어 보인다.

(2007년 6월)

균열에서 균열로,
균열을 바라보는 여러 갈래의 시선

최문희, 『나비 눈물』

1. 태초에 균열이 있었다

십삼 년 전 어느 봄날을 잊지 못한다. "60세 회갑 여성 신인의 강철을 녹일 듯한 저력과 감수성의 충격"이라는 다소 이색적이지만 화려한 카피를 달고 나온 『서로가 침묵할 때』라는 긴 소설을 읽었다. 당시로서 최고의 현상고료의 문학상을 수상한 작품이었으니 만큼 언론도 꽤나 술렁거렸던 것으로 기억한다. 뜨거운 만큼 힘겹게 문청 시절의 한 터널을 지나고 있었던 필자는 페이지마다 연필로 밑줄을 긋느라 손바닥이 검어지는 줄도 몰랐다. 첨예하게 대립하는 인간 마음의 심부를 예리하게 파악하고 현상의 본질을 날카롭게 분석하여 언어화한 그 해부학자 같은 필치에서 필자는 어떤 문학 교실에서보다 더 많이 배웠다. 때로 편집광처럼 보이기까지 하는 그 해부학자적 시선의 집요함에 수시로 전율하였을 것이다. 이후 간간이 읽은 최문희 작가의 소설은 다양하게 변주되었지만, 숨 막힐 정도인 집요함만은 대개 공통분모로 지니고 있었다.

세 번째 소설집인 『나비 눈물』[1]에서도 작가의 집요한 시선은 곳곳에서 승냥이처럼 번득인다. 열기로 가득한 사우나탕처럼, 작가가 받아 적은 다양한 인물군의 "내면의 읊조림"(「지느러미」)이 빽빽하게 지면을 메우고 있다. 빽빽하게 느껴지는 것은 단지 그것이 저 깊은 우물에서 길어 올린 심층수여서만이 아닐 것이다. 그곳까지 볼 수 있는 시각의 예리함에 질투를 느껴서만도, 그 고단함이 안쓰러워서만도 아닐 것이다. 대개 한 작가의 누적된 작품은 작가의 뇌리에 그려진 지형도에 관한 정보를 노출한다. 비교적 단일하고 뚜렷한 지형도를 보여주었던 이전 소설들에서와는 달리, 이번 소설집 수록 소설들에서 그 지형도의 선은 분명하지 않고 때로는 흐릿하게 겹쳐진다. 작가의 주된 문제의식에 대해 스스로 도달한 결론의 향방이 사방팔방으로 흩어진다.

그러나 이것은 해부학자적 시선을 가진 작가의 당연한 귀결이라고 보인다. 너무 많은 것을 보면 그 어느 것도 단언할 수 없게 된다. 단언은 아직 덜 본 자들의 소행이다. 단언은 기껏해야 독단이거나 오판에 불과한 경우가 많지 않은가. 그 어느 누구보다도 오랜 세월 동안 사건과 인간 내면에 관해 집요하게 천착해 온 작가가 생의 비의에 관한 질문에 한 편이 아닌 여러 편의 답안지를 가지고 있는 것은 지당하다. 가령 그의 오랜 화두인 '인간 사이의 균열'에 관한 답안이 이전 소설들에서 비교적 단일했다면 이번 소설집에서는 다종다양하다. 이 글은 그 다종다양한 답안지의 동굴 속에서 헤맨 여정의 기록이다.

긴 이야기는 우선 '균열'에서부터 시작된다. 주지하는 바, 성경의

---

1) 텍스트는 최문희, 『나비 눈물』(계간문예, 2008).

맨 첫머리는 이렇다. "태초에 하나님이 천지를 창조하시니라. 땅이 혼돈하고 공허하며 흑암이 깊음 위에 있고 하나님의 신은 수면에 운행하시니라. 하나님이 가라사대 빛이 있으라 하시매 빛이 있었고." (「창세기」, 제1장 1절~3절) 만물은 혼돈과 암흑에서 비롯된다. 질서를 뜻하는 빛은 그 이후에 뒤따른다. 최문희의 많은 소설은 '균열'을 이야기함으로써 허두를 뗀다. 그 균열은 자주 적의와 원한의 형태를 띤다.

「코끼리 궁전」의 혜임은 소헌의 가족에게 13년 간 적의를 품어왔다. 본디 소헌과 혜임의 가족은 오랫동안 매우 가깝게 지내왔다. 어느 겨울날 혜임의 아버지가 소헌의 집 마당 층계에서 시체로 발견되면서 적의와 원한의 시간이 시작된다. 혜임은 쓰러진 아버지를 몇 시간 동안 방치해 둔 소헌과 소헌의 아버지에 대한 적의를 풀 수가 없어서, 이후 그들과 인연을 끊은 채 홀로 소헌 오빠의 아이를 낳아 13년 간 키워온다. 「웃음소리」의 김일로는 일제시대 일본의 앞잡이로 마을사람들을 징용과 정신대로 보내는 일에 앞장선다. 그 와중에 자신이 임신시킨 차덕이마저 정신대로 보내 버린 만행을 저지른다. 차덕이의 원한은 말할 것도 없다. 태평양 전쟁사를 연구하며 아버지의 만행을 알게 된 일로의 아들은 아버지와 극심하게 반목했을 뿐 아니라 차덕이의 집 앞에서 사흘 밤 나흘 낮 동안 쏟아지는 비를 맞으며 꿇어앉아 빌다가 피를 토하며 죽는다. 일로의 아들도 죽기 전까지 아버지를 용서하지 못했을 터이지만, 일로 역시 현재까지도 아들에 대한 증오심을 버리지 못하고 있다.

「먼지 버섯」의 성혜는 거동이 불편한 시어른을 모시고 산다. 남편의 양부인 시어른은 의심 많고 까다로운 성격으로, 성혜의 자식 미미가 첫돌을 갓 지났을 때 죽도록 방치했다. 무엇보다 성혜를 못 견디게 하는 것은 시어른의 성적인 접근이다. 그는 "안고, 비비고, 지분 거리며" "노골적으로 집적거렸"을 뿐 아니라, "아가, 한 번만……"이라 고 애원하며 입술을 갖다 대고 성혜의 팬티 속으로 손을 집어넣기도 한다. 이런 일상 속에 성혜는 "누군가의 숨통을 틀어막고 싶어, 밥을 먹다가도 수저가 달달거려" "양쪽 손을 감싸 쥐고는" 한다. 성혜가 살 의를 느끼는 대상은 물론 시어른이다. 「세상의 모든 그늘」의 하영은 비인간적인 남편과 함께 살면서 "빈 뱃구레에서 시도 때도 없이 퍼 올리는 이 구제불능의 공복감"과 "아무리 먹어도, 채워지지 못할 것 같은 허기증"에 시달린다. 임신 32주째 동네 불량배들에게 폭행을 당한 그녀는 그 사건이 남편과 시댁 식구에게 까발려지기를 은밀하 게 바라기도 한다. "그녀 안에서 회오리치는 파경의 욕구"와 "이 생활 을 마감해야겠다는 갈망"을 참을 수 없기 때문이다.

이렇게 이 소설집 수록 소설의 대부분에서 인물들 간의 적의와 원 한은 이야기의 발단이 된다. 이는 마음 혹은 관계의 균열 상태인 것 이다. 사정은 최문희의 이전 소설들에서도 마찬가지였다. 이 균열 상 태는 작가 최문희의 화두로도 보인다. 그런데 이 화두가 씨앗이라면, 그 씨앗이 자라고 열매 맺는 방식은 이전 소설들과 이번 소설집에서 차이를 보인다.

2. 고운 시선이 균열을 덮는 열두 폭 치마가 되지 못하는 이유

전작(前作)에서 최문희 소설의 인물들은 적의와 원한으로 고통스 러워하다가 결국 자신의 "빗긴 눈길"을 반성함으로써 마음의 평화를 얻는다. 『율리시즈의 초상』의 주인공 지환은 아버지에 대한 질긴 적의에 시달리다가 "배배꼬이고 비틀어진 자아"[2]를 반성하면서 아버지와 화해한다. 첫 번째 소설집 『크리스탈 속의 도요새』 수록 중단편 소설의 대부분은 적의와 원한에서 벗어나는 인물의 심리적 여정을 다룬다. 계기는 다양하다. 인물은 죽음과 삶의 거리가 짧으니 사는 동안 사랑하며 살자고 깨닫거나 적의의 대상 역시 고통스러웠다는 사실을 절감하면서 적의와 결별하는 계기를 맞이한다. 그러나 그 계기가 이끄는 결론은 대개 동일하다. 그들은 그 계기로 인해 편협한 사고로 스스로의 울화 속에 갇힌 자신을 반성하게 된다. 인물들은 스스로 가둔 감옥에서 벗어나기를 소망하며, 완전한 의식의 자유를 꿈꾼다. 그들은 세상의 악이 아니라 자신의 빗긴 눈길이 문제였음을 자각하고, 눈길을 바로 펴기를 결심한다.

혹시 작가는 전작에서의 이러한 결말 처리 방식이 안일하다고 회의한 걸까. 이번 소설집에서 적의와 원한을 대하는 작가의 태도는 사뭇 다르다. 그는 "네모 속에 갇힌 혼"(「코끼리 궁전」)을 종종 언급하는 등, 전작에서의 태도를 계승하고 있긴 하다. "네모 속에 갇힌 혼"은 최문희 소설에 자주 등장하는 문구로, 자신만의 적의와 원한에 갇혀 눈이 먼 상황을 의미한다. 그러나 그는 그보다 자주, 빗긴 눈길을 올바로 펴는 방법만으로는 세계의 균열을 봉합하기에 미흡하다고 생각하는 듯하다. 이 작품집에 수록된 대부분의 소설의 결말은, 단지 빗긴 눈길을 바로 펴는 정도로는 극복할 수 없을 만큼 세계의 균열상이 심각한 정황을 내보인다.

변화를 이야기하기 전에, 먼저 시각과 인식의 다양성에 관한 작가의 사유를 보자. 주체의 시각에 따라 객체는 서로 다른 다양한 모습

---

2) 최문희, 『율리시즈의 초상』, 세계사, 1995, 377면.

으로 현상한다. 모든 것은 마음먹기에 달렸다고 하지 않는가. 그러므로 세계가 나에게 고통스럽게 느껴진다면, 그런 세계를 원망할 일이 아니라 고통스럽게 느끼는 나 자신을 원망할 일이다. 세계가 악(惡)인 것이 아니라, 세계를 악으로 파악하는 내 시선이 "빗긴" 것이다. 이것이 작가가 이전 소설들에서 줄곧 견지했던 지형도였고, 그 지형도는 이번 소설집에서도 어느 정도 그 자취를 남기고 있다.

아이하고 함평군 나비 생태관에 갔었어요. 호랑나비 한 마리를 분양해서 아이한테 주었지요. 병속에 든 나비가 어쩌나 파닥거리는지, 아이가 울먹이면서 말하는 거예요. 엄마야, 나비가 울어, 너무 불쌍해. 울어? 나빈 울지 않아, 제가 한사코 아니라고 우겼지만, 아인 계속 나비가 운다고 징징대다가는 기어이 병뚜껑 열고는 날려 보냈어요. 밖으로 나온 나비는 바닥에 엉금대면서 금세 날지 못하는 거예요. 아이가 나비 날개를 잡아 줄 장미에 얹어 주면서 엄마, 나비가 또 울어. 그제야 아이 아빠가 아일 무릎에 앉히고는 말하더군요, 아가야. 나비가 우는 게 아니고 연초록 햇볕이 살랑대는 거란다. 아빠 눈에는 나비가 웃고 있어. 자 이쪽으로 와서 보려무나. 나비가 웃고 있잖니. 아이가 크게 고개를 끄덕였지요. 그런 것 같아요. 사물을 바라보는 각도나 위치에 따라서 다른 형상으로 보일 수도 있다는 사실을 그때 깨달았어요. 이를테면 형상의 잔영이라는 생각이 들어요.(「나비 눈물」)

보는 각도나 위치에 따라 나비는 울고 있기도 웃고 있기도 한다. 비단 나비에만 해당되는 이야기가 아니다. 어떤 사건 혹은 인물을 두고 생각하기에 따라 그것에 적의와 원한을 품을 수도 있지만 달리 보면 그 반대가 된다. 「푸른 잔」의 "푸른 잔" 역시 시각에 따라 다양하게 현상하는 세계의 실상에 관한 통찰을 담은 상징물이다. 평범해 보이는 푸른 잔을 빛 가까이로 가져가면 "파란 물방울이 기포처럼 끓어" 오르고, 잔을 기울이면 관음보살의 그림이 나타난다. 「웃음 소리」의 악덕자 김일로마저도 고운 눈으로 바라본다면 백정의 피가 흐르는 내력 때문에 받은 수모에 대한 보상심리로 악행을 저질렀다고 이해할 수도 있는 것이다. 그런 식으로 "빗긴 눈길"을 바로 펴는 것은 최문희 소설의 인물들에게 중요한 과업이 되어왔다. 그래서 「코끼리 궁전」의 혜임은 "삶이란 건조대에서 말린 구겨진 옷가지를 손다림질로 다듬는 것과 같은 거라고, 주름을 펴서 개키고 다듬는 그 조심스러움이야말로 세상을 살아가는 지혜인지도 모른다고," 그리고 "구겨진 사고는 금물이라고" 말한 것이다.

전작의 최문희 소설의 인물이라면 이 지점에서 안주하고 말았을 것이다. 하지만 이번 소설집에서 인물들은 그런 자세가 만병통치약이 될 수 없음을 잘 알고 있다. 생은 그보다는 훨씬 더 복잡한 무늬로 직조되어 있기 때문이다. 가령 「코끼리 궁전」에서 소헌은 "'네모 속에 갇힌 혼'의 주역이 혜임의 가족이나 아버지나 오빠가 아니라 내가 장본인이었음을 깨달은 순간" 혜임에게 먼저 화해를 청하리라 마음먹지만 혜임은 끝내 용서하지 않는다. "모두들 스스로 만든 네모 속에 자신을 감금하고들 있어"라는 소헌의 말은, 이전 소설에서라면 모든 갈등을 잠재우는 만병통치약 역할을 했겠지만, 이 소설에서는 혜임의 코웃음밖에 사지 못하는 빈약한 전언이 되고 만다. 한편 소헌의 오빠가 아버지에게 품은 적의 역시 완전히 해소되지 못한다. 오빠는 아버지의 임종이 임박했음을 알고 아버지를 부르기는 하지만, 이 부름은 진정한 화해라기보다 "피를 이어받는 자식이라는 존재의 숙명적인 애증의 울부짖음"에 불과한 것이다.

「비자림을 흔드는 바람」(이하 「비자림」)에서 자임은 할머니의 임종 후에 "모든 것은 죽음이라는 절대의 명제 앞에서 하찮은, 좁쌀알갱이보다 더 작은 것이라고, 씻어냈"다며 집안의 원수이자 남편의 할아버지를 찾아가서 "세상에서 제일 큰 지우개를 가지고 왔답니다. 이 모래기도의 피 얼룩을 지울 사람은 희준씨와 저 말고는 없다는 사명감까지 느끼고 있답니다"라고 말하며 화해를 청하지만, 할아버지는 자임을 때려서 패대기치고, 이에 분개한 희준에게 놀라 죽음을 맞고 만다. 「웃음 소리」의 김일로 역시 결국 이해 받지 못하고 비참한 최후를 맞는다.

위의 소설들에서 빗긴 눈길을 펴고 네모 밖으로 나와 원한과 적의를 잠재우려는 시도가 실패한 까닭은 무엇인가. 일단 위 소설들에서 원한과 적의의 대상이 된 악의 중량이 무겁다는 사실에 주목해 볼 수 있다. 「웃음 소리」의 김일로와 「비자림」의 강운삼의 만행은 상식적으로 용납하기 어렵다. 그들에게 공통점이 있으니, 두 사람 모두 범상치 않은 탐욕의 소유자이다. 부와 명예를 좇는 그들의 탐욕 배면에는 증오심과 복수심이 깔려 있다. 「비자림」의 희준은 자신이 가격한 것이 "인간의 속에서 자생적으로 생성한 찰지고 질긴 욕망의 사슬"이라고 고백하거니와, 인간의 어두운 욕망에 대한 작가 최문희의 시선은 냉혹하다.

「코끼리 궁전」에서 인간의 추악한 욕망에 대한 작가의 비판적인 시선은 더욱 도드라진다. 혜임이 결국 소헌네 가족을 용서하지 못하는 이유는 우선 소헌네 아버지의 유난한 성격에 기인한다. "기분파적이고 당신 위주의 사고를 지닌 아버지"는 "무슨 일에나 열정적이고 초과 달성하는 성품"으로 "화가 나면 물불을 가리지 않았다." 바둑을 대하는 태도는 혜임의 아버지와 소헌의 아버지의 상반되는 성격 혹은 인생관을 보여준다.

　(1) 바둑돌 한 알에 명예와 죽음이 실려 있다. 누가 바둑을 인격과 품위를 중히 여기는 놀음이라 했던가. 바둑은 서로를 몰고 몰리는 싸움이고, 승자와 패자가 있기 마련이다. 머리의 전쟁이다. 패한 뒤의 그 참담한 굴욕감이라니, 스스로의 한계에 도전하고 함몰하면서 가슴으로 피를 흘린다.(중략) 바둑인들은 자신이 만든 네모 속의 감옥에서 종신을 살고 있다. 그건 미처 아무도 발설하지 못한 바둑의 폭력성이 아니겠는가.

　(2) 바둑이 다른 것들에 비해 차원이 높은 것은 지고 이기는 문제보다, 더 우위에 두고 있는 신조가 있기 때문이라 했다. 내가 그게 뭐냐고, 다그치자 혜임은 나를 빤히 쳐다보면서 말했다. 상대를 존중하는 것. 더불어 나를 존중하는 영혼의 게임이기 때문이라고 했다. 바둑은 네모반듯한 논리성과 치밀성을 기조로 군더기 같은 모든 것들을 배제하는 데 그 가치를 두고 있다고, 가령 스승이 나이 어린 제자한테 참패를 당하는 경우가 많은데, 그러나 그런 정신적 수모나 굴욕감을 극복하고 재기하려는 자아와의 피나는 투쟁은 아름답다고 했다.

　(1)은 소헌의 아버지의 메모로서, 그의 바둑관 나아가 인생관을 보여준다. (2)에서 소헌은 혜임의 말을 대신 전한다. 혜임의 바둑관 혹은 인생관은 그녀의 아버지의 것과 상통한다. 여기에 생의 모든 계기를 피나는 싸움으로 파악하고, 이기기 위해 목숨을 거는 인생관과 승패와 관련 없이 상대와 자신의 존엄성을 존중하는 과정을 중요시하는 인생관이 있다.
　때로는 작가의 뇌리에 이 두 가지 인생관이 거의 이분법적으로 고착되어 있는 것으로 보인다. 최문희 소설의 인물들은 드물지 않게 '인간의 존엄성을 존중하는 인물군'과 '이기적인 탐욕에 투신하는 인물군'으로 대별된다. 「코끼리 궁전」의 소헌의 아버지, 「웃음 소리」의 김일로나 「비자림」의 강운삼은 두말 할 나위 없이 후자에 속하는 인물이다. 「코끼리 궁전」의 혜임은 "상대를 존중하는, 인간에 대한 존엄성 말이야. 그건 인격 이전에 인품이고, 인품보다 더 귀한 인간성이라고 봐야지"라는 발언이 시사하듯, 전자의 부류에 속한다. 「나비 눈물」의 수 역시 "세상의 도구로" 살고 싶다거나, "나무처럼 사람들에게 주면서 살고 싶"다는 고백에서 보이듯, 인간의 존엄성을 귀하게 여기는 인물이다. 수는 "세상에서 제일 귀한 건 목숨을 귀하게 여기는" 것이며, "세상에서 제일 아름다운 건 사람이 사람을 아끼고 가슴으로 품는" 것이라고 생각한다. 무한대의 탐욕에 눈이 먼 인물과 인간의 존엄성을 존중하는 인물이 뚜렷이 구분되어 반복적으로 출현하는 정황은, '무한대의 탐욕과 인간의 존엄성'이라는 화두가 최문희에게 상당히 뿌리 깊다는 사실을 시사한다.

작가 최문희는 이제 섣부른 화해와 봉합이 안일한 해결안이라고 생각하는 듯하다. '곱고 따뜻한 눈길로 바라보기'는 세상의 모든 흠을 덮을 수 있는 열두 폭 치마가 아니었다. 그러기에는 인간의 탐욕은 늘 도를 지나쳐서 만행을 저지르며, 인간의 존엄성을 수호하고자 하는 사람들은 대개 고단한 삶을 피하지 못하기 때문이다. 한편 「나비 눈물」에서 서일은 수의 눈에 보이는 나비의 환시가 "고통으로 짓무른 마음 무늬"라고 진단한다. 나비는 이 소설에서 마음먹기에 따라 달리 보이는 세계의 다양성을 의미했다. 그런데 결말에 이르러 도출된 서일의 진단은 마음먹기로 달랠 수 없는 고통이 존재함을 보인다. 여기에 균열을 대하는 작가의 태도가 바뀐 또 하나의 이유가 있다. 고운 눈길로 바라보는 것만으로 치유하기에는 지나치게 참혹한 고통이 흔하고 흔하다.

3. 어두운 쌍둥이 형제를 거느리는 마음과 만물의 실상

최문희 소설의 인물들은 단일한 성격과 심리를 구현하지 않는다. 많은 경우, 인물들은 끊임없이 진자운동을 일으키는 마음으로 괴로워한다. 인간으로서의 도리와 이기적인 욕망 사이에서 갈등하는 인물을 주시하는 시선은 섣부른 화해를 기도하거나, 이분법적으로 선악을 구분하는 것보다는 진일보한 경지임에 틀림없다. 양극 어느 쪽에도 안주할 수 없는 난감한 처지를 웅숭깊은 시선으로 주목한 최문희는 이제 세계의 진상이란 양극적 요소가 현란하게 뒤섞인 만화경에 다름 아님을 파악한다. 인물이 심적으로 분열하는 모습이나, 세계의 실상이 이분법적 요소가 혼재된 양상이라는 깨달음은 동일한 뿌리에서 자란 두 나뭇가지이다. 그 동일한 연원은 존재하는 모든 것이 양면성을 지닌다는 사정이다. "누구에게나 옆면과 앞면이 있는 게 아닐까. 아니 그렇게 말한다면 뒷면도 있고, 속 깊은 모서리도 있을 것이다. 인간의 양면성이란 얼마나 무서운 복병인가"(「먼지 버섯」)라고 직설적으로 진술하기도 하지만, 실상 작가는 인간의 양면성에 관해 그의 전작(全作)을 통틀어서 무수하게 언급한다.

물리학에서 기본법칙에 속하는 '작용 반작용의 법칙'의 요점은 이렇다. 물체 A가 물체 B에게 힘을 줄 때, A는 동시에 B로부터 자기가 준 힘과 동일한 양의 힘을 받는다. 가령 누군가 책상을 손끝으로 지그시 누른다면, 그는 책상에게 힘을 주고 있을 뿐만 아니라 동일한 양의 힘을 책상으로부터 받는 것이다. 인간의 내면도 이와 다르지 않다. 무엇이 옳다고 믿고 싶은 소망이 클수록, 그것이 그르다는 의심이 덩달아 커진다. 종종 사랑하는 마음은 그 크기에 비례한 만큼의 증오심을 동반한다. 하고 싶은 의지가 강할수록 하고 싶지 않은 의지도 덩달아 강해진다. 빛이 있기에 어둠이 있고, 옳음이 있기에 그름이 있으며, 긍정이 있기에 부정이 있다. 이러한 사정은 작가 최문희에게 꽤 중요한 화두가 되는 듯하다. 그의 소설에서 이 사정에 관한 통찰은 두 가지 양상으로 나타난다. 첫째, 그는 양극단적 선택 항 사이에서 무수하게 진자운동하는 인물의 심리를 즐겨 그린다. 둘째, 그는 이러한 양면성을 본질로 하는 세계의 양상에 대한 통찰을 직설적으로 보여준다.

우선 양극단의 선택 항 사이에서 무수히 갈등하는 인물의 심리를 살펴보자. 「나비 눈물」의 서일은 죄의식 혹은 양심과 외로움 사이에서 갈등한다. 즉 수를 사랑하는 마음과 아내 인애에 대한 도리를 지켜야 한다는 당위 사이에서 진자운동하는 것이다. 스스로 수와의 관계가 "사람들에게 노출되는 것을 꺼려" 하는 마음 이면에는 "수와의 시간을 열망하는 이율배반"이 있다고 고백한다. 그의 내적 분열의 여정은 길고 길다. 가령 수의 휴머니즘에 감화된 그는 남자가 아닌 휴먼으로 살아야 한다며 인애의 아들 데이비드를 데려오리라 결심하지만, 곧이어 그 결심이 위선이거나 소영웅주의적 발상이 아닌가 회의한다. 데이비드를 데리고 올 수 없다는 인애의 전갈에 그는 홀가분함을 느낀다. 그러면서 "노력한다고 되는 일이 아니다. 사랑이, 노고의 무게감으로 되감아질 성질의 것인지 자신감 없다"며 자신의 위선적 결정을 조소하고, "좋으면 좋다고 해"라며 수에게 느끼는 감정에 충실할 것을 스스로에게 종용한다. 그러나 결국 그가 무엇을 선택했는지 끝내 밝혀지지 않는다. 「푸른 잔」의 소이는 남편에게 살의를 느끼면서도 남편을 극진하게 보살핀다. 남편을 오해한 소이가 은근히 자살을 종용한 이후, 정말로 자살을 기도한 남편을 보고 소이는 진자운동을 일으킨다. 그녀는 비참한 생을 마감하는 것이 남편에게 더 낫다는 생각으로 응급상황에 놓인 남편을 방치하지만, 곧이어 남편의 사랑을 확인했던 옛일을 회상하며 극심한 죄책감에 몸을 떤다. 소이는 남편을 따라 죽으려고도 생각하지만 그것이 더 희극적일 것이라고 또 바꾸어 생각한다. 그녀는 평생 죄책감으로 고통 받는 방식으로 스스로를 벌할 결심을 한다.

　「아침 장미」의 "나" 역시 남편의 주치의 닥터 윤을 두고 끊임없는 진자운동을 일으킨다. 38개월 전 식물인간이 된 남편을 둔 그녀는 닥터 윤에게 끌리면서 매순간 자책한다. 그녀 자신의 표현대로 "자책의 회초리"와 "불온한 기대감" 사이에서 내적 분열을 일으키는 것이다. 그녀는 "남편의 코 구멍에 매달려 있는 고무호스를 잡아 채뜨리고 싶어 벌벌거리는 손을 다른 한 손이 말려야 했던 그 순간의 참담함"을 겪기도 하고, 실제로 남편의 생일날 패악을 부리기도 한다. 하지만 13년간 식물인간인 아내를 보살펴 온 닥터 윤이 각각 배우자에 대한 끈을 놓아 버리자고 제안하자, "나"는 거부한다. 「지느러미」의 모녀도 장애인이 된 가장을 사랑하는 마음과 부담스러워하는 마음 사이에서 갈등하다가, 그가 죽도록 방치한다. 그러나 딸은 이후 죄책감에 시달리다가 죽는다. 「웃음소리」의 하윤은 아버지의 인생을 짓밟은 할아버지에게 적의를 품고 있지만, 막상 할아버지의 죄상을 드러내는 사진을 보고는 "저놈의 사진을 없애버려야 한다"고 뇌이며 "입술을 물어뜯으며 두 주먹을 움켜쥔다." 그러다가 다시 할아버지의 과오를 사람들 앞에서 인정하고 세간의 질타를 받아내리라고 결심한다.

이토록 인물들이 양극단의 선택 항 사이에서 갈등하는 이유는 인간의 마음뿐만 아니라 존재하는 만물이 양면성을 지니기 때문이다. 앞면만 지닌 동전은 없다. 앞면을 지닌 동전은 반드시 뒷면을 거느린다. 선만을 지닌 사람도 없다. 누구나 선악을 동시에 거느린다. 연인을 사랑하기만 하는 사람도 없다. 사랑은 종종 증오라는 쌍둥이 형제를 거느린다. 이런 식으로 양극단적인 요소가 혼재된 세계의 실상을 최문희는 그의 소설 곳곳에서 통찰한다.

(1) 먹고, 자고, 배설하고, 때로는 사랑하기 때문에, 미워하기 때문에, 죽이고 죽임을 당하는 그 숱한 삶의 찌꺼기들, 그렇게 쌓이고 쌓인 쓰레기 더미에서 피어난 먼지버섯의 환생이 인간인지도 모를 일이다. 먼지버섯의 환생이라는 그 말이 요즘 성혜의 화두가 되어 머릿속에서 굴러다닌다.(「먼지버섯」)

(2) 먼지버섯이 흙살의 유기물로 생성하듯 누가 누구에게 희생하고, 봉사하는 것이 아니라 서로가 서로에게 기대고, 비비며 사는 것이 아닐까. 삶이란 서로가 만들어낸 먼지를 먹는 것이라고 그녀는 중대한 결론이라도 얻은 듯 홀가분해진다.(「먼지버섯」)

(3) 미움이나 사랑, 분노나 원망이 버무려져 주먹밥 봉사라는 새로운 자아를 창출해 낸 건지도 모를 일이라 생각되었다.(「나비 눈물」)

(1)에서 보듯, 삶이란 사랑하고 미워하기 때문에 죽이고 죽임을 당하는 과정에 다름 아니며, 인간이란 그러한 삶의 쓰레기 더미에서 피

어난 먼지버섯과 같다. 여기에서 최문희는 인간과 삶을 사랑과 증오의 단일 요소로 파악하지 않고, 사랑과 증오가 혼재된 혼돈 더미로 인식한다. (2)는 「먼지버섯」의 주인공 성혜의 독백이다. 성혜는 적의의 대상이었던 시아버지를 일관되게 비난하는 대신, 실상 그들은 서로에게 기생하고 있었으며, 삶이란 그렇게 서로에게 기생하는 관계로 이루어진 것이라고 통찰한다. 성혜와 시아버지의 기생관계는 독특하다. 몸이 불편한 시아버지는 성혜에게 육체적 도움을 구하며 기생하고, 성혜는 시아버지의 재력에 기생한다. 그들의 기생관계는 여기에서 한 걸음 더 나아간다. 시아버지는 성혜에게 성적인 위안까지도 구하고, 성혜는 시아버지를 혐오하고 그를 자신의 불행의 원흉으로 만들면서 일상을 견디는 힘을 얻는다. 시아버지와 성혜 어느 한쪽이 온전한 피해자이거나 가해자인 것이 아니다. 그들 사이에서 피해자와 가해자의 자리는 부단하게 이동한다. 여기에서도 양극단적인 것이 혼재된 세계의 실상에 대한 작가의 통찰이 엿보인다. (3)은 수의 언니의 주먹밥 봉사에 대한 서일의 논평이다. 수의 언니는 남편을 찾기 위해 주먹밥 봉사를 하는 듯하지만, 때로 남편의 죽음을 확인하기 위해서 그러는 것도 같다. 언니의 주먹밥 봉사의 이면에 깔린 마음이 그리움 혹은 사랑인지 복수심 혹은 미움인지 뚜렷하지 않다. 그러나 서일은 그것이 인생이라며 수긍한다. 그는 모든 복잡다단한 마음이 섞인 것이 언니의 심경이며, 삶이란 그렇게 양극단적인 것들이 어지럽게 혼재하는 양상이라고 파악한다.

소설 「푸른 잔」의 "푸른 잔"은 최문희의 인생관을 보여주는 탁월한 상징물이다. 앞서 말했듯 빛을 쏘이면 파란 물방울을 보여주고, 기울이면 관음보살상을 보여주는 푸른 잔은 인간 마음의 다양성과 시선에 따라 달리 보이는 세계의 실상을 상징하는 상관물이다. 그런데 푸른 잔은 짝을 이루는 다른 잔과 함께 있을 때에만 그 진풍경을 보여준다. 더욱이 다른 잔은 망가져서 쓸모가 없어 보인다. "한 쌍으로 있을 때만 묘기를 연출하는 모양이지. 하나는 망가졌지만 다른 한쪽을 위해서 늘 곁에 있어야 한다는 말이지"라는 진술은 이 소설에서 부부관계를 암시하는 뜻으로도 읽히지만, 인생 자체에 대한 은유로도 파악 가능하다. 망가져서 쓸모가 없어 보이는 부정적인 요인을 곁에 거느리고 있어야 긍정적인 것들이 제 기능을 발휘한다. 흔한 말로 악이 있기에 선이 있는 것이다. 이는 증오가 있기에 사랑이 있는 사정과 마찬가지이다. 균열이 있어야 봉합이 있고, 적의가 있어야 화해가 있다. 그렇기에 관세음보살마저 "남성과 여성이 융합된 정체성"을 가지는 것이리라.

4. 꼬리를 물고 이어지는 동그라미

태초에 적의와 원한이 있었다. 이 적의와 원한에 대응하는 방법은 간단하지 않다. 우선 적의를 품은 주체는 자신의 빗긴 시선을 반성한다. 그는 시선에 따라 만물이 달리 보임을 통각하고 사물을 긍정적으로 보도록 노력한다. 그러나 때로 그러한 노력이 안일하게 느껴질 정도로 세상의 고통은 참혹하고 악은 가공할 만하다. 불화가 화해로 변전하지만 그 화해는 다시 또 불화를 낳는다. 오해가 이해로 발전하지만 그 이해는 다시 또 오해의 씨앗이 된다. 증오가 사랑으로 바뀌지만 그 사랑은 다시 증오로 변한다. 누구보다도 집요하게 인간의 감정의 무늬에 천착한 최문희는 그 밑바닥까지 탐사하다가, 이런 식으로 꼬리를 물고 이어지는 사슬에 질렸는가. 그는 그 사슬 자체를 탐색한다. 그 사슬 자체도 추함과 아름다움의 양면을 지닌다. 이 탐색은 소설 「지느러미」에서 두드러진다.

(1) 소리는 그것이 자연의 소리든 사람이 만들어내는 소리든 악기에서 나는 선율이든 결코 소멸되지 않는다고, 그는 말했다. 소리는 그 자체로 동그라미야. 동그라미는 모든 도형 가운데서 가장 아름다운 형태로 시작과 끝을 이어주는 고리라고 할 수 있지. 내가 부는 대금 소리가 언젠가는 가장 깊고 은밀한 지층의 심연에까지 닿아, 세상을 울리고 마침내 그 죽비 소리가 내 딸, 지유의 플루트로 이어질 거야. (「지느러미」)

(2) 엄마, 메아리는 소리에만 있는 게 아니야. 사람들이 저마다 만들어내는 길고 지루한 내면의 읊조림도 메아리 되어 돌아오고, 삶과 죽음이 만들어내는 영원한 순환도 그런 이치가 아닐까. 난 그런 게 싫어요. 길고 질기고 지루한 건 질색이야.(「지느러미」)

(1)은 남편의 "소리론"이다. 남편은 즐겨 연주하던 대금 소리가 소멸되지 않고 남아서 딸 지유의 플루트 소리로 이어진다고 믿는다. 순환하는 소리는 순환하는 감정을 은유한다. (2)에서 보듯 소리만 순환하는 것이 아니라 내면의 읊조림도 돌고 돈다. 내면의 읊조림이란 희로애락 오욕칠정의 감정을 뜻하기도 할 것이다.

가령 남녀 간 사랑이 끝났다. 그러나 그것은 소멸이 아니다. "소멸은 그 자체로 생성이라는 환을 거느린다"는 소설 속 잠언처럼, 끝난 사랑은 하늘과 땅 어딘가를 떠돌면서 또 다른 감정의 씨앗을 파종하고 재배한다. 증오도 마찬가지이다. 증오하는 자들이 행하는 가장 보편적인 행동양태가 공격일 것이다. 공격은 죄책감을 낳고 죄책감은 소멸하지 않는다. 그것은 질기고 질기게 남아서 다른 감정으로 다시 태어난다. 시작과 끝이 맞물려 있고 한 바퀴 돌면 제자리로 돌아오는 지하철 순환선처럼, 감정의 고리는 돌고 돈다. 진정한 소멸의 길은 요원하다. 이 까닭을 작가는 "인간의 시간이 무한대의 직선이 아니라 원이기 때문"이라고 밝힌다. 이러한 사정을 불가에서는 업이라고 일컬었던가.

　이런 감정은 가까운 사이에서 더욱 서슬 퍼렇게 오고간다. 가족이나 연인 사이에서 우리는 그 어느 때보다 뜨거운 감정을 교환한다. 그 감정이 적의가 되었건 애정이 되었건 말이다. 이 소설집에 수록된 소설들 대부분이 가족 혹은 유사 가족 사이에서 일어난 감정의 교류 양태를 다룬다. 「지느러미」에서 "다시마 끈끈이", "은빛 동그라미들", 서로에게 "걸고 있는 길고 질긴 영혼의 탯줄", "서로가 서로에게 거는 강력 접착제 같은 끈끈이", "긴 실타래 같은 오랏줄" 등으로 묘사된 이 관계에서, 감정은 그 어느 때보다 더 처절하게 순환한다. 그러나 그러한 감정의 사슬이 단지 비극적이기만 한 것인가.

　　생은 무엇인가에, 누군가에게 눈과 가슴과 목줄을 걸고 있을 때 가능한 것. 엄마, 잘라버려. 잘라야 해. 서로가 서로에게 거는 그 길고 질긴 매듭은 너무 지겨워, 했던가. 다시마 끈끈이에 비유한 그 질긴 지느러미가 가장 확실한 목숨줄이었음을 미처 딸애의 가슴에 불어 넣어주지 못한 미움함이 비로소 나의 귀에 일그러지고 뒤틀려진 소리의 부스러기로 모아진다.(「지느러미」)

　장애인이 된 가장의 패악을 견디지 못해서 모녀는 가장의 죽음을 은근히 조장한다. 그러나 이후 딸 지유는 죄책감을 이기지 못하고 자살하고 만다. 지유는 아빠가 자신에게 휘감아 버린 "질긴 지느러미"를 혐오하면서 생을 마감한다. 하지만 그 질긴 지느러미가 가장 확실한 목숨줄이란다. "영혼으로 짜깁기 된 문신, 그게 바로 가족이라는 질긴 연대감이 아닐까"라며 「나비 눈물」의 화자도 말하지만, 애증으로 범벅된 무거운 감정이야말로 살아가는 힘이 된다. 증오도 슬픔도 힘이 된다지 않은가. 애물단지가 보물단지이다. 이 정황은 위에서 언급한 양극단의 요소가 혼재된 세계의 실상을 더 심오하게 보인다. 가장 밀접한 인연이라 일컬어지는 가족 간의 애증이 질기고 질기게 순환하는 양상은 일면 끔찍하지만 그것이 또한 살아가는 힘을 제공한다. 이 또한 만물의 양면성을 보여주는 한 사례인 것이다.

서두에서 언급했듯이 균열을 바라보는 작가의 시선은 단일하지 않다. 여러 갈래로 난 길을 따라 그 시선은 각기 떠돈다. 이를 두고 우리는 작가의식의 산만함이라고 매도할 수 없다. 표피적인 진실은 간단명료하게 그 몸을 드러내지만, 집요하게 파헤치는 눈길 앞에서 세계는 그 난장(亂場)만을 노출할 뿐이다. 그러나 그 난장은 안일한 결론보다 더 세계의 본색에 가깝다. 꼬리에 꼬리를 물고 순환하는 감정의 원환(圓環)처럼, 세계의 본질에 관한 사유도 꼬리에 꼬리를 문다. 뇌리에 세계에 관한 어떤 인식이 자리잡는다고 치자. 치열한 정신에게 이 인식의 긍정은 곧이어 부정으로 이어지고, 그 부정은 또 다른 긍정을 낳는 모태가 된다. 이렇게 긍정과 부정이 물고 물리는 고리는 끝없이 순환한다. 그러므로 눈 밝은 영혼에게 인식의 여정은 난맥(亂脈)으로 점철될 뿐이다.

최문희의 세계 인식은 간단 명쾌한 한 지점으로 수렴하는 대신, 기꺼이 난맥 속에서 헤매길 자청한다. 이 난맥은 집요한 시선의 당연한 귀결이다. 그렇게 보면 최문희의 소설은 균열에서 균열로 가는 또 다른 여정인지도 모른다. 물론 분명히 뒤의 균열은 앞의 균열과 다른 성질을 지닌다. 균열에서 출발하여 균열에 도달하는 그 여정에 잠복한 길잡이는 무엇보다도, 범상치 않은 치열함이다.

(2008년 5월)

겹겹이 양파 껍질을 벗기는 재미

우나무노의 소설론과 소설

우나무노의 『모범 소설』[1]을 읽어본 독자라면 어쩌면 실망할 수도 있다. 우나무노가 저명한 생철학자이며 당대 스페인의 정신적 지주였다는 사실을 아는 독자에게 이 소설은 그 명성에 걸맞지 않게 허술해 보일 수도 있다. 이 소설들은 국내에 소개된 우나무노의 전작(前作) 『안개』처럼 학구적이고 사변적인 대화로 채워져 있지도 않으며, 대단히 심오한 사상을 설파하는 것 같지도 않을 것이다. 이들은 철학자가 쓴 소설답지 않게 그저 대중소설로 보일 수도 있다. 그러나 이 점이 바로 이 소설의 미덕 중 제일 앞자리에 놓인다. 대중소설로 보인다는 것은 일단 소설이 일정 부분에서 성공했다는 말이 된다. 그 일정 부분이란 물론 재미를 뜻한다. 이 소설들은 일단 대단히 재미있다.

독자들은 「더도 덜도 아닌 딱 완전한 남자」(이하 「완전한 남자」)에

1] 텍스트는 미겔 데 우나무노, 『모범 소설』(박수현 역, 아르테, 2009)이다. 필자가 이 책을 번역했고, 이 글은 역자 후기를 수정한 것이다.

서 훌리아의 복잡다단한 심리와 기이한 행태를 보면서, 알레한드로의 넘쳐나는 개성을 관람하면서 '더도 덜도 아닌' 재미를 느낄 것이다. 「두 엄마」의 라켈의 캐릭터는 또 어떤가. 그녀의 광기에 가까운 집착은 오늘날에도 독자들의 시선을 끌 만하다. 사실 우나무노 소설의 재미는 대부분 구현된 인물의 성격에서 기인한다. 우나무노는 '막 나가는' 인물을 즐겨 그린다. 인간의 내면에 내재된 자질 중 강력한 에너지를 품은 것에 특별히 주목하여 그것을 극단적으로 몰고 간 뒤 이를 소설적으로 형상화하는 우나무노의 소설 작법은 재미의 원천이다.

그런데 이 소설을 대중소설로 보고 재미만을 구하는 독자라면, 이 소설이 재미있기도 하지만 무언가 미흡하다고 느낄지도 모른다. 이 소설의 내용이 오늘날의 시각에서는 대단히 자극적이거나 기이하지는 않기 때문이다. 이 소설들은 어쩌면 베스트극장이나 할리우드 영화에서 자주 볼 수 있는, 다소 재미있지만 또한 식상한 이야기들로 비칠 수도 있을 것이다. 잔인한 세월의 흐름에 따라 단지 재미만을 노린 소설의 운명은 대부분 식상함으로 귀결된다. 우나무노의 『모범 소설』은 물론 쓰일 당시에는 평범하지 않은 재미를 선보였을 것이다. 그런 소설의 운명에 따라 이 소설은 지금 식상해지고야 말았는가. 글쎄, 그렇게 판단하고 말기에는 우리의 뒤통수를 잡아끄는 무언가가 있다. 그 무언가가 무엇인지를 밝히기 전에 잠깐 말을 돌려보자.

현대의 시각에서는 진부해 보여도 재미있는 이야기들이 있게 마련이다. 각종 신화와 전설, 성경 속의 우화들, 『춘향전』이나 『심청전』 혹은 세르반테스의 『모범 소설』 같은 옛날 소설들이 그 사례이다. 우나무노의 소설도 이 목록에 포함될 것이다. 이 이야기의 힘은 도대체 어디에서 연유한 것일까? 또한 현대의 시각에서 대단히 신기하지도 새롭지도 않지만, 이 소설이 여전히 재미있는 이유는 무엇인가?

한 번을 만나도 열 번을 만나도 여일(如一)한 사람은 재미없게 마련이다. 만날 때마다 다른 모습을 보여주는, 다면적이고 다층적인 내면을 가진 사람이 사귀기에도 재미있다. 양파 껍질처럼 여러 겹으로 둘러싸인 내면은 그렇지 않은 내면보다 흥미진진하다. 우나무노의 소설은 이렇게 양파 껍질처럼 겹겹이 둘러싸인 내면을 가진 흥미로운 친구와 흡사하다. 그의 소설은 여러 번 곱씹어 읽을수록 다채로운 의미들을 독자에게 상연해 보여준다. 이렇게 양파 껍질처럼 겹겹이 포개어진 의미의 만화경이 우나무노의 소설을 일반 대중소설과 구분짓는다.

이 소설은 대중소설의 외피를 둘러쓴, 대단히 지적인 소설이다. 가설항담(街說巷談)에 불과해 보이는 이 소설에 우나무노는 그의 독창적인 소설론과 전 생애를 걸쳐 정립한 생철학의 대강을 녹여내었다. 이 소설은 단지 재미만을 노리다가 세월의 먼지로 인해 식상함으로 귀결된 소설이 아니다. 물론 독자는 우나무노의 소설을 읽고 재미만 느껴도 상관없다. 그러나 다채로운 의미를 캐내고 싶은 독자라면, 역자의 독후감에 주목해도 좋을 것이다. 다음은 역자가 우나무노의 소설 숲에서 헤매는 동안 발견한 각종 의미를 적어본 탐험기이다.

한 꺼풀 벗기기 : 내면적 사실주의, 심리적 사실주의

서두에서 말했듯, 우나무노의 『모범 소설』의 재미는 상당 부분 인물의 성격과 심리에 빚지고 있다. 참으로 그의 성격/심리의 구현, 묘사 능력은 경이로울 지경이다. 우나무노가 이렇게까지 인물의 독특한 성격에 주목하고, 각 인물 심리의 극단까지 천착한 것은 우연이 아니다. 그것은 우나무노가 정립한 특유한 소설론을 의도적으로 반영한 결과이다. 인물의 성격과 심리는 우나무노가 가장 강조하는 소설의 요건이다.

그는 좋은 소설의 요건에 관한 자신의 생각, 곧 그의 소설론을 이 책의 서문에서 피력한다. 그의 소설론은 소설론에 그치지 않고, 그만의 독특한 사실주의론으로 확대된다. 우나무노는 당대 스페인에서 통용되던 사실주의 개념에 반감을 갖고 진정한 사실주의를 정립하려고 노력했으며 그에 따라 소설을 창작했다. 세 편의 모범 소설은 우나무노식의 사실주의를 구현한다. 『모범 소설』에서 전시된 인간의 성격, 심리의 박물관을 관람하기 전에 우선 그의 소설론 혹은 사실주의론에 주목해보자.

우선 어떤 현실이 사실주의적 재현 대상이 되는 진정한 현실일까? 우나무노의 질문을 빌리자. "과연 어떤 현실이 사실주의의 대상인 현실일까?"(「서문」) 그는 이 자문(自問)에 이렇게 자답(自答)한다.

사실성은 내면성이다. 연극 무대의 배경 그림이나 무대장식, 복장, 풍경, 가구, 주석 등은 사실성을 만들어내지 못한다.(「서문」)

우나무노는 당시의 사실주의 개념이 외모, 배경, 복장, 말투 등을 사진처럼 복제하는 일에 국한되어 쓰이는 현상에 의문을 제기했다. 이렇게 통용되는 개념의 "소위 사실주의"를 우나무노는 "전적으로 외부적이고 표면적이고 표피적이고 삽화적인 그것"(「서문」)이라고 일컫는다. 위 인용 대목에서 보듯, 우나무노에 따르면 진정한 사실성은 묘사된 외양과 현실과의 상사성(相似性)이 아니라 인간 내면의 반영성에 의해 규정된다. "창작물에서 현실성은 평론가들이 사실주의라고 부르는 개념이 아니다. 창작물에서 현실이란 창조적이고 의지적인 내면의 현실이다."(「서문」)

여담이지만, 사실주의의 주요 요건에 관해 당시 스페인의 사실주의 논자들이 외양 묘사의 적실성을 중요시한 사정과 지금 이 땅에서 사실주의 논자들이 사회적, 정치적 현실 반영성을 주목하는 형편은 어찌 보면 닮은 데가 있다. 모두 인간의 내면이 사실주의적 재현 대상으로 중요하다는 사실을 간과하며, 그런 점에서 다소 편파적이다. 이에 관해서는 뒤에서 다시 이야기할 것이다.

1) 나는 내 소설의 주인공, 내가 창조한 번뇌하는 인물을 내 영혼, 내 내면의 현실(모든 인간에게 보편적인)에서 끄집어냈다.

2) 독자여, 번뇌하는 비극적 인물이든 희극적이거나 소설적인 인물이든 인물을 예술적으로 창조하기를 원한다면 세부적인 자료를 모으지도 말고, 당신과 더불어 사는 사람들의 모습을 관찰하는 데 전념하지도 말고, 오직 그들과 친밀하게 교제하고, 할 수 있는 한 그들의 감정을 고양하고, 무엇보다 그들을 사랑하고, 어느 날, 어쩌면 영원히 그날이 오지 않을 수도 있지만, 빛을 들어 그의 영혼을 발가벗겨서 한마디의 외침이나 단발의 행동이나 한 줄의 문장에서 자기 자신으로 존재하기를 원하는 정신을 끄집어낼 수 있을 때를 기다려라. 그리고 그 순간을 붙잡아 그것을 당신 안에 집어넣어, 그 순간의 씨앗이 진정한 인물, 즉 진정으로 사실적인 인물로 스스로 발전하도록 내버려두어라.(「서문」)

1)에서 보듯, 번뇌하는 인물의 내면적 고뇌는 우나무노에게 주요한 소설적 재현의 대상이 된다. 특유한 소설 작법을 제안하는 2)에

서 우나무노는 주변 사람들의 영혼에서 자기 자신으로 존재하기를 원하는 정신을 끄집어내어 그것을 작가의 내면에 넣어 발효시키기를 권장한다. 타인의 내면과 작가의 내면에서 발효되는 그것이란, 결국 내면의 고뇌를 일컬을 터이다.

여기에서 우나무노가 주목하는 고뇌는 두 가지 성질을 지닌다. 보편성과 차별성이 그것이다. 지극한 고뇌는 인류 보편적이다. "내면에서 유익한 모범을 끄집어낼 수 없는 사람은 아무도 없다"(「서문」)는 세르반테스의 말도 이런 차원에서 이해 가능하다. 그렇기에 작가는 타인의 고뇌를 관찰하고 그것을 자신의 고뇌-경험과 비추어보며 교감하는 가운데, 그 고뇌를 인류 일반에 보편적인 양상으로 정치하게 파악하게 된다. 흔히 훌륭한 작가는 마음고생을 많이 해본 사람이라고들 한다. 그래서 습작기의 문학청년들은 마음고생을 사서라도 해보라는 충고를 자주 듣는다. 이런 속설은 바로 고뇌의 보편성에서 기인할 것이다. 때로는 언어로 표현이 안 되는 극심한 심적 고통을 겪어본 사람만이 가장 예민하고 난감한 고뇌-상황에 대한 지식을 갖출 수 있고, 타인의 고뇌도 잘 이해할 수 있을 것이다.

그러나 모든 고뇌가 소설에서 묘파될 만한 가치를 지니는 것은 아니다. 가령 어린 소녀들의 눈물샘이나 자극하는 감상(感傷)은 진정한 고뇌가 되지 못한다. 누구나 느끼지만 쉽게 표현되는 고뇌는 굳이 소설에서까지 조명 받을 필요가 없을 것이다. 감수성 예민한 사람들이 폐부 깊은 속에서부터 느끼는 애매한 감정, 표현하기 어렵지만 전 존재를 흔들 만큼 강력한 심적 에너지, 쉽사리 꺼내어 소통이 안 되는 복잡다단한 심경. 소설에서 묘파될 만한 가치를 지니는 고뇌는 이런 것일 터이다. 이런 사정을 고뇌의 차별성이라고 일컬을 수 있을지 모르겠다. 특히 우나무노가 차별적으로 즐겨 묘파하는 고뇌에 관해서는 뒤에서 다시 이야기할 것이다.

어쨌든 훌륭한 소설가는 이 고뇌로 점철된 내면에 빛을 비추어 언어화한다. 언어화할 수 있는 능력이 글을 다루는 소설가가 제 몫을 하는 지점이다. 또한 훌륭한 소설가는 그 고뇌를 언어화하는 데 그치지 않고, 그 고뇌의 세부까지 보여준다. 소설가는 인간 감수성의 어두운 대륙을 탐사하는 탐험가이다. 그가 좀 더 은밀한 오지(奧地)의 정서를 발견할수록, 또 그것에 대한 정보를 세목화할수록 탁월해지는 사정은 어찌 보면 당연할 터이다.

고뇌하는 영혼을 묘사하는 것을 사실주의의 근간으로 생각하는 우나무노의 소설관은 이 책에 수록된 세 편의 소설에 고스란히 반영되어 있다. 「완전한 남자」의 훌리아의 번뇌는 특별히 주의를 끈다. 훌리아는 "남편이 자기를 사랑하는가, 사랑하지 않는가?"라는 질문에 평생토록 집착한 여자이다. 연인관계나 부부관계로 얽힌 남자의 사랑의 진정성에 관한 의심은 감수성 풍부한 여자들이 보편적으로 겪는 고뇌이다. 대부분 여자들이 그런 질문을 던지지만, 훌리아처럼 평생토록 그 질문에 얽매여 살지는 않는다.

훌리아의 고뇌는 특별히 감수성이 예민한 여자들의 심리라는 점에서 차별성을 띠며, 감수성이 예민한 여자들 또한 전 인류적으로 보자면 그들끼리 일정 부류를 형성한다는 점에서 보편성을 띤다. 한편 이 소설은 사랑을 확인하고 싶어하는 여성의 심리 혹은 사랑을 의심하는 여성의 고뇌에 빛을 비추었지만, 단지 빛을 비추는 데 머무르지 않고 그 심리의 세목까지 밝힌다. 가령 훌리아의 의심은 다음과 같은 구체적 양상을 띤다.

1) 남자들은 나와 사랑에 빠지는 게 아니라 내 예쁜 얼굴하고만 사랑

에 빠지지. 날 얻으면 그들이 유명해지니까!

　2) 그는 날 사랑하는 걸까? 아니면 예쁜 얼굴로 그를 빛내주기만을 바라는 걸까? 나는 그에게 무진장 비싸고 희귀한 가구 이상의 존재가 될 수 있을까?

　3) 내가 당신 사람이 아니라 다른 남자의 여자라 하더라도 나 자신, 바로 나이기 때문에 날 사랑하나요? 아니면 내가 당신 것이기 때문에 날 사랑하나요?(「완전한 남자」)

　결혼 전 훌리아는 연인이었던 엔리케와 페드로의 마음을 1)과 같이 의심한다. 알레한드로와 결혼할 무렵, 그녀는 2)처럼 남편의 마음을 의심한다. 세월이 흘러 극적인 계기로 남편의 사랑을 확인한 훌리아, 그러나 의심을 그치지 않는다. 남편의 사랑을 확인하고 나서도 훌리아는 3)처럼 남편의 사랑이 자신의 소유물에 대한 사랑인지, 훌리아 자체에 대한 사랑인지 묻고 또 묻는다. 짧게 살펴보았지만, 우나무노는 사랑을 의심하는, 혹은 사랑을 확인하고 싶어하는 여인의 고뇌의 세목까지 성찰하고 있다. 한편 「두 엄마」의 베르타는 결혼 직후 남편의 정부였던 라켈을 질투하고 경원시하는 대신에, 그녀를 연구하면서 최선을 다해 흉내 낸다. 사랑하는 남자의 옛 연인이었던 여자를 향한 선망과 동경 역시 감수성 예민한 여자들에게 보편적인 심리이다.

　물론 이 소설에 묘파된 인간 내면은 각양각색이다. 아기를 탐욕적으로 갈구하는 라켈의 내면, 남자다움을 잃지 않으려고 애를 쓰는 알레한드로의 내면, 두 여자 사이에서 갈피를 못 잡는 후안과 트리스탄의 내면, 가문의 체면 때문에 인고의 세월을 겪어야 했던 카롤리나의 내면 등 작가의 촉수는 등장인물의 심정 깊은 곳에까지 뻗어 있다. 그러나 능히 짐작 가능하고 흔히 볼 수 있는 고뇌보다, 내면 깊은 곳에 감추어져 있어서 로고스의 빛을 덜 받았던, 그러나 그 나름대로 보편성을 띤 고뇌가 독자의 주의를 더욱 끄는 듯하다.

"문학예술에서 사실주의라고 하는 것만큼 모호한 개념도 없다"(「서문」)고 100년 전의 문필가인 우나무노도 말하지만, 사정은 지금-여기에서도 마찬가지이다. 이 땅에서 사실주의 개념은 몇십 년간 문단의 논쟁거리가 되어왔다. 사실주의 개념은 모호하지만, 특이하게도 이 땅의 논자들은 갑론을박을 벌여온 와중에도 한 가지 사실에만은 동의했다. 그들이 동의한 사실은 바로 논의의 전제가 되었다. 사실주의에 찬동하는 논자들이든 반대하는 논자들이든 공유하는 전제는 이런 공식으로 표현된다. '사실주의=사회적/정치적 현실 반영'. 심지어 극단적인 사실주의 논자들은 민족문학과 사실주의를 동일시한다.

그런데 이 땅에서 자명한 것으로 통용되어온 이 개념은 사실상 전혀 자명하지 않다. 사실주의의 대상인 현실이란 사회적, 정치적 현실만을 의미하지 않는다. 사회적, 정치적 현실이란 현실의 하위 개념일 뿐이다. 이렇게 자명하지 않은 전제가 자명한 듯 수십 년간 이 땅에서 통용된 지금, 우리는 사실주의를 다시 고찰할 필요가 있다. 지금 우나무노의 사실주의에 주목해야 하는 이유가 바로 이것이다.

두 꺼풀 벗기기 : 자기 자신으로 존재하기를 원하는 인간, 의지와 신념의 인간

서두에서 우나무노가 '막 나가는' 인물들을 즐겨 그린다고 말했거니와, 이 소설의 인물들은 대개 무시무시할 정도로 기가 세며, 말할 수 없이 고집스럽다. 「두 엄마」의 라켈, 「룸브리아 후작」의 카롤리나, 「완전한 남자」의 훌리아와 알레한드로가 모두 그렇다.

불임의 과부 라켈은 의지가 약한 돈 후안을 자기 마음대로 조종한다. 그녀는 아이를 갖고 싶은 자신의 꿈과 소망에 충실하여 돈 후안과 베르타와의 관계를 배후에서 조종하며, 온갖 술책으로 그들의 아이를 빼앗는다. 팜므 파탈의 원형이라고도 볼 수 있는 라켈은 아이를 소유하고 싶은 꿈과 의지, 그리고 자신이 그 꿈을 이룰 수 있다는 신념으로 가득 찬 인물이다.

카롤리나는 제부가 될 남자와 관계를 맺어 사생아를 출산한다. 그녀가 아이 아버지와 맺어질 수 없었던 이유는 가문의 체면을 유지하려는 아버지의 뜻 때문이었다. 소설 초반, 카롤리나는 가문의 전통과 관습에 충실한 보수적인 인물로 묘사된다. 그러나 후반으로 갈수록 그녀는 가문의 전통과 관습을 혁파하기 위해 대단한 의지를 보여준다. 자신이 사랑을 이루지 못한 이유가 가문의 명예 때문이었다는 사실을 깨닫고, 이에 반감을 가진 것이다.

「완전한 남자」의 구성은 의지와 신념으로 가득 찬 두 인물의 대립 구도로도 파악된다. 알레한드로는 사랑하는 마음을 언어로 표현하는 것은 소설에나 나오는 바보짓이라는 신념을 가진 인간이다. 반면에 훌리아는 사랑을 적극적으로 표현하고 확인하기를 원한다. 사랑관에서, 두 인물의 의지와 신념은 모두 확고하기 그지없다. 이 두 인물 간의 서로 다른 의지와 신념의 격돌에서 비극은 파생한다. 남편의 사랑을 믿지 못한 훌리아는 불륜에 빠져들며, 알레한드로는 그런 훌리아를 정신병원에 감금하기에 이른다.

이들은 무섭도록 기가 센 인물이자 고집이 세다 못해 막 나가는 인물인 한편, 자신만의 꿈과 희망에 충실한 채 그것을 이룰 수 있다는 신념으로 가득 차서 극단적으로 자신의 의지를 관철시키는 인물이기도 하다. 눈치 빠른 독자는 여기에서 개인의 꿈과 소망, 의지와 신념을 강조하는 우나무노의 인간관을 엿볼 수 있을 것이다. 그들의 예감은 맞다.

이 소설에서 이런 성격의 인물들이 주를 이루는 현상은 결코 우연이 아니며, 꽤 질기고 탄탄한 뿌리에서 기인한다. 그 질기고 탄탄한 뿌리란 우나무노의 소설론뿐만 아니라 그가 전 생애에 걸쳐 정립한 철학에 노정된 그의 고집스러운 인간론이다. 이제 이 인물들의 성격이 반영하는 우나무노의 인간론을 살펴볼 차례이다. 그에 앞서 먼저 그의 소설론에서 인물론 혹은 성격론에 해당하는 부분부터 살펴보겠다.

앞서 본 대로 우나무노는 인물의 내면적인 사실성을 중요시한다. 그러나 모든 인간의 내면이 묘파할 가치를 지니는 것은 아니다. 그 점에서 우나무노는 꽤나 차별적이다. 우나무노는 묘파할 가치를 가진 인간의 내면에 관하여 다음과 같이 논한다. "인간의 내면적인 현실, 진정한 현실, 영원한 현실, 시적이고 창조적인 현실은 무엇일까?" (「서문」)라는 질문에 대한 우나무노의 자답은 이렇다.

현실에 대한 모범! 물론 현실에 대한 모범이다!
소설 속에서 고뇌하는 자들, 다시 말해 투쟁하는 자들(그들을 인물이라고 부르고 싶을지도 모르겠다)은 지극히 내면적인 사실성, 즉 독자가 인물에게 부여하는 것이 아니라 인물 자신이 스스로에게 부여하는 내면적인 사실성으로 인해 사실적이며, 더할 나위 없이 사실적이다. 이런 종류의 사실성은 인물 자신이 순수하게 자기 자신으로 존재하기를 원하거나 비존재(非存在)를 원할 때 스스로에게 부여하는 것이다.

자기 자신으로 존재하기를 원하는 자는 자기 자신 속에, 자신의 가슴 속에 창조자를 품고 있으며, 이것이 진정으로 사실적인 것이다. 그리고 존재하게 된 자가 아니라 자기 자신으로 존재하기를 원하는 자가 되기 위해 우리는 스스로 구원하거나 타락한다.(「서문」)

우나무노는 인간의 존재양태에 관련하여 두 가지 긍정적인 정황과 두 가지 부정적인 정황을 제시한다. '자기 자신으로 존재하기를 원하기'[2], '비존재를 **원하기**'는 긍정적이고, '존재하기를 **원하지 않기**'와 '비존재를 **원하지 않기**'는 부정적이다. '자기 자신으로 존재하기를 원하기'는 비단 이 소설론에서뿐만 아니라 우나무노 사상 전반에서도 중요한 개념이다. 그가 전 생애에 걸쳐 정립한 철학을 기술한 『생의 비극적 의미』에서 밝힌 바, "나도 모씨(某氏)처럼 되어보았으면 좋겠다"는 친구의 말에 대한 우나무노의 대답은 이렇다.

나는 불행이 없는 딴 사람이 되기보다는 불행하지만 그대로 자기대로 있는 것을 더 원한다고 말하는 사람들을 수없이 보아왔네. 그러니까 불행한 사람들이란 그 불행 속에서 건강을 보전하고 있을 때는, 다시 말해서, 그 존재 속에서 존속을 위해 노력을 기울일 때는 존재하지 않는 것보

---

2) 이 문장과 이어지는 문장에서 강조는 필자.

다는 차라리 불행한 존재를 더 원하고 있다는 바로 그 말일세. 내 자신의 경우를 들어 말한다면, 내가 어렸을 때, 아주 어렸을 때, 감동적인 그림들보다는 지옥의 장면을 그린 그림들이 내게는 더 인상적이었네. 그러니까 그때부터 나는 아무것도 아닌 그 그림 자체를 보기만 해도 소름이 끼치도록 무서워했단 말일세. 그것은 우리의 고행자(苦行者)가 말한 것처럼 존재에 대한 맹렬한 열망이었고 신성(神性)에 대한 욕구였었네.[3]

같은 책에서 "자기 자신으로 존재하기를 원하기"는 "자기대로 있는 것을 원"하는 것, 즉 "존재에 대한 맹렬한 열망"으로도 바꾸어 표현된다. 우나무노는 "남의 장단에, 남이 꾸며놓은 장단에 춤을 춘다는 것은 '자아'라는 것을 포기하는 거나 마찬가지"(20면)이며, "각자는 자기의 개성을 방어"(20면)하고, "문명 전체가 인간을, 각 개인을, 각 '나'를 직진(直進)시킨"(22면)다고 진술하면서 개인 각각의 자아와 개성을 강조한다.

그는 불행하건 행복하건, 자기 자신으로 존재하기를 원하고 때로는 존재 자체를 말살하는 것조차 스스로의 의지에 따라 수행하는 정신을 높게 평가한다. 독존적 자아, 대체 불가능한 개성, 개인의 독자적인 의지는 그가 가장 중요하게 여기는 자질이다. 『생의 비극적 의미』에서 '자기 자신으로 존재하기를 원하기'와 '비존재를 원하기'는 "신성에 대한 욕구"로까지 격상된다. 주지하는 바, 개인의 독자적인 의지를 중요시하는 우나무노의 사상과 소설관은 실존주의 철학과 접맥된다.

우나무노는 특별히 개인의 의지와 믿음을 중요시한다. 여기에서

---

3) 미겔 데 우나무노, 『생의 비극적 의미』, 장선영 역, 삼성출판사, 1976, 20면. 앞으로 이 책에서 인용할 때는 인용 말미에 면수만을 표기한다.

'의지'는 원하기, 소망, 갈망, 필요성 등으로 대체될 수 있다. 그에 따르면, 이 의지-원하기-소망-갈망은 모든 정신 활동의 기원이다. 가령 인식의 경우에, 인식을 원하는 마음이 인식을 낳는다. "물질적인 사물들은 인식이 됨에 따라 갈망으로부터 인식을 발생시키고 이 갈망에서 감각적이고 물질적인 우주가 발생한다"(146면)고 말하면서, 우나무노는 인식이 갈망으로부터 비롯되었다고 논파한다. 인식뿐만 아니라 신성의 경우에도 그러하다. "신의 신성은 그 필요성으로 대치된다"(157면)는 진술에서 보듯, 사람들은 신성을 필요로 하기 때문에 그것을 갈망하고, 그리하여 신성(신의 존재)을 믿게 된다. 필요성-갈망-소망은 이 지점에서 믿음과 연관된다. 다음에서 보듯, 꿈과 소망이 믿음을 낳고 믿음은 소설적 사실성의 근원이다.

산 파블로에 의하면 믿음은 소망하는 것의 실재일 뿐이며, 소망하는 것은 바로 꿈이다. 그리고 믿음은 사실성의 근원이다. 믿음 자체가 곧 삶이기 때문이다. 믿는 일은 곧 창조하는 일이다.(「서문」)

「완전한 남자」는 믿음을 중요시하는 작가의 인간관을 반영한다.

"예전에 말이오, 훌리아, 당신은 내가 첫 번째 아내를 죽였다는 소문이 사실인지 아닌지 내게 물은 적이 있소. 그래서 내가 당신에게 물었지. 그것을 믿느냐고. 그때 당신이 뭐라고 말했소?"

"못 믿는다고 했지요. 그런 소문을 믿지도 않고 믿을 수도 없다고요!"

"그럼 내 지금 말하리다. 당신이 저 멍청이하고 이러쿵저러쿵했다는 이야기를 난 단 한 번도 믿지 않았을 뿐더러 믿을 수도 없었소. 이제 충분한 대답이 됐소?"

훌리아는 광기에 가까운 무언가를 느끼면서 몸을 떨었다. 그 광기는 공포와 사랑이 뒤죽박죽된 것이었다.(「완전한 남자」)

훌리아가 불륜 사실을 알레한드로에게 고백했을 때, 알레한드로는 그녀를 정신병원에 감금한다. 그녀가 불륜에 빠진 것은 사실이었지만, 알레한드로는 그 사실을 고집스레 부인하면서 차라리 아내가 미쳤다고 믿고 싶어한다. 아내를 정신병원에 감금한 것은 부도덕한 일이다. 혹자는 이에 알레한드로의 독선과 아집을 비난할 수도 있으리라. 그러나 작가는 비난받아 마땅할 알레한드로의 행위를 '아내의 정절에 대한 믿음'이라는 요인으로 합리화한다. 알레한드로의 도덕성에 관한 판단은 독자의 몫으로 남겨두고, 여기에서 알레한드로의 믿음에 주목해보자.

위의 서문의 인용 대목에서도 보듯, 믿음은 때로 꿈이고 소망이며, 명백히 사실과 배치될 수도 있다. 알레한드로는 아내의 부정을 도저히 믿을 수 없었고, 믿기를 원하지 않았으며, 비록 사실이 아닐지언정 아내의 정절을 확고하게 믿었기에, 차라리 현실 그대로를 인정하기보다 자신의 믿음 속에서 사는 편을 택했다. 믿음은 소망하는 일들의 실재성, 즉 믿는 것은 믿기를 원하는 것이라는 우나무노의 사상이 이 대목에 드러나 있다.

우나무노는 사실을 왜곡하더라도 자신의 소망과 믿음 속에서 사는 인물들에게 강한 애정을 느낀다. 그가 돈키호테를 주목하고 사랑하는 이유가 바로 여기에 있다. 이런 식으로 믿음을 가진 인간들이 우나무노가 즐겨 묘파하는 인물군을 이룬다. 강한 믿음을 가진 인간은 격렬한 꿈과 소망을 지닌 인간이며, 그런 인간만이 강렬한 인간성을 내뿜을 수 있기 때문이다.

신앙을 논함에 있어서 믿는 것은 믿는 것을 원하는 것이고, 그리고 신을 믿는 것은 무엇보다도 특히 신이 존재하기를 원하는 것이니, 본질은 이성이 아니라 의지, 바로 그것이라는 것을 조금 있으면 우리는 곧 알게 될 것이다. 그러므로 영혼 불멸에 대한 믿음은 영혼이 불멸하기를 바라는 간절한 소망이다.(114면)

우나무노가 주목하는 인간은 의지와 신념을 가진 인간이다. 믿는 것은 믿기를 원하는 것, 즉 신념은 소망하기에 다름 아니다. 꿈과 소망이 신념을 낳는다. 그러나 "의지에서 가장 본연적이고 가장 내밀적인 것은 괴로워하는 것이"며, "의지는 자신을 괴롭게 하는 힘", "즉 괴로워하는 힘"(143면)이라는 진술에서 보듯, 의지는 신념뿐만 아니라 고뇌의 어머니이기도 하다. 여기에서 의지와 신념을 가진 인간이 내면적인 사실성을 가지게 된 연유, 비극적 인간이 되는 연유를 알 수 있다.

꿈을 가지지 않는 자가 괴로워하겠는가? 꿈과 의지는 비극의 원천이다. 열렬하게 소망하고 그 소망이 낳는 믿음에 따라 사는 사람이 그렇지 않은 사람보다 고뇌를 많이 겪을 것이다. 그러나 이런 식으로 괴로워하는 자만이 진정 비극적인 인간이고, 그 내면을 소설적으로 묘파할 가치를 지닌 인간이다. 그러므로 의지와 신념은 인물의 내적 사실성의 기원, 나아가서 소설적 사실성의 근원이 되며, 삶과 창조적 작업의 근간이 된다.

자기 자신으로 존재하기를 원하는 것도 의지적 양태이다. 자기 자신으로 존재하기를 소망하고 의지하는 자는 신념을 가지며, 필연적으로 신념의 좌절을 겪으므로 고뇌에 빠진다. 우나무노가 즐겨 묘파하는 인물은 이런 인물들이다. 이런 인물들이 독자들에게 '무시무시할 정도로 기가 센 인물, '고집스럽다 못해 막 나가는 인물'로 보이는 것은 당연할 터이다.

우나무노는 이 무서운 인간들을 묘사함으로써 인간 영혼의 가장 내밀한 양태에 빛을 비추는 데 성공한다. 인간의 내면적 사실성이란 그것이 극단적으로 나타나는 곳에서 가장 잘 표출되기 마련이다. 질투나 욕망과 원한과 같은 인간적인 감정들은 모든 인간에게 보편적이기는 하지만, 그 감정을 남들보다 치열하게 느껴서 극단적으로 표출하는 사람들이 있게 마련이다. 그들은 우나무노식으로 말하자면 꿈을 꾸는 인간, 의지와 신념의 인간, 자기 자신으로 존재하기를 원하는 인간이고, 정신분석학적으로 말하자면 강한 욕망을 소유한 인간이며, 흔한 말로 기가 센 인간이다.

명명이야 어찌 됐든 이들이 인간 정서의 원형을 보이는 데 좀 더 적합한 매체라는 사실은 그럴싸해 보인다. '기가 센' 인물의 반대편에 존재하는 인물군을 우나무노는 "석양의 인물"이라고 부르면서, 다음과 같이 상술한다. 다음의 "석양의 인물"에 관한 설명에서, 우나무노가 존중하는 인물군의 실상을 역설적으로 알 수 있다.

자기 자신으로 존재하기도 원하지 않고 비존재도 원하지 않은 채 오직 끌려가는 대로 내버려두기만 하는 석양의 인물(정오나 자정의 인물이 아니다), 스페인의 현대 소설에 넘쳐나는 이러한 인물은 투우사의 붉은 천, 경련하는 얼굴과 과장된 몸짓, 그리고 눈에 띄게 하는 장식용 털과 꾸며낸 표지에도 불구하고 대부분은 인물이라고도 할 수 없다. 그들은 내면적인 사실성을 지니고 있지도 않다. 그들의 영혼을 발가벗기고 텅 비우는 데는 채 1분도 걸리지 않는다.(「서문」)

세 꺼풀 벗기기 : 반이성적 생명주의

20세기 후반을 풍미한 포스트모던 철학의 근간은 반이성주의(反理性主義)라고 할 수 있다. 포스트모던 철학자보다 먼저 활동한 우나무노는 그의 사상 전반에 걸쳐서 반이성주의를 피력한다. 그가 중요하게 여기는 것은 이성이 아니라, 감정, 생명, 의지, 사랑, 소망 등 반이성적인 것들이다. 그는 "모든 생명을 가진 것은 반이성적"이며, "모든 이성적인 것은 반생명적인 것"이라고 진술하며, "이 대립이 곧 생의 비극적 감정의 기초를 이루고 있다"(42~43면)고 말한다.

　　엄밀히 말해서 이성은 삶의 적인 것이다. 지혜라는 것도 하나의 무서운 사물이다. 기억이 안전성을 향하는 경향이 있다면 지혜는 죽음을 향해 기울어진다. 살아 있다는 것은, 즉 절대적으로 불안정한 것은, 즉 절대적으로 개인적인 것은, 엄밀히 말해서 이해할 수가 없는 것이다. 논리는 '살아 있다는 것'을 전부 동일성으로, 그리고 같은 형(形)으로 몰아친다.(91면)

　　근본적인 것은 '나는 사유한다'가 아니라 '나는 산다'이니, 그 까닭은 사유하지 않는 인간들도 역시 살기 때문이다. 오, 신이여, 우리 미련한 인간들이 미련스럽게 삶과 이성을 배합시키려고 하다니, 그 얼마나 모순된 일이옵니까? 각설하고, 진리는 바로 이런 것이다. 즉 '내가 존재한다. 고로 나는 사유한다'이다. 비록 존재하는 모든 것이 사유를 하지 않더라도 말이다. 사유한다는 의식은 우선 무엇보다도 존재한다는 의식이 아닐까? 자기 자신에 대한 의식 없이, 즉 '자아' 없이 순수한 사고가 가능할수 있을까? 그리고 말이다, 감정 없이, 즉 감정이 인식에게 제공하는 실

체와 같은 것이 없이도 순수한 인식이 있을 수가 있을까? 혹시 사유는 감
정으로는 느끼지 못하는 것이 아닐까? 인간은 자기 자신을 인식하고 자
기 자신을 원함으로써 자기 자신을 느끼는 것이 아닐까? 온실의 인간,
즉 데카르트는 '나는 느낀다, 고로 나는 존재한다'라는 말을 '나는 원한
다, 고로 나는 존재한다'라고 말할 수는 없었을까?(44면)

위의 우나무노의 논조에 따르면, 이성은 삶을 획일적인 동일성으
로 치환하는 불완전한 것이며 삶은 비록 불안정하지만 이성의 그물
바깥에서 유동하는 본질적인 것이다. 그는 삶-생명-존재가 사유에
선행한다고 지적한다. "나는 원한다, 고로 나는 존재한다"라고 말할
정도로 우나무노는 믿음과 소망을 존재의 필요조건으로 생각한다.

「완전한 남자」는 작가의 반이성적 생명주의를 반영한다. 훌리아는
남편의 사랑을 확인하기를 원한다. 그런데 남편의 사랑은 언제나 그
자리에 그렇게 있어왔던 것, 즉 자연(自然)이나 다름없는 것이었다.
그것은 감정으로 느끼면 되는 것이었다. 그러나 훌리아는 사랑을 언
어로 확인하고 논리로 구축하려고 했으며, 이것이 그녀의 고뇌와 비
극의 원천이었다. 언어와 논리는 때로 있는 그대로 존재하는 사실을
못 보도록 눈을 어둡게 한다. 이렇게 볼 때 훌리아는 우나무노가 강
조하는 '이성의 폐해'를 구현하는 인물로 해석 가능하다. 알레한드로
는 훌리아와 사는 내내 자신의 사랑을 언어로 표현하기를 거부한다.
아내를 따라 자살함으로써 사랑을 극단적으로 표현한 알레한드로
는 마지막 순간에서조차 사랑을 말로 표현하려고 하지 않는다. 이러
한 알레한드로의 태도는 언어와 로고스에 대한 작가의 반감, 즉 반
이성적 생명주의를 반영한다.

「룸브리아 후작」 역시 우나무노의 반이성적 생명주의와 연관된다.

카롤리나가 제부의 아이를 임신한 사실은 분명히 가문의 명예를 더 럽히는 수치스러운 사건이었다. 가문의 전통과 명예라는 차원에서 보면 불합리한 사건인 이 일이, 인간의 감정과 생명력을 중시하는 차원에서 보면 실상 자연스러운 일이다.

이 소설의 비극은 제부의 아이를 임신한 카롤리나가 아니라, 카롤리나를 유폐시킨 룸브리아 후작에게 더 많이 빚지고 있다. 룸브리아 후작은 카롤리나의 임신 사실을 알았을 때, 루이사 대신 카롤리나를 트리스탄과 결혼시킬 수도 있었다. 그러나 그는 루이사와 트리스탄의 파혼이 가문의 불명예가 될 것을 우려하여, 예정대로 루이사를 트리스탄과 결혼시키고 카롤리나를 유폐시킨다.

'가문의 명예'라는 이데올로기에 천착하는 룸브리아 후작은 로고스의 폐해를 구현하는 인물로 해석 가능하다. 본디 로고스란 빛이요, 빛은 어둠을 몰아내고서야 존재하며, 따라서 불구의 운명에 빠지기 쉽기 때문이다. 물론 어둠의 기미를 간직한 빛도 존재한다. 여기에서 우나무노가 환멸하는 로고스란 어둠의 기미를 몰아낸 배타적인 로고스이다. 카롤리나의 과오라는 '어둠'을 수용하는 대신 제거해버리는 편을 택한 룸브리아 후작은 불구가 된 로고스를 의미한다. 후작의 이러한 결단은 이 소설의 비극의 본질적인 연원이다. 한편, 결말에서 카롤리나는 결연한 의지에 차서 이렇게 말한다.

> 나는 그 아이에게 새로운 문장(紋章)을 만들라고 지시할 거예요. 놋로 만든 문장 말고 청동으로 된 문장이죠. 청동 문장을 가져오려고 돌 문장은 치워버렸어요. 그리고 그 위에 붉은 얼룩이, 피처럼 붉은, 붉은 피가 만든 얼룩이, 그 아이의 동생이, 이복동생이, 당신의 다른 아들이, 배반과 죄악의 그 아들이 내 아들의 얼굴에서 뽑아냈던 것과 같은 붉은 피로

만든 얼룩이, 내 피처럼 붉은 얼룩이, 당신이 나한테서도 뽑아낸 그 피처럼 붉은 얼룩이…….

난 청동 문장에 루비를 박을 거예요. 루비는 햇빛에 반짝반짝 빛나겠지요. 당신들은 이 집에 피가, 붉은 피가, 파란 피가 아니라 붉은 피가 묻은 적이 없었다고 생각했나요? (「룸브리아 후작」)

인용 대목에서 "돌 문장"은 '가문의 명예'라는 이데올로기를, "청동 문장"은 자연스러운 생명의 원칙에 따르는 삶을 의미한다. 여기에서 주목해야 할 점은 청동 문장이 피처럼 붉은 얼룩을 수반한다는 사실이다. 붉은 얼룩이 없는 삶이 있겠는가? 삶이란 때로 어처구니없는 부조리와 수치스러운 과오로 얼룩질 수 있지만, 이 얼룩은 어쩌면 삶을 삶답게 하는 요인이 된다. 폭풍우와 혹한이 없는 자연이 자연이겠는가? 이때 얼룩을 얼룩으로 인정하고 삶 안으로 수용, 포용하는 편이 얼룩의 존재를 부인하면서 타인과 자신을 기만하는 것보다 인간다운 태도일 것이다. 우나무노가 이렇게 얼룩을 강조한 사실에서 그의 생명주의의 일단을 엿볼 수 있다.

(2009년 1월)

3부

마음의 길,
삶의 길

찬란한 어설픔,
젊음에게 바친다

박경리, 『녹지대』

기억하는가? 삼삼오오 몰려다니며 시장 골목에서 밤새도록 외상
술에 취했던 그때. 스무 살 무렵 우리는 결연하게 세상과 어른들을
비판하였고, 그들의 법칙에 영합한 듯한 친구에게 시비를 걸었다. 술
자리는 곧잘 싸움으로 이어졌으며, 누군가의 울음은 다른 울음을
낳았다. 큰 목소리가 마구 윙윙거렸던 술자리를 뒤로 하고 집으로 오
는 길, 실상 우리는 막막했고 외롭고 슬펐다. 큰 소리의 뒷면에, 차마
크게 떠들지 못할 부끄러운 고민들이 너절한 좌판을 벌이고 있었으
니, 실은 우리는 우리 자신 때문에 가장 슬펐던 것이 아니었을까.

이상은 원대했지만 주변은 너무나 너절했고, 참으로 못 견디게도
그중 우리 자신이 가장 초라했다. 우리는 내심 대단하기를 원했으나
실은 자기 자신이 누군지도 몰랐다. 몰랐기에 꿈꾸었다. 누군가 다가
와서 너는 이런 사람이라고 말해주기를. 보다 솔직하게 이런 말을 기
다렸는지도. 너는 멋져! 스스로 자신을 규정할 수 없어서 다른 사람
의 규정에 기대어야 했기에, '남들에게 잘 보이는 것'이 정직한 내심에

서는 중요한 과제였다. '매력적으로' 보이고 싶은 소망은 은밀했으나 힘이 세었고, 그래서 때때로 우리는 거짓말도 연기도 천연덕스럽게 해내었다. 객기와 포즈는 스무 살의 이름표와도 같았다.

우습고도 슬픈 청춘의 열병. 우리만 그랬던 것이 아니었나 보다. 박경리의 『녹지대』[1]는 60년대 중반 청춘의 슬픈 소극을 그린다. 어설 프지만 찬란한 젊음에게 바치는 송사라고나 할까. 이 소설은 예나 지금이나 마찬가지인 젊은이들의 객기와 방황을 그리면서 그들이 어 떻게 성장해 가는지 보여준다. 박경리는 발랄한 청춘 소설의 외피 아 래, 성장과 사랑과 예술과 악과 운명에 관한 대가 특유의 사유를 전 개한다.

소설은 전직 양공주의 자살로 시작된다. 그녀는 미모 탓에 "오욕 속에 몸서리치는 허무 속에서 허우적거리지 않으면 안 되었던 생애" (1권 35면)를 살았다. 주인공들은 장례를 거들고, 화장시킨 그녀의 뼛가루 앞에서 삶이 "책상서랍을 닫았다 열어보는 것"(1권 43면)에 불과하다고 느낀다. 소설 초반부를 휘감고 도는 분위기는 이런 허무, 혹은 비애이다. 젊은이들은 생의 허망함에 몸서리친다.

녹지대는 이런 젊은이들, 이른바 "한국의 비트족"들이 모이는 음 악 살롱이다. 그들은 시를 쓰거나 그림을 그리거나, 아니면 아무것도 하지 않는다. 명동을 안마당 삼아 "죽고 싶다, 괴로워 못 살겠다, 하 고 마구 지랄을 하고 돌아다"(2권 11면)닌다. 술을 마시면 기성 문단 과 그에 아첨하는 동료들을 마구 비난하다가 싸움을 벌이고, 기성 문단을 극복하기 위해서 시화전도 연다. 그러나 그들의 간절한 내심 은 거창한 사회 비판이라기보다 이런 토로일 것이다. "왜 우리는 허

1] 이 글의 텍스트는 박경리, 『녹지대』(현대문학, 2012)이다. 앞으로 이 책에서 인용 시 인용문 말미 괄호 안에 권수와 면수만을 밝힌다.

황하게 쏘다니고 외롭고 슬프기만 하니?"(1권 159면)

그들의 대표격인 인애는 누구나 젊은 날에 한 번쯤 동경해 봤음 직한 캐릭터이다. "나를 기른 것은 사람이 아니다. 나는 바람이 기른 아이다"(1권 13면)라는 그녀의 선언은 유치하지만, 젊은 날의 한 바람을 떠올려준다. 현실과 타협하지 않고 일상 바깥에서 무언가 깃발을 꽂고 싶었던 소망. 젊은이는 이런 소망을 체현한 듯한 인물을 숭배하거나 아니면 흉내 내거나, 자신이 그런 사람인 양 연기도 한다. 시인으로 자처하는 그녀는 고3 때 등록금을 들고 대부도로 도망간 전력을 지녔고, 대학도 중도 하차했다. 괜히 달리는 자동차 앞으로 뛰어가서 왕! 왕! 소리를 지르며 노래 부르고 싶어 하고, 대단한 기지로 생면부지의 사업가에게서 시화전 비용을 기부 받기도 한다. 젊은 날의 한 화두인 '매력적으로 보이고 싶은 소망'의 현신이라고도 할 수 있다. 그러나 그녀의 내심은 역시나 외롭고 쓸쓸하다. "모든 정은 나를 향하여 등을 돌리고 모든 집은 나를 향하여 문을 닫아걸고. 그래, 난 거지야. 고아야. 나는 방황하는 거지야."(1권 235면)

또한 젊은이들은 때때로 자신을 쓰레기통에 처박거나 심지어 파괴하고도 싶어 한다. 도처에 열등감으로 몰아넣는 것 투성이다. 자존감은 참으로 너무 먼 곳에 있다. 은자는 젊은이 특유의 열등감과 자기파괴욕을 잘 보여준다. 가령 그녀는 광수를 여관으로 유혹한 후 이렇게 말한다. "날, 날 짓밟아주어. 소원이야. 기왕 죽을 바에야 소중한 것 다 잃어버리고……. 아냐 소중한 게 어딨어! 아무것도 아냐." (1권 110면) 은자는 자살한 양공주의 딸이라는 자의식으로 심한 열등감에 시달리며, 광수의 집안에서 결혼을 반대할 것이라고 고집스레 비관하고, 어차피 자신은 버려질 것이라는 절망에 빠져 있다. 열등감과 비관과 절망은 그녀를 허망함으로 몰아넣는다. 연인과 키스를 나누어도 그녀는 "그림자를 본 것 같은 허전함", "못 견디게 괴로운 공허"(1권 116면)만을 느낄 뿐이다.

이들은 어떻게 성장하는가. 우선 그들은 공통적으로, 각종 미친 짓들이 겉멋에 불과하다는 자각에 이른다. 성장의 계기가 한둘이겠느냐만 여기서는 세 가지 계기에 주목해 본다.

우선 남의 시선을 폐기하고 주체적으로 서기. 젊은이의 자아정체감은 미성숙하다. 더욱 미성숙하게도, 그들은 타인의 시선을 통해서 자아정체감을 형성하려고 한다. 그래서 그들은 내심 남들의 인정과 사랑에 매달린다. '매력적으로 보여야 한다'는 강령이 은밀한 신조가 된다. 하여 그들은 연기하고 거짓말하며 각종 객기에 빠져든다. 성장은, 타인의 시선에 의존하기를 그만 두고 자기만의 척도로 자기를 바라볼 때 시작된다. 이는 거짓말과 연기를 중단한다는 뜻이기도 하다. 그래서 은자는 거짓말과 "매력이라는 그 인위적인 걸 벗어던"(2권 12면)지겠다고 결심하며, "내 자신이 내 속에 가득 차 있어야 한다"(2권 13면)고 자각한다. 또한 자살한 엄마를 비판했던 것도 남의 눈을 두려워했기 때문이었음을, 그것이 허영이었음을 깨닫는다.

다음으로, 작은 것을 긍정하기. 젊은이들은 대개 커다란 이상의 하늘 아래에 산다. 이상에 어긋나는 일상의 누추함을 그들은 가납하고 싶지 않다. 부정에 부정을 거듭한 그는 어디에서도 만족을 구하지 못할 뿐 아니라 더욱 난감하게도, 자기가 설 곳조차 찾지 못한다. 그러나 성장하려면 누추함을 긍정해야 한다. '작은 것을 긍정하자'는 슬로건은 이 소설에 반복적으로 등장한다. 은자는 작은 것에 감사하는 마음으로 한철과 결혼하려고 결심한다. 안경잡이도 말한다. "허황하게 아무리 큰 것에 눌어붙어 부정해 봤자 별수 없지. 인생이란 작은 것부터 긍정해 나가야만 할 것 같애."(2권 241면) 그래서 그는 "구름 같은 것을 잡기 위해 고민하는 건 이제 사양"하고 "집을 짓고 벽돌 한 장 한 장 쌓아 올리며 인생을 살아야겠"(2권 241면)다고 다짐한다.

마지막으로, 자의식에서 벗어나 주변을 진심으로 돌아보기. 성장하려면 나만의 잣대로 자아정체성과 자존감을 만들어나가야 하지만, 거기에 머물러서도 안 된다. 그런 식으로 탄탄해진 자기 자신의 틀을 깰 줄도 알아야 한다. 젊은이는 자의식에서 벗어나 타인에게 진정으로 관심을 기울일 때, 진짜로 성장하게 된다. 어떤 면에서 이는 자아의 확장이다. 인애는 배고픈 중학생을 보고 슬프고 외롭다는 넋두리가 소아병적인 것임을 자각한다. 또한 자연과 어우러진 한 농부를 보면서, 자의식이 있는 그대로의 자연의 것이 아니라 인위적인 것에 불과함을 깨닫는다.

이러한 깨달음을 거쳐서 은자와 안경잡이는 현실법칙에 순응해 간다. 현실적인 안녕을 보장해주는 이성과 결혼을 계획하고, 집을 사거나 짓기를 꿈꾼다. 그런데 인애는? 인애가 갈 곳은, 적어도 서울에서는 없다. 비트족 중 유일한 진짜였던 인애는 자기의 허위를 깨달았다 하더라도 은자와 안경잡이처럼 손쉽게 현실법칙에 순응할 수 없다. 그렇다고 객기와 포즈로 점철된 젊은 날에 머무를 수도 없다. 현실에 순응하기에는 그녀의 비일상적인 개성이 너무나 독특하고, 객기에 머무르기에 그녀는 이미 성장했다.

이런 난감한 자리의 인애를 통해 작가는 예술가(혹은 초인)의 난관을 말하려 했을까. 젊은 예술가는 다른 젊은이들과 더불어 성장하지만, 성장 이후 더욱 고독해진다. 다른 젊은이들처럼 쉽사리 현실을 수락할 수 없기 때문이다. 그녀가 갈 곳에 대해, 이 작품은 미지수로 남겨 두었지만, 작가는 그에 대한 천착을 게을리 하지 않았으니

『토지』의 길상이 그린 관음탱화가 그 답 중 하나일 터이다.

한편 인애가 갈 곳이 없는 이유는 정현의 죽음 때문이기도 하다. 인애가 구원하려고 마음먹었던 정현은 비참하게 죽어 버린다. 무시무시한 소유욕과 집착과 타나토스의 화신인 "그 여자"의 마수에서 못 빠져나왔기 때문이다. 그런데 정현과 "그 여자"가 동반자살한 소설의 결말은 일말의 아쉬움을 남긴다. 성장이 과연 안정된 결혼을 하고 집을 짓는 생활원칙을 수락하는 것만을 의미하는가. 정현과 "그 여자"로 구현된 타나토스의 세계를 넉넉하게 수용한 통합적 정신에 이르는 것 또한 성장이 아닌가. 그들을 간단히 죽여 버렸기에, 그리고 끝까지 "그 여자"의 이미지를 악마적인 것으로 남겼기에 이 소설은 조금 허전하다. 인애가 간 곳을 말하지 못한 이유도 이와 관련되지 않을까 한다.

작가 박경리도 이를 알았던 듯하다. 약 오 년 후 연재를 시작한 『토지』의 주인공 서희는 아시다시피 무서운 집념과 예외적인 강인함의 소유자이다. 니체의 초인과도 가까운 이런 성격, 박경리의 인생관의 총화라고도 보이는 서희의 성격은 『녹지대』의 인애와 "그 여자"의 성격을 반반씩 닮은 것 같다. 『녹지대』의 마지막 문장인 "인애는 쓰러지지도 않고 꿋꿋이 서 있었다"(2권 313면)가 암시하듯, 인애는 초인적 의지의 씨앗을 품고 있다. 인애의 초인적 의지를 서희는 물려받았지만, 한편 서희의 무섭고도 이기적인 집념은 "그 여자"의 편집증적 집착과 닮았다. 정열의 어두운 이면인 편집증적 집념에 대해, 박경리는 오랜 시간 고민한 것으로 보인다. 『녹지대』에서는 그것을 병적이고 악마적인 것으로 치부해서 매장해 버렸지만 『토지』에서는 그것을 인간의 생명력을 불태우는 중요 요인으로 통합·수용한 듯하다.

『토지』의 단초 하나 더. 상건은 자살한 정현과 "그 여자"가 자신과 숙배의 운명을 도왔다고 깨닫는다. "그 여자"가 정현에게 집착했기에 명목상 남편인 상건은 그녀의 마수에서 벗어날 수 있었으며, 인애가 정현을 사랑했기에 상건은 숙배를 사랑할 수 있었다. 상건은 이것이 "운명"이라고 자각하면서 전율한다. 이렇게 씨실날실로 엮인 인간의 운명에 대한 의식을 우리는 『토지』에서도 감명 깊게 읽은 바 있다. 브라질 나비의 날갯짓이 미국에 토네이도를 발생시킬 수 있다는 전언으로 유명한 나비효과 이론은 우선 사소한 사건 하나가 나중에 엄청난 결과를 가져온다는 뜻을 담고 있지만, 세상만사가 인과관계의 그물로 촘촘히 엮여 있다는 인생론으로도 해석된다. 이때 인과관계의 그물 혹은 연기(緣起)의 법칙은 애초에는 의식되지 않기에 더욱 신비롭다. 박경리의 운명론은 이런 맥락에 서 있다.

이밖에도 이 소설에서 악과 예술과 사랑에 관한 박경리적 사유를 읽는 재미, 그리고 60년대의 문화적 풍경을 훔쳐보는 재미도 쏠쏠하지만 독자의 몫으로 남겨둔다. 발견하는 기쁨을 누리시길.

(2012년 2월)

그들은 아무것도 모른다

편혜영, 『서쪽 숲에 갔다』

잘 알려진 바 소포클레스의 오이디푸스는 진실과 이성, 실재와 공포의 변주를 함축한 인간 조건의 한 표상이다. 오이디푸스는 자신이 아버지를 죽이고 어머니와 결혼한 패륜아임을 알고 나서 시력을 잃는다. 진실은 참혹하고 끔찍한 것이었다. 모든 존재의 궁극에 있는, 괴물과도 같은 진실의 참상을 실재라고 부를 수 있을까. 실재 앞에서 인간이 느끼는 정직한 감정은 공포다. 오이디푸스의 실명은 실재에 직면한 인간의 공포를 대변한다. 눈은 인간의 이성의 상징으로, 실재는 이성으로 계측할 수 있는 깜냥의 바깥에 있었다. 실명은 또한 실재 앞에서 인간 이성의 무력함을 표상한다. 실재에 직면한 인간은 현실 세계 바깥으로 추방된다. 인간의 근원을 건드리는 실재와 공포의 협주는 편혜영의 『서쪽 숲에 갔다』[1]의 주조를 이룬다.

지금까지 편혜영의 작업을 이야기할 때 '실재'라는 말은 드물지 않

---

[1] 이 글의 텍스트는 편혜영, 『서쪽 숲에 갔다』(문학과지성사, 2012)이다. 앞으로 이 책에서 인용 시 인용문 말미의 괄호 안에 면수만을 기입한다.

게 등장했다. 그때마다 따르는 질문은 이러했을 것이다. 편혜영은 실재에 접근하고자 하는 의지를 보여주었다. 그렇다면 실재의 구체적인 형상은 어떠한가? 실재는 왜 공포스러운가? 말을 바꾸어 보자. 편혜영은 일상의 두려운 낯섦(the uncanny)을 즐겨 묘파했다. 그런데 일상은 왜 두렵고 낯선가? 어떠한 메커니즘으로 일상은 두렵고 낯설게 되는가? 이 질문들이 편혜영의 다음 작업에 대한 조언 내지는 제안으로 작용했을까. 최근작 『서쪽 숲에 갔다』에서 두드러지는 것은 이런 질문에 대한 충실한 대답이다. 편혜영은 인간의 근원적인 두려움을 그리되 단지 묘파에서 그치지 않고 왜 그러한지 천착한다. 거칠게 말해서 이전의 소설들이 두려움과 섬뜩함의 면면을 묘파하기에 보다 주력했다면, 이 소설은 두려움과 섬뜩함의 심층적 구조를 견고하게 축조해서 보여준다.

이 소설 전체를 단단하게 조이고 있는 정서는 공포이다. 이경인은 부엉이가 울고 나무들이 달려든다며 공포스러워 한다. 후임자 박인수도 숲에 대한 두려움에 전율한다. 게다가 그는 다시 알코올 의존증에 빠져 들까봐, 그래서 아내와 아들이 자신을 떠날까봐, 궁극적으로 미쳐버릴까봐 두려워한다. 모유진은 남편 박인수가 술 때문에 모든 것을 망쳐버릴지도 모른다고 두려워한다. 인물들은 두렵기에 불안하다. 두려움은 또한 의심과 짝을 이룬다. 박인수는 아내 모유진이 자신을 믿어주지 않는다고 되풀이 원망하지만, 비단 모유진만 그러한 것이 아니다. 박인수는 자기의 감각과 판단을 믿지 못한다. 모유진 또한 남편뿐만 아니라 자기 자신의 감각과 판단을 믿지 못한다. 가까운 사람과 자기의 정신적 힘을 믿지 못하는 인간이 딛고 선 땅은 불안하게 흔들릴 수밖에 없다. 그렇다면 그들은 왜 이렇게 아무것도 믿지 못하고, 공포와 불안에 떠는가? 이것은 이들의 개인적인 심리 분석의 문제가 아니다. 공포와 불안은 잘 알려진 형이상학적 주제이거니와, 이들은 인간 존재의 보편적인 조건을 암시한다. 이 소설은 공포와 불안의 현상뿐만 아니라 그 원인을 탐사하고 있다.

명석한 인식과 판단의 전제조건은 감각의 확실성이다. 감각에 기반하여 인간은 사물의 진위를 가리고 여러 가능성 중 가장 현명한 하나를 판단한다. 삶을 통제할 수 있다는 자신감의 근거는 감각에 대한 신뢰이다. 그런데 감각이 생각만큼 확실한 것이 아니라 할 때 어찌할 것인가. 내가 보는 것이 실제로 보는 것이 아니고, 듣는 것이 진짜로 듣는 것이 아니다. 내가 감각하는 것이 실제로 존재하는 것이 아니다. 이럴 때 인간은 존재의 기반 자체의 흔들림을 겪을 수밖에 없다. 박인수는 여러 차례 환각과 환청에 시달린다. 맥각균에 중독되어서인지 알코올 의존증 여파인지 알 수 없다. 일례로 그는 죽한 그릇을 먹고 깨진 그릇 조각에 발을 다쳤다고 감각했으나 실제로 그가 먹은 것을 술이었고 발은 멀쩡했다. 그는 "확실하리라 생각한 감각조차 망상에 불과함을 인정해야"(303면) 한다. 감각에 대한 불신은 그를 두려움과 불안에 빠트린다.

박인수의 환각과 환청은 한 알코올 의존증 환자의 특수한 사례가 아니다. 인간 존재의 보편적 조건의 알레고리로 봐야 한다. 박인수의 사례를 극단적인 경우로 치더라도, 우리에게도 감각은 종종 속임수를 쓴다. 때로 감각은 진정한 인식을 방해한다. "숲에서 가장 주의해야 하는 것은 눈에 보이는 것"(335면)이다. 눈에 보이는 것이 오히려 시야를 교란하고 길을 잃게 만든다. 감각은 종종 오해로 이끌지만, 우리는 감각했음을 핑계 삼아 오해했음을 인정하려 들지 않는다. 보고 듣는 것에 현혹되어서, 판단을 그르치는 경우는 생각보다 많다. 보고 듣는 것은 선입관과 편견을 양산하기도 한다. 뿐만 아니라 우리가 감각하는 것 저 너머에 다른 세상이 있다는 생각, 우리는 진짜 세상의 일부분만을 감각할 수 있다는 생각은 잘 알려져 있다. 이 생각을 극단적으로 밀고 나가면 감각이란 환영에 불과할지도 모른다는 사유에 이른다. "실재 없는 감각의 환영"(190~191면)은 알코올 의존증 환자에게 뿐만 아니라, 짐작보다 널리 퍼져 있다. "그럼 도대체 무엇을 믿어야 할까. 알 수 없"(336면)다. 감각의 불확실성을 또렷하게 인지할 때 삶은 공포다.

한편 인간사 모든 일이 일어난 경위를 설명할 수 있다면 인생의 불확실성은 격감할 것이다. 일의 현상과 원인을 명쾌한 인과관계로 묶을 수 있다면, 그 명석한 인과관계에 근거하여 최선의 방책을 판단할 수 있고 재앙도 예방할 수 있을 것이다. 그러나 아시다시피 인생에 관한 한 그런 명석판명한 인과관계의 사슬은 어디에도 없다. 행운을 어처구니없게 맞이하듯, 재앙도 속수무책으로 당한다. 행운이나 재앙이나 우리의 통제권 바깥에 있다. 누가 무엇을 어떻게 잘못했는지 모르는 채 인생은 갑자기 꼬여 버린다. '만약 ~하지 않았더라면 피할 수 있었을까.' 이 말은 이 소설의 인물들이 예기치 못한 재앙 앞에서 반복적으로 뇌는 말이다. 이하인이 트럭에 치여 죽기 직전에, 또 박인수가 술에 다시 빠졌음을 알고서 중얼거리는, '만약 ~하지 않았더라면' 구조의 길고 긴 말들의 목록을 상기해 보라. 아내가 떠나자 박인수는 "왜 이 지경까지 왔을까"(244면)라고 묻지만, "해답을 얻을 수는 없었다."(244면) 그는 어찌하여 다 된 줄 알았던 이직에 실패했는지, 어떤 연유로 적은 업무에 높은 연봉을 받는 관리인으로 채용되었는지 알 수 없다. 그런 일은 "그로서는 알 수 없는 방식으로 결정되곤 하니까."(218면) 최창기, 이안남, 한성수도 이경인을 폭행하고 죽도록 방치한 일의 경위를 설명할 수 없다. 인생은 "예기치 않은 한순간에 깊은 틈을 벌리고 절대 그 틈을 아물지 않는다."(284면) 중요한 것은 '예기치 못함', 즉 계측 불가능성이다.

이렇듯 일의 발생과 그 경위가 인과관계로 엮이지 않고, 사리(事理)가 전적으로 계측 불가능한데, 판단이 탄탄한 근거를 기반으로 이뤄질 리 없다. 진의 말에 따르면, 야구 경기에서 타자는 공이 들어오기 전에 친다. "다가오는 공을 완전히 보기도 전에 뭔가를 결정"(322면)해야 한다. 인간의 판단력은 전적으로 우연의 몫이다. 옳게 판단하기 위한 충분한 근거는 어디에도 없다. 이런 사정으로 인생은 통제 불가능한 괴물이 된다. 삶은 저만의 법칙으로 알 수 없는 곳을 향해 역류하는 "검은 물"이다. 삶의 독자적인 운동에 개인이 개입할 여지란 없다. 박인수가 지속적으로 소망하는 것은 자기 인생에 대한 "통제"이다. 하지만 그는 매번 통제 불가능성만을 확인할 뿐이다. 개인의 간섭을 허하지 않는 자리에서 계측 불가능하기에 통제 불가능한 운동을 지속하는 삶은 공포다.

사정이 이러하니 인식이라고 명석판명할 수 있겠는가. 인물들은 자신의 "단정적인 생각과 추리에는 명백하게 확신이라고 내세울 게 없"(15면)음을 알며, 심지어 "자신이 생각하고 있는 것을 알지 못"(262면)한다. 진실의 복수성은 이 소설에서 자주 강조된다. "하나의 진실이 있으면 어디에든 또 다른 진실이 있게 마련"(328면)이며, "알아야 하는 진실에는 끝이 없"(328면)다. "그가 여전히 하나로 명확히 규정할 수 없는 세계에 속해 있으며 그 세계의 영향 아래 혼돈을 겪고 있다"(131면)는 사실은 박인수를 지속적으로 괴롭힌다. 진실에의 욕망은 생성하면서 진실의 확신은 허하지 않는 삶은 공포다.

그들은 아무것도 모른다. 감각의 확실성도, 판단의 적절성도, 인식의 명석함도, 아무것도 신뢰하지 못한다. 그중 가장 심각한 것은 자기 자신에 대한 무지(無知)이다. 박인수의 "가장 큰 두려움과 의심은 마을이나 사람들, 진 선생에 대한 것이 아니라 스스로를 잘 모른다는 것이었다."(338면) 자기 자신에 대한 무지가 왜 가장 큰 두려움이 되는가. 길고 긴 세월 동안 '주체'는 사유의 중핵이었다. 자기 자신에 대한 무지는 곧 주체의 불신과 연관된다. 옛 현인들은 모든 것이 불확실해도 '생각하는 나'의 존재만은 확실하다고 믿었고, 이것을 사유의 출발점으로 삼았다. 이때 '생각하는 나'의 존재가 환상에 불과하다면, 나머지들은 도미노처럼 무너진다. 그리고 무너지는 나머지는 거의 모든 전부이다.

뿐인가. 인간은 가장 사랑하는 타자에 대해서도 아무것도 모른다. 결말에서 진은 애지중지하던 부엉이를 날려주며 외로움을 느낀다. "부엉이의 울음소리와 행로를 전혀 모른다는 데에서 생겨난 외로움이었다. 울음 없이 늘 어둠 속에 홀로 머물며 단조롭고 명백한 운명에 놓인 그 새야말로 그에게는 전부였다."(345면) '나에게 전부인 너'에 대해서도 가장 정직하게 할 수 있는 말은 "전혀 모른다"이다. 정신의 역사에서 '나에게 전부인 너'는 때로 궁극적 곤궁에 대한 구원으로 제시되었다. 주체 못지않게 타자는 형이상학의 오랜 주제였다. 모든 것을 무지의 영역에 내주어도 끝내 내주면 안 되는 마지막 보루가 나와 너라고 할 수 있을까. 존재가 신기루로 흩어지지 않으려면 최소한 그것만은 장악해야 한다. 그런데 나와 너조차 무지의 늪 속으로 가라앉는다. 삶은 공포다.

오이디푸스의 눈을 멀게 한 참혹한 진실은 실재의 알레고리다. 일반적 용례에서 실재는 "직접 대면할 수 없는 끔찍한 괴물"[2]이라는 비

---

2) 슬라보예 지젝, 『실재의 사막에 오신 것을 환영합니다』, 이현우·김희진 역, 자음과모음, 2011, 49면. 지젝은 '실재'를 "끔찍한 괴물"로 보는 표준적인 시각을 포기해야 한다고 말한다. 이 글

유를 얻는다. 그곳에서는 감각, 판단, 인식, 주체, 타자에 대한 최소한의 신뢰가 근본적인 불신으로 치환된다. 모든 것이 불안하게 흔들린다. 사랑의 끝에는 사랑이 없고, 인식의 끝에는 인식이 없다. 너를 향한 사랑의 끝에는 네가 없고 나에 대한 관심의 끝에는 내가 없다. 그래서 실재는 종종 해골바가지로 표상된다. "스무 발짝만 들어서도 방향감각을 완전히 잃어버릴 정도로 깊은 미로가 된다는 저 숲"(180면)은 공포의 원천이자 실재를 의미한다. 박인수는 궁극의 진실을 찾을 수 있으리라 기대하고 비밀에 싸인 숲 한가운데로 들어간다. 그가 확인한 것은 참혹한 폐허, 나무들의 무덤이었다. "파헤쳐지거나 예리하게 잘린 뿌리, 백골처럼 하얗게 건조된 몸통, 잎이 다 떨어진 가지가 사방에 널려 있었다. 시작도 끝도 보이지 않는 넓은 나무 무덤은 똑같은 모양으로 죽은 나무들이 도열한 광장이었다."(335면) 실재는 폐허, 무덤, 해골바가지이다. 그래서 박인수는 광활한 나무 무덤 앞에서 눈물을 참을 수 없다. "그가 보려던 것은 무엇이었을까. 모든 것을 잃으면서 확인하려던 것이 과연 이것이었을까."(335면) 그리고 실재를 보았다는 죄로 박인수는 실종된다. 오이디푸스처럼 현실 세계에서 추방된다.

존재의 궁극에 있는 실재는 몰랐으면 좋았을 것, 알면 눈이 머는 것, 공포스러운 것이다. 그래서 보통 사람들은 안전하게 거기까지는 가지 않는다. 적당히, 알고 사랑하고 살고 쓴다. '적당히'는 이 소설에서 반복되는 중요한 말인 "균형"과도 통한다. 그러나 어떤 사람들은 실재를 보고 싶은 욕망을 억누를 수 없다. 그리고 실재를 향해 목숨을 건 여행을 떠난다. 인식의 끝까지, 사랑의 끝까지, 예술의 끝까지,

---

에서의 '실재'는 지젝의 용례와 다른, 표준적인 용례에 보다 가깝다.

모든 길의 끝까지 감히 가본다. 그들의 모험에 신의 가호가 있기를. 이 말은 작가 편혜영에게 건네는 말이기도 하다.

(2012년 겨울)

좌절과 고투의 교향악, 환대

신경숙, 『모르는 여인들』

힐링 시네마, 힐링 댄스, 힐링 캠프. 도처에서 치유를 구한다. 치유는 심지어 현대인의 화두로도 보인다. 이는 개인의 내면이나 상처가 말할 만한 것, 혹은 말해야 하는 것으로 부상한 정황과 연관된다. 농경사회의 유대감, 거대담론의 구속력만큼이나 편안했던 소속감이 사라진 지는 이미 오래, 국가의 결속력마저 미미해졌다. 딩크족과 솔로족이 넘쳐나는 오늘날, 우리의 세속 종교인 연애도 유대감의 마지막 보루인 가족도 '말할 만한 것'의 지위를 현저하게 상실해 가고 있다. 이제 개인의 내면과 상처는 가장 흥미로운 텍스트가 되었으니 '치유'가 그 어느 때보다 매력적인 화두로 부상했다 해서 이상한 일은 아니다. 거대담론이 붕괴한 90년대 초반 이후 정신분석학이 독서계를 휩쓸었던 이유도 이와 무관하지 않을 것이다. 신경숙 소설의 어마어마한 감응력의 정체 역시 이런 정황과 관련되지 않을까 한다. 치유를 목마르게 구하는 독자들에게 그의 소설은 훌륭한 지침서가 된다.

『모르는 여인들』[1]에서 우선 눈에 띄는 것은 질환이다. 「화분이 있는 마당」(이하 「마당」)의 "나"는 연인에게 결별 통보를 받고 언어장애와 식이장애를 동시에 겪는다. 「그가 지금 풀숲에서」(이하 「풀숲」)의 아내는 "외계인 손 증후군"을 앓는다. 왼손은 그녀의 통제를 벗어나서 물건을 훔치고 남편을 때린다. 「어두워진 후에」(이하 「후에」)의 남자는 연쇄살인범에게 가족을 모두 잃고 정상적인 사회생활을 포기한 채 정처 없는 방랑길에 오른다. 「숨어 있는 눈」(이하 「눈」)의 A는 집안을 고양이 소굴로 만들어서 남편을 떠나게 한다. 이들이 아픈 이유는 우리가 익히 잘 아는 존재의 고독과 불안, 결핍과 공포 때문이다. 가령 「눈」의 A는 불임 선고를 들었을 때, 연쇄살인범이나 의붓딸을 성폭행한 아버지의 소식을 접했을 때 그러니까 불안과 공포에 직면했을 때 고양이들을 데리고 오며, 이백 장 넘는 이력서에 보답받지 못했던 "나" 역시 "늪 속에 서 있는 기분"(209면), "무엇인가로부터 쫓기는 듯한 공포"(217면)를 느낀다. 「마당」과 「후에」에서는 이별에 따르는 상실감과 자책, 「풀숲」에서는 소통되지 못한 욕망의 결핍이 환부를 이룬다. 어디 이뿐이겠는가. 삶의 심연에 또아리를 튼 불길한 감정들을 우리는 신경숙의 이전 소설들에서도 자주 조우한 바 있다.

다행스럽게도 어떤 환자들은 치유된다. 이들을 치유한 것은 타인의 환대이다. 「후에」의 남자는 자신의 요구를 한정 없이 수용해주는 여자의 묵묵한 호의를 접하고서, 「마당」의 "나"는 죽은 여인에게 "밥상"으로 표상되는 환대를 받고 환부를 들여다보려고 결심한다. 아시

---

[1] 이 글의 텍스트는 신경숙, 『모르는 여인들』(문학동네, 2011)이다. 앞으로 이 책에서 인용 시 인용문 말미 괄호 안에 면수만을 기입한다.

다시피 상처를 치유하기 위해서는 우선 회피를 그만두고 상처를 정면으로 바라봐야 하며, 충분히 울어야 하고, 트라우마의 장면을 되새김질하면서 날카롭게 선 칼날을 무디게 해야 한다. 그래서 「후에」의 남자는 꿈속에서 가족들의 온전한 모습을 처음으로 본 이후 역시 처음으로 오열한다. 그 다음에 사고 이후 한 번도 들어 갈 수 없었던 "그 집"에 가보리라고 결심한다. 「마당」의 "나"는 창과 주고받은 편지를 필사하면서 애도 행위를 완수한다. 이렇게 신경숙은 〈회피-질환—환대-대면-애도-되새김질〉로 구조화된 치유의 메커니즘을 보여준다. 단순히 치유를 희구하는 차원을 넘어서 그에 관한 정통적인 지식을 보여주는 셈이다.

그런데 치유의 중대한 계기인 환대를 어떻게 봐야 할 것인가? 환대, 연민, 사랑, 공감이야말로 신경숙 소설을 규정하는 키워드일 터이다. 이것은 그의 소설을 매력적으로 만들지만 동시에 피할 수 없는 우려를 낳기도 한다. 정직하게 말해서 우리는 냉정보다 온정을 환영하며, 버리고 떠나는 엄마보다 따뜻하게 품어주는 엄마를 갈망한다. 그런데 이 정직한 소망이 소설의 전면에 나섰을 때, 문제는 교묘하게 꼬인다. 그것은 간혹 산적한 문제의 심각성을 봉합해 버리는 안일한 대안이라는 우려에 직면한다. 문제는 이렇게 정리될 것이다. 신경숙의 연민과 사랑은 막연한 감상이나 상상적 희구에서 비롯된 것인가? 아니면 충분한 고민과 파열과 모색을 거쳐 도출된 두터운 것인가? 후자에 가깝다고 생각한다. 그의 환대와 공감은 그 불가능성에 대한 철저한 인식, 가능한 순간의 필사적 모색, 방법에 관한 진지한 고민 이후 출현한 것으로 보인다. 신경숙이 초기 소설에서 보다 환부에 주목하고 치유를 막연하게 희구했다면, 근래 소설에서는 치유 혹은 환대나 공감이라고 말해도 좋을 그것들에 관해 구체적이고 풍부하게 버려진 지식을 풀어놓는다.

쉽게 오는 공감은 감상의 혐의를 피할 수 없다. 그러나 그 불가능성을 처절히 인식한 후 각종 난관을 뚫고 발아한 공감이라면 더 이상 감상이 아니다. 신경숙은 공감의 어려움 혹은 타인들 간 거리의 아득함을 누구보다 잘 알고 있다. 그의 소설에는 '나는 너를 모른다'라는 인식이 반복적으로 나타난다. 「눈」에서 A가 한때 시애틀, 파리, 밴쿠버 등에서 살았다는 사실을 "나"는 모르고, 남편은 A가 "나"와 서로 애무하며 하룻밤을 보냈다는 사실을 모른다. 또한 많은 인물들이 '말'을 못한다. 「마당」의 "나"는 연인의 결별 통보 앞에서 "내가 납득할 만한 이유를 말해달라고 하려던 참이었는데 아무 말도 할 수 없었다."(44면) 「성문 앞 보리수」(이하 「보리수」)의 S는 경이 독일로 온 이유를 십 년 동안 묻지 못하며, 자살한 수미 이야기를 전하지 못한다. 「모르는 여인들」(이하 「여인들」)의 채는 "내"가 자신을 떠난 이유를 이십 년 동안 묻지 못하다가, 가까스로 꺼낸 질문에도 답을 듣지 못한다. 그는 암에 걸린 아내가 종적을 감춘 이유도 모른다. "나"는 "그것이 사랑일지도 모른다고 말해주고 싶었"(255면)지만 결국 말하지 못한다.

이토록 이들이 묻거나 대답하지 못하는 이유는 우선 말의 불가능성 때문이다. 켜켜이 쌓인 감정의 결, 무정형으로 꿈틀거리기만 할 뿐 어떻게 해볼 수 없는 감정의 무더기를 빛바랜 언어에 제대로 실어내기란 힘들다. 말은 찰나적으로 생기를 발하는 감정들에게서 바로 그 생기를 빼앗아 감정을 관습적 사물로 고정시킨다. 어떤 면에서 말은 감정의 무덤이다. 그래서 신경숙은 직선적인 말보다 이미지, 에둘러 가는 사설, 관련 정황들의 장황한 나열로 감정을 전달하기를 즐겨 왔다. 이것은 말에 대한 불신이라기보다 말하기의 어려움에 대한 절감으로 보인다. 말은 기본적으로 수신자, 즉 타인을 전제한다. 그러니까 말하기의 어려움이란 타인에게 나를 이해시키기, 역으로 타인을 이해하기의 어려움, 고정적인 말로 표현하고 남은 (진짜 중요한) 나머지를 소통하기의 어려움으로 번역된다. 결국 이는 타인과의 거리의 아득함을 의미하는데, 이 인식은 비관보다는 성실함의 소산이다. 이 인식 아래 잠복한 것은 타인의 아우라를 되살리고자 하는 간절한 열망이다. 작가는 관습적 의미를 탈피한 타인의 고유성을 알기를 성실하게 열망했기에 그 불가능성을 예민하게 인지했을 터이다. 그 원인이 성실함이라 하더라도, 좌절은 좌절이다. 그럼에도 그는 공감의 가능성을 진지하게 고민한다.

공감의 순간은 어떻게 오는가. 그것은 말 그대로 '순간'의 일, 우연히 오는 일이다. 불교도의 깨달음이 갑자기 오듯, 스투디움이 푼크툼으로 둔갑하는 것을 합리적인 계기로 설명할 수 없듯. 예기치 않았던 극한 상황에서 우리는 일상의 박제된 형상들의 박제 이전의 모습 혹은 아우라를 거느린 모습을 발견한다. 타인에 관한 지식도 마찬가지다. 고정된 이미지만을 보여줬던 타인은 극한의 순간 벌거벗은 모습을 노출한다. 「풀숲」의 "그"는 교통사고를 당해 "누구에겐가 발견되지 않으면 어찌해볼 도리 없는, 완전히 고립된 상태"(89면)가 되어서야 된다. "어떻게 이렇게 감쪽같이 혼자만 버려져 있단 말인가. 아내가 자신의 왼손을 바라보는 기분도 이런 것일까."(103면) 버려진 채 죽음의 위협에 시달려야 하는 순간에서야 비로소 그는 자신의 절망을 통해 아내의 고통을 '같이 느끼기' 시작한다. 그러면서 그동안 아내에 관해 많은 것을 몰랐음에도 몰랐다는 사실조차 몰랐음을 자각한다. 아내에게 찍혔던 마침표가 한 무더기의 물음표로 둔갑하는 순간이다. 물음표는 두말할 나위 없이 '알고 싶은 의지'와 통한다. 이런 순간의 축복으로 타인은 우리에게 필부필부(匹夫匹婦)의 가설항담(街說巷談)이 아닌, 자신에게만 고유한 사연을 들려준다. 그런데 이런 일의 계기를 설명할 수 없다고 해서 우리가 마냥 기다려야 하는 것은 아니다.

작가는 환대의 방법을 진지하게 탐색한다. 이것으로 환대는 막연한 희구의 대상이 아니라 고투의 주제가 된다. 우선 환대는 수동적으로 기다리는 것이 아니다. 아픈 사람이 먼저 능동적으로 환대의 주체가 된다. 「마당」에서, 치유의 계기인 여인의 환대 이전에 "내"가 먼저 타인을 환대했다. 병중의 "나"는 화분들과 나무들에게 사랑에 가득 차서 물을 준다. 생명에 대한 환대가 아닐 수 없다. 외삼촌과 사별하고 "이제 누구와 얘길 한다냐"며 우는 어머니에게 "나"는 "나……와…… 얘기해요"(72면)라며 달랜다. 언어장애 와중에 순전히 타인을 위로하기 위해서 대화 상대를 자처하다니. 쉽지 않은 환대행위이다. 실상 "내" 환대가 죽은 여인의 환대를 불러낸 것으로 볼수 있다. 즉 "나"는 능동적인 환대의 주체가 됨으로써 스스로 상처를 치유한 셈이다. 누구나 타인의 위안을 꿈꾸지만, 가장 좋은 위안의 방법은 그 스스로 타인을 위로하는 주체가 되는 것이다.

다음으로, 치유를 바라는 사람은 적극적으로 환대를 요구한다. 「후에」의 치유 과정에서 중요한 것은 남자가 '점점 더 심하게' 요구했다는 사실이다. 처음에는 무료입장만을 원했으나 나중에는 밥을, 술을, 잠자리를, 차비까지 요청한다. 그는 치유하기 위해서 사랑을 확인해야 했고, 확인하기 위해서 점점 더 많은 것을 요구해야 했다. 어린아이의 '떼쓰기'와도 상통하는 이것은 타인과의 거리를 좁히고 환대를 이끌어내기 위한 징검다리와도 같다. '떼쓰기'는 역으로 타인을 위로하는 방편이 된다. 「보리수」의 경은 엄살을 떨지 못해서 친구들을 외롭게 했다. 「여인들」에서 채의 아내는 배려라는 명목으로 '떼쓰기'를 단념했으나 결과적으로 채를 난관에 빠트린다. "나"는 "숨지 않고 내 앞에서 통증을 호소하"(255~256면)는 남편의 '떼쓰기'를 결국 고마워하게 된다. 이쯤에서 '환대를 요구하기'는 당위적 윤리가 된다.

능동적으로 환대의 주체가 되는 한편 적극적으로 환대를 요구하기. 이 능동성과 적극성으로 환대의 윤리는 입체적인 의미를 띤다. 이 메커니즘을 거쳐서 애초에 불가능하게만 보였던 말은 '알고 보니 간단했던 것'이 되어버린다. 「보리수」의 S는 "얘기를 하고 나니 그리 어려웠던 것도 아니"(181면)라고 생각한다. 이런 변화는 예전에 비해 달라진 근래 소설들의 면모를 암시한다. 초기 소설에 비해 말줄임표보다는 장광설이, 이미지보다는 서사가, 환부보다는 치유법이, 환대의 막연한 희구보다는 환대에 관한 구체적 지식이, 자폐적 내면보다는 장삼이사들의 사연이 두드러지는 면모들 말이다.

그러나 그때부터 지금까지 줄곧 견지된 것은 다시 사랑이며 환대이다. 삼십 년 가까이, 면벽 수도하는 구도승처럼 작가는 이 한 지점을 줄곧 바라보았고, 그에 관한 지식을 종횡으로 넓혀왔다. 애초에 바라보게 한 것도 손가락 사이로 빠져 나가는 타인의 마술적 의미를 안타까워했던 성실함이었고, 지식을 넓힌 것도 타인과의 거리를 좁히려고 역동적으로 고투하는 성실함이다. 그리고 독자들은 예나 지금이나 그것을 환대하지 않는 법을 알지 못한다. 무중력·무의미·무주체 소설의 번성과 무관하게 독자의 기대와 취향은 여일한 것 같다.

(2012년 봄)

다른 곳에 어둠을 만들어내는 빛의 이중성, 타인이라는 감옥 혹은 화두

표명희, 『하우스메이트』

'가까이 하기엔 너무 먼 당신'이라는 오래 전 가요 제목을 기억한다. 당신 혹은 타인에게 가까이 가고 싶지만 번번이 그 아득한 거리에 절망하고야 마는 난처함은 매우 익숙하다. 거듭되는 상처와 균열에 주눅 들고 지쳐버린 사람들은 관계불능증을 호소하며 차라리 밀실에 스스로를 유폐한다. 관계 혹은 사랑에 관한 무수한 지침서들은 나를 버리고 타인의 입장에 서라는 가르침을 수위(首位)의 금과옥조로 삼는다. 지극히 상식적으로 들리는 이 말은 그러나 인류가 대대로 고민해 왔던 유서 깊은 문제와 맥이 닿아 있다.

유구한 서양철학의 역사에서 '자아'와 '타자'는 영구불변한 사유의 시금석으로 기능해 왔다. 근래 현자들은 타자를 알고자 고군분투해 왔지만 결국 자기동일성만을 확인했을 뿐이라고 반성한다. 이윽고 그들은 타자란 자아의 경험의 장 밖의 존재, 자아의 힘으로 한정할 수 없는 초월적인 자, 환원하거나 대상화하기 불가능한 타자성을 지닌 존재라는 성찰에 이르렀다.[1] 레비나스에 따르면 타자란 자아의 것으로 동화시킬 수 없는 것, 인식될 수 없는 것, 로고스에 저항적인 것, 하나의 신비, 손에 거머쥘 수 없는 것이다.[2]

'타자'에 관한 현자들의 현란한 통찰은 일상적 맥락에서 이렇게 변주될 수 있을 것이다. 나는 영원히 너를 알 수 없고, 네가 될 수 없다. 이것이 문제의 핵심이다. 그렇지만 너 없이는 살 수 없다는 지엄한 진실 또한 문제의 핵심이다. 인간이 세상에 태어나서 나를 인식하기 전에 먼저 타인을 인식하듯이, 자의식조차 타인의 인식이라는 매개를 거쳐야 형성되듯이. 끊임없이 의식하지만 결코 인식할 수 없는, 버릴 수도 없지만 손에 거머쥘 수도 없는, 나에게 공포를 주지만 또한 내가 의존해야만 하는 타인이란 가히 인간을 구속하는 감옥이라 할 만하다. 타인, 그 바깥은 없다. 표명희의 소설집 『하우스메이트』[3]는 타인에 관한 이러한 불편한 진실들로 가득 차 있다.

표명희의 이전 소설집 『3번 출구』에서 인상적인 것은 갇힘의 상상력 혹은 감옥의 상상력이다. 등단작 「야경」의 Y는 빈곤과 싸우며 병든 어머니를 구완해야 하는 답답한 일상에서 수영을 유일한 숨통으로 삼지만, 수영 역시 사방 25미터 공간 즉 '벽 안에 갇힌 자유'라는 사실을 알고 있다. 어떤 자유도 구속을 완전히 피할 수 없다. 구속의 상상력은 「新 어가행렬」에서 '쎄트장의 단역으로서의 인간'이라는 인식으로 표출된다. 인간은 거대한 줄에 의해 조종당하는 마리오네트

---

1) 서동욱, 『차이와 타자』, 문학과지성사, 2008, 195~212면 참조.

2) 엠마누엘 레비나스, 『시간과 타자』, 강영안 역, 문예출판사, 1998, 83~87면 참조. 레비나스는 '타자'와 '타인'을 구분하여 사용하였지만 이 글에서는 두 용어를 유사한 맥락에서 쓰기로 한다.

3) 이 글의 텍스트는 표명희의 『하우스메이트』(자음과모음, 2011)이다. 앞으로 이 책에서 인용 시 인용문 말미 괄호 안에 면수만을 표기하기로 한다.

이며, 인간 조건의 한계라는 감옥 안에 수감된 존재이다.

이러한 인식은 표명희 소설 전반에서 다양한 의미망을 거느리며 변주된다. 인간을 가두는 감옥은 「누드 에스컬레이터」에서처럼 추악함을 완벽하게 은닉한 채 투명한 질서를 가장하는 사회 시스템이기도 하고, 「3번 출구」에서처럼 특유의 부조리로 개인의 질병을 유발하는 병리적 사회이기도 하지만, 더욱 자주 벗어버리려고 해도 그 구속을 피할 수 없는 인간 내면의 고통이다. 「탑소호족 N」에서는 태생적 고독과 타인을 희구하는 생래적 욕망이 인간을 구속하는 감옥이 되며, 「죽령터널, 지나다」에서는 이미 상실해 버렸지만 실상은 버려지지 않는 과거가 감옥이다.

장편소설 『오프로드 다이어리』에서는 각종 공포증 혹은 공포증을 유발한 트라우마에 구속된 인물들이 등장한다. 가령 "빔"은 엄마의 자살이라는 트라우마로 인해 현실과 비현실을 구분하지 못하는 질병을 앓아 왔다. 그는 애지중지하던 명품 바이크 "할리"를 자발적으로 잃어버림으로써 그의 트라우마와 질병에서 동시에 벗어나고자 한다. 질병과 트라우마가 빔의 감옥이었고, 탈옥은 역설적으로 애착하던 것을 스스로 버림으로써 가능해졌다. 트라우마와 질병은 집착의 성격을 띠기에, 애착의 자발적 포기는 과거에 대한 집착과 질병에 대한 고착성으로부터의 자유를 담보할 수 있었다. 표명희는 자주 '버리고 스스로를 해방시키기'의 상상력을 표출한다. 이는 물론 감옥의 상상력이 쌍으로 거느리는 것으로서, 감옥의 상상력을 전제해야만 가능한 사유이다. 이처럼 표명희는 사회 시스템, 인간의 내적 고통과 트라우마, 답답한 일상, 극복하기 어려운 정신적 질병 등이 인간을 구속하는 감옥으로 기능하는 정황을 즐겨 그려 왔다.

이전 소설들에서 감옥의 상상력을 '다양한 지평에서' 전개하며 때로는 수인(囚人)의 고통에 천착하고 때로는 파옥(破獄)의 길을 모색하던 표명희는 이번 소설집 『하우스메이트』에서 그 촉수를 한군데로 집중한다. 시선이 모인 곳은 '타인' 혹은 '타인과의 관계'라는 감옥이다. 인간은 숙명적으로 고독을 느껴서 타인을 갈구하지만, 타인은 상처의 근원이고 딜레마의 온상이다. 그리하여 그는 타인에게서 자유롭고 싶어 하지만 끝내 타인을 꿈꾸는 본연적 욕망을 버릴 수 없다. 타인이 인간의 감옥이라는 명제는 존재의 숙명적인 고독이 인간의 감옥이라는 말과 동궤에 놓일 것이다. 표명희는 타인이라는 감옥에 구속된 인간 존재를 현상적으로 묘파할 뿐만 아니라 어찌하여 타인이 감옥이 되는지 그 메커니즘을 섬세하게 성찰한다. 또한 모든 감옥은 출구를 가지게 마련이니, 표명희는 타인이라는 감옥을 파쇄하는 방법 또한 진지하게 고민한다.

「방문객」에서 작가는 타인이라는 감옥에 구속된 수인(囚人)을 현상적으로 묘파한다. "디디"는 타인을 갈망하지만 타인과 얽히기를 기피하고, 그럼에도 타인과의 접촉의 끈을 놓고 싶어하지 않는 분열적 심리의 소유자이다. 그녀는 한 달에 한 번씩 하우스메이트를 구하지만 결국 한 번도 들여놓지 않는다. 또한 고급 오피스텔 위층을 무료로 제공하는 조건으로 하우스메이트를 구하는 "마이너블루"의 제안에, 석 달 가까운 '온라인상의' 시험 기간을 거쳐 최종적으로 승낙을 받지만, 마지막에 스스로 포기한다. 온라인상의 관계를 지속하고픈 욕망과 오프라인에서 친밀한 관계 맺기의 불가능성을 동시에 느끼기 때문이다.

"재미있는 게임처럼 빠져들어 즐기다가 가볍게 손을 털고 나오는" 것이 "게임을 지속할 수 있는 전제조건"(39~40면)이라는 잠언을 인간관계에 그대로 적용하는 디디가 예외적 인물인가. 아니 오히려 너무나 낯익은 인물이다. '디디들'은 관계를 꿈꾸지만 지나친 얽힘이 필연적으로 동반하는 상처를 두려워하는 나머지 타인과 가까워지지도 멀어지지도 못한다. 이런 경우 경청할 만한 '관계의 최적 거리'라는 현명한 잠언은 일상에서 자주 실효를 상실한다. 보다 자주 목격하는 정경은 관계를 소망하면서도 실제로는 관계를 기피하는 "무수한 익명의 유령들"(63면)이다. 그들은 가령 온라인에서는 떠들썩하게 소통하지만 오프라인에서 자폐한다. 그들은 가상의 광장에서 수다스럽지만, 현실 세계에서는 밀실 밖으로 나오지 못한다.

이렇게 타인이 '가까이 하기엔 너무 먼 당신'이 되어 버린 연유는 무엇인가. 디디를 비롯한 허다한 유령들이 타인을 꿈꾸면서도 달팽이 껍질 안으로 숨어드는 이유는 무엇인가. 일단 디디가 그렇듯, 애착과 상실의 고통이 쌍두아임을 알기에 그럴 것이다. 그녀는 "무엇이든 소유가 돼버리면 변질되기 시작한다는 것, 좋은 건 거리만 잘 유지하면 계속 누릴 수 있다는"(44면) 신조를 가졌다. 당연히, 이 신조가 형성되기까지 타인 혹은 애착으로 인한 상처가 큰 몫을 했다. 한 번도 하우스메이트를 들여놓지 않았던 디디의 원칙에 딱 한 번의 예외였던 "빈"은 "시커먼 구멍"(62~63면)만을 남겨놓고 떠났다. 타인과의 지나치게 가까운 거리가 필연적으로 내장한 시퍼런 칼날, 이것은 인간의 근원적 딜레마 중의 하나이다.

'가까운 거리의 칼날'은 두 가지 의미를 지닌다. 첫째, 애착의 크기에 비례해서 상실의 고통이 깊어진다. 둘째, 가까운 거리는 무장을 해제하고 터무니없는 기대와 의존심을 발생시키며, 이는 실망과 분노의 원천이 되기 쉽다. 지나치게 가깝게 붙어 앉은 두 사람은 '최적 거리'에서 자연스레 지키던 예의를 상실하고 야만인 애정 투쟁의 장으로 진입한다. 원한과 분노로 피투성이가 된 두 사람을 그렇게 만든 것은 다름 아닌 가깝다는 믿음이다. 거리의 밀착도와 상처의 깊이가 비례한다는 관계의 본연적인 딜레마, 이른바 '거리의 딜레마'는 많은 사람들이 눈물을 머금고 밀실로 숨어드는 이유 중 하나가 될 것이다.

타인 혹은 관계가 지뢰밭인 또 다른 이유는 배려-애정의 이중성 때문이다. 빛이 사물을 밝게 하지만 "또 다른 경계에 어둠을 만들어내는" "이중성"(215면)을 지니듯, 배려와 애정도 이면에 독을 품고 있다. 배려와 애정은 드물지 않게, 애초의 좋은 의도를 배반하고 폭력으로 바뀐다. 이런 이중성을 체험한 인간에게 관계는 미로가 되어버린다. 「목격자를 찾습니다」의 찬은 교통사고를 목격하지만 목격자로 나서지 못한다. 평소에 "눈이 부시"(204면)게 바라봤던 수에 대한 애정에서라면 목격자로 나서야 마땅하다. 그러나 고단한 독신생활의 소중한 벗이었던 정과 튀밥 영감에 대한 의리가 그의 발목을 붙잡는다.

정과 튀밥 영감에 대한 찬의 애정은 수를 향한 폭력이고, 수에 대한 애정은 정과 튀밥 영감에게 폭력이 된다. 어떤 경우에도 애정은 누군가를 향한 폭력으로 귀결된다. 이는 단순히 두 갈래의 애정이 상충할 때의 난처함만을 의미하지 않는다. 이는 애정이라는 빛이 본질적으로 폭력성이라는 그늘을 가진다는 보편적 성찰에 닿아 있다. 한편 사고 당시 찬은 화려한 무대에서 박수 소리를 듣는 꿈에 젖어 있었다. 이는 타인의 문제 앞에서 자아의 장벽이 얼마나 견고한지 단적으로 보여준다. '나는 결코 네가 될 수 없다'는 사실은 너에게 다가가는 나의 무릎을 결정적으로 꺾어버린다. 이렇듯 애정이 품은 의외의 독에 아찔해지고 타인 앞에서 자아의 어쩔 수 없는 무력함을 깨달은 이는 "스스로를 유폐시키는 못질"(225면)을 할 수밖에 없다.

타인에 대한 배려가 폭력이 되는 경우는 「열대의 크리스마스」에서도 보인다. 지효는 필리핀 기사와 가정부에게 "기억에 남을 만큼 근사한 식당"(175면)에서 식사를 대접하고자 한다. 그것이 기사와 가정부를 가장 잘 배려하는 길이라고 믿고 있다. 그러나 유명 호텔 식당에서 기사와 가정부는 자신들의 월급보다 훨씬 비싼 음식값에 식욕을 잃어버린다. "오랫동안 고민하고 마련한 이 만찬은 대체 누구를 위한 것인가?"(193면)라는 지효의 자탄 어린 질문은 보다 일반적인 맥락에서 이렇게 변주될 수 있다. 타인에 대한 배려는 과연 누구를 위한 것인가? 배려가 도무지 가능하기나 한가? 물론 배려가 독이 되지 않는 지혜로운 길은 있지만, 의외로 그 길은 좁다. 배려나 애정은 종종 짐작과 달리 어느 순간 가학으로 둔갑한다. 지나친 애정으로 자식을 망치는 부모, 사랑에 순진무구하게 빠졌기에 자신과 상대를 모두 할퀴어 버리는 청년 등 사례는 무궁무진하다. 이는 배려-애정의 야누스적 얼굴을 보여준다. 그러면 어떻게 할 것인가?

답은 역시 야누스가 가지고 있다. 야누스는 타인 혹은 관계를 둘러싼 딜레마의 연원이자 해결의 실마리이다. 배려-애정뿐만 아니라 타인이라는 존재 자체가 이중성을 가진다. 「그녀의 등 뒤」에서 수연은 "더벅머리" 남자가 자신을 등 뒤에서 공격할 것이라는 공포에 떤다. 이때 타인은 내가 모르는 사이에 나에게 폭력을 행사할 수 있는 '미지의 공포'이다. 하지만 타인은 내가 도움을 요청할 수 있는 유일한 가능성이기도 하다. 수연은 "세계명작" 남자와 "실직자"에게 도움을 기대하며, 귀갓길에 "여대생들"과의 연대에 결정적으로 의존한다. 타인은 나를 위협하는 예측불허의 폭력의 담지자인 동시에 그 공포에서 벗어나도록 이끌어주는 구원의 손길이다. 지옥인 동시에 천국인 타인의 숙명적인 이중성은 "이웃이든 가족이든, 관계란" "순간의 혜택을 위해 긴 의무에 복무해야 하는 아주 비효율적인 관계의 방식"(159면)이라는 잠언을 무색하게 만든다.

재앙인 동시에 축복인 타인의 이중성에 대한 인식은 타인이라는 감옥을 파쇄하기 위한 디딤돌이다. 감옥을 감옥으로 인식하지 않는 것은 훌륭한 탈옥법이다. 또 하나의 탈옥법은 견고한 사방의 벽에 온몸을 부딪히고 그 상처를 기꺼워하는 것이다. 거리의 딜레마, 배려-애정의 이중성은 타인에게로 나아가려는 의지에 흠집을 낸다. 인간은 짐작과 달리 어긋나기만 하는, 타인과 얽히고설킨 그물망의 법칙에 절망하고 좌초한다. 이러한 균열이 그를 끊임없이 할퀴지만, 그러나 그 생채기가 바로 살아 있음의 증좌이다. 「너와 나의 도서관」에서 실내 정원의 식물은 대개 "자잘한 손톱자국투성이"(67면)다. 이 상처로 인해, 사람들은 이파리가 "산 것이었구나"(68면)라고 깨닫는다. 여기에서 산 것과 죽은 것 혹은 진짜와 가짜를 구분하는 근거가 "상처"라는 점은 의미심장하다.

상처와 균열을 존재의 조건으로 수긍하면서부터 거리의 딜레마와 배려-애정의 이중성은 긍정적 에너지를 획득한다. 이전에 감옥의 견고한 벽이었던 존재의 이중성은 이제 옥문(獄門)이 된다. "모든 약은 독이고 또한 모든 독은 약효가 있"(82면)기에. 그리하여 준서와 U사서의 관계 맺음은 서로의 허물을 덮어주는 데에서 시작된다. U사서가 도서관 소파들을 난자하는 범행을 저질렀다는 불편한 진실을 준서는 알면서도 질책하지 않고, 준서가 동성애자라는 역시나 불편한 진실을 U사서는 그대로 수긍한다. 여기에서 U사서와 준서의 허물은 단지 개인의 약점이라는 의미 이상으로, 지금까지 본 관계의 일반적인 딜레마를 뜻한다고 보인다. 균열을 끌어안으면서, 독을 약으로 수용하면서 관계는 시작된다.

상처는 생명의 증좌가 된다는 잠언이 육화된 인물이 「란이 왔다」
의 "란"이다. 용감하게 온몸으로 상처를 끌어안으며, 독을 약으로 수
용해가면서 관계의 지옥도에 스스로 몸을 던져 왔던 란은 '불타는
단풍나무 앞에서 아들과 함께 찍은 사진'으로 대별되는 "보석 같은
결실"(123면)을 얻었다. "나"는 란처럼 "찬란하게 타오른 적"(123면)
이 없다고 자탄한다. 표명희 소설에서 익숙하게 보아 왔던, 「방문객」
의 "디디"처럼 관계의 균열성에 민감하여 속으로 움츠러드는 인물인
"나"의 자화상은 "낙엽이 뒹구는 이국의 풍경 속에" "광대뼈가 붉거
져 보일 정도로 퀭한 몰골"(125면)이다. 이런 삶의 궁극이 피폐할 뿐
이라는 진단은 이제 표명희를 어떤 길로 이끌 것인가.

"단념하고 떠나"기를 즐기고, "집착을 마음에서 걷어냈을 때의 자
유로움, 훨훨 어디든 날아갈 수 있을 것 같은 해방감"(123~124면)을
금과옥조로 삼는 "나"의 정신은 분명히 근사하다. 표명희의 이전 작
품에서 보았던 해방의 상상력의 맥을 잇는 이 정신은 인간 조건이라
는 감옥을 파쇄하는 에너지를 가진 귀한 통찰이기도 하다. 하지만
이는 상처가 삶을 삶답게 하는, 목숨의 자기 증명이라는 사유와 분
명히 대척점에 서 있다. 상처 없는 것은 죽은 것이라는, 란으로 현현
된 새로운 잠언이 표명희의 다음 작품들에서 풍만한 육체를 얻게 될
것 같다고 감히 예감해 본다. 그 육체의 살결이 고울 뿐만 아니라 오
장육부까지 튼튼하기를 기원한다.[4]

(2011년 겨울)

---

[4] 이 글의 제목에 쓰인 "다른 곳에 어둠을 만들어내는 빛의 이중성"은 표명희의 「하우스메
이트」, 215면의 "또 다른 경계에 어둠을 만들어내는 빛의 이중성"이라는 문구를 변형한 것
이다.

울지 않는 캔디의 고통 관리법

정한아, 『나를 위해 웃다』

최초의 인간 아담과 이브는 창조주의 뜻을 거역한 죄로 고통과 수고를 겪어야 하는 벌을 받는다. 여기에서 고통과 수고는 성경에 명기된 바 출산과 노동의 그것이지만, 마음의 그것으로 해석해도 무리는 아닐 것이다. 낙원에서 추방된 그들은 배덕 이전과 달리 마음의 고통과 수고를 겪어야만 하는 존재로 전락한 것이다. 엄밀히 말하면 고통은 추방 이전부터 시작되었다. 선악과를 따 먹은 그들은 이전에 몰랐던 부끄러움이라는 감정을 느끼게 된다. 선악을 알게 됨으로써, 눈이 밝아짐으로써 마음은 고통의 그 지난한 항해를 시작한 것이다. 원죄의 결과는 고통이었다. 인류가 탄생한 이래 마음의 고통은 그 억겁의 세월 동안 면면하게 인간의 영혼을 잠식해 왔다.

태초에 고통이 있었기에, 그리고 사정은 지금도 여전하기에, 인간은 시와 소설을 쓰고 그림을 그리고 신을 구하고 현자의 가르침에 귀를 기울여 왔다. 고통은 인류 문화유산을 탄생시킨 숨은 추동력이다. 그리하여 지금 여기의 많은 소설이 고통을 이야기하는 것은 당연하다. 그러나 고통을 이야기하는 것만으로는 충분하지 않다. 현명해지고 싶은 인간은 늘 고통 관리법을 찾아 헤맨다. 각 종교가 그토록 인간의 영혼에 침투할 수 있었던 이유는 아마도 각기 조금씩 다르게 개발하고 연마한 고통 관리법 때문일 것이다. 그래서 작가들도 의식하건 하지 않건 저마다 고유의 고통 관리법을 선보인다. 일탈, 도피, 엄살, 딴전, 승화 등 다양한 고통 관리법이 존재하는 가운데, 정한아는 『나를 위해 웃다』(문학동네, 2009)에서 무척 우아하고 품위 있는 고통 관리법을 제안한다.

이야기는 우선 고통에서 시작한다. 정한아 소설의 인물들은 소외당해서 혹은 버림받아서 또는 어느 날 문득 타인의 부당한 처우에 직면해서 그리고 험한 세상에서 살아남기가 고단해서 고통스럽다. 이 중 "불안"은 그의 소설에서 비교적 자주 등장하는 고통이다. 「마테의 맛」(이하 「맛」)의 "나"는 종종 숨 가쁘게 자전거 페달을 돌리는 꿈을 꾸다가 지쳐서 잠이 깬다. 이는 그녀가 불안하기 때문이며, 불안은 고달픈 일상에서 잘 살아 보려는 기대를 버릴 수 없기에 발생한다. 「의자」의 "그"는 아내의 죽음 이후 "어둠 속에서 벌떼에 쫓기는 꿈"을 꾸고, 「휴일의 음악」(이하 「음악」)의 연인들은 불안 때문에 의미 없이 싸우며, 「첼로 농장」(이하 「농장」)의 "나"는 문득 "이유를 알 수 없는 불안"을 느낀다. 한편 「농장」의 유진은 꿈에 가닿을 수 있다는 희망과 절대로 닿을 수 없다는 절망 사이에서, 꿈을 버려야 하는가 회의하면서 불안해한다. 불안이라는 정서가 눈에 띄는 현상은 작가의 젊음을 상정할 때 매우 정직한 것으로 보인다. 불안이란 젊음을 표상하는 키워드 중 하나임이 분명할 테니 말이다. 그러나 이는 불안이 정한아 소설에 드러나는 고통의 주조란 말이 아니다. 정한아 소설에서 고통은 다종다양하게 현상한다.

그런데 정한아 소설의 특이한 점은 고통 자체보다 고통 관리법이 더 두드러지게 조명된다는 사실이다. 작가는 고통의 발생 경위와 전개 양상, 혹은 고통의 깊이보다는 고통을 처리하는 기술 쪽에 더 주목하는 것으로 보인다. 가령 무릎을 다친 이가 다친 경위와 아픈 정도에 관해서는 되도록 함구하고 처방전의 이모저모를 간곡하게 이야기하는 듯한 인상도 없지 않다. 그리하여 정한아 소설은 종종 외로워도 슬퍼도 울지 않는다는 캔디를 연상시키기도 한다. 속 깊고 씩씩하여 인간적으로 매력적인 정한아 버전 캔디의 문학 윤리적 정당성을 논하기 전에, 우선 퍽 세련된 것인 그녀의 고통 관리법을 차근차근히 살펴보자. 일단 정한아 소설의 인물들은 고통을 느낄 때마다 여기 아닌 다른 곳을 상상한다. 「아프리카」의 "나"는 힘들 때마다 아프리카를 상상하며, 난감한 현실을 단지 "저쪽 뭍에 닿을 때까지만" 건너는 "아주 뜨거운 징검다리"라고 상정하면서 고통을 견딘다. 「맛」의 아빠는 아르헨티나 음식을 요리하면서 일상의 고달픔을 견뎌낼 힘을 얻는다. 여기 아닌 다른 곳을 상상하는 방법은 전작 『달의 바다』에서 감동적으로 선보인 바 있다.

　정한아가 제안하는 또 다른 고통 관리법은 시점 이동술이다. 「나를 위해 웃다」(이하 「웃다」)에서 거인 "엄마"의 큰 키는 세상을 다른 시점에서 보게 하는 장치가 된다. 고개만 숙이면 "세상의 일들이 한눈에 들어"오기에 그녀는 자신에게 상처를 입힌 자들과 자신의 고통을 다른 시각에서 바라볼 수 있다. 이 다른 시각으로 인해 그녀는 타인을 용서하고 고통을 괴롭게 받아들이지 않고 긍정하게 되는 것이다. 그런데 여기에서, 성장으로 인한 시점의 이동은 능동적인 의지의 산물이다. 그녀는 "살고 싶은 마음이 들 때마다" 성장했으며, "크게 되는 것만은" 그녀의 의지였다. 성장은 그녀가 고통을 수락하고 분노를 삭이고 가해자를 용서하기 위해 능동적으로 택한 전략인 것이다. 즉 시점의 이동은 인물이 고통을 관리하기 위해 의지적으로 구사하는 전략이다. 「음악」의 할머니의 노래는 이전에 눈물이었으나 지금은 눈물 이상의 것이다. 그녀는 "허밍과 함께 과거의 감정과 기억에 빠지는 일종의 간질증상"을 겪게 된 이후 지금까지 고난으로 점철되었던 삶을 속속들이 이해하고 보이지 않았던 부분들까지 보게 된 것이다. "나는 구름처럼 높은 곳에서 나를 바라본단다"라는 그녀의 고백대로, 변화는 이동한 시점에서 비롯되었다. 한편, 같은 소설에서 무엇을 그렸는지 알 수 없었던 여자애의 그림은 멀리서 바라볼 때에야 포말을 그린 것이라는 진상을 보여준다. 이 역시 시점의 이동이 수행하는 마술인 것이다. 높은 곳에서 혹은 멀리서 보기, 이것은 고통을 관리하는 꽤 현명한 방법이되 의지를 수반하는 전략적인 것이다.

시점의 이동은 감각의 갱신과도 통한다. 감각의 갱신 역시 훌륭한 고통 관리법이 된다. 「맛」에서 마테 차는 고통을 관리하는 한 방법을 "나"에게 은밀하게 일러주는데, 가르침은 감각을 갱신하는 기능을 통해서 온다. 좋은 마테 차를 마시면 "감각이 활짝 열려서, 미처 느낀 적이 없었던 시간, 장소에까지 가 닿"는다고 한다. 여기에서 마테 차로 인해 "나"는 감각을 갱신하고, 그리하여 고통을 대하는 태도를 변경하는 것이다. 「천막에서」의 "그녀"는 낯설 때 "더 많은 것을 가질 수 있"기 때문에 낯선 것을 좋아한다. 여기에서 낯설게 보기도 감각을 갱신하는 기술이랄 수 있다.

시점의 이동과 감각의 갱신은 자기 변경을 뜻한다. 때로 이 자기 변경은 극심한 고통을 수반한다. 「의자」에서 할머니의 옛 애인은 고통을 수락하기 위해서 "정신의 결을 반대 방향으로 바꾸는 것만 같"은 자기 변경을 시도한다. 그는 큰 나무를 다루다가 작은 나무를 다루는, 나머지 인생의 향방을 역전시킬 만한 고통스러운 자기 변경을 수행하고서야 고통을 감내할 힘을 얻는다. 대체로 이러한 자기 변경을 통해서 인물들은 단적으로 "긍정, 한없는 긍정"(「웃다」)을 얻으며, 고통을 의미 있는 통합적 삶의 한 요소로 수락한다. 희로애락 오욕 칠정으로 버무려진 인간의 고통은, 인생이 통합적으로 무르익어가기 위해 필수적으로 요구하는 인자가 된다. 마테 차가 "요리의 맛을 지우지 않고 하나로 만들어 주"(「맛」)듯이, 통합적 시각은 천변만화하는 고통을 어우러지게 하고, 그 조화에서 값진 의미를 건져낸다. 통합적 시각이 개재한다면, 고통은 더 이상 괴로운 것이 아니라 긍정하고 포용할 만한 것이 된다. 그리하여 「음악」의 할머니는 자기 변경의 과정과 통합적 시각을 통해, 이전에 눈물의 원천이었던 일평생의 고통을 지금 수락하고 그것에서 의미를 건져내며, 끝내 평화를 얻을 수 있는 것이다.

자기 변경과 통합적 시각 이외에 더 중요한 고통 관리법이 있다. 그것은 타인의 고통을 내 것처럼 공감하고 이해하는 것이다. 이는 우선 자신에게 상처를 준 타인을 용서함으로써 분노의 고통에서 스스로를 구출하기 위한 전략이다. 「웃다」의 "엄마"는 자신을 괴롭히는 아이들이 너무 작고 약해 보여서 "용서할 수 있다는 마음"을 품기에 상처를 받지 않고, 자신을 고문하는 자들에게서 "무력감을 읽"기에 그들을 미워하지 않는다. 「아프리카」의 "나"는 하마나 치타나 뱀이 "사실은 두려움 때문"에 난폭해 보인다고 이해하기에, 그들을 좋아한다. "나는 널 이해해"라는 언명은 정한아 소설의 인물들이 고통에서 스스로를 구원하기 위해 뇌는 주문과도 같다. 「댄스댄스」의 아버지와 "나"는 불륜을 꿈꾸었던 엄마의 고통을 이해했기에 보조석이 달린 자전거를 마련하고 청바지를 포기한 돈으로 사파이어 반지를 산다.

그런데 타인의 고통을 이해하는 것은 용서 이상의 의미를 가진다. 타인의 고통을 공감하는 체험은 그 자체로 힘의 원천이 된다. 가령 우리는 친구의 가슴 아픈 사연을 듣고, 혹은 슬픈 음악을 듣고 역설적으로 자신의 고통에 대한 위안과 견디는 힘을 얻는다. 이는 어쩌면 고통의 보편성과 인간의 연대 욕구에서 비롯된 현상인지도 모른다. 즉 인간은 먹고 자고 싶은 욕구만큼이나 고통 또한 어느 정도 공유하며, 타인과 어떻게든 연루되기를 바라고, 연루가 주는 힘에 상당히 의지하니까 말이다. 그리하여 낱개의 고통은 재앙이되, 공감을 이룬 복수의 고통은 은총인지도 모른다. 「의자」의 할머니는 옛사랑이었던 목수가 아마도 실연의 고통과 자기 변경의 고통을 다 쏟아 만들었을 의자를 통해서 일평생 살아갈 힘을 얻는다. 한편 할머니의 고통 체험을 공유한 "나"는 그 힘으로 난감한 상황을 타개할 능력을 얻는다. 또한 이 과정에서 "내"가 겪었을 고통은 "그"와 "아이"를 변화시키는 힘이 된다. 목수의 고통이 할머니의 힘으로, 할머니의 고통이 "나"의 힘으로, "나"의 고통이 "그"와 "아이"의 힘으로 변환하는 연쇄적 고리가 형성된 것이다. 이 고리는 인간이 타인과 어찌할 도리 없이 연루된 존재라는 무섭고도 따뜻한 진실을 시사한다. 어쨌든 무심한 시선에게 타인의 고통은 또 다른 고통의 원천이지만, 공감하는 시선에게 그것은 위무의 손길이다.

고통의 창조적 기능은 「농장」의 유진이 꿈꾸는 "세상에서 제일 아름다운 첼로 소리"가 들리는 농장의 모습에서도 확인할 수 있다. 그곳에선 "모든 사람들이 물처럼 흐르는 음악"을 듣고 "문득 눈물을 흘리고, 거기서도 음악이 흘러나오는 걸 깨닫게" 되며, "그래서 더 이상 슬퍼하는 걸 두려워하지 않게" 된다고 한다. 눈물에서 음악이 흘러나오는 정경은 눈물, 즉 고통의 창조적 기능을 시사한다. 눈물 혹은 고통은 삭막한 불모의 것이 아니라, 가령 아름다운 음악을 생산하는 모태가 된다. 눈물이 창조하는 것이 어디 음악뿐이랴. 이러한 고통의 힘을 알기에 사람들은 슬픔을 두려워하지 않는 것이다. 여기에서 사람들이 모여 있다는 사실에 유념할 필요가 있다. 홀로였으면, 눈물이 그토록 창조적 기능을 발휘하지 못했을 것이다. 우리는 여기에서 타인의 고통을 공유하는 체험이 고통을 창조적 힘으로 전환했으리라 추론할 수 있다. 사정이 이렇기에 소설 일반의 고전적인 기능이 가능할 것이다. 타인의 고통을 보여주고 공감을 유도함으로써 독자를 위무하는 아주 소박한 소설의 기능 말이다.

정한아 소설이 제시하는 고통 관리법은 참으로 품위 있다. 그러나 너무나 우아하기에 역설적으로 짓궂은 혐의를 제공한다. 혹시 이러한 고통 관리법은 경험적 깨달음이 아니라 선험적 소여와 같은 것이 아닌가? 고통의 본색에 관하여 그녀는 말을 아끼지 않는가? 그녀의 소설에서 고통 그 자체의 기술은 추상적 차원에 머무르는 경우가 많다. 그리하여 목재가 "바람과 비를 충분히 겪어야 나중에 뒤틀림이 없"(「의자」)다는 목수의 잠언을 차용하여, 그녀가 충분히 바람과 비를 겪었는지 짓궂게 질문할 수도 있겠다. 고통의 지극한 밑바닥, 현명한 고통 관리법의 통제력을 이탈한 그 심연에서 유의미한 인간의 비밀을 캐어내고 그 양상을 구체적으로 보여 달라는 주문은 일단 더 아파야 한다는 전제를 내포한 것이기에 가혹할 수밖에 없다. 그러나 이토록 성숙하고 따뜻한 시각을 이미 갖춘 그녀가 인간적으로 가혹한 주문서를 제출하는 자의 고통을 문학 윤리적으로 이해할 것으로 믿고, 감히 말한다. 우선 "충분히 울어야"(「농장」) 하지 않을까.

시험을 보기도 전에 모범답안을 미리 알고 있는 영리한 모범생 같다는 인상은, 오해에 불과할 것이다. 그녀는 단지 아직 수줍어할 뿐인지도 모른다. 고통을 모르는 것이 아니라 단지 울지 않을 뿐인지도. 추상적인 풍문으로 존재하는 고통이 아닌 속속들이 겪어서 그 밑바닥까지 구체적으로 아는 그녀만의 고통의 심연이 분명히 있을 것이다. 가장 최근작인 「농장」은 이 점에서 의미 있는 시사점을 던져준다. "이제 용기가 생겼"기에 떠나는 리사와 "더 이상 슬퍼하는 걸 두려워하지 않게 될 거"라는 첼로 농장의 사람들은 그녀 자신의 의지를 투영한 인물들이 아닐까. "뭘 봐도 놀라지도, 웃지도 않"기를 그만 두고, 더 고통스러워하며 고통을 슬퍼하는 용기를 가지겠다고 그녀는 이미 작정했을 것만 같다. 여기에서 슬퍼함은 물론 감상(感傷)의 차원에서 벌어지는 사건이 아니다. 그녀의 아름다운 고통 관리법이 더 깊어진 고통과 대면하여 변증법적으로 쟁투한 결과 찬란함을 더해가는 광경을 기대해도 좋으리라 생각한다.

(2009년 가을)

4부

심리와 섭리의
지형도

오묘하다, 오묘해!

이장욱, 김숨, 정미경, 최인의 소설

태어나서 먹고 자고 배설하다 죽는다. 돈을 벌고 섹스하다 죽는다. 금 안 사람들의 통념을 배우고 익히며 금 밖으로 튕겨나가지 않으려고 애쓰다가 죽는다. 더 많이 갖고 더 높이 올라가려고 버둥거리다가 죽는다. 뻔하디 뻔한 삶의 방식. 그러나 우리는 그러한 삶의 방식 사이로 틈입한 '무엇'에 의해 때로 흔들리고 때로 설레고 때로 절망하고 때로 깨달아 알게 된다. 지성과 감성을 가진 인간은 생존의 차원 너머에 있는 그 '무엇'을 규정하려는 무수한 시도를 감행해 왔다. 그 '무엇'이란 무엇인가.

명쾌히 규정하기 어려우니 사례를 들어 이야기해보자. 가령 살아가면서 느끼는, 이유를 알 수 없는 불안과 공포를 들 수 있다. 또한 무사한 일상 속에 틈입한 어떤 한 순간, 계기를 알 수 없으나 전 존재를 흔들어버리는 한 순간도 있다. 이건 또 어떤가. 감당하기 버거운 과오의 소지자이기에 혐오하고 불편해했던 한 친구를 자주 찾아가서 자신의 속내를 털어놓는 사람이 있다고 치자. 그 사람이 친구에게 품는 감정은 호의인가 혐오인가. 그의 심리가 일목요연하게 설명되는가. 사례를 들어 이야기했거니와, 그래도 그 '무엇'을 규정해야 한다면 대강 인간의 애매한 정서 혹은 인생의 미묘한 섭리라고 해 두자. 물론 그 '무엇'은 들여다볼수록 오묘하기 짝이 없다.

그 '무엇'은 근사(近似)하게는 포착될지언정 제 모습 그대로 온전히 포획되는 법은 없다. 아도르노는 "자연의 언어가 말없는 것이라면 예술은 그처럼 말없는 것으로 하여금 말하게 만들고자 한다"[1]라고 쓴 바 있다. 아도르노는 자연미를 이야기하는 자리에서 그것의 속성을 "말없는 것"이라고 규정했으되, 인간의 정서 혹은 인생사의 섭리 또한 "말없는 것"이라는 속성을 지닌다고 말해야 마땅하지 않을까. 문학은 그것을 비슷하게는 그릴 수 있을지언정 온전히 그리지는 못한다. 온전히 해명되지 못하기에 그것들은 또한 오묘하다. 이 계절이 오묘함에 접근하여 그것을 비교적 선명하게 밝혀 낸 작가들의 소설 네 편을 읽어본다.

그들의 수치를 대신 앓으며 치유하는 영매
— 이장욱, 「고백의 제왕」

무릇 좋은 소설은 비록 짧은 단편이라 하더라도, 다양한 해석의 여지와 다층적인 여운을 남긴다. 또한 좋은 소설은 인간성 저 밑바닥 속에 도사린 어두운 진실, 비밀에 가까울 정도여서 발설하기 꺼려졌던 남루한 진실을 까발린다. 이장욱의 「고백의 제왕」(『창작과비평』, 2008년 여름호)은 이렇게 다각적인 의미를 지니는 한편, 우리 인간

---

[1] 테오도르 아도르노, 『미학 이론』, 홍승용 역, 문학과지성사, 1999, 130면.

성에 은닉된 음침한 면면을 잔혹할 정도로 까발려 보여준다.

한 해의 마지막 날, 한 동아리 출신 대학 동기들이 송년회 술자리를 갖는다. 중년의 그들 중 누군가는 암 투병 중이고, 누군가는 이민을 떠났으며, 누군가는 시간강사 생활을 접고 고깃집을 차렸고, 누군가는 회사를 때려치울 계획을 가지고 있다. 그들 모두가 관심을 두는 화제는 아파트 시세와 정치, 건강 얘기 따위이다. 술자리가 파장 분위기에 이르자 누군가가 "고백의 제왕"을 부르자고 제안한다. "고백의 제왕"이란 그들의 대학 동기 곽(郭)의 별명이다. 대학 시절 곽은 난감한 고백을 일삼음으로써 그들에게 호기심과 불쾌감을 불러일으켰던 친구였다. 그의 고백은 참으로 기상천외했으니, 이를테면 이렇다. 중학교 3학년 때 환갑 넘은 아주머니와 첫경험을 했다, 아버지를 칼로 찌른 적이 있다, 누이를 사랑한 나머지 자살로 이끌었다, 가짜 대학생이었다, 그들이 모두 사랑한 여학생을 임신시켰다, 등등.

재미있는 것은 고백의 제왕의 고백을 듣고 난 후 그들이 느끼는 감정이다. 이십 대 초반에 감당하기 어려운 신산한 내용의 고백에 그들 대부분은 일단 불편해한다. 그들의 감정은 그러나 이 불편함에 그치지 않는다. 사실 이 소설의 묘미 중 첫 번째는 이들의 복잡다단한 감정을 들여다보는 데에 있다. 그들은 모두 곽의 불우한 과거에 "동정"을 표하기도 하지만, "동정이나 연민이라는 표현은 어쩐지 어울리지 않는다는 것"을 어렴풋이 느끼며, 그 감정이 "동경과 혐오가 뒤섞인 다소 복잡한 감정" 혹은 "묘한 불쾌감"일지도 모른다고 생각한다. 하지만 그들은 고백을 늘어놓는 곽에게 불쾌감을 느끼면서도 한편 "곽에게 이끌"리며, 곽의 이야기를 즐긴다. 곽은 동아리에서 쫓겨났지만, 그들 각각은 이후 곽을 따로 만나면서 곽의 이야기를 듣고 자신의 "내밀한 모든 것을 곽에게 고백"한다.

그것이 과거의 과오가 되었든, 내면의 추악한 심리가 되었든, 누구나 남에게 말 못할 수치스러운 비밀을 안고 산다. 지극한 아픔, 회한, 치부를 거론할 때, 종종 앞에 거느리는 '말 못할'이라는 수식어는 우리 마음 저 깊숙이 자리한 어두운 심정이 얼마나 '수치심'과 연결되어 있는지 보여준다. 심정 더 깊고 어두운 곳에 도사린 감정일수록, 그 감정의 강도가 강렬할수록 수치심은 커 간다. 그러나 '말 못할' 심정은 호시탐탐 말할 기회를 노린다. 이 기회는 자신보다 더 수치스러운 자를 발견했을 때 도래한다. 자기보다 더 아프고 더 죄 많고 더 수치스러운 자가 그럼에도 불구하고 자신의 치부를 드러낼 때, 듣는 자는 안도한다.

물론 이러한 안도감은 놀라움이나 불쾌감이라는 외피를 둘러쓰고 찾아온다. 그러나 놀라움 혹은 불쾌감은 안도감을 손쉽게 허락할 수 없는 초자아의 방어 기제일지도 모른다. 사랑한 여학생을 임신시켰다는 곽의 고백을 실상 모두가 즐겼으면서도 종내 곽에게 폭력을 휘둘렀던 곽의 친구들은 이러한 양가적 감정, 타인의 수치스러운 고백에 쾌와 불쾌를 동시에 느끼는 양가적 감정을 잘 보여준다. 방어 기제야 어찌되었든 듣는 자가 느꼈음이 분명한 안도감은 종종 쾌감으로 연결된다. 타인의 더러움을 보고 안도했던 자는 비난이 두려워 선택했던 침묵의 가면을 벗어버리고 보다 당당하게 자신의 치부를 드러내게 되니, 애초에 듣는 자였으나 후에 고백하는 자가 된 이가 느끼는 감정은 쾌감인 것이다. 그래서 곽을 동아리에서 축출한 이후 그의 친구들 모두가 곽을 따로 만나면서 곽의 고백을 즐김과 동시에 자신들의 내밀한 어두움을 고백했을 것이다.

무당은 사람들의 아픔을 대신, 그리고 더 극단적인 방식으로 앓아내면서(비록 종종 그러는 척에 그칠지라도 원칙은 그러하다) 사람들을 치유한다. 신과 인간을 매개해주는 영매(靈媒)이기도 한 그들은 고통과 치유의 매개이기도 하다. 그런 면에서 곽은 타인들보다 더 극단적으로 수치스러워지고 그들을 대리하여 창피를 더욱 강도 높게 당함으로써 그들을 대속하는 매개, 무당인지도 모른다. 더 극단적인 고통과 수치를 현시함으로써 타인의 고통과 수치를 잠재우는 매개. 그리하여 이 매개가 참석한 자리는 화기애애해진다. 곽이 없었던 자리에서 그들은 눈이 오는지도 모르고 있었다. 곽이 참석하고 고백의 향연이 벌어지자 그들은 비로소 눈이 온다는 사실을 깨닫는다. 곽의 존재로 인해 그들은 보다 내밀한 소통의 장에 참여하면서 동시에 마음에 둘러친 더께를 걷어낼 수 있었던 것이다.

또 하나 흥미로운 점은 중년이 된 그들의 고백의 면면이다. 곽의 친구들 중 누군가는 자신의 폭력으로 이혼에 이른 사실을, 누군가는 자신의 소설이 표절이었다는 사실을, 누군가는 그들 모두가 사랑했던 여학생과 얼마 전까지 불륜 관계였다는 사실을 고백한다. 이십 년 전 곽의 남다른 과거에 경악했던 그들은 이제 세월의 흐름과 함께 곽의 과거에 못지않은 충격적인 '과거'들을 가지게 된 것이다. 세월이 흐르면서 순결했던 그들 중 그 누구도 죄악에서 자유롭지 못했다. 시차가 있었을 뿐, 그들이나 곽이나 다를 바가 없어진 것이다. 모두를 죄인으로 만들어버리는, 모두를 수치스럽게 만들어버리는 세월의 힘을 목도한 독자는 당연히, 쓸쓸하다. 세월이 마모시킨 이들의 인간성은 결말 부분, 암으로 투병 중이었던 그들 동기의 임종 소식에도 모두들 선뜻 조문 가기를 꺼려하는 장면에서 극단적으로 드러난다.

이 소설은 또한 소설과 소설가에 대한 범상치 않은 의미 규정을 내포한다. 고백의 제왕 곽은 소설가의 은유로 해석될 수 있다. 실제로 한 친구는 곽을 "끊임없이 이야기를 지어내야 목숨을 부지할 수 있는" "셰헤라자데"라고 부른다. 또한 곽의 고백은 "순간에 대한 묘사가 너무 생생"하다는 특징을 지닌다. 곽은 누이의 인상은 물론, 히틀러와 에바의 결혼 서약 순간의 공기나, 함께 여관방에 든 여자의 옷의 결이 주는 느낌과 그때 벽지와 형광등의 조도 등을 지나치게 생생하게 묘사하곤 했다. 묘사를 즐기는 곽의 화법은 소설가의 작법과 닮아 있다.

소설가 혹은 소설의 본질에 대한 무수한 규정이 존재해왔지만, 이장욱이 곽을 통해 제출한 소설가상은 더없이 그럴듯하다. 곽이 그랬던 것처럼, 소설가는 인간성 밑바닥에 도사린 비루한 면면을 약간은 극단적으로 내보임으로써 독자에게 위로와 쾌감을 준다. 소설가의 이야기는 음침한 인간성에 대한 고백에 다름 아닌지도 모른다. 소설에 상연된 극단적인 너절함을 마주한 독자는 자신의 너절함을 그것과 은밀하게 소통하며 쾌감을 느낀다. 이런 면에서 곽이 그러했듯, 소설가는 독자들의 수치스러운 고통과 죄악을 대신 앓으면서, 더 극단적으로 앓으면서 독자들을 치유하는 영매인지도 모른다.

일상의 무대에 올려진 악몽의 한 순간
— 김숨, 「모일, 저녁」

사랑하는 여인이 호텔에서 기다리고 있다. 동생의 아내인 여인은 만나기 쉬운 처지가 아니며, 그 약속은 쉽게 잡힌 것도 아니고, 약속을 그르칠 때 닥칠 파국은 자명하다. 그 호텔로 향하는 마차가 폭풍우를 만나서 진흙탕에 빠진 채 움직이지 않는다. 아무리 뒤에서 마차를 밀어도 마차는 꿈쩍도 하지 않는다. 연락할 수단도 없다. 이 난감한 정황의 주인공은 악성 베토벤이다. 오래 전 영화 「불멸의 연인」

에 따르면, 이 정황에서 베토벤이 느꼈을 절박한 조바심과 절망 어린 불안이 그의 명곡「크로이체 소나타」를 탄생시킨 영감을 주었다고 한다. 이러한 절박한 조바심 혹은 절망 어린 불안은 그러나, 천재 작곡가만의 전유물이 아니다. 현대를 사는 우리 모두에게 그러한 심경은 낯설지 않다.

자주 꾸는 꿈 중에 이런 것이 있다. 애인이 기다린다, 목욕을 해야 한다, 그런데 수도꼭지가 고장 났다, 우여곡절 끝에 목욕을 하고 나니 화장품이 떨어졌다, 입고 나갈 옷이 세탁되지 않았다, 그러는 동안 애인을 만나기로 한 시각은 이미 지나버리고……. 이런 류의 꿈을 꾸는 이는 아마도 많을 것이다. 고대했던 순간을 조우하기 위해 밟아야 하는 과정은 자꾸만 지연된다. 그 지연 과정에서 느끼는 불안과 초조를 모르는 이는 아마 없을 것이다. 이런 불안과 초조는 우리 삶을 밑간하는 기본 양념과 같이, 삶의 전역에 도사리고 있다. 이런 불안과 초조 끝에 도래한 고대하던 순간도 그러나 짐작과는 다르다. 그 순간은 우리가 꿈꾸던 그대로 도래하는 법이 없다. 그것은 대개 무언가를 결핍한 채, 어느 정도 폐허를 닮은 훼손된 모습으로 도래한다. 이쯤 되면 삶은 악몽이 아니고 무엇이겠는가. 김숨의「모일, 저녁」(『창작과비평』, 2008년 여름호)은 이러한 불안과 절망으로 주조된 악몽의 순간을 극명하게 형상화한다.

"나"는 하루 저녁을 어서 보내고 집을 빨리 떠나고 싶다. 그러기 위해서 일단 저녁 밥상이 차려지기를 기다린다. 그런데 문제가 있다. 아버지가 난데없이 전어를 굽는다고 나섰는데, 그 전어가 다 구워졌다는 소식이 도무지 들리지 않는 것이다. "나는 전어가 잘 구워지고 있는지 한번쯤 베란다를 내다보고 싶었다." "나는 아버지에게 전어가 다 구워지려면 아직 멀었는지 물어보려다가 그만두었다." "다섯 마리나 된다는 전어는 도대체 언제쯤 다 구워질까." 이처럼 되풀이되는 독백에서 드러나듯, "나"는 조바심에 가득 차서 아버지의 전어가 구워지기를 기다린다. 그러나 아버지의 전어는 좀처럼 구워지지 않고, 그동안 어머니는 밥을 안치고 가지를 볶고 꽈리고추를 무치고 된장찌개를 끓이고 고사리를 다듬는다. 어서 밥상이 차려지기를 바라는 "나"의 소망과 반대로, 어머니는 이어서 쓸데없어 보이는 김치 부침개를 부치고, 마침내 오이까지 무치려고 한다. 이때 "나"의 심경은 상상 가능하다. 기다리고 기다리는 일이 주변의 훼방으로 자꾸만 지연될 때 그 조바심과 불안과 짜증이란.

우리는 항상 무언가를 기다린다. 사랑이 이루어지기를, 집을 사기를, 아이들이 잘 크기를, 가까이는 맘에 두었던 이성과 데이트하기를. 밥상을 기다리는 "나"는 늘상 무언가를 고대하며 사는 우리의 모습을 연상시킨다. 한편 밥상이 차려지는 순간이 어머니와 아버지에 의해 자꾸만 지연되는 정황 역시 낯익다. 고대하는 순간은 결코 쉽사리 당도하지 않는다. 소설 속 어머니와 아버지처럼 순간을 지연시키는 인자는 언제 어디서나 존재한다. 밥상을 기다리는 "나"의 불안과 초조는 바로 우리의 그것이다. 더욱이 아버지는 "나"에게 칠 년 간 바깥에 나온 적이 없는 상우 삼촌을 깨우라고 되풀이 요구한다. "나"는 그때마다 삼촌 방의 문을 두드리지만 응답은 당연히 없다. 기다려도 기다려도 차려지지 않는 밥상처럼, 두드려도 두드려도 열리지 않는 문은 "나"의 불안과 초조를 증폭시킨다.

그런데 소설의 말미에서 "나"의 기다림은 결국 보상을 받았는가. 보상은커녕 정황은 더욱 파국을 향해 치달린다. 아버지는 전어가 다 구워졌다는 전언을 남긴 채 담배와 소주를 사러 나간다. "내"가 목도한 구워진 전어의 실상은 참혹하다. 몸통은 사라지고 새까맣게

타 버린 대가리만 남은 것이다. 뿐인가. 담배와 소주를 사러 나갔던 아버지는 늦도록 돌아오지 않고, 오랜 시간 동안 전화 통화를 하던 어머니는 전화선을 목에 친친 감은 채 잠들어 버린다. "나"와 함께 저녁 밥상에 앉은 이는 노망 난 이웃집 노파뿐이다. 기다리던 것은 오지 않았다. 아버지가 그토록 오랫동안 구웠던 전어의 몸통은 사라졌고, 그나마 남아 있는 전어 대가리를 먹은 이는 가족 중 누구도 아닌 이웃집 노파이다. 어머니가 그토록 오랫동안 준비했던 반찬들을 아버지와 어머니는 맛보지 못한다. 기다렸던 것이 도래했으되, 기다렸던 그대로는 아닌 것이다. 이 또한 우리네 인생을 연상시킨다.

고대했던 무언가를 조우할 때, 그 무언가의 실상은 기대에 못 미친다. 사랑의 결실인 줄 알았던 결혼생활은 지뢰밭이고, 남부럽지 않게 잘 키운 줄 알았던 자식은 효도하지 않으며, 집을 사면 또 다른 돈 걱정이 시작되고, 오랜 기다림 끝에 데이트에 성공한 연인은 생각보다 멋지지 않다. 이런 사정은 소설 속 "내"가 결말에 맞닥뜨린 정황과 몹시 닮아 있다. 도래를 기다리는 동안의 불안과 초조, 그리고 도래한 그것의 훼손된 실상. 이것이 인생의 참모습이라면 무섭다. 밥상을 마주한 "내"가 노파에게 뇌이는 "무서워 죽을 것 같아요"라는 말이 전혀 과장으로 느껴지지 않는다.

특이한 것은 작가가 이런 악몽의 순간을 환상 기법이 아니라 사실주의 기법으로 그린다는 점이다. 가령 신탄진, 이대역 쪽 고시원, 대청댐 근처의 장어구이 식당, 광화문의 대형 서점 등 등장하는 지명이 매우 사실적이다. 작가는 빵 가격과 빚의 액수와 곗돈의 규모 등도 매우 구체적으로 제시한다. 심지어 꽈리고추 무침과 오이 무침 등의 구체적인 레시피까지 상세히 보고된다. 이런 식으로 일상의 세목들이 지나칠 정도로 구체적이고 상세하게 기술된 까닭은 작가가 꼼

꼼한 성격을 가진 탓도, 꼼꼼함이 지나쳐 편집증에 이른 탓도 아닐 것이다. 작가는 소설의 무대가 '일상'이라는 점을 특별히 강조하고 싶었던 듯하다.

작가의 전략은 유효했다. 악몽은 원칙적으로 꿈이기에 환상의 형식에 어울릴 것 같다. 그러나 악몽은 환상의 무대를 버리고 일상의 무대를 취할 때 더 끔찍하게 느껴진다. 악몽은 기본적으로 정상의 규율에 대한 기대가 배반되는 지점에서 펼쳐진다. 환상 문법 아래 우리는 보다 관대해지기에, 다시 말해 정상의 규율을 보다 덜 기대하고 그만큼 배반당한 기대로 인한 당혹감도 덜 느끼기에, 악몽의 충격을 보다 완화된 상태에서 감지한다. 하지만 정상의 규율이 기대되는 일상 속에서라면, 기대가 배반되는 순간의 충격이 증폭되기에, 악몽은 훨씬 더 인상적으로 다가온다. 쉬운 예로, 꿈에서 본 구미호보다 일상에서 목도한 구미호가 당연히 더 소름 끼칠 것이다. 이는 어쩌면 악몽의 씨앗은 원래 일상에서 배태되게 마련이기 때문인지도 모른다.

견고한 일상의 규칙과 통념은 과연 견고한가
— 정미경, 「프랑스식 세탁소」

일상은 견고하다. 성인이 된 일상인은 이런저런 지켜야 할 규칙과 의심을 허하지 않는 통념에 둘러싸여 생을 지속한다. 가령 마음속 품은 일에는 열정을 다 바쳐야 한다, 속된 세계에서 성공하려면 크고 작은 희생은 감내해야 한다, 성공을 위해 걸림돌이 될 수 있는 양심은 허약한 마음의 발로이므로 무시해도 좋다 등등. 이런 것이 앞서 말한 규칙과 통념의 일부일 것이다. 이 규칙과 통념을 의심하는 순간, 일상인은 위험에 빠진다. 의심하지 말라, 너 자신을 보호하려면. 이 강령은 성인이 되어 가는 이들을 훈련한다. 의심은 균열이요, 균열은 곧 함정이다.

그러나 일상은 과연 그렇게 견고한가. 열정이라 믿었던 것은 과연 열정인가. 일상이 그 참혹한 이면을 누설하는 틈새는 도처에 존재한다. 그 틈새를 목도한 일상인은 위험에 빠지지만 그러나 그 틈새는 실상 삶의 진실을 열어 보이는, 참 존재의 순간으로 인도하는 안내자이기도 하다. 정미경의 「프랑스식 세탁소」(『한국문학』, 2008년 여름호)는 이런 틈새를 조우한 중년 남자의 하루를 그린다. 장애인 자선단체의 이사장인 "나"는 얼마 전 공금을 유용했다는 혐의 아래 조사를 받고 나왔다. 내연관계였던 비서 민미란은 조사가 끝날 무렵 자살했다. 미란의 자살에도 그다지 고통스러워하지 않았던 "나"는 바닥에 떨어진 양란 꽃송이를 발견하고 심상치 않은 심리적 동요를 겪는다. 반나절 동안 진행되는 "나"의 회상과 상념이 이 소설의 주된 축을 이룬다.

"나"의 심리적 동요의 정체를 밝히기 전에 우선 "내"가 몸담은 세계를 살펴보자. "나"의 세계는 지금-여기의 우리들이 사는 바로 그곳이다. 작가는 성인의 규칙과 통념에 완연히 침윤된 세계의 실상을 정치하게 묘파한다. "나"는 "자선도 사업"이라는 슬로건 아래 공격적인 경영 방식으로 자선 단체를 운영한다. "기부도 트렌드"이며 "가진자들의 소비의 한 형태"라는 논리가 그의 노선을 뒷받침한다. 그는 기업체들을 찾아가서 막연한 동정심에 호소하는 대신 "구체적 사례를 들어 인풋과 아웃풋에 대한 프레젠테이션을 하고" 기부금을 받아온다. 이런 모습은 이른바 경영학적 마인드로 무장하라는 요구가 자연스레 통용되는 지금-여기 세계의 실상이다. 내연관계였던 미란의 자살 소식을 듣고 그가 가장 먼저 떠올린 생각은 이렇다. "남겨진 내 흔적은 없을까?" 몸을 섞었던 여인의 죽음 앞에서도 슬픔에 빠지기는커녕 자신의 안위를 염려하는 모습 역시 이른바 보신주의가 지고의 강령이 된 이 세계의 실상을 보여준다.

"나"를 대하는 직원들의 태도 역시 이 세계의 규칙과 통념을 여실히 반영한다. 직원 대부분은 공금 유용의 혐의로 조사를 받는 "나"를 변호한다. 직원들은 "정직함"보다는 한 푼이라도 돈을 더 끌어 올 수 있는 "유능함"에 더 높은 점수를 주었던 것이다. "내"가 미란이 자살을 결심하도록 동기를 부여하지 않았다고 말할 수도 없다. 그들이 궁지에 몰렸을 때, "만약에 한 사람만 십자가를 져서 지나갈 수 있다면 굳이 둘 다 나설 필요는 없지 않겠는가" 혹은 "이상한 소문이라도 뜨면, 내 인생은 여기서 끝이다" 운운하며 미란에게 희생양이 되도록 유도한 이가 바로 "나"이다. 집단이 위기에 처했을 때, 집단 구성원 모두가 사태에 책임을 지는 것보다 한두 사람의 희생양을 내세우는 편이 낫다는 격률 역시 일상인이 은연중에 동의하는 규칙이고 통념이다. 독자는 이들의 기형적인 윤리 감각을 손쉽게 비난할 수 있는가? 세파를 겪을 대로 겪은 성인이라면, 쉽사리 비난할 수는 없을 것이다. 아마도 소설 속 그들의 모습이 대부분의 우리 모습과 닮아 있을 것이기에.

이들의 기형적인 윤리 감각은 열정이라는 미명 아래 합리화된다. "이 사업을 맡은 후 내 안과 바깥의 모든 에너지를 쏟아부었다"는 "나"의 단언대로, 그 모든 기형적인 윤리 감각은 열정의 당연한 귀결일 뿐이다. 미란을 죽음으로 몰고 갔을, "나"의 냉정한 태도조차 부도덕이 아니라 열정의 소치다. 하긴, 많은 경우 열정은 배타적이고 이기적이다. 이른바 열심히 사는 사람들이 당연하게 수용하는 규칙과 통념, 견고하기 짝이 없어서 무너질 리 없다고 생각되는 이 규칙과 통념이 그러나, 그렇게 당연하고 견고한가. 당연하고 견고하다면, "나"의 이런 질문들은 도대체 뭐란 말인가. "그녀의 부재가 날 그리 고통스럽게 하지도 않았다. 그런데 왜, 오늘 자꾸 미란이 떠오르는 걸까. 그녀와 내 삶이 뒤섞이기 시작한 지점까지 거슬러 올라가면서." "오늘, 지금, 새삼스럽게 날 둘러쌓는 이 점액질의 느낌은 무엇일까." "갑자기 스위치가 내려진 방에서 옆에 누운 누군가를 더듬듯. 안다고 생각했으나 모든 것이 모호해진 순간의 느낌." "나"는 일상에 균열을 일으킨 틈새와 조우하고 있는 것이다. 그렇다면 "나"의 일상에 균열을 일으킨 그 틈새의 정체는 무엇인가.

"나"에게 균열을 일으킨 요인 중 또 하나, 르와조의 이야기를 들어보자. "불타오르는 르와조"라는 별명을 가진 프랑스의 요리사 르와조. "요리만이 르와조의 영혼이었고 그의 전부를 바친 대상이었으며, 바로 르와조 자신이"었다. 르와조는 "나"처럼 자신의 일에 열정을 바치느라 주변을 돌아볼 틈을 갖지 못한다. 그는 일생 동안 단 한 번 사랑했던 여인 실비조차 떠나보낸다. "한 번도 실비에게 자기 전부를 주었던 순간이 없었"다는 고백이 결별의 이유를 밝혀준다. 이별의 아픔조차 디저트의 개발로 승화한 르와조는 요리사로서 전설적인 성공을 거두었지만, 어느 날 설명할 수 없는 공동에 빠져든다.

일생 동안, 르와조는 도마 위의 재료와 그들이 이루어내야 할 요리 사이에서 불가능함을 느낄 때 전율했다. 그것들은 언제나 르와조의 전부를 요구했다. 그 전율들이 모인 것이 르와조 자신이었다. 투명하게 굳어가는 테린을 바라보며 르와조는 자신이 젤라틴에 둘러싸인 그 가오리처럼 생각되었다. 르와조는 그 젤라틴이 무엇인지 묵묵히 바라보았다. 고통스럽다고 생각했지만, 집중해서 들여다보니 그것은 고통이 아니었다.

르와조가 공동에서 본 것은 무엇인가. "가장 견딜 수 없는 게 무엇인지 깨닫는 순간" 그는 자살을 결심했다. 또한 "내"가 "모래의 기슭처럼 기우뚱한 마음"을 추스르기 어려워진 연유는 무엇인가. 소설의 말미 "부끄러움"이라는 힌트가 주어진다. 르와조는 여인 하나를 제대로 사랑하지 못하고 일에만 몰두해 왔던 자신이 부끄러웠을까. 일상의 규칙에 함몰되어서 참 존재의 윤리를 잊고 살았음이 부끄러웠을까. 가오리를 둘러싼 젤라틴처럼 열정이 실상 감옥이었다는 사실, 자신은 그 안에 수감된 죄수였다는 사실을 뒤늦게 깨달아서 부끄러웠을까. 열정이 또한 참 존재를 은닉하는 가면이었음을 자각하고 부끄러웠을까. 사랑도 지키지 못하고 도달한 그 지점이 실상 초라하디초라해서 부끄러웠을까.

그렇다면 "나"는 "연민을 불러왔다기보다는 쉬운, 뭐가 쉬운지는 모르지만 어쨌든 만만하게 보였던" 미란, "누군가의 환상이 되기엔 한구석이 부족했"던 미란을 두고, "닭국물 수프든 라면이든, 그녀를 위해 특별한 기념비가 필요할 것이라는 생각을" "한 번도 한 적이 없었"기에 부끄러웠을까. 미란이 죽기 직전에 "나"를 "좋은 분"이라고 말해주었기 때문에 부끄러웠을까. "나" 역시 열정이라는 가면으로 가려버린 자신의 맨 얼굴을 직시해보니 그것이 추하디 추해서 부끄러웠을까. 부끄러움은 일상의 규칙과 통념을 의심하기에 충분한 계기가 된다. 이로 인한 균열은 다분히 위험하다. 르와조는 그리하여 자살까지 결행하지 않는가. 그러나 이러한 틈새를 마주하지 않고 살기란 얼마나 어려운가. 이 틈새가 파국으로 이끄는 치명적인 함정이 될지, 참 존재의 윤리로 인도하는 복음이 될지, 그것은 오직 틈새 앞에 선 자의 선택에 달린 문제일 터이다.

우리가 아는 것은 추락하고 있다는 사실뿐이다
― 최인, 「엘리베이터」

초고층 오피스텔의 엘리베이터가 고장 났다. 로비에서 사람 몇 명을 태운 엘리베이터는 15층까지는 너무 느릿느릿 올라가다가 50층까지는 초고속으로 올라가더니 50층에서부터는 무서운 속도로 떨어지기 시작한다. 잠시 후, 정신을 차린 사람들은 상황을 제대로 파악할 수 없다. 계기판의 숫자는 빠른 속도로 넘어가고 있고, 떨어지는 소리도 들린다. 그러나 엘리베이터가 바닥으로 떨어져 충돌하지는 않는다. 최인의 「엘리베이터」(『계간문예』, 2008년 여름호)는 이 엘리베이터 안에 갇힌 사람들의 한때를 그린다. 엘리베이터 안에서 사람들이 연출하는 풍경은 지금 여기에서 우리들이 살아가는 모습과 꼭 닮아 있다. 엘리베이터는 우리가 사는 세계로, 갇힌 사람들은 바로 우리들로 해석 가능하다. 그러면 엘리베이터 속 풍경과 우리 사는 모습이 도대체 어떻게 닮아 있는지 구체적인 면면을 살펴보자.

첫째, 그들은 자신들이 처한 상황의 실상을 모른다. 엘리베이터가 추락해서 땅에 처박힐 것인지, 중간에 서 있는지, 그저 조금 고장 났을 뿐인지, 아무 이상이 없는지 모른다. 실상은 은폐된 채 구구한 해석들만 난무한다. 그 해석들 중에 급기야, 엘리베이터가 지구 중심부를 통과하여 머지않아 지구를 뚫고 반대편으로 날아갈 것이라는 해석마저 등장한다. 문제는 주변 사람들이 이런 해석을 헛소리로 치부하지 않고 꽤나 그럴듯하다고 믿는다는 사실이다. 우리도 우리가 사는 세계의 실상을 온전히 모르는 채 세계의 실상에 관한 이런저런 풍문에 귀를 솔깃해가며 산다.

둘째, 그들은 공포로 가득 찬 엘리베이터 안에서 어떻게 탈출해야 할지 모른다. 엘리베이터에서 탈출할 수 있는 유일한 방법은 천장 밖으로 나가는 것이다. 하지만 천장 바깥에서 더 큰 위험을 맞이할지, 구출될지, 아는 사람은 아무도 없다. 그리하여 과연 엘리베이터 안에서 공포를 마주하며 머물러야 할지 천장 바깥으로 나가야 할지 아무도 모른다. 악몽 같은 상황의 타개책에 관하여, 가능한 것은 있지만 확실한 것은 없다. 우리도 난관에 부딪혔을 때 이런저런 타개책을 생각해 보지만, 그중 결정적인 타개책이라고 확신할 수 있는 것은 대개 하나도 없다.

셋째, 그 와중에서도 그들은 자극적인 광경에 잠시 자신의 처지를 잊는다. 청바지는 간질 발작을 일으키고, 청바지의 애인으로 보였던 미니스커트는 청바지를 버리고 대머리의 팔짱을 낀다. 선정적인 이 장면을 목도한 다른 사람들은 생명의 위협을 받고 있는 자신들의 처지를 잠시 망각한다. 많은 멜로드라마가 관객의 시선을 끄는 수단으로서 질병과 불륜을 소재로 택한다는 사실은 잘 알려져 있다. 타인의 질병과 불륜은 흔히 흥미로운 구경거리가 되고, 나는 그 구경거리의 선정성 덕분에 잠시 나의 불행을 잊는다.

넷째, 그들의 처지를 파악하거나 상황 타개책을 모색하는 와중에 이 소설에 난무하는 구구한 주장들이 주목된다. 신문만 보아도 알 수 있다. 현 상황을 규정하고 나아갈 바를 제시하는 말들이 얼마나 많은지. 인문학 또한 그러하다. 인간의 본질을 규정하는 학설은 얼마나 구구하고 제시하는 이상 또한 얼마나 다채로운가. 봉사 코끼리 더듬듯, 모두들 코끼리 전체를 보지 못하고 저만의 논지를 전개한다.

마지막으로, 앞의 구체적 면면을 떠나서 확실한 것은 그들 모두 공포를 느낀다는 사실이다. 끝도 없이 추락하는 엘리베이터와 도처에 위협이 도사린 이 세계가 닮지 않았다고 말할 수 있는가. 우리가 일상에서 조우하는 크고 작은 공포가 엘리베이터 승객들이 마주한 공포와 다른 것이 무엇인가. 그래서 아래 인용 대목에서 보듯, 엘리베이터 사태에 달린 주석은 바로 우리들 삶에 대한 주석이 된다.

우리가 어디로 가는지, 또 어떻게 될 것인지는 아무도 모릅니다. 우리가 알 수 있는 건 엘리베이터와 함께 추락하고 있다는 사실뿐입니다. 어딘가…… 끝은…… 있을까요? 미니스커트가 착 가라앉은 목소리로 떠듬떠듬 말을 꺼냈다. 글쎄요, 끝은 있을 수도 있고 없을 수도 있습니다. 우리 인생처럼 말입니다.

(2008년 가을)

형형색색 천변만화 사랑의 빛깔

김희진, 김경욱, 윤영수, 최형아의 소설

　사랑은 소설의 영원한 화두인가. 이 계절에 발표된 소설 대부분이 외로움과 연애와 가족에 대하여 이야기한다. 우리는 생래적으로 외롭고, 외롭기에 연애를 꿈꾸며, 연애하다가 가족을 이룬다. 그러니까 외로움과 연애와 가족은 각각 사랑의 전제, 과정, 후일담으로 번역 가능하겠다. 그렇다면 사랑이 불씨가 되지 않는 소설은 거의 없는 것 같다. 물론 이러한 일반화로 간명하게 해명되지 않을 만큼 소설에 그려진 사랑의 빛깔과 양태는 다종다양하다. 이 계절 작가들이 상연해 보여준 풍성한 사랑담 중에 특히 흥미로운 네 편을 읽어본다.

사랑의 탈을 쓴 증오, 증오의 탈을 쓴 사랑
― 김희진, 「해바라기 밭」

　사랑의 감정은 한 가지 빛깔을 지니지 않는다. 어떤 사랑의 경우 미움과 원망과 두려움과 죄책감이 뒤범벅이 된 복잡다단한 빛깔을 띤다. 끌림으로 시작되었으나 끌림이 수반하는 죄책감과 두려움 때문에 원망과 미움으로 전이된 사랑. 형형색색 원색의 페인트 물감이 서로 섞이지 않고 한 양동이 안에 들어 있다 치자. 그 양동이 속 사정과 흡사한 색깔의 사랑이 분명히 존재한다. 김희진의 「해바라기 밭」(『세계의문학』, 2007년 겨울호)은 이러한 현란하지만 음습하고 어지러운 사랑의 심리를 인상 깊게 형상화한다.

화자인 "나"는 집요하게 "놈"을 괴롭힌다. 괴롭히는 방식이 괴이하다. 놈을 해바라기 밭 한가운데에 앉히거나 해바라기 몇 송이를 꺾어 놈에게 보게 하는 것이 고문의 요체이다. 수갑과 포승줄을 채웠달 뿐 세 끼 식사도 해 먹이고 해바라기를 억지로 보게 하는 것 외에는 어찌 보면 고문이랄 건 없어 보인다. 소설 말미에 놈이 엄마의 두 번째 남편이라는 사실이 암시된다. 또한 놈이 화자를 원했으며, 화자 역시 놈을 원했음도 암시된다. 화자의 남자였던 "그"와 화자의 엄마는 모두 죽었다. 화자는 놈이 그 두 사람을 죽였다고 믿는다. 실제로 놈이 그 두 사람을 죽였는지는 확실히 드러나지 않는다. 다만 놈은 자기를 다그치는 화자의 말을 굳이 부정하려 하지 않을 뿐이다. 그러한 놈의 반응은 화자를 달래려는 마음에서 비롯되었을 수도 있으니, 놈이 직접 살인에 개입했다는 증거는 못 된다. 그렇다면 이 우스꽝스럽고 기이한 고문극의 원인은 무엇인가. 무엇 때문에 화자는 놈을 고문 같지도 않은 고문으로 가학하는가. 이 소설의 묘미는 이러한 화자의 심리를 추적하는 데에서 발견된다.

"해바라기로 변한 자신의 몸을 보며 놈은 평생 두려움과 죄책감을 느껴야 한다"는 화자의 독백은 그녀의 기이한 행태의 원인을 설명해 준다. 엄마의 두 번째 남편이 자신을 원한다는 사실을 알고 자신 또한 그렇다고 생각한 화자는 두려움과 죄책감에 몸을 떨었을 것이다. 더구나 엄마와 자신의 남자인 "그"는 죽었다. 그들 관계에 장애가 되는 요소가 사라진 이후 화자는 무엇을 느꼈을까. 자유롭게 사랑할 수 있다는 안도감을 느꼈을까. 아니다. 아마도 이전보다 더한 두려움과 죄책감을 느꼈을 것이다. 심지어 자신이 그들을 죽였다는 자책에 빠졌을 수도 있다. 그녀는 자신을 질책하는 마음을 놈에게 투사해서 놈을 죄인으로 만들고 고문했을 것이다. 그러므로 놈에게 가하는 고문 아닌 고문은 실상 화자가 자신을 미워하고 탓하는 마음에서 비롯되었을 터이다. 놈에 대한 미움 아래에는 화자의 자책감과 공포가, 자책감과 공포 아래에는 놈에 대한 사랑이 잠복해 있다.

아름다운 해바라기 꽃이 고문 도구가 되는 역설처럼, 사랑 감정 역시 원망과 미움으로 표출되는 역설은 가능하다. 가능한 정도가 아니라 실상 흔하고 흔하다. 이 소설은 사랑하기에 두려워하고, 사랑이 다른 누군가에게 죄가 되기에 자신을 질책하고, 자신을 질책하는 마음을 사랑하는 대상에게 투사하여 대상을 미워하는, 결국 사랑이 증오의 씨앗이 되며 증오가 곧 사랑의 다른 표현이 되는 복잡다단한 심리적 메커니즘을 예리하게 파헤친다. 아름답지만 섬뜩한 해바라기 꽃은 이 사랑의 탈을 쓴 증오 혹은 증오의 탈을 쓴 사랑의 이미지를 인상 깊게 구현한다.

그(그녀)를 사랑하는가, 라는 난해한 질문에 대한 답이 벼락처럼 떨어진 어느 날
— 김경욱, 「혁명 기념일」

독신 남녀의 비율과 이혼율이 기하급수적으로 상승하는 오늘날, 미래를 기약하지 않은 채 살을 맞대고 사는 남녀의 정경은 과히 낯설지 않다. 그들은 수십 년 전 흑백영화 속 커플처럼 열정적인 사랑의 고백을 남발하지 않는다. 사랑에 모든 것을 투기하지 않고 서로에게서 최소한의 육체적·정서적 욕구만 충족하기를 바라는 이른바 쿨한 사랑의 방식이 현명한 연애법으로 대두된 지도 이미 오래다. 어언 십여 년 전 사랑에 관한 환멸을 전제로 집착과 무거움을 거부하는 냉정한 사랑법을 선보였던 은희경이 대중의 정서를 민감하게 선취했음은 지금 여기에서 연애 중인 커플 몇몇의 속내만 들여다보아도 확인된다.

광기 어린 열정에 빠져듦을 거부하고 편안한 거리를 지키는 사랑 방식은 대개 사랑에 데인 자국을 그 유아적 흉터로 간직하고 있다. 사랑의 불완전함을 숙지하고 사랑에 많은 것을 기대하지 않기. 흔해진 연애 경험으로, 덩달아 흔해진 연애 실패 경험으로 어른이 된 이들의 연애 강령은 이와 같을 것이다. 그러나 그들도 시시때때로 고개를 쳐드는 다음 질문을 피해 갈 수는 없다. 우리는 서로 사랑하는가? 아니, 나는 저 사람을 사랑하는가? 김경욱의 「혁명 기념일」(『문학수첩』, 2007년 겨울호)은 이 질문에 대한 대답을 기적처럼 찾게 된 한 여인의 하루를 그린다.

"영신"은 사귄 지 6년 된 남자친구를 둔 서른일곱의 여자이다. 그들은 서로 결혼 얘기를 입 밖에 내지 않는다. "열정을 불태울 기회도 없이 오랫동안 알고 지낸 탓인지 알몸을 맞대고 있으면 피붙이를 안고 있는 것 같은 기분"이 든다는 그들. 영신이 남자친구에게 자신을 만나는 이유를 물으면 그는 "사랑하니까"라는 대답 대신 "편하니까"라는 대답을 들려준다. 영신은 남자에게 프러포즈의 말을 듣기를 두려워하는데, 그것은 잔인할지도 모를 진실과 대면하기가 두려워서이다. 아마도 그들이 서로 사랑하지 않는다는, 그들이 나눈 것은 남

271

루한 욕정뿐이라는 진실이 잠복해 있을까봐 두려워하는 것이리라. "진실을 알기 전에는 두려움에 떨고 진실을 알고 나서는 회한에 몸서리친다"라는 아포리즘은 진실을 대면하기를 두려워하는 영신의 심경을 반영한다. 그러나 관계의 진실은 실상 당사자에게도 은닉되어 있다. 물어 보라. 그(그녀)를 사랑하느냐는 질문에 허풍쟁이가 아닌 이상 자신 있게 고개를 끄덕일 수 있는 연인이 얼마나 되겠는가.

하지만 시간은 균질하지 않다. 김경욱의 표현대로 "뒷골목 캄캄한 모퉁이에서 튀어나온 치한 같은" 어떤 순간, 진실은 도둑처럼 찾아든다. 이 소설 속의 영신도 그런 순간과 조우한다. 남자친구가 탑승했을지도 모르는 비행기의 피랍 소식을 듣고 그의 생사를 몰라 불안과 두려움에 떨었던 몇 시간 동안, 그녀는 예기치 못했던 진실과 맞닥뜨렸음을 깨닫는다.

영신은 남자친구와 마지막으로 만났던 때를 기억해내려 애썼다. 결혼한 적 있다고 어렵사리 털어놓았을 때 싸늘한 침묵으로 야유했던 자신이 견딜 수 없었다. 스스로를 겨눈 독한 회한에 부들부들 떤다는 것, 그것은 그녀가 전에 살던 세상으로 결코 돌아갈 수 없게 되었음을, 생을 통해 몇 번, 길을 잘못 든 이방인처럼 찾아오는 진실과 맞닥뜨렸음을 의미했다.

영신이 조우하기 두려워했던 진실은 남자친구를 사랑하지 않는다, 가 아니었다. 그 반대이다. 우선 그녀가 느낀 것은 그를 따뜻하게 품어주지 못했던 과거에 대한 회한이며, 영신이 회한에 떤다는 사실은 그녀가 그를 사랑함을 의미한다. "길을 잘못 든 이방인처럼" 찾아온다는 진실. 살면서 이 순간과 몇 번이나 조우하게 될지는 모르지만, 자기 자신조차도 모르던 진실이 뚜렷하게 그 모습을 드러내는 이 순간은 분명 혁명적인 순간이다. 이런 맥락에서 소설의 제목이 "혁명기념일"인 연유도 짐작 가능하다. 어쨌든 내면의 진실을 깨달은 영신은 남자친구에게 "진부하지만 이제껏 누구에게도 건넨 적 없는 진실의 불씨, 듣기만을 바랐을 뿐 단 한 번도 들려준 것 없는 그 흔한 말"을 하려고 한다.

"살아가다 보면 만 년만큼 길게 느껴지는 하루와 만나기도 한다"라는 문장으로 시작하는 이 소설은 영신이 하루 동안 겪는 불운을 연달아 그린다. 노련한 작가는 영신의 자질구레한 불운을 이야기하면서 독자의 주의를 교란한 후, 정작 중요한 이야기는 말미에 매우 짧게 숨겨 둔다. 위태로운 여담에 불안해하며 따라갔던 독자는 작가의 위장술에 현혹되었던 만큼 의외의 결말에 허를 찔린다. 이 소설이 여운을 남기는 까닭은 이러한 세련된 소설 작법에도 기인하겠지만, 그보다도 이 시대에 특유한 연애 정서를 민감하게 감지한 작가의 날카로운 시선에 만만찮게 빚지고 있다. 즉 과거 어느 때보다도 연애가 흔해진 세태에, 더불어 흔해진 이른바 쿨한 연애의 홍수 속에서, 사랑하는지 아닌지 알 수 없어 하는 혼란에 빠진 커플들이 그만큼 많아졌으며, 따라서 '사랑인가 아닌가'라는 질문이 폭넓은 공감대를 형성하는 화두로 부상했기에, 이 소설이 독자의 성감대를 건드릴 수 있었을 터이다.

시초의 사랑보다 더 지독한 사랑
— 윤영수, 「아직은 밤」

본능적인 외로움에 떨다가 때로는 지옥불과도 같은 광기 안에 놓였다가 혹은 감정의 정체를 알지 못하여 혼란스러워했던 남녀. 드디어 영원히 사랑할 것을 결심하고 결혼에 이르렀다. 그러나 결혼은 사랑의 끝이 아니라 시작이다. 고행과도 같은 사랑-행의 시작이다. 이제 문제는 감정이 아니라 수행(修行)이다. 일찍이 에리히 프롬은 이렇게 썼다. "우리는 성애에 있어 중요 요소인 '의지'라는 것을 무시하고 있다. 누군가를 사랑한다는 것은 결코 강렬한 감정만은 아니다 — 그것은 결단이고, 판단이며, 약속인 것이다. 사랑이 만일 감정에 불과하다면, 서로 영원히 사랑한다는 약속의 기반이 없게 될 것이다. 감정은 왔다가 사라져 가는 것이다."[1]

이제 사랑은 감정이 아닌 약속과 의지의 외피를 둘러쓰고 연인들을 시험한다. "사랑은 행동이며, 인간의 힘의 실행"[2]이라는 프롬의 견해에 따르면, 시기와 질투와 소유욕 따위로 점철된 어지러운 감정은 열정일 뿐이며 저급의 사랑일 뿐이다. 이른바 고급 사랑은 인내와 배려와 양보와 헌신으로 점철된, 보살행에 가까운 사랑-행의 집적으로 도달 가능하다. 거의 종교적 차원에서 전개될 이러한 사랑은 시초보다는 종말에 더 밀접하게 관계한다. 그것은 사랑을 시작하는 자들의 이야기라기보다는 겪어내고 완성해내는 자들의 이야기이다. 동서고금의 무수한 현자들이 사랑을 수행하는 방법을 되풀이 강론한 까닭도 '사랑-행'이 '사랑-감정'보다 더 본질적이기 때문일 것이다.

가족을 이루며 함께 낡아가는 남녀. 그들은 더 이상 아름답지도 매혹적이지도 않지만, 그 어느 때보다 치열한 사랑의 장 안에 놓여 있다. 그들은 불행의 탓을 상대에게 돌리며 원망하고 미워하다가도, 때로는 고난의 원인이 자신의 부족한 사랑임을 반성하기도 하고, 스

---

1) 에리히 프롬, 『사랑의 기술/인간의 마음』, 백문영 역, 혜원출판사, 1994, 57면.
2) 위의 책, 26면.

스로 더 사랑하려고 노력하기도 한다. 감정은 사라지고 윤리가 남는다. 그러나 오해하지 말자. 이 윤리는 사람을 구속하는 허울을 뜻하지 않는다. 이 윤리란 연민과 이해와 헌신으로 채워 넣어야 할 보살행의 의미에 가깝다. 부부는 어떤 면에서 서로에게 부처이고, 화두이다. 그들은 서로를 통해 수도(修道)한다.

윤영수의 「아직은 밤」(『실천문학』, 2007년 겨울호)에 등장하는 목사 부부는 일견 고갈된 사랑으로 위기에 처한 관계로 보인다. 남편의 실수로 딸이 한쪽 눈의 시력을 잃자 부부는 점점 수렁에 빠져든다. 아내는 매일 밤 통곡의 기도를 하며 평안한 잠에 빠져드는 남편을 점점 더 증오하게 된다. 아내는 자신의 상심을 견디지 못하여 딸에게도 따뜻하게 대해주지 못한다. 남편과 아내가 남남처럼 지내던 어느 날, 딸은 급기야 자살하고 만다. 이후 남편은 낙향하여 예순다섯 살 과수댁에게 위로를 받으며 지내고 있다.

소설의 첫머리에서 아내는 아들의 결혼 문제를 의논하고 자신의 건강 문제를 위로 받기 위해서 남편을 찾는다. 그러나 그녀는 남편과 과수댁의 사이가 심상치 않음을 짐작하고 외롭게 발길을 되돌린다. 일견 남편이 씻을 수 없는 과오를 저지른 것처럼 보인다. 그러나 아내는 옛일을 회상하면서 자신이 그 모든 불운의 피해자가 아니라 가해자였음을 깨닫는다.

> 나는…… 아니, 내가 아는 그 여자 말야. 그 여자가 자기 딸아이에게 미안한 건…… 사고가 있은 후에 딸아이를 단 한 번도 환하게 웃으며 안아주지 못했다는 거야. 아이는 겉으로 자기감정을 표현하지 않았어. 표현할 수가 없었지. 당사자인 자기보다도 엄마가 끝없이 상심하고 못 견뎌 했으니까. 내가 아는 그 여자는…… 그 여자도 알아. 바로 자기 때문에 딸이

희생되었다는 것을. 눈 한쪽 불편한 것쯤은 장애도 아니라고, 희망을 가지고 즐겁게 사는 것이 중요하다고 보듬어주기만 했어도 딸아이는 죽지 않았어.

딸에 이어…… 남편의 목을 조른 이도 바로 나였다. 하나님의 뜻이었다고 밀어붙이지 않고는 자신이 일으킨 사고를 마주 볼 용기도 없었던 그를, 사랑하는 딸을 다치게 한 장본인으로서 나보다도 훨씬 더 괴로웠을 그를 나는 온갖 냉소와 침묵으로 와락와락 흔들어 젖혔던 것이다. 왜 나는 그를 그토록 증오했을까. 그의 안에 내가 아닌 하나님이 더 많이 들어차 있다는 사실을 왜 그렇게 못 참아 했을까. 딸이 떠난 지 4년, 지금껏 남편의 실수를 용서하지 못하는 나는 누구인가. 남편을 겨우 사람의 몰골로 살게 하는, 세상을 향한 유일한 창인 과수댁에게 질투와 모멸의 시선을 보내는 내 패악은 언제나 끝이 날 것인가.

아내는 여전히 자신에게 닥친 불운을 원망하면서 자신을 가련한 피해자로 규정하고 스스로의 울화 안에 갇혀 살 수도 있었을 것이다. 그러나 그것은 구원이 되지 못한다. 그녀는 이 모든 불행의 원인이 결국 자신의 냉정함과 이기심이었다는 사실을 깨닫는다. 피해자의 자리에서 가해자의 자리로 스스로 옮겨 앉은 셈이다. "따뜻한 위로와 격려"를 베푸는 대신 자기만의 고통 안에 갇혀 있었던 자신이 실상 가족에게 가해자였음을 그녀는 깨닫는다. 그녀는 지금 막 진정한 사랑-행의 도로에 올라 선 셈이다. 그녀의 태도가 혹여 위선적으로 보이는가? 아니, 어쩌면 그것은 생존법이다. 사랑이 불씨가 되어 출발한 가족이라는 구성체는 그 유지를 위해서 끊임없이 더 큰 사랑을 요구한다.

이성에게 홀려서 겪는 어지러운 감정이 불씨라면, 이해와 용서와 인내 등등 덕목은 불이 꺼지지 않기 위해서 끊임없이 제공되어야 할 땔감이다. 땔감은 물론 오랫동안 풍부하게 제공되어야 좋을 것이다. 그렇게 아름답게 오래오래 타오르는 불꽃. 그것이 무엇을 위해 타오르는지는 모르겠으나 적어도 그 불로 인해 어둡고 추운 밤이 보다 견디기 쉬워지는 것만은 사실이다. 서로에게 부처가 되어 오랜 시간의 수행 끝에 조우할 그 사랑은 사랑의 시초였던 그 사랑보다 훨씬 더 지독한 것이리라.

인간의 감옥, 애욕
— 최형아, 「퓨어 러브」

광기와 도착이 혼재된 어지러운 사랑에서 감정의 진실을 알지 못하여 혼란에 빠진 사랑, 수도(修道)에 가까운 사랑-행까지, 사랑의 모습은 각양각색이다. 실로 사랑의 양상과 빛깔은 이 글에서 다룬 몇 가지의 경우를 훨씬 뛰어 넘어 다양하고 다채롭기 짝이 없다. 그 모든 양태의 사랑의 근저에 도사린 것은 인간의 외로움일까, 그러니까 애욕 혹은 성욕일까. 사랑을 구하도록 운명 지워진 인간에게, 그렇다면 외로움-애욕-성욕은 생래적으로 뒤집어 쓴 굴레인가, 태어날 때부터 수감된 감옥인가. 최형아의 「퓨어 러브」(『계간문예』, 2007년 겨울호)는 인간 조건으로서의 애욕을 다소 처참한 모습으로 보인다.

주인공은 열한 살 때 교통사고로 미토콘드리아 신진대사에 이상이 생겨서 진행성 근육 질환을 앓는다. 말하는 것도 자유롭지 않을 만큼 근육을 제대로 쓰지 못하는 그는 단편영화에 출현한 이후 세간의 관심을 받는다. "세상 어디에도 무성(無性)의 존재는 없"다는 주제로 만들어진 단편영화에서 그는 "사랑하고 싶다"며 쑥스럽게 웃었고, 휠체어를 타고 매춘업소를 방문했다. "사랑에 대한 강력한 의지"를 보여주자는 영화의 의도는 성공을 거두어서, 많은 사람들이 그에게 관심을 가지기 시작했고, 급기야 "섹스 자원봉사"를 제공하겠다는 여자가 나타난다. 이 소설은 그가 섹스 자원봉사 여자를 만나는 하루 동안의 일정을 그린다.

　기대하고 기대했던 그녀와의 섹스는 무참하게 실패로 끝났을 뿐 아니라, 그는 그녀에게 참혹한 모욕을 당한다. "그의 처지에 진실한 이해를 갈구한다는 게 가능한 일이었을까. 도대체 진짜 사랑을 기대할 수나 있는 것일까. 그런 기대를 가진다는 게 오히려 섣부른 망상 아니었을까"라고 뇌이며 실패의 처참함을 곱씹는 그에게 다시 한 번 전화가 걸려온다. 전화를 걸어 온 방송국 기자는 그가 찍은 단편영화와 관련하여 여성단체, 성 노동자의 날, 성매매 여성 교육 등을 운운하며 인터뷰를 요청한다. 사회적 이슈의 중심에 선 위치와 상관없이, 아니 오히려 중심에 섰기 때문에 더 극심하게, 그는 외롭고 고단하다.

　우선 이 소설은 개인의 실존적 난제를 푸는 데 아무런 도움을 주지 못하는 사회 시스템의 허구성을 지적한다. "세상은 매양 그의 의지와 상관없이 돌아간다"는 그의 푸념처럼, 사회는 그의 처지의 상품성만을 고려할 뿐, 진정으로 그를 도와주지 않는다. 장애인의 소외된 성 문제에 사회는 관심을 가지기 시작했지만, 본질적인 해결책은 그 누구도 제시하지 못한다. 그 와중에서 실제 문제의 당사자들은 이중으로 외롭다. 일차적으로 사회에서 소외 당해서 외롭지만, 이차적으로 사회의 관심이 오히려 소외감을 증폭시키기에 그들은 겹으로 외롭다.

한편 우리는 이 소설에서 극한의 상황에 놓인 인간의 애욕을 주목할 수 있다.

난 상상은 싫어. 진짜로 한번, 여자와 그것을 할 수 있다면 소원이 없겠어. 꼭 사랑이 아니어도 상관없어. 아니 그런 건 꿈도 꿀 수 없겠지. 겨우 하룻밤이야. 딱 하룻밤. 내 손으로 여자의 옷을 벗기고 그녀의 가슴을 어루만지고, 그녀의 비너스에 입을 맞출 수 있다면, 당장 죽어도, 상관없을 것 같다고.

섹스 자원봉사 여자를 만나러 가는 주인공의 심정이다. 한번도 제대로 된 사정을 해보지 못했다는 그는 최소한의 욕구를 어머니의 손에 의존한다. 어떤 상황에서도 끊을래야 끊을 수 없는 인간의 애욕. 그것은 어떤 의미에서 인간의 한계이자 태생적으로 뒤집어 쓴 굴레인지도 모른다. 애욕의 그물망에 구속되어 자유로울 수 없는 비극적인 정황은 인간 조건 일반으로 확대 해석될 수 있다. 애욕은 대개의 희로애락의 원천이며 시정의 희비극의 발원지이다. 인간이 평생 애욕의 감옥에서 종신형을 사는 죄수에 불과하다는 사실은 일면 폭력적이다. 이 때문에 벌어지는 숱한 시정의 비극들과 켜켜이 누적되어 온 한숨과 눈물을 상기해보면, 생명이 있어 참혹하다는 한탄이 절로 나온다. 그러나 그럼에도 불구하고, 어쩌면 그렇기 때문에, 사랑을 구하는 자들은 사랑을 구하고 사랑하는 자들은 사랑하리니.

(2008년 봄)

소설가는 응시하네, 보이지 않는 저 심연을; 말하려 하네, 말로 포착할 수 없는 그 무엇을

정찬, 윤후명, 김연수, 최문희의 소설

소설의 재료는 말(言語)이다. 말은 숙명적으로 말할 수 없는 것을 말하려는 야망을 지닌다. 말을 다루는 이의 운명적인 절망은 이러한 야망에 마주하면서 시작된다. 그는 어두운 카오스의 바다에 로고스의 그물을 드리우고 싶다. 힘닿는 한 미지의 곳까지, 되도록 넓게 그물질을 하고 싶다. 로고스의 그물질은 두 가지 뜻을 지닌다. 하나는 카오스로 보이는 세계의 본질을 이성을 통해 이해 가능한 방식으로 규정한다는 뜻이며, 또 다른 하나는 규정된 그것을 언어로 표현한다는 뜻이다. 그러나 세계의 실상은 로고스의 경계를 이탈한 곳에서 그를 조롱한다.

많이 본 사람일수록 결코 볼 수 없는 것이 있다는 사실을 절감하며, 잘 말하려는 사람일수록 결코 말로 표현할 수 없는 것이 있다는 사실을 체감한다. 보이지 않는 미지의 대륙에서 꿈틀거리는 무정형의 것을 명료한 말의 그물로 포획하고 싶은 소망과, 그 소망에 훨씬 못 미치는 말의 부족함을 깨달은 후의 절망. 이 간극에서 널을 뛰는 것이 작가의 형벌인지도 모른다. 이 형벌에 직면하여 작가의 오기는 자란다. 이 오기에서 작가의 모험은 시작한다. 이 계절 보이지 않는 것을 응시하고 말할 수 없는 것을 말하려고 한 작가들의 모험담에 귀 기울여 본다.

꿈꾸기 혹은 변신의 유랑, 유동하는 세계에서 오로지 할 수 있는 일
— 정찬, 「그는 누구인가」

정찬의 「그는 누구인가」(『작가세계』, 2008년 봄호)의 줄거리는 간단하기 짝이 없다. 하지만 짧은 소설에서 작가가 내비치는 사유는 거의 동서양철학사의 핵심을 간추린 정수(精髓)처럼 보인다. 핵심이라고 말했거니와, 실상 그것은 방대해서 말로 풀기에 쉽지 않다. 일단 꿈 이야기에서부터 출발해 보자.

헝가리 출신의 늙은 배우는 "황홀한 나비를 다시 보는" 꿈을 꾸며 일생을 살았다. 그에게 나비는 연극이었다. 암 선고를 받고 죽음을 기다리는 그는 꿈을 이루었을까. "꿈이란 이루어질 수 없는 어떤 것임을 깨달았을 때 난 이미 어린아이가 아니었소"라는 그의 고백처럼, 어른이 된 그는 꿈을 이루지 못한다. 그에게 남은 강령은 "없음에도 있는 척하기"이다. 이 고백은 꿈의 불가능함을 인지하고도 꿈을 꾸는 제스처를 버릴 수 없는 대부분 "어른"들의 사정을 대변한다. 거짓으로 꾸는 꿈이라도 없으면 생을 지탱할 지주가 사라진다. 그러기에 어른들은 꿈을 꾸는 척한다. 하지만 그것의 불가능함을 잘 안다는 점에서 어른들의 비애가 싹튼다. 루카치가 『소설의 이론』에서 이 성장한 남자의 비애가 소설의 본질을 형성한다고 밝힌 바 있듯, 이 비애는 썩 좋은 문학작품의 단골 주제가 되어 왔다. 그러나 정찬은 정설처럼 보이는 이 사정을 다른 각도에서 바라본다.

우선 모든 사람에게 꿈이 불가능한 것만은 아니다. 그것이 가능한 두 가지 경우가 이 소설에 제시된다. 첫째는 어린아이의 경우이며, 둘째는 간절히 소망하는 경우이다. "나"는 연극배우로서 꿈을 이루었다고 볼 수 있다. 완벽하게 햄릿으로 변신하기에 성공했으니 말이다. 그가 그럴 수 있었던 이유는 그의 모습이 "한 아이가 자신을 둘러싸고 있는 절망과 허기에서 벗어나게 할 꿈의 열쇠를 찾기 위해 두리번거리는 모습과 흡사"했기 때문이다. 아직 "삶의 남루함"을 알지 못하는 어린아이 같은 심성의 소유자였기 때문에 그는 '완벽한 변신'이라는 꿈을 이룰 수 있었던 것이다. 한편 "내"가 만난 햄릿은 배를 타고 하늘을 날아서 왔다는 믿기 어려운 말을 한다. 햄릿의 변에 따르면, "꿈이 깊으면 깊을수록 중심을 향해 깊숙이 스며"들고, "중심에 고인 꿈이 흘러나오는 순간이 있"어서, "시간이 구부러지는 어떤 지점에서 뭐라고 표현할 수 없는 틈이 생기면서 꿈이 흘러나"온다. 간절히 소망하는 꿈은 이루어진다는 뜻일 터이다.

하지만 그가 꿈을 이룰 수 있었던 더 큰 연유는 꿈과 현실의 경계가 모호한 실상에 기인하는지도 모른다. 헝가리 출신의 늙은 배우는 나비 꿈을 언급한 말미에 이렇게 말한다.

"실체가 무엇이오? 현존한다는 것이 무엇이오? 마술사의 팔뚝에 새겨진 나비 문신이 실체이오? 하늘로 날아오르는 나비가 실체이오? 하나가 실체면 다른 하나는 허구일 수밖에 없소. 모두가 실체일 수는 없지 않겠소. 처음에는 나비 문신이 실체였소. 하지만 문신에 생명이 깃드는 순간 실체가 하늘로 날아오르는 나비로 바뀌었소. 우리의 삶이 세계의 표면에 새겨진 문신일 뿐이라면 얼마나 남루하겠소."

뒤의 윤후명 소설을 이야기하면서도 언급하겠지만, 꿈이 오히려 실체에 가까운 경우가 많다. 그렇기에 삶의 남루를 깨닫고 쓸쓸함을 곱씹는 어른들 틈에서 어린아이와 같은 심성으로 간절히 꿈꾸는 사람들이 때로 꿈을 이룰 터이다. 꿈이 오히려 실체라면, 변신도 얼마든지 가능하리라. 이 소설의 또 하나의 모티프는 "변신"이다. 우선 "나"는 햄릿으로 변신하는 데 성공한다. 헝가리 출신 늙은 배우의 전언처럼, "배우에게 변신은 숙명"이다. 또 다른 변신은 "산 자에서 죽은 자로서의 변신"이다. 헝가리 배우는 이 변신을 앞두고 공포에 떨고 있지만, 실은 그 공포를 사랑한다고 말한다. 변신은 마술이기 때문이다. 앞의 나비도 문신에서 생명이 있는 것으로 변신하지 않았던가. 하지만 변신은 보다 더 깊은 뜻을 가진다. 소설의 첫머리에 제시된 다음 지문은 변신의 의미를 더 깊게 사유할 계기를 제공한다.

사람과 사람 사이에는 강이 흐른다. 실천과 이론 사이, 체험과 기억 사이, 배우와 관객 사이에도 강은 흘러간다. 사람들이 다리를 놓는 것은 강의 이쪽과 저쪽을 연결하기 위함이다. 다리는 고정되어 있다. 고정된 진실은 이미 진실이 아니다. 진실이라는 꽃은 자유의 공간에서만 피어난다. 배는 강의 물살을 헤쳐 나가지만 건너편에 반드시 도달하지는 않는다. 물살에 뒤집힐 수도 있고, 엉뚱한 곳에 닿을 수도 있다. 그럼에도 저쪽에 닿기 위한 항해를 계속한다.

인간의 의식이란 태생적으로 음양의 짝을 상정하는 습성을 지닌다. 이쪽이 있으면 저쪽이 있다. 어지간한 명사와 형용사에 따르는 비(非), 반(反), 무(無) 등의 접두어가 또 이를 증명한다. 내가 있으면 남이 있고, 주체가 있으면 대상이 있고, 남자가 있으면 여자가 있다. 이 양(兩) 항(項)을 연결하는 것은 다리가 아니라 배란다. 배는 고정되어 있지 않고, 두 항 사이에서 왕래는 하지만 반드시 다른 편에 안전하게 도착하지는 않는다. 이것이 진실의 모습이다. 대립되는 양 항 사이에서 부단히 진자 운동을 하지만, 어느 한쪽에 안주하지 않는 그 과정이 바로 진실인 것이다. 진실은 고정점을 거부한다. 이렇게 부단히 운동하는 진실이 변신에 능한 마술사인 것도 어쩌면 당연하다.

"배는 새의 형상을 하고 있었"고, 사람들은 "배가 새가 되고, 새가 배가 되는 변신의 세계가 불러일으키는 즐거움"을 만끽했다는 전언은 배와 변신의 친연성을 확인해 준다. 이 대목에서 변신은 진실에 도달하기 위해 거쳐야 하는 과정이라는 의미를 획득한다. 가령 어떤 사안을 두고 대립되는 의견을 가진 두 사람이 있다고 치자. 진정한 이해는 다른 사람의 입장에 서 보는 것, 즉 다른 사람으로 변신하는 과정을 통해 도달 가능할 것이다. 이런 의미에서 변신은 진실에 도달하기 위한 교두보 노릇을 한다. 아니 진실 자체가 변신하는 본질을 지닌다. 하지만 이는 변신의 의미를 좁게 해석한 결과일 것이다.

한편으로 "즐거움"을 "불러일으"킨다는 변신은 의식의 자유를 의미하지 않을까. 변신이 이런 의미를 가질 수 있는 까닭은 또한 존재하는 모든 것이 명료함과 불명료함 사이에서 유동하기 때문이다. 사실 앞의 꿈 이야기도 존재의 유동성으로 수렴된다. 꿈이 현실보다 더 실체에 가깝다면, 그것은 꿈과 현실 사이의 경계가 흐릿하고 그 각각의 본질이 유동적이기 때문일 것이다. 존재의 본질이 그러하기에 변신은 중요한 윤리 강령이 된다.

선사시대의 돌 앞에 섰다. 돌의 형태는 명료했다. 시간의 오랜 축적이 만든 명료함이었다. 명료함의 바탕은 부동성이었다. 돌은 움직이지 않음으로써 명료한 형태를 획득하고 있었다. 하지만 돌의 내부에서는 수많은 불명료한 것들이 흘러 다니고 있을 것이다. 명료함이란 수많은 불명료한 것들이 모여 이루어지는 어떤 형태라는 생각이 틀리지 않는다면. 아무리 형태가 견고해도 시간의 흐름은 견디지 못한다. 지상에서 궁극적인 부동성이 존재할 수 없는 까닭은, 부동성의 질료가 불명료한 것들이기 때문일 것이다. 명료함의 질료가 불명료함이라면, 불명료함의 질료도 명료함이지 말라는 법은 없다. 연기가 그렇다. 연기에 있어서 움직임의 토대는 부동성이다. 부동성이라는 토대가 없는 움직임은 허약하다. 느슨하고 공허하다. 손가락 끝으로 살짝 밀기만 해도 허물어진다. 움직이지 않는 배우의 몸 안에는 수많은 움직임들이 들끓고 있다. 몸 안의 들끓는 움직임이 없는 배우의 정지된 몸은 통나무와 조금도 다를 바 없다. 연기만 그런 게 아니다. 무용수가 춤을 멈추는 순간, 몸 안에서는 새로운 춤이 시작된다.

명료함의 바탕은 부동성이지만, 부동성의 질료는 불명료한 것들이다. 반대로 불명료함의 질료도 명료함이다. 가령 머리 속에 온갖 상념들이 불명료한 채로 들끓고 있다 치자. 이 상념들이 언어로 정리되어 발언되는 순간, 불명료한 상념들은 명료한 말로 바뀌지만, 명료한 말은 발언과 동시에 그 나름대로의 불명료함을 거느린다. 발언되는 말 치고 상념을 완벽하게 포괄한 말은 없지 않은가. 그리하여 말은 불명료하다. 그래서 명료한 말의 질료는 불명료한 상념이며, 명료한 말은 또 다른 불명료함의 질료가 된다. 또 다른 예를 들어 보면, 우리가 어떤 난제(難題)를 두고 난상토론을 거쳐서 명료해 보이는 결론에 도달했다면, 그 결론은 그 이전 의견의 혼란 상태라는 불명료함에 비하면 명료하다. 그러나 그 결론은 또 다른 난상토론의 질료가 된다. 이런 식으로 명료함은 또 다른 불명료함의 질료가 된다. 이 사정은 인간사를 꿰뚫는 몇 안 되는 근원 토대가 되는 원칙 중 하나일 것이다.

명료함과 불명료함까지도 이렇게 쉽게 자리를 교환할 수 있을 정도로 만물의 본질이 그 유동성에 있다면, 이 세상에 고정된 것은 없는 셈이다. 고정된 진실도, 고정된 실체도, 고정된 형상도 없는 것이다. 생성은 소멸의 질료가 되고, 소멸은 생성의 질료가 된다. 실상 유(有)와 무(無)의 경계조차 불분명하다. 그렇기에 꿈이 때로 현실보다 더욱 더 실체일 수 있고, 변신이 근원적인 의미를 갖는 것 아니겠는가. 그리하여 햄릿은 "삶과 죽음 사이를 떠도는 유랑"을 자행하고, "나"는 "변신의 유랑"을 자처한다.

한편 끊임없이 유동하는 이 세계에서 확실히 안다고 말할 수 있는 것이 무엇인가. "나"는 장롱 중앙의 거울을 통해서 자신의 얼굴을 본다. 그 얼굴 뒤에는 "영원함 밤이 검은 날개를 펼"치고 있다. 이 "거울에 비친 얼굴"과 "영원한 밤"은 "나"의 화두가 된다. 거울에 비친 얼굴이란 로고스를 매개로 재현된 존재의 은유이고, 영원한 밤은 그럼에도 불구하고 밝혀지지 않는 어두운 미지의 대륙을 의미한다.

사물이 존재한다. 이 존재는 말이나 글을 통해 재현된다. 말과 글 혹은 이성을 매개로 규정된 사물은 거울에 비친 영상과 같다. 무엇을 있는 그대로 표현할 수 있는 방법은 세상에 없다. 표현이라는 것 자체가 말과 글, 혹은 이성이라는 매체를 통해서 무엇을 반영하는 행위이기 때문에 그렇다. 그리하여 우리는 우리의 본모습을 죽어도 볼 수 없고, 기껏해야 거울에 비친 영상을 볼 수밖에 없다. 이와 마찬가지로 우리는 사물의 본질을 영원히 모르는 채 로고스라는 매개를 통해 재현된 것만을 알 수 있을 뿐이다.

그러나 로고스로 포획될 수 없지만 우주의 진실이 들끓고 있는 "영원한 밤"의 영역이 있다. 그 밤의 정체가 무엇인지, 거울에 비친 영상의 진실이 무엇인지, 우리는 끝내 알지 못한다. 우리가 할 수 있는 것은 끊임없이 변신하는 일 혹은 꿈을 꾸는 일뿐이다. 꿈속에 진경(珍景)이 있으니, 우리는 이 꿈에서 저 꿈으로 변신하는 유랑을 거듭할 뿐이다. 세계는 어차피 끊임없이 유동하고, 모호함으로 가득 차 있으니 말이다.

환상 속에서 더 많이 영그는 삶과 꽃 하나 받드는 마음
― 윤후명, 「뜻으로 본 우리 꽃」

앞의 정찬의 소설에서도 언급했지만, 꿈이 때로 현실보다 더 현실다울 수 있다. 「제물론」에 나오는 유명한 장자의 호접몽의 내용은 이렇다. 장자가 어느 날 나무 그늘 아래에서 잠이 들어, 나비가 된 꿈을 꾼다. 나비가 되어 이리저리 기쁘게 날아다니다가, 문득 깨어난 그는 뇌인다. 나비가 나인가, 장자가 나인가. 살아갈수록 우리는 깨닫는다. 나비가 나라는 것을 부인할 수 있는 근거는 생각보다 많지 않다는 사정을. 윤후명의 「뜻으로 본 우리 꽃」(『21세기문학』, 2008년 봄호)은 이 사정을 시적으로 형상화한다. 볼 만큼 많이 본 현자 윤후명은 말한다. 삶이란 환상 속에서 더 많이 영글어가고, 환상을 믿고 쫓아 헤매는 마음이 삶의 진수라고.

아닌게 아니라 나는, 나이들어 간다는 것이 환상도 현실임을 깨달아 가는 과정이라고 느낀 적이 많았다. 특히 사랑 문제에서 그랬다. 사랑은 환상을 먹고 자란다. 환상이라는 숙주가 있어야만 살아갈 수 있는 기생물인 것이다. 따라서 죽음이란, 소멸이란 환상 속에서 이루어진다. 세상에 어떻게 죽음, 소멸이 있을 수 있단 말인가. 한때 '삶은 뜬구름 하나 일어남浮雲起이요, 죽음이란 뜬구름 하나 사라짐浮雲滅이라'고 옛날 말씀을 읊조리기도 했지만, 그래도 해석되지 않은 게 '멸(滅)'의 세계였다. 그러니 환상만이 우리를 구제한다…….

사랑은 물론 환상을 먹고 자란다. 그러나 비단 사랑뿐만이 아니다. 정치적 신념에 투철한 투사도 환상을 먹고 산다. 가족에 헌신하는 주부도 환상을 먹고 산다. 사도 바울은 고린도전서 13장에서 이 세상 끝까지 영원할 것으로 "사랑"과 더불어 "믿음"과 "소망"을 든다. 우리는 어떤 신념 속에 살거나 무언가를 소망하며 살 때, 그렇지 않을 때보다 더 생생하게 산다. 이 믿음과 소망 역시 환상으로 번역될 수 있다.

한편 "나"는 "과거란 별게 아니라 현재의 다른 모습이라고, 또 미래도 그러하다고 누군가 말했었지"라고 뇌인다. 우리는 현재를 살지 않는다. 과거를 반추하며, 또 미래를 꿈꾸며 산다. 반추된 과거나 꿈꾸어진 미래는 모두 환상의 영역에 속한다. 그러므로 우리의 현재는 실상 환상에 속하는 과거와 미래로 직조된다고 해도 과언은 아니다. 죽음 역시 환상의 영역 속의 사건이다. 우리는 죽음을 경험하지 못한다. 죽음을 상상할 수 있을 뿐이다.

"삶이란 기다림"인 이유도 마찬가지이다. 환상 속에서 무언가를 기다리는 과정이 삶 아닌가. 그리고 보면 삶이란 현재에 할당하는 지분보다 더 많은 지분을 환상에 불하하고 있는지도 모른다. 이 환상은 기다림, 그리움, 꿈 등의 어사로 대치될 수 있다. 이 환상과 현실의 거리에서 안타까움이 파생하는 바, 그리하여 삶이란 "나"의 구상대로 "산모롱이를 돌아가는 그리움, 삶의 안타까움"이란 짧은 경구로 표현될 수 있다.

환상 속에서 삶이 더 많이 영근다. 여기에서 그친다면, 그것은 허망한 일이 아닐 수 없다. 그러나 그것이 허망하지 않은 이유는 "내"가 거타지의 꽃이 환상 속의 존재라는 것을 알면서도 찾아 나서려고 결심한 사정과 상통한다. 거타지의 꽃을 찾아 헤매는 동안 "나"는 삼국유사의 거타지 이야기를 사실로 믿게 되었다.

언제까지 내가 그 꽃을 찾아 헤맬지는 나로서도 알 길이 없었다. 아마도 '있음과 없음 사이'를 찾아 헤맨다 해도 하는 수 없는 일이다. 다만 그러는 동안 내가 그 이야기를 사실로서 믿게 되었다는 것은 큰 소득이 아닐 수 없는 것이다. 그것은 즉, 거타지의 꽃을 내 꽃으로 받아들이는 과정이었다. 그리고 누구나 그런 꽃 한 가지 가슴속에 넣어 가지고 있다는 것도 새로운 믿음이었다. 그 꽃은 어디엔가 분명히 있다. '꽃 하나 받드는 마음'이 있는 한……. 그렇지 않다면 이 세상에 사랑이란 존재할 수 없다…….

중요한 것은 "꽃 하나 받드는 마음"이란다. "꽃 하나 받드는 마음"이란 앞서 언급한 그리움, 안타까움, 기다림, 환상과도 상통한다. 또한 이는 사도 바울 식으로 말하면 믿음과 소망과 사랑일 것이다. 꽃을 찾아 헤매는 공력으로 인해, 환상은 생을 참답게 이끌어 갈 지주가 된다. 없는 것이라도 있다고 믿고, 그리워하며 기다리며 안타까워하는 마음이 삶을 삶답게 한다.

꿈꾸지 않는 자는 슬픔도 알지 못하고 따라서 기쁨도 알지 못한다. 헛된 것을 믿고 그리워하는 마음은 때로 죄가 되어 참혹한 형벌을 초래하지만, 그러한 죄와 벌도 생이 꿈꾸는 자를 위해서만 마련해 둔 진수성찬이다. 꿈꾸지 않는 자가 누리는 식탁이 고통도 기쁨도 없는 무미(無味)의 소반(素飯)일 뿐이라면, 꿈꾸는 자의 식탁은 치열한 고통과 쾌락과 절망과 열락의 다채로운 풍미를 자랑하는 진수성찬이니, 이만하면 꽃 하나 받드는 마음으로 꿈꾸면서 살만하지 않겠는가.

결코 소멸되지 않는 무형(無形)의 인과적 사슬
― 김연수, 「케이케이의 이름을 불러 봤어」

나이를 먹을수록 우리는 명료하게 보거나 만지거나 의식할 수 있는 것만이 우리에게 영향을 미친다고 생각하지 않게 된다. 우리의 삶을 배후 조종하는 것은 그보다 더 모호한 것들이다. 모호하지만 명료한 것들보다 더 넓은 영역을 차지하며 존재하는 그것들이 생의 동력원이 된다. 김연수는 「케이케이의 이름을 불러 봤어」(『세계의문학』, 2008년 봄호)에서 이러한 모호한 에너지를 천체물리학의 용어 "암흑물질"에 비유한다. 천체물리학자들에 의하면 "이 우주에 존재하는 모든 별의 무게를 합한다고 해도 전체 우주의 질량에는 10퍼센트에도 미치지 못한다". 나머지 "90퍼센트 이상을 차지하는" 것을 과학자들은 "암흑물질이라고 이름 붙였다." 암흑물질은 그 존재를 증명할 수 없지만, 어딘가에 존재하며 우주에 불가해한 영향을 미친다.

인간의 삶도 마찬가지이다. 우리의 정서와 의식을 지배하는 것은 현재 뚜렷하게 감각하거나 인식할 수 없는 모호한 무정형의 덩어리이다. 기억이나 무의식은 그 모호한 무정형 덩어리의 일부이다. 가령 이 소설의 화자 "나"는 이런 질문을 던진다. 케이케이를 사랑하던 "나"의 세포들은 어디로 갔는가. 일곱 살이었던 케이케이의 젖은 몸은 어디로 갔는가. 과거에 존재했으나 지금은 존재하지 않는 그것들은 사라진 것처럼 보인다. 그러나 정말 사라졌는가. 사라진 것처럼 보이는 그것들은 우주에 어딘가에 암흑물질로 남아서 현재의 인간에게 영향을 미친다. 그것이 기억의 형태로든 무의식의 형태로든 말이다.

뿐만 아니다. "나"는 케이케이가 어떻게 죽었는지는 알지만 왜 죽었는지는 모른다. 그녀는 "죽기 2년 전 창가에 서서 바라봤던 폭동의 불들. 벌거벗은 채 혼자서 바라봤던 불들" 때문에 그가 죽었을 것이라고 짐작만 할 뿐이다. 이것은 "미신에 사로잡힌 어리석은" 생각이 결코 아니다. 케이케이와 직접적인 연관이 없어 보이는 폭동의 불의 잔영이 그에게 남아 있어, 그 당시에는 아니더라도 훗날 무언가 영향을 미칠 수 있는 것이다. 중국 베이징에서 한 번 날갯짓을 한 나비가 다음 달 뉴욕에 폭풍을 몰고 올 수도 있다지 않은가.

이 소설에서 제시한 암흑물질의 목록은 여기에서 끝나지 않는다. 해피는 죽은 아들 때문에 두고두고 미안해했으며 때로 "죽어도 좋겠다고 생각한 적"이 있었다. "나"는 "케이케이의 젖은 몸이 있어서 살아갈 수 있었다"고 고백한다. 흔히 말하는 회한이나 사랑의 기억 따위는 암흑물질의 대표적 사례일 것이다. 자신의 실책으로 빚어진 비극에 대해 두고두고 가슴아파하는 마음. 그것은 그 존재를 증명할 수는 없지만 이 우주 어딘가에 남아서 우리 삶을 지배한다. 사랑의 기억도 마찬가지이다. 사랑으로 행복했던 한때의 기억 역시 존재를 증명하지 않은 채 존재하면서, 어떤 이에게 살아갈 힘을 제공한다. 이런 사정이 바로 회한이나 사랑의 기억을 소재로 한 문학작품이 넘치고 넘치는 연유일 것이다. 소설 말미에 "나"와 해피는 고속도로에서 불에 타는 자동차를 본다. "나"는 그 불이 외견상 꺼진 후에도 실상 사라지지 않고 암흑물질이 되어 면면히 생명을 이어가리라고 생각한다.

해피도 알고 있었던 것이다. 우리가 지나가고 난 뒤에도 저 불은 우리의 예상보다 좀 더 오랫동안 타오를 것이라는 사실을. 우리 안에서. 내부에서. 그 깊은 곳에서. 어쩌면 우리가 늙어서 죽을 때까지도. 이 우주의 90퍼센트는 그렇게 우리가 볼 수 없는, 하지만 우리에게 오랫동안 영향을 미치는, 그런 불들로 채워져 있다는 사실을. 물론 살아 있는 동안, 우리는 그 불들을 보지 못하겠지만.

중국 베이징에서의 나비의 날갯짓이 다음 달 뉴욕에서 폭풍을 일으킬 수도 있다고 한다. '나비 효과'로 알려진 이 현상은 과학계에서 초기의 작은 변화가 결과적으로 매우 큰 차이를 만든다는 학설을 뒷받침한다. 하지만 이 이론을, 뚜렷하게 보이지 않는 채로 서로서로 밀접하게 연관된 만물의 인과적 사슬을 보여주는 은유로 해석할 수는 없을까. 모든 현상은 원인과 결과로 상호 연관되어 있다는 불가의 연기설(緣起說)을 들먹일 필요까지는 없으리라. 일어나는 일 치고 독립적인 것은 거의 없다. 모두 과거와 현재의 다른 일에 그 존재의 연원을 두고 있다.

여기에서 서로를 얽어맨 사슬이 즉각 눈에 보이지 않는다는 점이 흥미롭고 오묘하다. 사슬뿐만 아니라 서로에게 존재의 연원 노릇을 하는 그것 자체가 무형(無形)인 채로 떠돌아다니는 사정도 신비롭다. 우리가 공기 중에 분명히 존재하는 산소를 평소에 의식하지 못하는 채로 마시는 것처럼, 한때 일어났던 일은 결코 소멸하지 않고

의식되지 않는 채로 남아서 다른 일의 연원이 된다. 눈 밝은 자에게 이 사정은 신비롭기 짝이 없다. 아마도 이 신비감이 김연수에게 영감을 불러일으켰으리라.

망가진 짝에 기생하기, 연기(緣起)의 또 다른 형태 — 최문희, 「푸른 잔」

세계의 실상을 온전히 포획할 수 있는 논리도 없고, 그것을 빈틈없이 표현할 수 있는 언어도 없다. 나이 들수록 세계는 이질적인 것들이 마구 뒤섞인 혼돈 덩어리로 보이기 십상이다. 최문희가 「푸른 잔」(『계간문예』, 2008년 봄호)에서 보여주는 삶의 형상은 이 혼돈 덩어리와 흡사하다. "푸른 잔"은 최문희의 인생관을 요약적으로 보여주는 상징물이다.

스테인리스 전등을 켜고 푸른 잔을 빛 가까이에 높이 쳐들었다. 순간 파란 물방울들이 기포처럼 끓어올랐다. 청색 크리스털 컵에 탄산음료를 부었을 때 같은 기포가 유리의 가두리를 타고 넘실거렸다. 더욱 놀라운 것은 잔을 기울이자 이상한 그림들이 되살아났다. 관음보살인가, 하면 금방 인도 벽화에 부조된 보살들의 나부상들이 선연하게 떠올랐다. 유리 속에 그림들이 숨어 있다니, 그림들은 얇은 유리 속에 갇혀 손을 대거나 기울여 주면 잠시 떠올랐다가 사라지곤 했다. 파손된 다른 잔에서는 아무런 조짐도 보이지 않았다. 그냥 유리 접시에 불과했다.

"빛을 등지고 선 자리"에서 푸른 잔은 "그냥 부연 유리잔에 불과"하다. 그러나 빛 가까이 가져간 잔은 기포처럼 끓어오르는 파란 물방울들을 보여준다. 뿐만 아니다. 잔에 손을 대거나 기울이면 잔 속에 각양각색 그림들이 나타났다 사라진다. 우리네 인생 역시 단일한 정체를 내보이지 않는다. 보는 각도에 따라 인생은 각기 다른 면을 상연한다. 사물과 사건의 미추뿐만 아니라, 진실과 거짓 역시 보는 각도에 따라 다른 진상을 보여준다.

이 소설 속 인물 소이의 경우만 보더라도 그렇다. 소이의 남편 허윤은 젊을 때 자주 외도했고, 급기야 쉰네 살의 문턱에서 실명한다. 소이는 남편을 따라서 실명하고자 스스로 눈이 바늘에 찔리기를 바라기도 하지만, 그 누구보다 더 남편의 몰락을 지켜워한다. 그녀는 과도한 성욕에 시달리는 남편을 위해서 여자들을 바꾸어 가며 제공해주지만, 때로 남편에게 살의를 느낀다. 한 순간의 오해로 그녀는 남편의 자살을 유도하고, 실제로 자살을 기도한 남편을 방치한다. 그러나 곧이어 그녀는 남편의 사랑을 회상하며 처절한 회한에 몸부림치면서 남은 생 동안 지옥과도 같은 죄책감 속에 살 것을 결심한다. 여기에서 소이가 남편에서 품는 마음은 사랑인가, 증오인가. 분명하지 않다. 그 두 마음과, 그 두 마음으로도 설명할 수 없는 불가해한 형형색색의 감정이 뒤섞인 형상이 그녀 마음의 정체에 가까울 것이다.

흥미로운 것은 이 푸른 잔이 짝을 이룬 다른 잔과 함께 있어야 그 진경을 보여준다는 사실이다. 짝을 이룬 다른 잔은 망가졌다. 그러나 그들이 한 쌍으로 있을 때에만 푸른 잔은 "묘기를 연출"한다. 이 정황은 우선 소설 속 부부관계의 성격을 암시한다. 눈이 먼데다 성격이 파탄한 허윤은 아내 소이에게 짐짝처럼 보인다. 소이는 그런 남편을 증오하면서도 극진히 보살피고, 극진히 보살피는 와중에서도 살의를 느낀다. 남편에게 품는 소이의 감정이 단일하지 않지만, 중요한 것은 그런 남편이 존재하기에 소이가 존재한다는 사실이다. 소이의 희로애락은 철저히 남편에 의해 매개된다. 소설 말미 위급한 상황에 놓인 남편을 방치하면서도 소이는 혼자서는 살 수 없음을, 남편을 두고 느꼈던 형형색색의 복잡다단한 감정 때문에 자신이 존재해 왔음을 깨닫는다. 망가진 잔과 흡사한 남편 덕분에 소이는 각양각색의 형상을 내장한 푸른 잔처럼, 다채로운 감정을 체험할 수 있었고, 그 것에 의지하여 삶을 영위할 수 있었던 것이다.

"한 쌍으로 있을 때만 묘기를 연출하는" 푸른 잔의 의미는 부부관계 이상으로 확대될 수 있다. 이를 앞서 말한 연기(緣起)의 또 다른 형태로 해석할 수 있다. 앞서 말했듯이 만물은 보이지 않은 고리로 연관되어 있다. 그 고리 중 특히 끈끈한 것이 자신의 대립항과의 연관관계이다. 사랑은 증오를 먹고 자라고, 긍정은 부정을 먹고 자라며, 아름다움은 추함을 먹고 자란다. 물론 그 역 또한 참이다. 모든 자질은 그 대립 자질에게 철저하게 의지하며 기생한다. 대립하는 것들에 서로 기생하는 이 끈적끈적한 관계가 어쩌면 삶을 불가해한 것으로 만드는 주범인지도 모르겠다. 존재하는 모든 것들이 그 그림자를 동시에 거느리고, 그 쌍의 수는 무한한데, 어찌 세계가 명명백백한 로고스로 포획되겠는가.

(2008년 여름)

고통의 성장 약사(略史)와 중첩되어야만 온전해지는 진실

김서령, 구효서, 유익서의 소설

마음은 자주 아프다. 종종 드러눕는다. 앓는 마음이 소설의 소재로서 거의 첫 자리에 놓인다고 말해도 크게 과장은 아닐 터이다. 그러나 아픈 마음이 소설에 드러나는 방식은 다양하다. 김서령의 소설 「산책」(『실천문학』, 2008년 가을호)에서처럼 고통은 날 것 그대로 환부를 드러내기도 하고, 구효서의 소설 「모란꽃」(『문학동네』, 2008년 가을호)처럼 내용 없는 풍문에 불과한 실상을 노출하기도 한다. 두 소설만으로 이야기하기에는 턱없이 근거가 부족하겠지만, 대략 고통의 성장기를 생각해 볼 수도 있겠다.

어릴 적 마음의 고통에 속수무책이었던 우리는 점점 성숙해 가면서 고통을 객관화하게 된다. 아무리 극심한 고통이라도 자의식의 외부에서 바라본다면 꽃이 피고 지는 일, 비가 오다 개는 일, 밤과 낮이 바뀌는 일 따위에 불과해 보일지도 모른다. 고통은 그것을 느끼는 자만 특별하게 겪는 처참함이 아니다. 고통은 유구한 세월 동안 모든 인간들을 앓게 하고 스러지는 일을 무수히 거듭해 온, 자연의 일부와도 같다. 또한 고통은 고통을 느끼는 자에게 고유한 정서가 아니라 풍문에 불과한지도 모른다. 가령 실연을 당해 슬퍼하는 여인이 있다. 그녀가 슬픈 것은 진정으로 슬픔이라는 감정이 그녀의 내부에서 자발적으로 생성되어서일까, 아니면 교육을 통해 '실연하면 슬프다'라는 명제가 각인되었기 때문일까. 후자의 경우라면 고통이 은연 중 교육을 통해 복제되고 전수된다는 논리가 썩 틀리지만은 않을 것이다. 이 논리가 타당하건 아니건 간에, 고통을 풍문으로 만들어 버리는 것은 꽤 괜찮은 자가 치유법으로 보인다.

김서령의 소설 「산책」에서 고통은 시퍼런 날을 번득인다. 등장하는 여인들은 기구한 사연을 지닌 채 고단한 삶을 영위한다. 그들의 고단함은 사회구조적 외부 조건에서 비롯된 것이 아니라, 내면의 상처에 연원한다. "너 나한테 왜 그러는데!" 오래 전 영화 「가족의 탄생」의 주인공들이 되풀이 내뱉었던 절규이다. 그 말이 썩 인상적이었던 까닭은 누군가를 원망하며 화내는 마음이 우리에게 마치 배고픔처럼, 졸리움처럼, 매우 익숙하기 때문일 것이다. 타인, 특히 가깝고 소중한 사이라 믿었던 타인에게 받은 배신감이 원망과 분노로, 그것이 다시 화병으로, 또 다시 상실감과 외로움으로 전이되는 감정의 메커니즘은 너무나 낯익다. 믿었던 사람에게 믿음을 배반당했을 때, 혹은 응당 가지리라고 짐작되었던 것을 빼앗겼을 때. 이때 느끼는 감정이 분노인지 상실감인지 명확하게 따지기는 어렵지만, 어쨌든 우리는 특별한 수양을 거치지 않는 한 이런 감정에서 자유롭기 어렵다. 우리는 쉽사리 타인이 우리에게 무언가 베풀어주리라 믿고, 세계에 어느 정도 우리의 지분이 있다고 믿기 때문이다.

도로시는 딸보다 영주권을 택한 아버지 때문에 미국에서 강제 추방되었다. 그녀는 열네 살 나이에 생전 처음 한국으로 홀홀단신 건너와서 친척집을 전전하며 살아왔다. 믿었던 가족에게 버림받았다는 분노가 없을 수 없다. 가슴 성형수술 부작용을 빌미로 그녀는 "마치 주기적으로 화를 내야만 하는 임무를 가진 사람처럼" 성형외과를 찾는다. 그곳에서 한바탕 악을 쓰고 통곡하기 위해서이다. 이런 도로시를 주로 상대한 사람이 바로 "나"이다. 성형외과 코디네이터 "나"는 도로시 못지않게 "핏대를 세우"며 "진이 쭉쭉 빠"질 때까지 그녀와 대거리를 한다. 싸우면서 정든다는 말처럼, 그러면서 "나"와 도로시는 기묘한 우정 관계를 형성해간다. "나"는 도로시의 병적인 히스테리를, "몸 안에서 오래 독처럼 고인 화증"을 풀어내려는 몸부림으로 해석한다.

그녀는 어쩌면 화를 낼 줄 아는, 그래서 풀어 내버릴 기회를 마련하는 도로시가 부러웠는지도 모른다. "나"는 스스로 "어디가 아픈지도 모르고, 그러니 당연하게도 어떻게 치료받아야 하는지도 모르고 살아온 사람"이라고 진단하기 때문이다. 하지만 김 안 나는 물이 더 뜨겁고, 증상 없는 환부가 더 무서운 법이다. "나" 역시 본인이 병중이라는 사실을 모르는 채 앓고 있는 환자이다. "나"는 남들처럼만 살고 싶어서 조건 좋은 남자와 결혼했지만, 그 남자는 결혼 다섯달 만에 췌장암으로 숨을 거두었다. "한번쯤 온전하게 무언가를 가"지고 싶었던 소박한 소망과는 반대로, "시어머니 명의로 해두었던 열아홉 평 전세 아파트"나 "신용카드로 결제했던 혼수들"이나 "J가 남긴 보험금" 모두 그녀의 것이 될 수 없었다. 그녀의 고통은 응당 가질 수 있으리라 짐작되었던 것을 박탈당했기에 느끼는 상실감만은 아니다. 그보다 죽어 가는 남편 앞에서 그녀가 느꼈던 낯설음과 소외감이 더욱 그녀에게 상처로 남은 듯하다. 남편은 입원하자마자 그녀를 남 대하듯 한다. 죽기 전에 숨이 빨리 끊어지지 않아 미안하다고 말했을 정도였다. 소박한 욕심으로 택한 결혼의 불행한 파국 앞에서 그녀는 어리둥절하고 분노한다.

"너는 가슴이 뭉개지도록 누군가에게 안기고 싶지 않니?", "나를 한 번만 안아줄래요?", "그가 나를 안아준다면, 아무 설명 없이 잠시만 저 어깨뼈에 이마를 갖다 댈 수 있다면 이 피로가 조금은 가실 듯했다" 등 반복되는 문장에서 알 수 있듯, "나"는 누군가에게 위로 받기를 원한다. 그래서 거리의 술집에서 누군가 그녀를 손짓해 불러주기를 바라기도 하고, "침대에서 누가 팔 벌리고 기다리기라도 하는 것처럼 풀썩 몸을 날"리기도 하지만, 아무도 그녀를 안아주지 않는다. "내"가 안기기 바라는 마음을 내색하지 못하는 것에 반해서, 도로시는 실제로 거리에서 낯선 남자에게 술을 사달라고 유혹한다. 도로시는 자신의 고통도 적극적으로 대면하고 필요한 애정도 적극적으로 구하는 인물이다. 반면에 "나"는 애정을 용감하게 구하지 않는 만큼 자기의 고통도 정직하게 대면하지 못한다. 작가는 두 인물간의 차이를 전면화하면서 고통에 대처하는 두 가지 방법을 제시하려고 했을까? 어찌되었든 그들 모두 치열하게 앓고 있는 중임에는 틀림없다.

원망과 상실감으로 앓는 마음은 다소간 나르시시즘의 소산이다. 원망과 상실감 이면에는 세상이 나에게만은 호의적일 것이라는 믿음이 전제되어 있기 때문이다. 이 믿음이 배반당했을 때 도래하는 감정이 원망과 상실감이다. 타인의 위로를 구하는 마음도 같은 이유에서 자기애적일 수 있다. 혹은 그것은 미처 떼지 못한 어미젖을 뒤늦게까지 그리워하는 유아적 심정의 발로인지도 모른다. 그리하여 세상을 많이 보아 온 '어르신'의 시각에 의탁하여, 이 소설을 덜 자란 어른의 감상(感傷)을 다루었다고 폄훼해도 좋을 것인가. 그러기엔 이 소설이 주는 여운이 지나치게 진하다.

독자는 등장인물의 기구한 사연이 펼쳐지는 사소한 장면 하나 하나에서 전율을 느낀다. 작가는 서슬 퍼런 고통이 곡진하게 전달되는 예리한 장면들을 섬세하게 창조했다. 그러나 이 소설이 진한 잔향을 남기는 중요한 이유는 바로 우리가 어쩔 수 없이 등장인물의 고통에 지독하게 공감하기 때문이다. 고통이 헛것이라는 천상(天上)의 전언이 엄존하지만, 우리는 아직 지상(地上)의 주민이요, 자의식의 틀을 깨기란 아직 난해한 과업인 까닭이다. 또한 우리는 여전히 사랑을 기다린다는 미명 아래 젖을 물려 줄 어미를 꿈꾸기 때문이다. 그 불가능성을 알면서 혹은 모르면서.

자의식의 틀 바깥에서 확실히 고통은 달리 보일 것이다. 나르시시즘의 외부에서 고통은 자연의 일부가 되어 그로 인해 앓는 일이 새삼스러워 보일 수 있다. 또한 이런 생뚱맞은 질문을 던짐으로써 고통을 객관화할 수도 있다. 내 고통은 나의 것인가, 누군가로부터 복사해 온 것인가. 이 질문이 때로 고통에서 벗어나는 열쇠 노릇을 한다는 사실을 보여주는 소설이 있다. 구효서의 소설 「모란꽃」의 "나"는 오랫동안 앓아왔던 자기의 고통이 복제된 것이라는 사실을 깨닫고 절망하나, 역설적으로 이 절망으로 인해 마음의 자유를 획득한다.

마흔 살 주부인 그녀는 일상에서 늘 "거리감"을 느끼며 "부유하는 듯" 살아간다. "어딘가에 내 진짜 삶이 준비돼 있는데 길을 잘못 들어 그곳을 못 찾고 있을 뿐이라 생각"하기 때문이다. 그녀는 버릇처럼 두서없는 글을 쓰며, 아무에게도 보여주지 않은 채 컴퓨터에 저장해 둔 글이 "천 페이지"가 넘는다. "어딘가에 있을 내 별로" 가고 싶은 마음을 억누르고 따분한 일상을 영위하던 그녀에게 글쓰기는 모종의 위로가 되었을 것이다. 여기까지는 어딘가 익숙하다. 우리는 90년대 여성작가들의 소설에서 익히 보았다. 지금-여기가 내 자리가 아니라고 느끼면서 진정한 자아를 찾아 가정 밖으로 나가고 싶어 했던, 자의식 강한 여성 인물들을. 그런데 구효서의 「모란꽃」에서 이러한 여성 인물의 결핍감은 길고 긴 이야기보따리를 풀어내기 위한 허두(虛頭)에 불과하다. 이 소설의 초점은 여성 인물의 결핍감이 아니라, 그것이 환멸로, 다시 자유로, 나중에는 또 다른 의욕으로 변천해 가는 긴 여정에 맞춰져 있다.

> 소용없고 쓸데없는 것들의 무덤. 지금까지 살아오며 내뱉은 푸념과 허텅지거리, 시샘과 원망 들의 썩은 물웅덩이였다. 일없이 반복되고, 그러면서 그치지도 않고, 뭐 하나 분명치도 않은 느낌과 경험 들이, 까닭 없이 오가는 바람처럼 배회하다 중얼거리며 가라앉은 티끌과 먼지들이었다. 사실도 진실도 진심도 아닌 글더미들. 결국 내 것도 아닌 것들. 그 소용없고 쓸모없는 짓의 무심한 반복을, 수십 년이나 지속해오다니, 무엇 때문일까. 허망……했다.

위에서 보듯, "나"는 천 페이지가 넘는 자기의 글더미에 환멸한다. 글더미에 대한 환멸은 그 글더미의 씨앗인, 자신의 생각과 느낌에 대한 회의와 동궤에 놓인다. 수십 년 간 스스로 느껴왔고 생각해 왔던 모든 것에 회의한다니, 대붕괴의 조짐이나 다름없다. "내"가 이런 회의와 환멸에 이른 까닭은 무엇인가. 먼저 그녀는 주변 사람들의 고통에 무심한 채 아집에 갇혀 살아왔다는 사실을 우연히 자각하게 된다. 둘째 언니는 첫째 동생이 "내"가 은연중에 준 상처로 인해 죽을 정도로 괴로웠다고 알려주면서, "넌 너만 알고, 딴 사람 맘은 그렇게도 몰랐어"라며 타박한다. "나"는 얼마 전에도 딸에게 "엄만 엄마만 알지"라고 지적 받은 터였다. 유난히 강한 자의식은 그 소유자에게 가해 요인이자 피해 요인으로 작용한다. 자의식이 강한 사람은 그것 때문에 유달리 스스로 고통 받는다. 하지만 그는 그로 인해 주변 사람들에게 무관심해져서 원치 않고 깨닫지 못하는 채로 상처를 주기도 한다.

"내"가 절망에 빠진 더 결정적인 원인은 펄벅의 소설 때문이다. 어릴 적 집에 있었던 펄벅의 소설에 관해 형제들과 이야기를 나누는 동안, "나"는 책에 대한 자기의 기억이 형제들의 그것과 다르다는 사실을 알고 말다툼을 벌인다. 이후 입수한 펄벅의 소설 『모란꽃』을 보고 "나"는 놀라운 경험을 한다. 그녀는 자신의 기억이 아니라 형제들의 기억이 옳았다는 사실을 알게 된다. 확신했던 것이 사실이 아님을 알게 되었을 때, "나"는 "생각도, 기억도" 다 "틀렸다"고 탄식하며 혼란에 빠진다. 생각과 기억이란 느낌과 더불어, 나를 구성하는 내면을 제유한다. 내 내면이 가짜라니, 혼란스러울 법하다.

혼란은 『모란꽃』의 원본에 대한 사유로 이어진다. 『모란꽃』이 복사본에 불과하듯이, 펄벅이 원고에 쓴 느낌과 생각들조차도 "또한 선대 누군가의 복사된 생각들을 복사한 건 아닐까"라는 의혹이 "나"를 엄습한다. 그렇다면 그 복사자는 비단 펄벅만이 아닐 것이다. 천 페이지가 넘는 글을 쓴 "나" 역시 누군가를 복사한 복사자에 불과하다는 생각이 뒤따르지 않을 수 없다. 글을 쓰게 만든 원동력인 생각이나 느낌도 자기 고유의 것이 아니라 누군가의 것을 복사한 결과에 불과하기에 사실도 진심도 진실도 아니라는 자각. 그럴듯하다. 우리는 우리의 생각과 느낌을 우리에게 고유한 것이라고 믿기 쉽다. 하지만 그것은 책이나 이야기나 또 다른 매체를 통해 배운 것을 흉내 낸 결과일 뿐이며, 그런 식으로 생각과 느낌은 수천 년 간 계승되고 학습되고 훈련된 것이 아닌가.

"나"는 이렇게 자각하면서 자기 내면의 허구성에 환멸한다. "허망……"하다고 탄식하는 장면을 보니, 이 소설이 허무주의로 귀결되는가 싶다. 그러나 이 예단(豫斷)은 뒤집어진다. 자기 내면의 허구성에 대한 자각은 곧바로 긍정적인 기능을 수행한다. 자신의 생각과 느낌이 복사된 것, 풍문에 불과한 것이라고 자각한 자는 곧이어 내적 고통 역시 객관화하게 된다. 고통은 그것을 고통으로 인식한 순간부터 고통이 된다. 그러니까 그것을 고통이라고 인식해야 한다는 학습과 훈련을 거쳤기에 우리는 그것으로 아파하는 것인지도 모른다. 예컨대 우리는 실연해서 슬픈 것이 아니라, 실연해서 슬퍼하는 많은 사람들의 모습을 보고 〈실연=슬픔〉이라는 공식을 내화했기에 슬픔의 감정을 흉내 내는 것이다.

이를 뒤집어 보면, 내화한 공식을 제거하면 슬픔을 버릴 수 있다는 가설이 성립한다. 학습과 훈련의 더께를 제거하면 고통을 보다 자유롭게 인식할 수 있지 않을까. 그리하여 "나"는 〈글더미-자기의 생각과 느낌-자기의 고통〉에 환멸한 이후, 형제들이 다 꺼려하는 '토주 치우는 일'을 기꺼이 떠맡기로 한다. "토주"는 그것을 건드릴 때 온갖 재앙을 불러온다는 풍문을 수없이 거느리지만, 실상 그 내부는 텅 비었다. "그 안쪽에 아무것도 없다는 걸 숨기고 있었던 것"이다. 이 토주와 고통은 닮았다. 무시무시한 위력을 가졌다고 소문났지만 실상 아무것도 아닌 점에서 그렇다. 그리하여 자기의 생각과 느낌 혹은 고통이라는 것이 텅 빈 것이었다는 사실을 잘 아는 그녀는 당연히 토주를 무서워하지 않는다. 자신의 고통이 풍문으로만 존재하는 허상이듯이, 토주 역시 허상임을 잘 알기 때문이다.

이야기는 여기에서 끝나지 않는다. 불행하기도 행복하기도 했던 환멸은 극복된다. 고향 섬을 찾은 "나"는 어떤 집 뒤뜰에서 모란꽃을 발견한다. 그녀는 김영랑의 시를 준거로, 모란꽃을 빨갛다고만 생각해 왔다. 하지만 이후 모란꽃은 빨갛지 않으며, 김영랑의 시에도 모란이 빨갛다는 언급이 없다는 사실을 알게 된다. "나"는 여기에서 이른바 자기만의 인식과 감정의 허망함에 절망할 것인가. 그렇지 않다.

매년 가지마다 피어올랐고, 피어오를 꽃들이었다. 백 년이 넘도록 수도 없는 꽃들이 그 자리에서 저토록 피었다가, 역시 영랑의 시에서처럼 천지에 모란은 자취도 없어졌다가, 다시 오월이 되면 피어오르는 꽃들. 이미 지고 없어진 수천수만의 꽃들과 새롭게 필 수천수만의 꽃들은 분명 제각기 다른 꽃일 테지만, 그것들은 눈앞에 피어 있는 것과 다름없는, 모란꽃이었다. 그 어떤 하나만을 일컬어 진정 모란꽃이라 할 것인가.

펄벅의 소설 『모란꽃』도, 고향집의 이모저모도, 형제들이 기억하는 바가 다 다르다. 그러나 다 다른 기억이 각각 그 책이 아니고 고향집이 아니라 말할 수 없다. "책은 한 권이 아니라 여러 권"이고, "내용을 조금씩 달리 알고 있다 해도 그것 모두 모란꽃"이기 때문이다. 자신의 느낌과 생각이 사실도 진심도 진실도 아니라고 느껴서 환멸에 빠졌던 "나"는 이제 다르게 생각한다. 오류와 환각에서 자유롭지 못하더라도, 개별자의 느낌과 생각이 절대적인 진실성을 가질 필요는 없다. 그것은 오류와 환각을 내포한 채 개별자에게 특유한 진실성을 가진다. 그리고 각각에게 특유한 이 진실성들은 나름대로 의미를 갖는다. n개의 진실이 있다 한들, 그것이 이상할 것은 없다.

한편 이 소설은 소설 쓰기에 대한 회의와 환멸이 싹트고 자라고 극복되는 과정을 다룬 이야기로도 읽힌다. 소설가 역시 자신의 글이 누군가의 것을 복제한 결과일 뿐이라는 김빠지는 인식에서 자유로울 수 없으며, 그럼에도 불구하고 자신의 시각과 손을 빌어 탄생하는 글이 특유한 의미를 지닐 것이라고 믿어야 하기 때문이다.

이 소설은 매우 다양한 이야기를 품고 있다. 중년 주부의 사연 이면에 소설 쓰기에 관한 녹록치 않은 사유가 담겨진 사실만으로 '다양'하다고 말하는 것이 아니다. 이 소설은 일견 자의식 강한 주부의 우울을 이야기하는가 싶었다. 그러다가 내면이 허구라 고통도 가짜라고 냉소적으로 말하는 듯하다가 이와 모순되게도, 고통이 가짜이기 때문에 마음이 자유로울 수 있다고 의연하게 말하기도 한다. 또 내면의 허구성을 이야기하면서 이와 모순되게도, 각각의 내면은 나름의 진실성을 가진다고 이야기한다. 이런 이야기 중 어느 한 가지만으로도 각각 한 작품이 되었을 것이다. 이 소설이 들려주는 이야기가 많기도 하지만, 그중 어떤 것들은 서로 모순된다. 이렇게 모순된 이야기들이 혼재된 사정이 이 소설을 진정으로 '다양'하게 만든다. 이는 경륜이 누적된 작가의 붓이 자연스럽게 이끄는, 어쩔 수 없는 귀결이었을 것이다.

경륜을 누적한 작가는 많은 이야기를, 특히 서로 모순되는 이야기를 한 소설에서 할 수밖에 없었을지도 모른다. 많이 보아서 많이 생각하고 많이 알게 되면 어떤 이야기도 단선적으로 할 수는 없을 것이다. 연륜과 함께 세상도, 진실도 중첩된다. 이러한 사정을 잘 보여주는 소설이 유익서의 「국화무늬 그림자」(『계간문예』, 2008년 가을호)이다. 이 소설에서 중첩되어야만 온전해지는 세계의 실상은 "수련꽃"으로 형상화된다.

"나"는 능력을 인정받는 지방 방송국 프로듀서이다. 어느 날 그는 아버지 김장후 시인의 일생을 소재로 다큐멘터리를 제작하라는 제안을 받는다. 아버지의 지인들을 찾아다니면서 "나"는 시인으로서는 성공한 아버지의 일생이 생활인으로서는 거의 사기꾼에 가까울 정도로 명예롭지 못했다는 사실을 알게 된다. 여러 지인으로부터 들은 이야기에서도 메꿀 수 없었던 공백을 메꾸기 위해 그는 한 선생을 만난다. 그러나 한 선생은 뜻을 알 수 없는 애매한 말만 늘어놓는다.

(1) 수련 꽃을 보고 있으면 나는 무엇인가 늘 완결된 것의 형상을 보고 있는 것 같다네, 더 보탤 것도 없고 어디 덜어낼 데도 없는, 그 어떤 완결성 말이네. 사람은 누구나 삶의 끝을 맞이하지만 그처럼 완결된 모습으로 죽는 사람이 없는 것 같더군!

(2) 수면 위의 수련 잎은 둥그런 모양인데 물속에 그려진 그림자는 국화무늬를 짓고 있었네. 잎은 둥그런 모양인데 그림자는 국화무늬라니.

국화무늬 그림자를 지닌 수련꽃은 이 소설의 중요한 모티프이다. 소설의 서두에서 그것은 (1)에서 보듯 완결성을 지닌 것으로, 말미에서는 (2)에서처럼 제 모양과 전혀 다른 그림자를 지닌 것으로 묘사된다. 말미에서 한 선생은 "둥그런 말굽 모양이 연잎의 제 모습이겠나? 물속에 그려진 국화무늬 그림자가 제 모습이겠나?"라고 질문하고, "나"는 이 질문의 진의를 알아차리지 못하여 혼란스러워한다. 이 질문에 대해, (1)을 힌트로 삼는다면 그럭저럭 이런 답안이 제출된다.

둥그런 모양의 수련 잎과 국화무늬 그림자가 모두 함께 온전한 연잎의 제 모습을 구성한다. 이질적이고 모순적인 자질을 함께 지닌 수

련꽃 그 자체가 완결성을 지닌다. 미화된 모습만으로는 완결성을 이루지 못한다. 완결성이란 필연적으로 서로 모순되는 대립적인 자질을 내포한다. 재주가 뛰어난 시인과 부도덕하고 미운한 생활인이라는 두 모순되는 자질이 아버지의 생애를 구성했다. 하지만 모순되는 대립쌍을 끝까지 거느렸기에 아버지의 생애는 나름대로 완결되었다고 볼 수 있지 않을까.

(1) 그 수천 년 전 어떤 사실이 나와 관계가 이어진다면, 하는 데 생각이 미치자 나는 소름이 끼쳤다네. 그러나 무엇보다 내가 눈으로 보고 있는 아주 사소한 일부에서 사실을 다 알아본다는 착각은 하지 않아야 할 것이라는 생각이 나를 늘 감계하게 만든다네.

(2) 우리가 구경한 전시물들 모두 어쩌다 인연이 닿아 우리 눈앞에 모습을 드러내고 있지, 실제 그 시대의 중요한 유물을 다 망라해 본 것으로 생각하나? 우연이 우리 앞에 작용해 보여주는 것들뿐이지.

(1)에서 보듯 어차피 눈에 보이는 것 이면에 많은 것들이 있다. 눈에 보이는 사소한 일부는 많은 것들을 은폐한다. 생활인으로서 아버지를 비난하는 사실이든, 시인으로서 아버지를 미화하는 사실이든 모두 전부의 진실이 아니다. 또한 (2)에서처럼 한 시대의 전시물이 그 시대의 전부를 보여주지 않는다. 그 시대의 전부를 우리는 볼 수 없다. 우리는 그 시대 문물 중 우연히 우리 앞에 남겨진 소수의 것들을 통해서 그 시대상을 짐작해 볼 뿐이다. 전부를 안다고 생각하는 것은 착각이다. 아버지에 관해 알려진 이야기도 어쩌다 우연히 사람들에게 노출되었을 뿐이며, 우연히 노출된 몇몇 단편적 사실들이 아버

지라는 인간 전체를 설명하지 못한다.

그리하여 여백은 필수불가결하다. 아버지의 인생뿐 아니라 모든 사람의 인생은 여백을 거느린다. "여백이 어디 빈자린가. 보는 사람에 따라 각기 채우라는 자리이지"라는 한 선생의 말처럼, 아버지의 인생에서 가려진 부분은 보는 사람에 따라 각각 다르게 해석될 것이다. 사람이라면 당연하게도, 누구에게나 명백히 알려지는 공간보다 보는 사람에 따라 각기 다르게 해석되는 공간을 더 넓게 가진다.

(2008년 겨울)

농익은 홍시의 깊은 맛과 싱그러운 단감의 향내

이승우, 황정은, 이동하, 이은조의 소설

소설가에게 연륜은 무엇을 의미할까. 우리는 우선 연륜과 함께 축적된 경험을 생각할 수 있다. 경험을 축적한 작가는 그렇지 않을 때에 비해 무엇을 더 가지게, 혹은 잃게 되는 것일까. 이 질문에 조금 우회해서 접근해 보자. 인간 정신을 지성/감성으로 구분하는 것은 익숙한 분류법이다. 이 분류법을 차용하면, 그리고 매우 범박하게 말해도 좋다면, 소설의 주제도 지적 주제와 정서적 주제로 분류할 수 있다.

가령 지성이란 폭력의 구성물이라는 사유, 예술이란 과거의 것을 짜깁기한 것에 불과하다는 사유를 형상화한 소설이 있다면 그것을 지적인 주제를 구현한 소설이라 부를 수 있다. 일반화하기는 대단히 어렵지만, 젊은 소설이 이런 부류의 주제를 구현할 때, 대개 그 형상화 방식으로 알레고리와 상징을 주로 차용하고 비현실적 공간에서 기발한 상상력을 발휘한다. 하지만 중심 주제가 되는 사유의 결과 형태가 마치 모모 인문학 서적에서 곧장 튀어나온 듯, 다소 추상적이고 피상적인 경우 역시 드물지 않다. 연륜을 축적한 노련한 작가는 대개 누항에서 필부필부(匹夫匹婦)가 연출하는 이야기를 핍진하게 구사하는 와중에 이러한 주제를 구현한다. 그때 그 주제가 되는 사유의 결과 형태는 종종 개인적인 관찰에서 비롯된 깨달음이다. 독자는 노숙한 개인의 육체적인 깨달음과 조우하면서 역시나 육체적인 공감을 체험한다. 속 깊은 공감을 유도하는 깨달음은 체험적이되 독백적이지 않다. 그것은 엄연하게 존재하는 삶의 섭리이기에 보편적으로 공감 가능하지만, 예리하게 쏘아진 빛이 없었더라면 간과되기 쉬웠을 국면이기에 식상하지 않다. 이 글은 중견 작가 이승우의 「실종 사례」(『세계의문학』, 2007년 가을호)와 젊은 작가 황정은의 「오뚝이와 지빠귀」(『문학과사회』, 2007년 가을호)를 지적인 소설의 사례로 읽어보고자 한다.

한편 이른바 정서적 주제를 구현한 소설로 눈을 돌려보자. 가령 노년의 슬픔, 불임 주부의 고통, 실연의 아픔 등의 주제를 역시 매우 범박하게 말하여, 정서적 주제라고 일컬을 수 있겠다. 이런 부류의 주제를 구현한 소설 중에서, 젊은 소설이 정서의 구체적 결과 층위에 비교적 둔감한 채 분위기, 이미지, 상징 등 정서의 가공 기법에 더욱 공들이는 경향이 있다면, 노련한 소설은 정서의 구체적 결과 층위에 관한 해박한 지식을 보유하는 한편 종종 그 정서를 비유적으로 형상화하기를 거부하고 직정적으로 표출한다. 단 이때 표출 방식이 직정적이되 전략적이다. 이른바 정서적 소설로 중견 작가 이동하의 「내 안의 슬픔」(『계간문예』, 2007년 가을호)과 젊은 작가 이은조의 「비자림」(『계간문예』, 2007년 가을호) 두 편을 읽어보겠다.

물론 일반화는 위험하다. 이 글에서 언급한 네 작품이 위의 가설의 구도에 빈틈없이 들어맞는 것도 아니다. 그러므로 위의 가설을,

일반적인 명제라기보다 이 계절의 소설을 읽으면서 받은 인상이라고 해두자. 소위 노련한 소설이 깊고 다채로운 맛을 내는, 익을 대로 익은 홍시와도 같다면 기발하고 재기 넘치는 젊은 소설은 싱그러운 단감과 같다. 홍시과 단감 모두 맛있다. 어떤 감을 더 좋아하는지는 개인적 취향의 문제일 터, 호오의 판별은 독자의 몫으로 남겨 둔다.

이기심과 윤리 감각, 그 모호한 경계에서 줄타기
— 이승우, 「실종 사례」

윤리적으로 행동하라는 강령은 지당해 보인다. 그런데 그 지당한 강령을 수행하기 위해서는 먼저 어떤 행위가 윤리적인지 혹은 비윤리적인지 판단할 수 있어야 한다. 윤리성 여부에 관한 판단은 윤리적 행위의 전제조건이다. 지금 단일한 윤리 감각으로 어떤 행위의 윤리성 여부를 판단하는 데 난관을 느끼는 사람이 있다면, 그는 윤리적으로 행동하기에 어려움을 겪을 수밖에 없다. 윤리적 행동을 어렵게 만드는 이 수렁은 그러나 우리 일상 곳곳에 잠복해 있다. 윤리적인지 비윤리적인지 판단하기 어려운 상황이 어디 한둘인가.

뉴스에 늘상 보고되는 사건사고는 물론이고 하다못해 주변에서 연애하던 커플이 결별했다는 풍문에라도 접할 때 누가 윤리적이고 누가 비윤리적인지 판단하기란 얼마나 어려운가. 대부분의 경우 단일한 윤리적 잣대를 들이대어 선명한 흑백논리로 선과 악을 구분하기란 지난하다. 그리하여 다음과 같은 난감한 질문이 따른다. 윤리적 행위와 비윤리적 행위 사이에 뚜렷한 경계가 있는가. 이승우의 소설 「실종 사례」는 이 난감한 질문을 정면으로 제시한다. 이 질문을 제시하는 방법은 독특하다. 작가는 특정한 행위의 윤리성 여부를 판단하는 일의 난해함을 보이는 방식으로, 윤리성과 비윤리성이 모호하게 혼재된 세계의 실상을 드러낸다.

서울에서 고속버스로 세 시간 걸리는 도시에서 지하철이 불에 탔다. 텔레비전으로 뉴스를 시청하던 "나"는 장탄식을 하는 한 여자의 옆모습을 보고 고뇌에 빠진다. 그녀는 수년 전 "나"의 돈을 떼먹고 달아난 남자 홍동철의 아내였던 것이다. 의류 공장을 운영하던 홍동철 부부는 "내"가 결혼 10년 만에 처음 장만한 아파트에 입주하기 위해 마련한 중도금을 빌려 썼다. 이후 외환위기를 맞아 도산한 그 부부는 종적을 감춘다. 중도금을 돌려받지 못한 "나"는 심각한 경제난에 봉착한다. 지하철 참사로 홍동철의 소재를 파악하게 된 "나"는 그러나 그 조우가 그리 반갑지만은 않다. 실상 홍동철과 "나"와의 채무—채권 관계는 오래 전에 자리바꿈 되었던 것이다. 빚을 못 갚은 홍동철이 고육지책으로 건네 준 땅문서의 45만원짜리 땅이 4년 전 1억 5천만 원 어치로 둔갑하여 "나"를 곤경에서 구해 준 것.

이 소설은 언뜻 새옹지마의 세상사를 묘파하는 듯하다. 그러나 이 소설의 묘미는 주인공 "내"가 이기심과 윤리 감각 사이에서 끊임없이 진자운동을 하는 모습에 있다. 참사 현장에서 남편을 잃었다고 울부짖는 홍동철의 아내를 본 "나"는 조문을 가야 할지 말아야 할지 갈등한다. 채권자에서 채무자 입장이 되어 버린 "나"는 홍동철에게 갚아야 할 빚을 부담스럽게 여기게 된 것이다. 조문을 가기로 결정한 후에도 "나"는 부의금으로 오십만 원을 인출했다가 되돌아가서 다시 삼백만 원을 인출하는 등 지속적으로 윤리 감각과 이기심 사이에서 갈등하는 모습을 보여준다. 하지만 참사 현장에서 "나"는 홍동철이 살아 있으며, 죽은 체 연기하여 사망 보험금을 타내려는 사기 행각을 벌이고 있다는 놀라운 사실을 알게 된다. "나"에게 사실을 발각

당한 홍동철은 계획을 포기하려고 하지만, 이번에 홍동철의 사기 행각을 부추기는 사람은 바로 "나"이다. "나"는 홍동철이 거짓 신고서를 쓰도록 부추길 뿐만 아니라, 신고서를 들고 가 제 손으로 직접 벽에 붙이기까지 한다.

"나"의 행동의 추동력은 무엇인가. 영락할 대로 영락하여 삶의 밑바닥을 전전하는 홍동철 부부에 대한 연민인가. 그래서 거짓으로라도 거액의 보험금을 타낼 수 있도록 도와주었던 것인가. 아니면 "나"의 자학적인 분석대로 추동력은 "연민을 가장한 교활함"인가. 그러니까 그것은 한 번 도와주었다는 사실로 홍동철에 대한 부채감을 지워버리기 위한 교활한 술책인가. 아니면 홍동철을 영영 죽은 사람으로 만들어버림으로써 땅을 둘러싼 분쟁의 소지를 영원히 제거해 버리려는 계산에서 비롯된, 변명할 여지없는 이기심의 소치인가. 언뜻 이 소설은 윤리 감각 뒤에 도사린 인간의 이기심을 고발하는 것처럼 보이지만, 단지 그것에 그치는 것은 아니다.

　　내 안의 이기심이 가면을 골라 쓰고 있다는 걸, 모든 이기심이 늘 가면을 필요로 한다는 사실을 인지하고 있었으면서도, 눈치 채지 못했다. 아니면, 눈치 채지 못한 척한 것인가. 그것 역시 가면, 그러니까 가면 위에 덧쓴 또 하나의 가면일 수 있다는 사실을 그때는 이해하지 못했다.

"나"는 어떻게 행동할지 결정하는 와중에도 이기심과 윤리 감각 사이에서 진자운동하지만, 자신의 행동을 사후적으로 평가하면서도 그러하다. 사실 "내"가 자의식 속에서 자신의 윤리성 여부에 관한 판단에 진자운동을 일으키는 모습이 독자를 미궁에 빠트리면서 독서의 묘미를 제공한다. 홍동철의 사기 행각을 돕는 "나"의 행위의 동력이 이기심인지 윤리 감각인지는 "나"뿐만 아니라 독자도 파악하기 어렵다. 작가의 말대로 가면 위에 덧쓴 가면의 층은 무수히 많기 때문이다. 이렇게 특정한 행위의 윤리성 여부의 판단이 어려운 정황을 제시하면서 작가는 윤리성과 비윤리성 사이에 경계가 있는지 묻는다.

소설 서두 지하철 사고에 관한 보도를 시청하는 "나"의 뇌리에 떠오르는 상념은 윤리성/비윤리성에 관련한 판단이 얼마나 아슬아슬하게 줄을 타고 있는지 보여준다. "나"의 복잡다단한 상념의 추이를 요약하면 이렇다.

1. 범인이 여론의 관심을 받고 싶어서 지하철을 선택했다면 그는 부분적으로만 성공했다. 2. 그렇게 한가한 생각을 하는 나의 둔한 윤리 감각이 한심하다. 3. ARS 번호를 누르니 윤리 감각이 회복되었다. 4. 텔레비전 화면 앞에서 떠나려고 하는 걸 보니 사실은 윤리 감각이란 불편함에 대한 자각인지도 모른다. 5. 불편함의 기반은 이기심이므로 윤리적 감각과 거리가 멀다. 6. 이렇게 분석하는 나 자신에게 화가 난다. 7. 그러나 이런 분석 행위야말로 윤리 감각의 일부일 수 있다. 8. 윤리 의식이라는 것은 개인의 이기심에서 발원하고, 또 그것에 기여한다. 개인의 윤리적 활동의 동기가 직접적이거나 간접적인 이기심일 뿐이라는 주장도 아주 터무니없지는 않다.

"나"는 자신의 윤리성 여부를 재단하면서 양극의 판단 사이를 다단하게 왔다 갔다 한다. "나"의 이러한 자기분석은 자신의 윤리성에 대한 판단이 얼마나 어려운지, 나아가 타인의 윤리성에 대한 판단도 간단하지 않은 것임을, 더 나아가 윤리성과 비윤리성 사이에 경계를 긋는 일이 지난함을 보인다. 그러나 경계가 모호한 사안이 어디 윤리성 여부에 관한 문제뿐이겠는가. 존재하는 모든 것이 음양의 양면을 동시에 지니는 만큼, 재단하기 어려운 것은 비단 윤리성 문제만이 아니다.

작가는 돈 떼인 이야기, 땅 값이 오른 이야기, 지하철 참사, 사기 행각 등 필부필부(匹夫匹婦)의 가설항담(街說巷談)을 다루면서, '윤리성과 비윤리성 사이에 경계가 있는가'라는 만만치 않은 형이상학적 문제를 제기한다. 지적인 주제를 환상적 형식으로 구현하는 젊은 소설의 홍수 속에서, 이와 같은 방법은 오히려 이채로워 보인다.

변신했을 때에만 보이는 세계의 실상
― 황정은, 「오뚝이와 지빠귀」

실로 세계는 비밀로 가득 차 있으며, 자체의 본질에 관한 무수한 질문을 내장한다. 일상에 함몰된 우리는 평소에 세계의 실상을 궁금해 하지 않고, 엄연한 질문들을 간과하며 산다. 그러나 감각이 예리해지는 어느 순간, 세계의 부조리는 우리에게 그 알몸을 드러내고 거대한 질문 덩어리로 육박해 온다. 시인은 어린아이의 눈으로 세계를 보는 자라고 했던가. 호기심 가득 한 어린아이의 감성과 예민한 시인의 감각은 상통하는 바, 궁금해 하고 질문하는 자는 그만큼 세계의 비밀에 접근하는지도 모른다. 어린아이나 시인이 아니더라도 가령 심신이 아플 때, 우리는 평소와 달리 예민해진 감각으로 평상시 간과했던 균열로 가득 찬 세계의 면모를 알아차리게 된다. 탈일상적 몸의 변화는 예리한 감각과 더불어 세계의 비밀에 접근할 수 있는 가능성을 제공해준다. 황정은의 「오뚝이와 지빠귀」는 이러한 정황을 우화적으로 형상화한다.

기조는 오뚝이가 되어간다. 오뚝이가 되어가던 초반에 그는 이런 꿈을 꾼다.

사람들은 헤엄쳐, 난 힘이 빠져, 잠방잠방하다가, 가라앉아. 머리 위로 수면이 점점 멀어지고, 내가 가라앉은 자리에서 파문을 만들며 헤엄치는 내 다음 사람의 배가 보여. 그런데 그 사람도 결국 가라앉아. 그 다음은 어떻게 되는 거야.

꿈속에서 기조를 포함한 사람들이 열심히 헤엄치다가 가라앉은 그 자리에 결국 "커다란 물만 남는다." 이는 우리 인생에 대한 은유이다. 물은 일상적 세계를 의미한다. 물 밖은 아마도 초월적인 경지를 뜻할 것이다. 사람들은 일평생 일상에 함몰하여 고군분투하지만 초월의 기회도 갖지 못한 채 아무런 흔적도 남기지 못하고 죽음을 맞이한다. 무수한 사람들이 동일한 운명을 피하지 못한다. 결국 남는 것은 "커다란 물", 즉 우리가 어떻게 해볼 수 없고 그 정체도 알지 못하는 일상적 세계일 뿐이다. 이렇게 오뚝이가 되어 가면서 세계의 실상을 통찰한 기조는 이후 무수한 질문을 던진다. 다음은 기조의 질문 중 일부이다.

저기, 무도씨, 보통이라면 무엇을 기준으로 보통이라는 거야. 나무늘보나 달팽이가 있잖아, 느리잖아, 하지만 걔네들의 입장에선 이 세계가 얼마나 빠른가, 생각하면 아득해지지 않아? 그러니까 걔네들 입장에서도 보통이라고 말할 수 있는 정도일까, 그러니까, 어느 정도라는 거야, 무도씨, 예를 들어 한 달에 공식적인 평균으로 98.1명이 테러로 죽는다는 어느 도시에서 지난 5월에 98.0명이 죽었다면 그것은 보통, 이라는 걸까,

뭐가 보통이라는 걸까. (중략) 나이를 먹으면 발바닥 속의 쿠션이 닳아서 뒤꿈치가 아픈 경우가 보통이라는데, 결국은 사는 것이 그런 것, 그렇게 사는 것이라며 납득하는 것이 보통일까. 그러다 알고 보니 암이었다는 식으로 문득 세상에서 사라지고, 그런 경우가 보통이라는 걸까.

둔감한 눈에 세계는 균열되지 않은 모습으로 비친다. "보통"이라는 어휘는 일상인들에게 아무런 궁금증을 유발하지 않는다. 그러나 위에서 보듯, "보통"이라는 말의 정체에 관한 기조의 무수한 질문은 "보통"이라는 평범한 어휘조차 실상 얼마나 모호하고 난해하고 신비로운 말인지, 우리가 당연하게 여기는 것이 실상 얼마나 당연하지 않은지 보인다. 나아가 우리가 얼마나 많은 질문들을 간과하고 사는지, 세계의 균열 지점들에 얼마나 둔감한지 알 수 있다.

흥미로운 점은 오뚝이로 변신한 비정상의 상태에서만 세계의 균열 지점이 보인다는 사실이다. 이는 예술가의 본질에 대한 알레고리로도 해석 가능하다. 예술가가 생래적으로 기형인 존재 혹은 앓는 존재이며 그의 병증 때문에 남들보다 예민한 감각으로 생의 비밀에 근접할 수 있다는 사유는 오래 전부터 우리에게 익숙하다. 이러한 사유를 주제화한 이 소설은 다분히 지적이며, 사람이 오뚝이가 되어 간다는 발상은 다분히 환상적이다. 이 소설은 탈현실적 문법을 따르면서 지적인 주제를 환상적, 동화적, 우화적 외피 아래 형상화한다. 이는 지금 여기 소설 현장에서 과히 낯설지 않은 정경이다.

그가 참아온 것의 정체
— 이동하, 「내 안의 슬픔」

눈물은 소설이 갈망하는 동시에 경계해야 하는 제재이다. 눈물이 실어나르는 슬픔이라는 정서 역시 소설의 단골 주제인 한편 심사숙고하여 형상화해야 하는 주제이다. 소설은 감동을 추구한다는 흔하고 오래된 격언은 흔하고 오래된 만큼 진정성을 지닌다. 눈물을 유발하는 정황은 작가에게 소설화하고픈 욕망을 일으키기에 충분한 훌륭한 소재이다. 그러나 감상성이라는, 역시 흔하고 오래된 한계를 피해가기 위해서 눈물은 매우 세련되게 운용되어야만 하는 제재이다.

'거부하고 구박하기'는 세련된 눈물 운용법 중 하나이다. 슬픔을 부인하고 배척하던 인물이 마지막에 그것을 인정하고 수용하게 하는 방법은 노련한 작가들이 감상성을 피해가기 위해 즐겨 구사하는 수법이다. 강한 저항의 효과는 단지 소설을 감상성에서 구출하는 데 그치지 않는다. 강한 저항이 동반된 정서는 저항 없는 정서보다 더 강렬하고 곡진하게 전달될 수 있다. 강한 저항 자체가 강한 욕망을 내장하기 때문이다. 이동하의 「내 안의 슬픔」은 타인의 눈물 혹은 자신의 눈물에 저항하는 인물의 심리적 추이를 핍진하게 묘사함으로써 감상성의 한계를 비껴나간다. 작가는 세련된 눈물 사용법으로 인생 갑년을 눈앞에 둔 남성들의 애잔한 슬픔을 정갈하게 전달하는 한편, 남자다워야 한다는 의무감 아래 그 슬픔이 얼마나 억압되고 있는지 동시에 보인다.

육십을 눈앞에 둔 대학 동기들이 한 친구의 장례식장에서 만났다. 세월의 흔적은 잔인하여, 입이 눈에 띄게 옆으로 돌아간 친구, 가볍게 풍을 맞은 친구, 부실한 어금니 대신 임플란트를 해 박은 친구 등 다소간 "망가진" 모습들이다. 그중 단연 눈에 띄는 친구는 남호이다. 대학 시절 귀공자의 면모를 뽐냈으나 연이은 불행으로 망가진 남호. 그는 자동차 사고로 딸 하나를 제외한 가족 모두를 잃고, 금은방마저 강도를 맞아 머리를 심하게 다쳤다. 백 킬로그램이 넘는 비대한 몸집과 시도 때도 없이 흘리는 과도한 눈물은 그가 망가졌다는 인상에 결정적인 근거를 제공한다. 친구들은 그가 "연이은 불운에 맛이 간 거라고들" 말한다. 남호의 눈물은 "공개적으로 비난받았고", 급기야 남호는 "왕따를 당한"다.

"내"가 제기한 다종다양한 질문에 해답을 찾는 과정이 이 소설의 중요한 골격이다. "나"는 눈물이 많은 남호가 친구들에게 빈축을 사는 이유가 무엇일까 묻는다. "은연중 눈물이 지겨워진 나이로 접어든 건지도 모를 일"이라는 생각이 "나"의 잠정적인 결론이다. "나"는 "남호 녀석의 눈물 앞에서 이심전심 우리가 드러내 보인 거부감"이 "눈물이란 단지 거추장스럽고 사치한 것일 뿐"이라고 생각하는, 단단하고 냉정한 마음에서 비롯되었다고 판단한다. 남호는 성인 남성에게 지당하게 요구되는, 이른바 '남자다워야 한다'는 강령을 따르지 않는 방외인적 존재인 것이다. 남호의 자기 방기를 용납하고 싶지 않았던 "나"는 그날 남호를 거칠게 다룸으로써 분노와 적의를 표현한다. 그러나 "나"와 친구들은 과연 남호의 자기 방기를 비난했던 것일까. 실상 남호는 울고 싶은 그들의 욕망을 대신 구현하는 존재이다. 그에 대한 친구들의 구박은 자신들의 슬픔을 표출하고 싶은 욕망에 대한 저항이다. 강한 저항은 강한 욕망의 반영이다. 그들의 저항은 울고 싶은 그들의 욕망이 얼마나 강한지 역설적으로 드러낸다. 한편 그들의 저항이 이심전심 이토록 강하다는 사실은 성인 남성에게 부과되는 인내의 강령이 얼마나 무거운지 보여준다.

"나"는 문득 "꽤 오래 참았다고" 생각하게 된다. 이제 다음 질문이 이어진다. "무엇을 참아왔다는 거냐?" 상가 분위기, 귀갓길의 정체, 남호의 거창한 덩치와 하염없는 눈물, 이것들인가? 아닌 것 같다. 그러면서 "나"는 "발밑이 갑자기 허전해지면서 한순간 칼에 베인 듯이 서늘한 느낌", "아리다고 해야 할지 쓰라리다고 해야 할지, 아마도 오래 묵은 통증 같은 것"을 느낀다. 다음 날 아침 "그래, 참 오래 참아온 거야"라고 뇌이면서 "나"는 뜨거운 눈물을 흘린다. "내"가 참아온 것의 정체는 끝까지 명시되지 않는다. 경비원이 지난 밤 집에 여러 번 전화했어도 응답이 없었다는 정황만 제시된다. 가족과 결별한 상황인지, 집안에서 홀대를 당하고 있는 상황인지 독자는 알 수 없다.

결말 부분 남호가 몹시 보고 싶다는 "나"의 진술은 억압을 끊고 자신의 슬픔과 정직하게 대면하려는, 이전과 변화된 심경에서 비롯된 것으로 보인다. 그렇다면 그가 참아 온 것은 눈물인가? 그럴지도 모른다. 눈물을 억압하는 태도보다 눈물을 용인하는 자세가 더 건강하므로 그렇다면 다행스러운 일이다. 그러나 인생 갑년을 앞둔 남성이 참아 온 것이 어디 눈물뿐이랴. 미주알고주알 설명이 없어도 그것은 이심전심으로 짐작이 가능할 것이다. 어쩌면 전 생애가 참아내고 버텨내야 할 일들로 점철되어 있지 않았을까.

비자나무에 의탁한 인물의 심경
— 이은조, 「비자림」

"나"는 결혼 3년 차 주부이다. 그녀는 아이를 낳고 행복한 가정을 꾸리고 싶은 평범한 꿈을 꾼다. 반면 다국적 기업 회사원인 남편은 어릴 적 아버지의 반대로 접어야만 했던 화가의 꿈을 여전히 품고 있다. 그녀는 아이를 원하지만, 직장을 그만 두고 그림을 그리고 싶어하는 남편은 아이를 거부한다. 함께 하기로 한 제주도 여행길에 나타나지 않은 남편은 전화로 "난, 그림을 그릴 거야"라며, "당신은, 당신의 길로 가"라는 말만 전한다. "나"는 자신을 밀어내는 듯한 남편의 말에 슬퍼하면서도, "각자의 색을 묻어두고 겹치는 색깔로 살아가야"한다는 "생의 비법"을 터득하면서 남편을 놓지 않고 생을 함께 하리라고 결심한다.

이 소설은 인물의 심정을 객관적 상관물에 의탁하여 형상화한다.

> 나무는 나무대로 덩굴은 덩굴대로 살고 있죠. 나무와 한 길을 가면서도 한 몸이 안 되려고 버둥거리고 있수다. 저기 저 허연 가지를 좀 봐요. 비자나무 가지와는 좀 다르죠? 새들이 씨앗을 물어와 나무에 심고 똥을 싸고 해서 피어낸 가지랍니다. 비자나무는 자기와 습성이 다른 가지들도 받아들이고 있어요. 이 쪼끄뜨레만 오라게(이리 와 봐요). 비자나무와 덩굴이 기가 막히게 평행선을 유지하고 있는 걸 봐요. 쟤들은 서로한테 덤벼드는 게 없어. 덩굴이 제 속으로 파고들면 비자나무는 제 땅까지 내줄 거야. 그건 덩굴도 마찬가지야. 평행선은 결코 한 지점에서 만나지 않지. 선 하나가 기울이기만 해도 그건 평행선이 아니니까. 그래서 비자나무는 죽을 거야.

덩굴이 비자나무를 휩싸고 있다. 비자나무는 자기와 습성이 다른 가지들도 받아들인다. 또한 서로 평행선을 유지하는 비자나무와 덩굴은 부부가 살아가는 한 방식을 비유한다. 그것은 "꿋꿋하게 자기의 영역을 지키며 필요한 소통만 하"는 방식을 의미할 터이다. "나"는 남편이 비자나무를 통해 이런 삶의 방식을 제안한다고 짐작하면서,

"덩굴이 비자나무에서 한 발을 떼고 바람을 타고 있는 것처럼", "그에게 주어진 생이 그러하다면 나는 그를 인정해야 하지 않을까"라고 생각한다. 하지만 이후 "나"는 남편과 다른 해석에 도달한다. 비자나무가 "덩굴과 어차피 떨어질 수 없다는 것을 알고 있"듯이, "나"는 "내가 꾸었던 꿈과 남편의 꿈은 한 가지에서 자라나야 한다"고 생각하게 된다. 그러면서 남편의 뜻과는 달리, "나"는 언젠가 아이를 낳고 남편과 같은 곳을 바라볼 날을 기다리기로 결심한다.

위에서 남편과 "나"의 심경을 비자나무에 의탁하여 형상화한 이외에도, 이 소설은 곳곳에 비유적 장치를 매설해둔다. "나"의 심경은 아이를 낳지 못한 오십 대의 자원봉사자 여자에게, "나"의 눈물은 비자나무의 습기에 투영되기도 한다. 강아지를 대하는 남편의 태도가 아이에 관한 남편의 심경을 반영하기도 한다. 이 소설은 결혼 3년 차 부부의 미묘한 심경을 직정적으로 표출하는 대신 이런저런 상관물에 의탁하여 비유적으로 형상화한다. 이런 방식은 오정희 이래 90년대 여성 소설가들의 소설에서 익숙하게 보아왔다. 직정적 표출보다 비유적 형상화가 더 세련된 방법임에는 분명하지만, 지나칠 때 인공미로 귀결될 위험 또한 간과될 수 없다. 인공적 조형미가 두드러진 소설은 자칫 아무리 빛깔과 광택이 고와도 생화(生花)의 아름다움에는 미치지 못하는 조화(造花)의 형상에 불과해질 수 있기 때문이다.

(2007년 겨울)

인간의 비의를 누설하는 사물들과
역(易)의 상상력

이정록 시집,『의자』

　　이정록은 자연이나 사물에 대한 섬세한 관찰을 통해 인간사의 크
고 작은 진실을 길어낸다. 이러한 시작 방법은 첫 번째 시집에서부터
줄곧 그의 특장으로 거론되어 왔다. 그런데 다섯 번째 시집『의자』[1]
에서 이정록의 이 시작법은 방법적 세련의 극치에 다다른 듯하다. 자
연이나 사물을 은유 혹은 알레고리의 대상으로 활용하는 방법은 동
서고금의 시인들을 통해 되풀이되어 온, 진부한 작업이라 할 수도 있
다. 하지만 이정록이 외부 세계를 매개로 인간에 관한 풍요로운 통
찰을 수행하는 여정에 동반하다 보면, 그의 작업은 단순히 시작 방
법론이 아니라, 특유한 세계관의 결과라고까지 생각하게 된다. 마치
그는 자연과 사물 세계를 인간적 자질의 투사를 통해 파악하는 애
니미즘 혹은 세계의 잡다함에 신적 근원이 도사리고 있다고 믿는 범
신론에 경도된 것처럼 보일 정도이다. 이정록은 애니미즘이나 범신

1] 이 글의 텍스트는 이정록,『의자』(문학과지성사, 2006)이다.

론을 순정하게 신봉하는 사제처럼, 존재하는 모든 사물에서 인간사의 비의를 이끌어낸다. 그의 눈으로 본다면, 자연이나 사물이나 외부 세계의 모든 존재는 인간의 비밀을 누설하고 있다.

일단 이 시집에서 양적으로 사분의 일가량을 차지하는 연애시편 중 한 편을 살펴보자. 다음 시에서 이정록은 "소똥"이라는 사물을 통해 인간의 주요 관심사 중 하나인 '사랑'에 관한 유의미한 통찰을 이끌어낸다.

저는 외양간 소똥이에요 사랑의 운명하고 많이 닮아있죠 무슨 말이냐 하면요 시커멓게 내동댕이쳐진 저도 처음에는 이슬 머금은 푸른 풀잎이었단 거죠 넘실거리는 들녘이거나 옥수수 이파리였다는 거예요 사랑이랑 되새김질 같은 것, 곱씹고 곱씹어도 콩깍지가 씌워지면 막창까지 가야 하죠 머릿속이 허구리처럼 우묵해지죠 그렇다고 비틀거리기만 하는 건 아니죠 사랑에 빠지면 열 마지기 논을 써레질하고도 비탈길 댓 자락쯤은 금세 해치울 수 있죠 힘들어도 괜찮죠 길고 긴 밤이 있으니까요 소똥인 저도 밤이 되면 나를 버린 내 사랑의 엉덩이에 납작 눌린 채 따뜻해지죠 좀 야한 얘기지만 온몸의 무게를 다 받아내야 하죠 사랑의 흔적이라면 엉덩이에 똥딱지를 붙인 채 장에 갔다 와도 좋죠 알아요 사랑이란 것 결국 소똥처럼 고꾸라질 뿐이죠 그래도 괜찮죠 달빛 꿈적이는 젖은 눈망울을 갖게 되었으니까요 뒷발에 차이고 오줌 범벅이 되어도 되새김질할 추억이 생겼으니까 말이에요 쇠빗으로 북북 떼어낸다 해도, 제가 떨어져나간 자리엔 털도 한 움큼 뽑혀 붉은 상처가 자리 잡겠죠 나는 두엄 무지로 가서 더운 숨 참아내며 봄을 기다릴 거에요 스미는 힘으로 들녘은 다시 푸르러지고 그 들녘으로 뿔 좋은 소 한 마리 땀 냄새 물씬 지나갈 테니까요 그러나 아직은 먼 이야기, 저는 지금 채 식지도 않은 소똥이니까

"소똥"도 처음에는 "이슬 머금은 푸른 풀잎"이었다. 이는 사랑을 시작하기 전 사랑의 꿈으로 가슴 부푼 순진하고 여린 사람을 연상시킨다. 시인은 사랑의 지독한 중독성을 소의 "되새김질"에 비유한다. 풀잎이 소에게 먹힌 후 결국 대장까지 가서 똥이 되듯이, 지독한 사랑이란 종종 "막창까지" 가서 더 이상 아름답다고 할 수 없는 찌꺼기 — 가령 집착이나 미움 같은 — 가 된다. 사랑은 "열 마지기 논을 써레질하고도 비탈길 몇 자락쯤은 금세 헤치울 수 있"게 할 정도로 충만한 삶의 에너지를 주기도 하고, 사랑에 빠진 사람은 "엉덩이에 똥딱지를 붙인 채 장에 갔다 와도" 부끄럽지 않을 정도로 사랑 때문에 부딪히는 난처한 상황에도 수치심을 잊게 된다. 그렇지만 시인은 "사랑이란 것 결국 소똥처럼 고꾸라질 뿐"임을, 즉 사랑은 결국 애초의 꿈에 항상 배반으로 대답하는 것임을 잘 알고 있다. 그래도 "달빛 꿈 적이는 젖은 눈망울"과 "되새김질할 추억"을 가지게 되었으므로, 사랑의 누추한 귀결은 문제되지 않는다고 시인은 말한다. 그리움, 열망, 헌신 의지 등 보드라운 마음은 과연 사랑에 빠졌을 때에만 의외의 선물처럼 가지게 되는 희귀하고 소중한 정서일 것이며, 그런 몽롱한 행복감은 뼈아픈 귀결이라는 대가를 지불하고라도 탐냄직한 서정일 것이다. 더욱이 소똥으로 버려진 끝난 사랑이 이듬해 봄 또 다른 소를 만나 새로운 사랑을 할 풀잎을 키울 자산이 되는 바에야, 어찌 고꾸라질 운명의 똥일 뿐이라고 사랑을 비하하겠는가.

「소똥 이야기」는 사랑의 본질에 관한 흥미로운 비유로 읽히지만, "소똥"이 누설한 사랑의 비밀은 다소 상식적인 차원에 머물러 있다. 이정록의 시가 매력적인 이유는 그것이 독자에게 일상적 수준보다

한 차원 깊은 사유를 읽어낼 여지를 넓게 마련해두고 있다는 점이다.

> 노인정으로 가는 비탈길 / 주차된 자동차 바퀴마다 / 돌 하나씩 악다 물려 있다 / 아파트 화단에서 빼낸 돌들이다 / 화단 턱이 엉성한 틀니 같다 / 처음 산에서 내려올 때의 푸른 이끼는 / 화단 양달에서 하얗게 세었다 / 하지만 주차선 안의 저 돌들은 검어졌다 / 타이어가 온 힘으로 염색을 해주었기 때문이다 / 노인정 안에 놓은 목침처럼 회춘을 한 것이다 / 꽃밭에 앉아만 있었다면 어찌 저리 / 머리칼이 검어졌겠는가, 차가 빠져나가면 / 햇살을 떠받들고 있는 돌멩이들 / 그간 고생 많았다 싶어 화단의 돌과 바꾸어놓는다 / 물을 끌어 모으느라 힘에 부쳤는지 / 막 출석한 돌의 발등이 흥건하다 / 회춘이란 후진해서는 안 될 비탈 / 바퀴 아래로 다시 뛰어드는 것이라고 / 화단으로 돌아온 돌들이 혼잣말을 한다 ─「回春」부분

시인은 주차된 자동차 바퀴를 괴고 있는 돌을 바라본다. 그 돌은 산에서 아파트 화단으로 옮겨진 것이다. 산에 있을 때 돌을 감쌌던 푸른 이끼가 화단 양달에서 하얗게 말라 버린 사실을 관찰한 시인은 돌이 늙었다고 상상한다. 바퀴를 괴면서 검은 먼지를 뒤집어 쓴 돌을 보고 시인은 검은 머리가 다시 돋아났으니 돌이 회춘했다고 표현한다. 여기에서 재미있는 것은 화단으로 다시 돌아 온 돌들의 혼잣말이다. "회춘이란 후진해서는 안 될 비탈 / 바퀴 아래로 다시 뛰어드는 것이라고 / 화단으로 돌아온 돌들이 혼잣말을 한다." 젊음이란, 그것에 부쳐지는 활기차고 행복한 상투적인 이미지와는 달리, 차바퀴를 괴며 검은 먼지를 뒤집어쓰는 노역과 수모와 난감함의 다른 이름일지도 모른다. 그러므로 회춘이란 "바퀴 아래로 다시 뛰어드는

것", 즉 고단한 일에 자청해서 발을 담그는 위험함으로도 보일 수 있는 것이다. 시인은 젊음과 늙음에 관한 상식적인 풍문 이면의 진실을 파악하고 있다.

이 밖에도 시인이 외부 세계의 관찰을 통해 인간사에 대한 유의미한 통찰을 이끌어낸 사례는 무척 많다. 시인은 바람에 날리는 신문지가 웅덩이에 빠져서 흙먼지와 엉겨 점점 바닥으로 가라앉는 광경을 보고 "자신의 몸 어딘가에서 손발을 끄집어내어 / 허방을 짚고 나올 때까지, 삶이란 스스로 / 지푸라기가 되고 신문지가 되어 굴러가야만 하는 것"(「웅덩이」)이라고 사유한다. 인간은 특별한 자각이 없다면, 웅덩이 속으로 점점 점착해 들어가는 신문지처럼 부동성의 함정에 빠지기 쉬우며, 이것이 바로 얼핏 "스미는 것의 아름다운 안착"으로 보이는 안주(安住)의 이면에 도사린 위험일 것이다. 이 위험에서 벗어나기 위해 인간은 스스로 "손발을 끄집어내어 허방을 짚고 나"오는 각고의 노력을 해야만 한다. 또한 대웅전 기와지붕 위에서 자라는 풀들을 보고 시인은, 그 풀들이 기왓장의 불기운을 빨아올린다고 생각하며, "저 허공에 떠 있는 / 풀뿌리의 힘으로 // 부처의 이마엔 주름이 없다"(「풀뿌리의 힘」)고 노래한다. 지붕 위의 풀과 기왓장의 역학 관계는 자못 비장하고 치열하다. 하지만 뭇 존재들이 이렇게 제각기 존재의 업을 수행하고 있기 때문에 부처는 근심하지 않는 것이다. 여기에서 인간사란 욕망과 작위와 노역, 때로 비정한 전투로 점철되어 있지만, 그것이 곧 인간의 업이기 때문에 자연스럽다고 생각하는, 인간에 대한 품 넓은 긍정을 읽는다면 지나친 비약일까.

그런데 이정록이 외부 사물에서 인간사의 비의를 발견해 가는 정신적 노상에 특징적인 기제가 작동하고 있으니, 그것을 '역(易)'의 상상력'이라 일컬을 수 있을 것이다. "정신이란 그 자신이 절대적인 분

327

열 속에 몸담고 있음을 알아차리는 가운데 진리를 획득하는 것이[2]"라는 헤겔의 언명을 굳이 상기하지 않더라도, 모든 존재는 내부에서로 정반대로 대립되는 자질들을 포함하고 있다. 모든 사물은 그자신에 있어서 모순적이다.[3] 존재의 이러한 속성은 대개 젊은이들에게 끝없는 혼란과 분열의 원인이 된다. 존재에 내재하는 상반되는자질 중 그 어느 한쪽만을 진리로 믿으려고 하는 단선적 사고방식에서 자유롭지 못한 청년들은 양극 사이에서 진자운동을 하면서 분열하고, 그 어느 극도 진리가 아니라는 서글픈 인식에 도달하면서 좌절한다. 하지만 헛되지 않게 나이 먹어 성숙한 지혜를 가진 '어른'에게, 사물의 야누스적 속성은 세상을 깊이 있게 바라보게 하는 근원이 된다. 즉 존재는 야누스이기 때문에 인간에게 '바꾸어 볼' 수 있는여지를 끝없이 마련해준다. '어른'은 존재가 지닌 제반 상반된 속성을두루 '바꾸어 보는' 가운데 인식의 새 지평을 열 수 있다. 이정록은이러한 '바꾸어 보기'의 달인이다. 사물이 현현하는 인간사의 이치는이정록의 눈을 거치면서 그 역(易)으로, 그 역(易)은 다시 그 역(易)으로, 연쇄적으로 재탄생한다. 이렇게 기존 사실의 역(易)을 상정하고,그것에서 진실을 발견해 내는 연쇄되는 사유를 역(易)의 상상력이라고 불러보겠다.

남쪽으로 / 가지를 몰아놓은 저 졸참나무 / 북쪽 그늘진 둥치에만 /이끼가 무성하다 // 아가야 / 아가야 / 미끄러지지 마라 // 포대기 끈을동여매듯 / 댕댕이 덩굴이 / 푸른 이끼를 휘감고 있다 // 저 포대기 끈을

---

2) G.W.F. 헤겔, 『정신현상학』, 임석진 역, 한길사, 2005, 71면.

3) H.M. 마르쿠제, 『이성과 혁명』, 정항희 역, 법경출판사, 1991, 161면 참조.

풀어보면 / 안다, 나무의 남쪽이 더 깊게 파여 있다 // 햇살만 그득했지 / 이끼도 없던 허허벌판의 앞가슴 / 제가 더 힘들었던 것이다 —「나무도 가슴이 시리다」 부분

해바라기의 올곧은 열정이 / 해바라기의 목을 휘게 한다 / 그렇다, 고추도 햇살 쪽으로 / 몸을 디밀어 올린 것이다 / 그 끝없는 깡다구가 고추를 붉게 익힌 것이다 / 구부러지는 힘으로 고추는 죽어서도 맵다 —「구부러진다는 것」 부분

나무의 남쪽 둥치는 햇살을 충분히 받고 있고, 북쪽 둥치는 그늘져 있다. 단순하게 생각하자면, 햇살의 세례를 보다 더 풍성하게 받는 남쪽 둥치가 따뜻할 것 같다. 하지만 시인은 그 역(易)을 간파한다. 그늘에 무성한 이끼 덕으로 북쪽 둥치는 외롭지 않은 반면, 남쪽 둥치의 앞가슴은 "이끼도 없던 허허벌판"이기 때문에 외롭고 "힘들"다. 시인은 "나무의 남쪽이 더 깊게 파여 있"음을 발견하고, 그것을 남쪽 둥치의 외로움의 증거로 파악한다. 인간의 외로움 역시 외적 조건에 비례하지 않는다. 사랑해주는 가족과 친구를 많이 거느린 사회인도 외로울 수 있으며, 산중에 은둔한 천애고아가 외롭지 않은 경우도 있다. 하지만 이런 각각 정황의 역(易) 또한, 다른 시각에서 보면 진실이다. 사람의 처지와 외로움에 대해 생각해보면, 애초의 판단도 그 역(易)도 모두 긍정하게 된다. 그러나 역(易) 또한 진실인 명제가 어디 사람의 외로움에 관한 문제에만 국한될 것인가. 인간사에 관한 대부분의 언명은 그 역의 진실을 동시에 내포한다고 말한다면 지나칠까. 한편, 인용한 두 번째 시의 해바라기와 고추에서 보듯이, "올곧은" 열정은 몸을 "휘게" 한다. 여기에서 "올곧은"과 "휘게"라는 시

어 각각은 상반되는 의미 자질을 내포한다. 인간의 열정에 대해 생각해 보자. 애초에 열정은 순정한 마음에서 비롯되었으나, 그 순정함 때문에 열정의 주체는 왜곡된 길을 걷는 경우가 있다. 하지만 그렇게 "구부러지는 힘" 때문에 고추가 "붉게 익"고 "맵다"는 본연의 자질을 갖출 수 있듯이, 인간사에서도 왜곡되고 고통스러운 길 걷기가 인간다움을 완성해 가는 과정이 될 수 있을 것이다. 순정한 열정이 왜곡된 노고를 부르지만, 그 왜곡됨이 인간다움의 완성으로 가는 도정이라는 시인의 통찰에도 역(易)의 상상력이 작동하고 있다.

　역(易)의 상상력이 중용(中庸)의 가치에 주목하는 것은 자연스러워 보인다. 만물 이치의 역 또한 진실이기 때문에, 양극단 중 어느 한쪽에 치우침 없이 고루고루 사려하고 배려하는 태도는 귀중할 것이다. 시인은 "단무지"가 온갖 음식과 궁합을 잘 맞추고 사람들에게 친숙한 까닭을 "공부를 잘했기 때문"이라고 보고, 그 "공부"는 "뿌리의 반을 흙 속에 묻고 / 나머지는 햇살에 맨살 내밀"었던 생장 과정에서 "흙과 하늘을 절묘하게 끌어안고 있"었음으로써 이루어졌다고 말한다(「단무지」). 흙과 하늘의 가치 양자를 모두 이해하고 포용하는 공부 끝에 단무지는 자유자재로 만물과 어울리고 섞이는 존재가 된 것이다. 다른 시편에서 시인은 채소와 꽃을 심은 스티로폼 상자들을 본다. 일곱 개의 채소 상자 중 딱 한 상자에만 "채송화며 봉숭아꽃"이 피어 있다. 이에 시인은 "나비나 아주머니나 / 채소를 거쳐야 꽃송이로 갈 수 있네"라고 발견한 후, "나는 일곱 상자 모두 / 풋것을 심지 않은 마음에다 오래 팔짱을 끼네 / 몽땅 꽃밭이었다면 골목은 더 누추했을 것이네 / 몽땅 채소였다면 열무 이파리처럼 잔가시 돋아났을 것이네"(「딱 한 상자」)라고 노래한다. 여기에서 "꽃"은 미적 가치와 쾌락원칙을, "채소"는 일상적 가치와 현실원칙을 상징한다고 볼 수 있다. 인간의 삶은 미적 가치 혹은 쾌락원칙과 일상적 가치 혹은 현실원칙 양자에 의해 고루 추동되어야 일곱 개의 채소 상자와 한 개의 꽃 상자가 현시하는 절묘한 중용의 아름다움에 이를 수 있을 것이다.

『의자』는 이정록의 다섯 번째 시집이지만, 그의 나이 사십 대에 내는 첫 시집이다. 눈 밝게 나이 먹은 어른의, 인간에 관한 무르익은 사유와의 만남이 중년 시인의 시를 읽는 즐거움이리라. 그 눈 더욱더 환해져 만물에서 보다 더 은밀하고 풍요로운 의미들을 길어낼 수 있기를.

(2006년 여름)

박수현

전남 보성에서 출생하여 고려대학교 서양사학과를 졸업했다. 동 대학원 국어국문학과에서 현대문학을 전공하고 2011년 「1970년대 한국 소설과 망탈리테」로 박사학위를 받았다. 2006년 동아일보 신춘문예 문학평론 부문에 「삼계화택에서 해탈에 이르기 위한 구도─박민규론」이 당선되어 등단했으며, 우나무노의 소설과 소설론을 번역하여 「모범 소설」을 발간했다. 1970년대 소설과 평론을 주제로 몇 편의 논문을 발표했다. 극동대와 덕성여대 강사를 역임했고, 현재 고려대 대학원과 한국항공대에서 학생들을 가르치고 있다.

심연의 지도

1판 1쇄 발행 2013년 10월 25일
지은이 박수현
펴낸이 김영곤 **펴낸곳** (주)북이십일 21세기북스
출판등록 2000년 5월 6일 제10─1965호
주소 (우 413─120) 경기도 파주시 회동길 201(문발동)
대표전화 031─955─2100 **팩스** 031─955─2151 **이메일** book21@book21.co.kr
홈페이지 www.book21.com **블로그** b.book21.com
트위터 @21cbook **페이스북** facebook.com/21cbooks

ISBN 978─89─509─5249─5   03810
책값은 뒤표지에 있습니다.

이 책 내용의 일부 또는 전부를 재사용하려면 반드시 (주)북이십일의 동의를 얻어야 합니다.
잘못 만들어진 책은 구입하신 서점에서 교환해 드립니다.